若离 著

最后的慈悲

作家出版社

目 录

序一

若即若离　才貌迷离

严介和

我难得速读若离这本三十几万字的情书，卓越的人生倍感苦短。

女人如花：一岁小红花，可喜；十岁喇叭花，可爱；二十岁桃花，鲜艳；三十岁玫瑰，妩媚；四十岁牡丹，大方；五十岁兰花，优雅；六十岁菊花，淡定；七十岁棉花，温暖；八十岁梅花，坚强；九十岁米斛，极品；百岁，无花果，归零。

若离正是玫瑰季。既妩媚，也有刺。这是她的个性所在。

爱情经不起时间的折腾，友情经不起利益的诱惑。唯有从爱情走向亲情，情感才相对永恒。才女应该是有个性的，她写的荡气回肠的爱情故事，经过了苦难、灾难直至绝处逢生，走过了山重水复，迎来了柳暗花明，最终修得阶段性的相对正果。

人生通常有三个阶段。成长阶段：看山是山，看水是水；成熟阶段：看山不是山，看水不是水；成功阶段：看山还是山，看水还是水。这就是从自我的成长，经无我的成熟，走向本我的成功。

显然，若离在爱情故事的壳子里，装进了自己对人生不同阶段的感悟。故事发生在上世纪八十年代中后期。男女主人公出生于饥饿的年代、成长于动乱的年代、相爱于开放的年代，新千年之后的离别、相逢，又前后跨越十五载。故事主线贯穿了改革开放至今。三十多年的改革开放，中国走过了发达国家两百年的历程，在这样急剧变化的时代背景之下，他们的生活和情感也不可避免经历了外部环境光怪陆离的冲击和挟裹。

从青梅竹马，到陌路歧途，在桥断索绝处，全凭执念呵护着狂风中的盏灯豆火。所谓"梦魂不到关山难"，难啊，真是太难了，连魂魄都不能越过千难万险而相遇。

"悲剧就是把美好的东西打碎给人看"。爱情小说以悲剧结局更是常态。但若离在最后还是不忍心打碎到底，让男女主人公重修旧好，这也是作者内心对真善美的渴求。

爱情是伟大的自私，美丽的贪婪。虽然作者不写到肝肠寸断誓不罢休，但终究会在自己钟爱的角色上，投射自己对爱情的不忍和希望。当然，几家欢喜几家愁，让所有人物都有完美的结局，不是作家的义务和责任。

死生契阔，与子成说，是若离在这本书里赋予爱情"最后的慈悲"。人生因慈悲而吉祥，因智慧而和畅！愿"最后的慈悲"，成就永恒的"悲慧祥和"！

作者简介：严介和，太平洋建设创始人，《新论语》总撰稿人，五味书院院长。

序二

她从古典的画卷优雅而来

朱必松

品味若离的长篇小说《最后的慈悲》之后，我掩卷陷入了深思：是否应该把这种写作风格命名为"新女性主义"或说"新红颜之作"等等。若离的作品举轻若重，所有的文字都是生命个体心灵史的自我回顾与超越。这种回顾与超越都是以"爱"作为基调的。她的作品从无杜撰，往往从乡土气息出发，或从情窦初开的伊甸园出发，环顾四周，便能从普通人的悲欢爱恨中剥离出启示性的内容，成为人类情感共同性经验，从而引起读者共鸣。

（一）作品中的若离——若即若离

在她的小说中，生活场景往往经常从农村到城市互换——转移、跳跃、分离，有着蒙太奇式及电影中分镜头的效果。对若离小说的解读，不仅仅是对时尚或说欲望都市、主流生活的一种"乌托邦"式的膜拜，而且更是对阅读品质和文学品格的一种坚守。可以说，对若离诗歌现场的存在感和小说的白描化叙事的关注，是对语言之美和文学之美的一种仰望和致敬。

在《最后的慈悲》中，作者以伊渺村的生活为原点，以我（伊子云）、杨一帆、柳忆飞、梅若、冷艳等人物间错综复杂的情感纠葛为主线，充分展示了在社会遽然转型期，每个生命个体的欲望化呈现，以及灵魂挣扎的轨迹。小说的结尾虽然呈现的是一种无奈的喜剧色彩，但这也应该是在弘扬正能量的时代，对于文学的期许与定义。这也是人类对"真、善、美"和"亲、情、爱"执着追求的感性期望与人性的理性回归。

《最后的慈悲》中指涉情爱、商业、政治、历史、风情等领域，视野开阔而阐释缜密。"乡村的路曲曲折折，如一条长龙盘旋在山水间。青山、矮瓦，勾勒出一幅幅生动的画面……"小说文本以散文诗一般的语言，娓娓铺陈开来。伊渺村作为一种生活中的在场感或者意象，一切是从伊渺村出发，向历史纵深或说未来，出其不意地奔突着。若离骨子里是浪漫主义者，犹如"若闻窗外雨声稀，离人独坐冷风袭"，要么一切，要么全无，给人以"若即若离"的朦胧感。

（二）文学中的若离——光怪陆离

从哲学的普遍意义上来评判《最后的慈悲》，这本书还是具有较高文学价值的。它不仅彰显了作家本人的才华，而且成为这个浮躁时代弥足珍贵的个体情感档案。若离不断在更新自己，向内在和外在去探索，去历练；收放自如，发挥着她驰骋的想象力，与一切伟大的灵魂对话。小说整个文本充满了戏剧冲突。也就是说，作家拥有一种抓住读者阅读心理的能力，能够迎合或说讨好阅读消费。在挥手来去之间，有无限的可能性在延展，不断地给予人们惊喜和感动。如果读者不把这个故事读完，心里就会抓狂。

若离从长篇小说《路过你的忧伤》到《最后的慈悲》，她驾驭的素材大多取自于当代的乡村生活，但又不囿于当代的乡村生活，而是一种变异的乡村生活向都市化的转型。这是从田原牧歌式的乡村"农耕文明"向物欲横流的"城市文明"的转移，伴随着时代骤变的阵痛。她那善于洞察的眼光对细微琐碎的人类故事有着敏锐的感知。她轻松捕捉现实中的矛盾苦涩，往往充满了冷幽默。若离对语言挑剔，有着诡异的智慧，她以精湛的文字手艺、柔和的幽默感、曼妙的音乐元素以及乡村抒情，捕捉生活里令人发噱的真实。以乡村的童年经验为蓝本，到欲望都市中的挣扎、情感的离殇，以及人类之身困境的隐瞒，凸显了作家的怜悯、慈悲、善良、忧伤，给予她笔下人物以恩典，从而成就了一部部"光怪陆离"的文学作品。

（三）生活中的若离——才貌迷离

现实生活中的若离是一个童话般的女孩，有着童话般的面孔与笑容，就连她的衣着打扮都沾满童话般的气息。她像一个小精灵，有着天使般的笑容，但有时眼神是高贵而冷艳的。她一直是坚信爱情神话的执着者，聆听着爱情纯美的歌声，执笔飞速记载下每一个爱情音符。在她身上，从不同的侧面反映出中国女作家情爱观的变化。她的神话与反神话之间的巨大差异性，统一于她对心灵彻底的忠实。她表现心灵的疲倦，转喻中隐藏的个人隐语世界，互否性的内省，执着而纯粹。她在小说文本中，呈现出波澜不惊的日常生活中的荒诞，常常使我惊悚。这并不是一种语言的野蛮生长，而是尘世间，一颗希冀之心、欢乐之心常在。

若离有如今的成就，灵魂深处挣扎的轨迹一定是艰辛的。她所有的努力只是守护，或说是建设自己心中诗意的家园。依据海德格尔的观点，家园始终只是可能的，或者至少是，不是不可能的。海德格尔在现代世界所经验的，却是无家可归。无家可归的经验首先表明于此，在为其"在世存在"之烦，其次于形而上学历史存在的遗忘。

若离所有的欢乐和离殇埋藏在她的文字里。这文字就是巴尔扎克所说的人类秘密情感的芳径和后花园。若离是这个时代的一个很优秀的女性。她的眼睛是一部精密的仪器，记录过我们这个时代许多有意义的生活片段和轨迹。同时，她又必将是一个超越现代世界的精神生活的主宰者，这让我们对"才貌迷离"的她所创造的精神财富有更多期待！

作者简介：朱必松，学者，笔名南淞子。

第一章　再见梦中人

大雪疯狂地不知下了多少夜，整个世界像是被冻结。枯枝披上了银色外套，在风中无力颤抖。天空那片流云不知漂流了多久，最后终于在伊渺村的上空停留。它在静静地凝视脚下这片古老的村落，今天这沉睡百年的古庄，又在开始着谁人的传说？

"好痛，我受不了了……我不要生了……"躺在床上要生产的孕妇，无力地呻吟着。折腾了几日几夜的她面色发青，凌乱的长发与汗珠混粘在一起，披散在额前遮掩了半只眼睛。

守候在床前的老妈妈焦急万分地紧握着孕妇的手，嘴里边念叨着："菩萨保佑，菩萨保佑，保佑我儿媳母子平安……"那轻微的低吟声也只有她自己能听见。

在门外徘徊的那位身材适中，满脸沧桑的中年男子名叫伊楚天，他紧锁眉头，两只眉毛快织成一条线。他神情焦虑，眼神里藏着一丝丝不可言喻的恐惧，仿佛世界末日即将来临，但毕竟世界是没有末日的，即便有，那也不是他一个人的事。能让一个男人感到恐惧的，通常不是妖魔的降临，而是温柔的离开。

坐在火炕边抽水烟的老头倒是悠闲自在，靠在摇椅上不停地摇晃，好像这屋子里发生的一切都与他无关。

"荷花，荷花，你醒醒，你醒醒……"

这苍凉的凄叫声是从房间里传出来的。伊楚天闻声心像是掉进了冰坑里一样颤抖着。他有点控制不了自己的身体，摇晃着冲进了房间，扶起晕睡的荷花，将她依在自己的怀里抽泣道："荷花，荷花，你醒醒，你不能睡，你一定要坚强，你答应要为我生一群孩子，要陪我走完这一辈子……"

"荷花你张开嘴，喝点桂圆水。"老妈妈边说边用勺子向荷花嘴里喂桂圆糖水，她那骨瘦的双手颤抖得厉害，手中的碗也跟着不停摇晃。

荷花吃力地睁开了疲惫的双目，深情而无助地望着楚天。她好像要对他说什么，嘴唇微微颤抖了几下，但没有声音。楚天好像听懂了妻子要对他说的话，勉强地笑着向妻子点了点头，暗示妻子他知道她在说什么。这种无言的交流，是心与心的粘贴、爱与爱的交织，正所谓无言胜有声，只有真心相爱的人才能懂。一股爱的力量鼓励着荷花一定要坚强，荷花望着楚天也会心地笑着点了点头。

房间的窗户突然被风推开，伊楚天走过去准备关上窗户，举目间看到天空那片静谧的白云像是在对他微笑。就在他关上窗户的那一刻，一阵哇哇的婴儿哭声在房间里回荡。这哭声如冬日暖阳，温暖了整个房间。一个可爱的小生命，就这样在生死垂危之际诞生。

"是儿子还是丫头？"坐在摇椅上抽烟的老头，步履蹒跚地来到房门口。

"是个丫头。"老妈妈哭丧着脸。

"唉！我们伊家都成了《红楼梦》里的大观园了，尽是一些小姐丫头。"那老头边说边摇着脑袋。

躺在床上的荷花似乎听到了那老头的感叹声，老妈妈虽没有发言，但她那张比苦瓜还要苦的脸，远胜万语千言。荷花满怀歉意地望着楚天，那眼神像是做了什么亏心事一样，泛满歉意与自责。她像是有什么话要对楚天说，不等她开口，楚天就用手掩住了她的嘴。楚天似乎看懂了荷花的心事，抢着说："看，我们的女儿多可爱！瞧她那小嘴巴长得多像你。"

"都说女儿像父亲才富贵，其实我好希望她长得像你。"

"女儿长得像母亲，长大孝顺。如果长得像我，只怕以后是嫁不出去了！"

"你这是在安慰我吧！你别忘了你年轻的时候，那模样可是没得挑的。"

"时间过得真快！扳指一数，咱们结婚都快五年了。这五年来，我是朝思暮想希望自己能有个孩子，现在你终于帮我实现了这个梦。荷花，谢谢你！"

"都怪我不好，让你等了那么多年，才为你添了个赔本货。"

"瞧你说的，你别低估一个女人的能力，其实这个世界的命运是掌握在女人的手中的。"

"你总是搬出一大堆摸不着头脑的歪理来安慰我，不过我会努力的，一定会为咱们伊家添一男丁。"

"生孩子这事情，是努力不来的。你先别想这么多，养好身子才是关键，以后的事一切顺其自然。"

"嗯，楚天，你给咱们女儿取个名字吧！"

"嗯！我想想。"

楚天说完放下女儿，走到窗前，抬头第一眼看到的是天空那朵纯洁的白云。也不知是何缘故，他突然感觉那朵云特别的亲近，好像他们在很久以前就有约定。对，云，咱们女儿就取名叫云。他倚在窗前，心中突有些激动。

"荷花，你看，我们的女儿像白云一样纯净可人，我们就叫她云，你看怎样？"

"云，好温情的名字，我们的女儿一定喜欢。只可惜云儿是个女儿身，不能为伊家延续香火。如果云儿是个男孩就好了，要不我们喊她子云，儿子的'子'，希望她能带个弟弟给我们。"

"子云，子云，听起来铿锵有力，又有诗意，好，我们的女儿就叫子云。希望我们的女儿既有白云般的静美，也有男子般的坚韧。"

他们两口子你一言我一语，相互围坐一起望着女儿，那幸福的感觉弥漫了整间小屋。

就这样在父母温情的怀抱里，我开始了幼小的生命。摇床前，小河边，山谷里……处处布满我童年的脚步和欢歌笑语。父亲的肩膀上，母亲的怀抱里，爷爷奶奶的炕上，无处不爬满我儿时的可爱天真。三年后，母亲为伊家生了个男丁，可把爷爷奶奶给乐坏了。弟弟出生那天，晴空万里，正是阳春三月处处洋溢生机。父亲得知母亲生了个男孩，一节课还没上完，就兴冲冲地跑回了家，还给弟弟取了个悦耳的名字叫子朗，除了因为弟弟出生的那天，天空格外晴朗外，他们还希望弟弟能开朗豁朗，并且将来能有个朗朗乾坤。

弟弟是我们伊家的三代单传，是爷爷奶奶的心肝宝贝，也是父母的掌上明珠。万千宠爱集一身的他，却从不因此而刁蛮自大。虽然爷爷和奶奶会比较偏爱他，总喜欢把好吃的东西藏起来，偷偷塞给他，但每次弟弟都会背着他们，偷偷地把零食分给我。我们一起上学，也经常一起被父亲关在房间里做功课，弟弟比较顽皮，他功课不愿做就由我来代他完成。好几次父亲出难题他答不上来，我就在一旁指手画脚向他暗示，被父亲发觉后，我的屁股就跟着遭殃。每次我的屁股开花后，弟弟就会到奶奶那里骗零食给我吃，这就是他报答的方式。不知不觉中我和弟弟都长大了，我就要面临紧张的高考，而弟弟也要告别初中时代。每晚，我们各自在自己的房间里，借着烛光温习功课。

一天中午，外面骄阳似火，庄稼村落都显得格外压抑沉闷。我正在房间里收拾课本，忽闻外面一片嘈杂声，心一下子变得紧绷起来。我慌忙地跑到屋外，隐隐看见一位着军装的俊朗青年浑身湿透，被围在人群中。

兰婶家的小宝哭得很大声，兰婶抱着小宝站在那位军人身前，扑通一声跪在地上。那着军装的青年忙扶起兰婶说道："婶婶，你这是干什么？这是我们军人应该做的，你快起来，别吓坏了小宝宝。"

这声音像是在哪听过，怎么那么亲切，突又感到有些遥远，难道是他？我有些激动，想上前一见分明，但忽然又感觉心情特别的沉重。哪有那么巧的事情，不可能是他，他已经消失了十多年了！

"一帆，我的好外孙，你还在发高烧，你要是有什么闪失，我可怎么向你父母交代！"五婆扶着拐杖，步履蹒跚地走来，她的背看上去像骆驼，走起路来像企鹅。

真的是他！我没听错吧？我突然觉得鼻尖一阵酸楚，泪水在眼眶里打转转。我迫不及待地从后面往前挤，只为一睹庐山真面目。我在人群中周旋了半天，好不容易快挤到前排，却被身边的一位婶婶给喊住了，她不解地盯着我看，惊讶地问我："子云，你的眼睛怎么这么红，你哭了？"不想把心情写在脸上，更不想让别人看清，只是我天生就是个直性子的人，面对一些事情总难以自控。我低头朝后退了几步，不希望让别人看见我的柔弱，更不想离别十年后的第一次见面，以泪水开始。

"外婆，你别为我担心，你看我这不是好好的吗?"

五婆踮着脚跟，顺手从她那麻灰色斜扣老式衣褛缝里掏出了一手绢，她左手为一帆拍打身上的水，右手拿着手绢，踮着脚为一帆擦额头上的水滴。"天啊！你额头多烫啊！"五婆摸了下一帆的额头，又用手抚了下自己的额头，惊慌道，"儿啊！你的体温又在升高，赶紧跟我回家泡个热水澡。"五婆狠狠地白了兰婶一眼，然后拨开人群匆匆离开。

一帆像是没有发现我，他被五婆扯着从我眼前走过。我低头不敢看他，心里特忐忑。我在心里一遍遍地问自己："明明他就是我一直朝思暮想的那个人，为何当他出现在眼前，我却不敢与他相认？难道时间真的可以颠覆一切原本感觉美好的东西？还是原本我和他就是错？"

低头默送他离开，记忆在这一刻一涌而来。记得那是个春天，阳光格外明媚，漫山遍野开满了红艳艳的映山红。我和小伙伴们一起爬到清凉山顶，采摘野花。当年的我很瘦小，是一帆拉着我的小手，将我扶到了山顶。同伴们都忙着采野花编花环，而我因为脚不小心扭伤，只好坐在草丛里羡慕着别人的快乐。一帆采摘了好多映山红，他坐在我身边为我编了一个精致漂亮的花环并戴在我的头上，问我是否愿意做他的新娘，看着他那调皮却故作深沉的样子，我高兴得不知所措。来不及回答，邻居的妮儿趁我不留意抢走了我头上的花环，她也争着要做一帆的新娘。看着花环被人夺走，我伤心地痛哭起来。不一会儿花环又被兰婶家的亲戚柳忆飞抢去了，捣蛋的柳忆飞借花献佛把花环戴到我头上，嬉皮笑脸地问我可乐意做他的新娘。当时也不知为何就那么地讨厌柳忆飞，生怕自己真的会被他抢走似的，我哭得可伤心了。一帆为了保护我，勇敢地做起我的护花使者，与柳忆飞开战。结果却被柳忆飞使诈，栽倒在地。始终清晰地记得，那天是一帆一路扶着我下山的，之后他还背着我将我送回家。半年后，他父母要将他接回城里，临走前的那天晚上他来我家找我，送给我一只刻着"一帆风顺"的小木船。临别前他拉着我的手一本正经地说他以后会来找我的。那次道别后，我们就再也没有见过面，在我的记忆里他的样子一直还停留在离别前的那个夜晚。

"姐，你在想什么？奶奶在喊我们吃饭呢！"弟弟的话将我从回忆中惊醒。我低着头没说话，跟在弟弟身后魂不守舍地向家走去。

回家后，我从书柜里拿出一帆送给我的小船，小心翼翼地将它放在书桌上。双手托着下巴，静静地注视着小船，不由得又想起了十多年前，一帆与我道别的那个晚上。

一帆的家在城里，他爸当时好像是某机关干部，因工作关系才将他寄养在外婆家，听说他有两个姐姐也被寄养在乡下亲戚家里。临别前的那个晚上，一帆上气不接下气地跑到我面前，慌慌张张地拉着我手就向门外跑。

"一帆哥，你拉我去哪啊？"看到他那着急的样子，我不由好奇地问道。

"云妹，我爸明天要接我回城念书，我舍不得离开伊渺村，更舍不得离开你……"

"一帆哥，你真的要回城吗？那你以后还会来看我吗？还会为我编花环吗？"

"我真的不想回城，我舍不得离开你。云妹，等我长大了，我一定会回来找你，要你做我的新娘。"

两小无猜的我们，坐在月光下依依不舍。

"云妹，这只小船是我三岁时，一位僧人送给我的。我妈说我从小就体弱多病，一次庙会中她认识了一位高僧，那位僧人得知我的身体状况后，就送了这只刻有'一帆风顺'的小船给我，说是能保佑我一生平安顺利。我现在将它送给你。"

看着这只十分精致的小木船，我好奇地问："一帆哥，它真的能保佑你一生平安顺利吗？"

"能，说来也真怪，自那僧人送我这只小船后，我的身体真的要比以前健硕多了。云妹，我把它送给你，希望它能保佑你一生平安顺利。"

"不，我不要，小船是你的吉祥物，它应该常伴你，保佑你平安一生。"

"一帆，你在哪啊！天太晚了，赶快回家……"远处突然传来一男子的呼喊声。

"云妹，是我爸在喊我，我要走了，我一定还会回来看你的……"一帆将手中的那只小船又塞到我手里，然后偷吻我的额头，依依不舍地转身离我而去。"云妹，我一定会回来找你的，长大了我要你做我的新娘。"一帆一步一回头，恋恋不舍地站在远处对着我喊。

我站在小树下目送他消失的背影。当时的我们都不懂何谓离愁别恨，也不知道"新娘"这两个字象征着何等意义，我只知道自己很怀念与他一起共处的时光，怀念那次清凉山上他为我编花环，怀念他背着我回家……

"荷花，是你啊！这么晚你来这荒野干吗？"一帆的父亲杨秋华，突然间看到自己以前的意中人从对面走过来，惊喜万分。

母亲见到几年前因想得到自己而不择手段的杨秋华拦在自己面前，有些胆战心惊，立即绕道而行。

"荷花，你怎不搭理人呢？我又不是魔鬼，你干吗那么害怕我？"杨秋华见母亲绕道而行，愣在那里望着当年心爱的姑娘远去的背影，心隐隐作痛。"唉！女人心海底针，让人真难猜透。我杨秋华哪里不如伊楚天？为何荷花宁可留在乡下过苦日子，也不愿跟我去城里享福？我真他妈的窝囊，连自己喜欢的女人都被人抢走。"

"荷花婶，你是不是来找云妹啊？云妹在那边。"迎面而来的一帆，手指着西边对母亲说。

母亲一声不吭地朝一帆手指的方向而去，显然母亲是对一帆有偏见。

"婶婶今天是怎么了？"

"你这小子，明知明天要回城，你还乱跑，这么晚你去哪了？"正在生闷气的杨秋华，将火全撒在儿子一帆的身上。

"今天是什么日子？怎么大人们一个个都那么奇怪？刚才荷花婶不理我，现在自己的父亲也像是吃了火药一样？"一帆心中甚是疑惑，见父亲这么凶，他不敢吭半声，低着头跟在父亲身后向家走。

"云儿，你这丫头，这么晚不回家，待在这荒野里干吗？你手里拿的是什么？"母亲面色发青，走到我身前质问我。

"没，没做什么。"见母亲说话语气那么生硬，我紧张地忙将一帆送给我的小船藏在身后，支支吾吾回答道。

"把手中的东西拿出来给我看看！"母亲说着就要抢我手中的小船。

"妈，这是一帆哥送给我的小船，一帆哥说这小船能保佑我一生平安顺利!"

"快给我扔掉,我们伊家不会接受杨家送的任何东西,有了这小船,你的一生才不会平安顺利的!"

"不,我不扔,一帆哥不会骗我的,他说过这只小船可以保佑我一生平安顺利。"

"云儿,听妈的话将它扔掉,不就是一只普通的小木船吗?回头我叫你爸也给你做只更漂亮的小船。"母亲执意夺走我手中的小船,然后无情地将它扔在乱草丛中。

看到心爱的小船被扔在草丛里,我捂着双眼大哭起来。可任我哭得有多大声多伤心,母亲都无动于衷,她拽着我的手将我一路拖拉到家。那晚深夜,我趁大人们都睡着了,悄悄地下了床,蹑手蹑脚地出了家门,借着月光跑到乱草丛里,将小船裹在衣服里偷拿回家。十年了,我一直将那只小船用毛巾裹好藏在墙角的旧书柜里,隔不久就会将它偷拿出来细细欣赏。今天突见到这只小船的主人,隐藏十多年的回忆仿佛就像昨天才发生,让人感觉那样亲近、温馨。

"姐,你在傻笑什么?时候不早了,该去学校了,再过几天就要高考,我祝姐能发挥理想,考上好学校。"房门突然被推开,我惊慌失措地忙将小船藏在身后,原来是弟弟,弄得我虚惊一场。抬头一望挂在墙上的时钟已是下午四点,还要赶到学校上自习,时间不早了。我忙起身将小船用毛巾裹好藏好,收拾好课本,和弟弟一起朝学校赶去。当路过一帆的外婆五婆家门前时,我的脚就不听使唤了,感觉步伐突然变得沉重。我愣站在五婆家窗前,傻傻地呆立在那里。真的好想进去见见一帆,不知他高烧退了没有?

"姐,你愣在那里干吗?再不走就迟到了。"

我跟在弟弟身后,心里像是塞了块石头,憋得我喘不过气。突然间心中有一种难以自控的冲动,就是特别想见见一帆。我喊住弟弟:"朗,我忘了拿语文课本,我要回家取课本,反正一会儿我们又不同路,不如你先走。"

"姐,你平常不是这么粗心的,今天我总感觉你怪怪的!那好,那我先走了。"

回到五婆家门前,我的心几乎要跳出来了。正犹豫不决地暗问自己到底要不要进去、不知一帆会不会像我一样对从前的一切念念不忘时，五婆突然从屋子里走出来。她冰冷生硬的脸上那深陷而令人恐惧的双眼，正朝我投射寒光，我有些胆怯。她冷冰冰地质问我："你是来找一帆的吧？他不在家，回部队了。"

怎么那么快就回部队了？尽管我有些失望，但还是忍不住问五婆："五婆，一帆哥怎么走得这般匆忙？不知他烧退了没有？"

五婆有些不耐烦地回答："我家一帆是军官，忙是理所当然的！你怎么突然对我家一帆这么关心？莫非你想攀高枝不成？"

"你别误会，我没有那意思，对不起打扰了！"

五婆的话尖酸刻薄，让我无地自容，羞愧而逃。就在我转身离开的时候，五婆朝我的背影"呸"了一声："哼！你这个穷酸的乡下丫头，也太自不量力了！我一帆可是城里人，他怎会看上你呢？简直就是在做白日梦。"

"外婆，你刚才和谁在说话呢？"一帆从房间走了出来。

"没，没有谁，我们进屋吧！"五婆吞吞吐吐道。

"难道是我的错觉，我怎么刚才听见有人在向你问起我？外婆，那个人是谁？我怎么感觉刚才就是她来找过我。"杨一帆指着我远去的背影，心事重重地问五婆。

五婆神情有些不自然："你这孩子准是高烧把脑子给弄坏了！我刚才就一个人站在这里，如果真有人来问过你，我干吗要骗你呢？至于那个背影是谁，我老了视力不好，她刚才从我这里路过时我都没有看清是人还是鬼。"

外婆没必要对我有所隐瞒，难道真的是我烧糊涂了？刚才那声音，还有那背影，怎么会让我感到无比的亲切？她会不会就是我魂牵梦萦的云妹呢？一帆看着那渐渐消失的背影，感到莫名的失落。

七月的暴阳像个火球笼罩着伊渺村，稻田里的庄稼被炙烤得奄奄一息。已经有两个多月没下雨了，这样百年难见的干旱天气，怎不叫村民们着急？眼看辛劳耕耘的农田受灾，村民们心急如焚。

躺在屋子里打点滴的杨一帆还是高烧不退，额头上的汗珠一阵接一阵。"云妹……云妹……"昏睡中的杨一帆又在说梦话。

"儿啊！你是怎么了？这两天高烧昏睡中，你已是第四次在梦里喊云妹了。真不知那丫头给你灌了什么迷药，让你如此着迷？”五婆将昏睡中的一帆唤醒，从厨房里端了碗热汤，摇摇晃晃来到床前。

"外婆，我自己来吧！"一帆接过五婆手中的汤碗，勉强自己喝了几口。见五婆那担心的样子，他拉着五婆的手抱歉地说："外婆，你别为我操太多的心，我没事的，倒是你，为了照顾我，把自己累成这样，我心里挺不是滋味的。"

"我儿从小就懂事，长大了就更加懂事有孝心。外婆不累，只希望你能早日好起来，我也就安心了。"

"外婆，我这次从部队回来除了探亲，其实还有很重要的事没和你说，你还记得从小常和我在一起玩耍的那个……"

"你这孩子，有什么事比你身体更重要的？你还是赶快先把汤给喝了，其他的事以后再慢慢说。"五婆故意将话题扯断，端起碗将汤送到一帆嘴里封住他的口。因为她心里很清楚，一帆口中那所谓的重要的事对于她来说未必是好事。

当年一帆的父亲杨秋华喜欢我母亲荷花，而一帆的母亲小青喜欢我父亲伊楚天。他们之间的感情纠纷和矛盾，至今还是千丝万缕理不清头绪。如今两家人是水火不容。

"外婆，我真的没事，你别再为我的身体担忧了！你还记得我小时候的伙伴伊子云吗？我这次回来主要就是冲着她而来的。"提到我，杨一帆是满面春风。

"从小和你一起玩的小伙伴可多了，我已记不起是哪一个。你说你这次回来是冲着她来的，看来是外婆沾了她的光，你只是顺道来看看我这个老太婆！"

"当然不是，我最想念的是外婆，我只是顺道来看看她，应该是她沾了外婆的光。外婆你忘记了吗？伊子云就是楚天伯伯家的女儿啊！那个眼睛大大的，扎个马尾很可爱的小姑娘。"

"哦，听你这么一说，我好像是有点印象。唉！人老了脑袋不好使了！"其实她脑袋好使得很，诡计比谁都多。她拍了下自己的脑门故作同情地说："伊子云，这丫头是够机灵可爱的，只是这丫头命苦啊……"她一句话还没说完，就停下来长长叹了口气。

"外婆，你刚才说什么？云妹命苦？到底是怎么回事啊？你快点告诉我。"一帆边说边摇晃着五婆枯瘦的身体。

"伊家在伊子云小的时候就为她定了婚事，只是一直都瞒着这丫头，可怜她现在都不知道啊！"五婆说起谎来眼神中不留一丝痕迹。

"不，我不相信，现在还会有这么荒唐的婚约？这怎么可能？"杨一帆心中茫然一片。

第二章　恨的种子

"老天啊！乞求你发发慈悲，下点雨吧！可怜可怜我们这些庄稼人吧。"母亲跪在村口祠堂里的佛像面前边拜边念叨，完成了她那虔诚的礼拜，如同拯救了一场灾难，心中踏实多了。

母亲不急不忙地走出祠堂门，正遇见迎面而来的杨一帆。这位二十岁出头的阳光小伙子，浑身上下洋溢着青春的气息，那一身军装更显得英气逼人。他眉宇之间深锁着一种耐人寻味的忧郁，尤其是他蹙眉的那一瞬间，透露着一种古典的气质，这种唯美的气质应该是很受女孩子追捧的，然而对于母亲来说，这种感觉坏透了。在杨一帆的身上，母亲看到了杨秋华的影子，人不可貌相，华丽的外表，往往裹住的却是一颗丧心病狂的心。望着眼前这个英姿飒爽的青年，一段深埋几十年痛彻心扉的回忆，又在眼前拉开序幕。

当年杨一帆的父亲是镇上的领导，他本和母亲的姐姐兰花有婚约在身。杨秋华和兰花一直相处得很不错，一次夜里酒后，他们在野外的大树下拥抱在一起，在杨秋华的强迫下，兰花失身了。不久，兰花怀孕了，当时，待字闺中的少女怀孕，在村里可不是一件光彩事。兰花担心自己名声扫地，便找杨秋华谈论婚事。可已经变了心的杨秋华，说什么也不承认兰花肚子里的孩子是他的。更让人寒心的是，他把兰花怀孕的事到处宣扬。兰花被逼含恨跳下了山崖，结束了她年仅十九岁的年轻生命。兰花死后，杨秋华就趁火打劫步步追逼，说他和兰花有婚约，如今兰花死了就用荷花来代替。原来心比毒蝎的他，早就看上了正在成长中如花似玉的荷花。

一次荷花独自一人在闺房边哼着小曲边刺绣，杨秋华刚好来家中

12

串门，恰巧那天兰花和父母都去镇上办嫁妆去了。不知廉耻的杨秋华，盯着豆蔻年华的荷花目不转睛，荷花如花似玉的脸蛋，还有那楚楚动人的身姿，如同画中人物，很是让人动心。杨秋华当时就起了色心，他觉得荷花的美艳远在兰花之上。心存不轨的他，色眯眯地站在房门口，盯着正低头刺绣的荷花入迷。他感觉体内荷尔蒙在膨胀，欲火焚身。他突然冲进房间，紧锁房门，像一只饿狼，猛地向荷花扑去。

杨秋华的举动让荷花措手不及，她感觉像天要崩塌一样，无处逃生。她怎么也想不到自己的准姐夫，会如此荒淫无德，平日见他温文儒雅的，没想到竟是个衣冠禽兽。杨秋华抱住荷花将她按在床上，满口秽语："荷花，我的小美人，我已经喜欢你很久了，今天让我好好亲亲你。"

"杨秋华难道你忘了你自己的身份？你是我姐姐的男人，你怎么可以背叛你未过门的妻子？你对得起我姐姐，对得起自己的良心吗？"

"我只知道我是个男人，你是个女人，而且是一个能让男人蚀骨销魂的女人，我现在只想做一个男人和一个女人应该做的事，小宝贝，你就可怜可怜我吧！"

"你怎么可以这样无耻？你若这样做，根本不配做个男人，枉我姐姐对你痴心一片，而你却如此猪狗不如……"

"说完了吧！也骂累了吧！现在该到犒劳我的时间了吧！小宝贝，我会让你好好享受男女之欢，等我服侍完你，你就会后悔你刚才所说的我不配做男人。等我做完了你就知道，只有我才会让你享受到做女人的幸福。"

杨秋华的身体如同一块巨石压在荷花身上，任荷花如何反抗哀求唾骂，他都无动于衷，此刻他只是一个没有人性的下半身动物。他狠狠扯开荷花的上衣，那些娇弱的纽扣门卫摇摇晃晃站不住脚。荷花那白皙香凝的乳沟如同波涛起起伏伏。杨秋华虎视眈眈地盯着眼前这个美艳的猎物，狼吞虎咽，口水卡在喉咙里一度哽咽。眼看一场灾难即将在这位花季少女的身上上演，就在这千钧一发之际，房门咚咚地响个不停。一定是姐姐她们回来了，荷花像是找到了救星。

"荷花，我们回来了，你在房间吗？"兰花手里拿着一块布料，满脸都荡漾着幸福的笑容。

"回来得真不是时候，坏了我的好事！"杨秋华朝房门那扫视了一眼，心不甘情不愿地将身体从荷花的身体上移开。在离开荷花身体的片刻，还仓促地在荷花的脸上留下了狼吻。

"你，下流，无耻。"

此时的荷花，像只受惊被困落狼窝的小绵羊，缩成一团浑身发抖，她用仇恨的双目瞪着眼前这个人面兽心的杨秋华，恨不得用眼神将他刺死，用万马将他分尸，再将他打入十八层地狱，永世不得超生。为了不伤姐姐的心，荷花慌里慌张地整理着自己凌乱不堪的头发和衣襟。

杨秋华警告荷花："刚才的事你就当什么都没发生，不然传出去，受辱蒙羞的是你。"

"清者自清，我不怕别人如何看我，我担心的只是姐姐，如果姐姐知道你这么无耻，她一定会很伤心。"

"无论是为了维护你的清白，还是为了不让你姐姐受到伤害，你都得当什么都没发生。"

将姐姐交给这样一个禽兽，我怎放心？但是如果将刚才发生的一切告诉姐姐，又怕姐姐会接受不了这样的打击。我该怎么做？荷花此刻的心情很矛盾。

"妹妹，你在房间吗？我为你扯了一段很漂亮的布料，给你做新衣服，你穿上一定很美。"门口的兰花，美滋滋地捧着布料，等待将快乐传递给妹妹。

房门突然打开，杨秋华的出现对于兰花来说是一个意外，也是沉重一击。刚才还笑容可掬的她，这会儿面部表情滞，眼睛里满是困惑质疑，甚至还有几许未曾爆发的怨恨。布料瞬间从手中滑落到地上。

"你回来啦！我是来接你去我家过端午的。"杨秋华皮笑肉不笑，很不自然地拍了下兰花的肩膀。

"姐，你回来得真及时。"荷花掩饰着内心的恐惧与慌张，挤出几丝苍白的笑。她走到兰花面前，蹲身拾起地上的布料，不停地赞美兰花眼光好，挑的布料她很喜欢。就在荷花起身的那一瞬间，她衣服上的纽扣突然掉落在地。荷花尴尬地拾起纽扣，面红耳赤地准备转身离开。

孤男寡女共处一室，还关着门，半天都叫不开门。好好的纽扣若不是被人扯过，怎么会无端掉下？一个是自己深爱的男人，一个是自己亲爱的妹妹，他们怎么可以这样对我？"荷花，你别走，我有事情问你。"

　　"姐，你逛了一上午的街，也累了，你先歇息片刻，有事情一会儿再说。"荷花不敢转身面对兰花。

　　"你们刚才都做了什么？"

　　"姐，你说什么，我听不明白。"

　　"你是真不明白，还是故意装傻？姐还不至于愚蠢到这种地步。"

　　"姐，你想多了，我能做什么？"

　　"你给我站住，你若还把我看成是你的亲姐姐，你就告诉我实情。"

　　荷花真不想对姐姐有所隐瞒，但想起姐姐曾经对自己说过，杨秋华是她这辈子唯一深爱的男人，姐姐爱他胜过爱自己。如果让她知道她爱着的男人背叛她，一定会想不开的。为了不让姐姐伤心，荷花还是没敢将真相说出。

　　兰花的眼前此刻浮现出一幕她极不想看到的画面，她看见自己的妹妹躺在自己心爱的男人怀里，两人有说有笑，打情骂俏。她忍受不了爱人的背叛以及亲人的欺骗，冲到荷花面前，狠狠地扇了一巴掌。

　　"姐……"荷花委屈而心疼地望着姐姐，眼泪不禁夺眶而出。

　　"我不是你的姐姐，你不配做我的妹妹。"

　　荷花知道自己是跳到黄河也洗不清，纵有千口也难辩，她放弃了为自己解释，哭着跑出了家门。

　　已成泪人的荷花，沿着山路狂奔，她也不知自己跑了多久，身心已疲惫，天色也渐近黄昏。瘫坐在山崖前的她，望着天空那断裂的晚霞，再看看脚下那荒凉无底的悬崖，被一种莫名的恐惧和绝望吞噬着。眼看天色逐渐黑暗，狠心的家人却对她不闻不问，好像所有的错都是她一人造成的，她突然感觉自己是个罪人，感觉自己的存在是多余的。一种彻骨的绝望和无助，让她一步一步向悬崖迈近，枝头的老鸦在一遍遍地哀鸣，这叫声冷凄得让人彻骨。荷花回头泪眼模糊地望着那生她育她的伊渺村，村庄还是那村庄，那山头仿似爬满了忧愁。是心伤、是意惆，还是太多委屈无法诉，她只感到眼前一片黑暗，像是天崩地裂无处找出路。就在她闭上双目要跳向崖底的那一瞬间，一双有力的手紧紧揽住她那纤纤玉腰。

"荷花婶，你是不是有心事？天气这么热，小心中暑。"

母亲显然是太投入回忆中，以至于忽略了身边站着的杨一帆。她头上汗珠一阵接一阵，也不知道是回忆的恐惧，还是太阳的炙烤，此刻的她活像一尊瓷人，始终保持一个表情，一种姿势，伫立在暴阳下不动。

难道是我说话声音太过温柔？杨一帆又上前了一步，放大嗓门："荷花婶……"

这一声，立竿见影。

母亲全身一颤，见当年曾侮辱她的杨秋华之子，站在自己面前，她脸上的表情突然变得复杂起来。母亲瞪了杨一帆一眼，低着头匆匆离去。

"荷花婶，云妹在家吗？我很想见见她。"

母亲愣了一下，却没有回头。真是阴魂不散，当年杨秋华逼死了姐姐，还差点害我名声扫地，如今他的儿子又来纠缠我的云儿，真不知是几辈子造的孽，躲都躲不了。

当年我和云妹在树林告别的那个晚上，荷花婶也是像今天一样，对我不理不睬，这到底是为了什么？烧得晕头转向的杨一帆，在心里一遍遍地问自己。几天高烧不退的他，本来就身体虚脱，暴阳的毒辣，再加上情感的困惑，使他忽然感觉眼前一暗，扑通一声晕倒在地。

母亲闻声回头一望，见杨一帆倒在暴阳底下，心中微微一颤。这孩子虎背熊腰的，怎么会突然晕倒在地呢？母亲快步朝杨一帆迈去，弯腰想搀扶起一帆。但一刹那，一帆那轮廓分明的脸，隐匿着他父亲当年的影子，让母亲分不清此刻躺在她面前的到底是谁。在母亲的错觉里，他就是那个禽兽不如的杨秋华。母亲蓦地起身，收回了那双爬满老茧的手。仇恨密布了母亲那颗善良的心，她始终走不出几十年前的阴影，她又看了一眼一帆，转身离去。

"姐，你看，前面有个人躺在路上！"

我顺着弟弟手指的方向望去，心突然跳得厉害。虽然我不能看清躺在路中的那个人是谁，但那身军装和直觉告诉我，他是一帆哥。我将手中的课本塞到弟弟手中，快速朝那位军人跑去。果真是他，他怎么会倒在这里？我心神不宁地将一帆扶起，让他倚靠在自己怀里。他那滚烫的身体，烫得我胆战心惊，急躁难安。

"一帆哥，你醒醒，你醒醒，我是子云……"我激动地摇动他的身体，可他已完全失去知觉，根本听不见我的千呼万唤。

"姐，你别哭，我们得赶紧送他去医院。"

弟弟将课本扔在地上，做了个弯腰的姿势。当时我只知道着急，却忽略了现实问题，杨一帆身材魁梧，实在是难为了正在成长中的弟弟。弟弟吃力地背着他前行，但没走多远，就累得不能动弹了。

"姐，我没用，我实在背不动他。"

"朗，都是姐姐不好，姐姐疏忽了，你还是个孩子，要不让我来背他。"

"姐，你别和我开玩笑了，我们掰过手劲，你的力气还不及我呢。"

"不试试，你怎么知道呢？"不等我说完，弟弟就跑去搬救兵了。

"一帆哥，一帆哥，你一定要坚强……"望着昏睡不醒的一帆，我泪如雨下。

半盏茶的工夫，杨一帆的外婆和舅舅相继而来。走在前面的是弟弟和杨一帆身强力壮的舅舅二牛，五婆紧跟其后。人未到，五婆的眼神先把恶意传递到了。她那被皱纹包裹的小眼睛，放射出来的毒素，比砒霜还毒。

五婆不分青红皂白地责问我："你这个丫头，你把我的一帆怎么着了？他怎么会晕倒在你身上？一帆要是有什么不测，我不会饶了你。"

"五婆，我们好心救一帆哥，你非但不感激我们，还出言不逊，毒舌伤人，真是狗咬吕洞宾不识好人心！"弟弟心直口快，不忍我蒙受冤屈。

五婆欺善怕恶，没有再吭声，催儿子二牛赶紧送杨一帆去医院。二牛蹲下，背起杨一帆朝医院方向赶去。我本想也跟着一起去医院，却被五婆拦住。她用讽刺的眼神瞟了我一眼，训斥道："你这个乡下丫头，是想攀高枝吗？一帆是干部子女，他自己也是军官，你也该衡量衡量你自己，有点自知之明好吗？你有哪一点能和我的一帆比啊？别不知天高地厚，再来缠着我的一帆，影响了他的前途你难道就心安理得了?"

五婆的一番话如刺骨寒风,击痛我心。难道我就那么令她讨厌?我是个乡下丫头,但我却有我的人格和尊严啊!她为什么要这样来挖苦嘲讽我?我到底是哪里得罪了她老人家,让她对我如此反感憎恨?我呆在那里,茫然地望着他们渐行渐远的背影,心中一遍遍轻喊着:"一帆哥,你千万不能出事,我真的好担心你!我心里有好多好多的话要对你说……"

"姐,这个年头好人真难做!我们回家吧!别和这老太婆一般见识。就算我们今天倒霉,半路遇到了个老怪物。"弟弟从地上拿起课本,拉着我一起回家。

火夏激情澎湃,但又泛着几分无奈。伊渺村这个封建百年的古庄,断送了多少痴男怨女的向往,今天又有谁人的情感悄悄被掩埋?上一辈子留下的恨,结下的怨,是否几辈子都无法化解?

高考完的我,本可以释放疲惫,放松心情,但刚才回来路上所发生的一幕,叫我如何释放开怀?一帆的病情不知如何?五婆为何要这样对我?难道乡下丫头就这样遭人排斥?许多的疑问压在心中,却无法找到一个合理的答案。我将自己关在房间里,从衣柜里拿出那只我收藏十年的小木船。每次凝视这小船时,我就想起一帆与我道别的那个晚上,无法忘却的记忆啊!

"云儿,高考考得怎样?"房门突然被推开,我紧张地起身站在桌子前,将小船挡住。幸好母亲没将它认出,她只是随便地问了一句:"云儿,在哪儿弄来的小木船?挺精致的!这次高考考得还理想吧?"

"应该考得不会很糟糕吧!"刚才还为小木船的命运而担心,现在听母亲这么说,我也就放心了。

"不会很糟糕,多没底气的一句话。也就是说考得不怎样?明天我带你去村里祠堂烧香拜佛,祈求佛祖保佑你能考上名校。"母亲说完将双手合并,嘴里念叨着"阿弥陀佛"。

"妈,高考都结束了,一切早已尘埃落定,我们就别去惊动佛祖了。再说佛祖也操不了这么多心啊!哪能照顾得如此方方面面?"

"佛法无边,天上的事,人间的事,他都能照顾。当年我生你时难产,若不是菩萨保佑,我们母女俩的性命还不知道在哪里呢。"母亲合并双手又接着念叨，"阿弥陀佛，菩萨别怪，小女不懂事，望佛祖宽恕，阿弥陀佛……"

"姐，听说一帆哥病情加重，刚才他父母来咱村医疗所，说要将他接回城里治疗。现在他们还在医疗所，你要不要去看看一帆哥？听五婆家的小孙女说，一帆哥昏迷间老是喊你的名字……"弟弟上气不接下气地送来这么一堆子的话。

我偷偷扯着弟弟的衣角，暗示他别再说下去，我不知道母亲和一帆家有何恩怨，但我知道母亲不喜欢一帆，更加不喜欢我和一帆交往。

单纯的弟弟，怎懂我的用意？他还在不断诉说。这件事情最不开心的应该是我，可母亲好像比我还紧张，还要担忧。她突然问："朗，你刚才说什么？"

母亲的话令我们大吃一惊，弟弟刚才说那么多，她却没能听进一句，幸好她什么都没听进去。令人费解的是母亲在想什么呢？大人的心事真让人难猜难懂。

"妈，你是怎么了？我在这说了半天，你居然一句都没听进去。瞧你脸色这么差，你是不是生病了？要不我和姐姐陪你去看医生，顺便也去看看一帆哥……"

"妈，你是不是太累了？"我急着打断弟弟的话。

母亲问："朗，那个杨一帆，身体没多大问题吧？"

"一帆哥应该不会有太大问题吧！倒是你，妈，你脸色怎么这么吓人？"

嗯，是要借此机会去瞧瞧杨一帆那孩子，虽然我和他父亲有仇，但如果他要是有什么闪失，我这一辈子也不会心安的，不去看看他，我这心里怎么也不踏实。不如将计就计，随了孩子的意思。母亲连连咳嗽了几声："唉！人年龄大了，说病病就来了！朗，你陪我去趟医疗所。云儿，奶奶一个人在厨房忙着，你去帮帮她。"

"妈，让我也陪你一起去吧！多一人多一份照顾。"

"云儿，妈知道你孝顺。有你弟弟陪着我，你就放心吧！"

虽然我心中有百般无奈，但母命难违啊！母亲将我拦在家里，可我的心却随同她一起去了。一帆哥，不知他现在的病情好转点没有？也不知他这次回城里，何时再能与他见上一面？我怀着忐忑不安的心来到厨房，见奶奶正弯着身子在灶头拨火。灶台上的砧板上躺着半个未切完的土豆，我心不在焉地拿着菜刀，想将那半个土豆给宰掉，可那顽劣的土豆，不愿屈服于我的刀下，坚持不做我刀下亡魂。这一刀它算是躲过了，只是我这愚笨的手指头代它挨了一刀。刀落在我的中指上，激怒了指头上的血管，鲜血如喷泉直往上喷。

"云儿，你什么时候进来的，你的手怎么弄成这样子？"奶奶立刻丢下手中的柴火，慌里慌张地跑过来。

我淡然一笑："没事的，奶奶！"

"都伤成那样子，还说没事。你看这都快血流成河了。"

奶奶慌慌忙忙地从围裙里掏出手绢，将我手上的刀口紧紧缠绕，这刀口真争气，为了帮我争取去医院的机会，鲜血就不投降。被这一刀造成最大伤害的人是奶奶，因为此刻的我是一个无心的人，忘记了痛。

"云儿啊！怎么这么不小心！走，我们赶快去村医疗所瞧瞧你的伤口。天气这么热，要是发炎了就不好。"

"奶奶，我真的没事。你别为我担太多心，这点伤口比起心伤算什么……"

"云儿，我感觉你今天心事重重的，你刚才说什么心伤啊？"

"奶奶，是你想多了吧！你看我不是很好嘛！哪有什么心事！"我努力地挤出一丝笑，这笑有点僵硬，但总算是蒙混过关了。

奶奶细心入微，就我这点小伤口，够她花上几个夜晚不睡觉了。为了减少奶奶心里的负担，我乖乖地顺着奶奶的意，随同她去了村医疗所。此行，不为自己，只为能见一眼心中的那个他。

村医疗所嘈杂一片，一双双布满问候的眼神，一颗颗紧绷的心，塞满了这间简陋狭小的病房。躺在病床上的杨一帆，还是高烧未退神情恍惚，英气逼人的他，这些天显然是憔悴了许多。守在病床前的五婆，不时地拿着手绢为他擦额头的汗珠。

"出院手续已办理好了。二牛，你过来帮一下忙，把一帆背到医院门前的车子里，这孩子的病情耽误不得，我得赶紧送他回城里治疗。"步入中年的杨秋华，虽衣着光鲜，但已经走样的身材，再也找不回从前英俊的样子。他将儿子一帆从病床上扶起，如黄牛般健壮的二牛蹲在病床前，背起一帆就朝门外奔去。杨秋华、五婆还有二牛的老婆和女儿都紧跟着出了病房。刚才喧嚣的病房，一下子安静下来。

我和奶奶刚巧来到了医院门前。医院门前停着一辆小车，我站在车前愣了许久，心中很是不安。一帆的父亲向车子这边跑过来，想必一帆哥就在车子里面。好想上前去看看一帆，哪怕只是一眼，也会让我瞬间知足。

"云儿，我们快走吧！你看你的手还在流血。"奶奶边说边把我往医院里拉。

这丫头一定是荷花的闺女，瞧她那清秀的面孔，和二十年前的荷花一样俊俏迷人。迎面而来的杨秋华用异样的眼神盯了我许久，方才上了车。车开动了，也带走了我的心。傻傻地望着远去的车子，心中瞬间失落，一帆哥，不知我们下次相见是何年何月？今生若失去了你，我仿似丢失了整个世界。

第三章　摩登女郎下乡

　　杨一帆他们的车子绕着伊渺村的山道一路颠簸，就在快要出村口时，对面来了一辆银灰色豪华小轿车。这么崎岖狭窄的山路，那辆小轿车竟然如同烈马一样飞驰而来。眼看就要迎面相撞，幸好开车的师傅技术精湛，一个急刹车，车子贴着山道停了下来。杨秋华正准备去找那辆车的司机理论，不等他开口，那辆车里走出一个身姿俊朗、戴着墨镜的帅小伙子，他气急败坏地跑到杨秋华面前大嚷："你们是怎么开车的，没长眼睛啊？幸好是有惊无险，不然要你好看。"

　　"你怎么说话的？明明是你开车横冲直撞，你倒好，现在反咬我们一口，把责任推到我们头上，你还讲不讲道理？"杨秋华也不是盏省油的灯，他也下了车，和那小伙子理论。

　　这时那辆银灰色轿车里走出了一位摩登女郎。那女子身材窈窕，身着一件华贵的贴身花旗袍，修长的美腿在阳光下更显娇嫩，瞧她那一头乌黑的卷发，如海上波浪重重叠叠，火红的唇膏将她本就性感的嘴唇修饰得更加蠢蠢欲动，那双漂亮的单眼皮眼睛，虽不及丹凤眼那般精致迷人，但那眼神足能勾走男人的心，她扭着屁股朝那小伙子走来。杨秋华见对面走来一美女，色眯眯地盯着半天不回神。

　　"忆飞，到底怎么回事啊？这鬼地方真不是人待的。不要和这般粗人一般见识，我们上车走吧！"那女子娇滴滴地朝那小伙子撒娇。

　　杨秋华听别人骂他粗人，火冒三丈。如果换成是别人这样骂他，他肯定是要破口大骂的，但说话的是一位妙龄女郎，在美女面前他是完全可以放下自己的面子的。他装出一副温文尔雅的样子："不和你们年轻人闹，我儿子一帆的病情耽误不得，我还要赶路。"临走前，他也不忘用眼睛在那美女身上再多环顾一圈。

一帆，这名字怎么这么熟悉？柳忆飞突然兴奋地大叫："想起来了，一定是和我抢新娘子的杨一帆，对，一定就是他。"

"什么新娘子啊？你不是告诉我，说我是你认识的第一个女人吗？怎么一会儿又冒出一个新娘来？"那女子摇着柳忆飞的肩膀，看样子很是着急。

"好了，你就别闹了，那都是陈年烂谷子的事了，何足挂齿？"柳忆飞嘴上虽是对过去表现得漠不关心，而心却早被回忆勾走了。此刻，儿时的那一幕幕，又映入他的脑海。子云，我有很多年没见她了，她小时候古灵精怪得很是讨人喜爱，如今应该是出落得更加标致迷人。

"忆飞，你在傻笑什么？"

"没，没什么？我们上车吧！"

"我怎么感觉你像是掉了魂一样，这荒山野岭的又没有狐仙。"

"即便有狐仙，我的魂别人也勾不走。"

"也是，那些狐仙只是在书中才妖艳无比能够摄人心魂，若真是跑到这林子里，未必能与我媲美。"

"是，普天下就艳艳你最美，无人能及！"柳忆飞诡秘一笑。他们手挽着手，朝车那边迈去。

一帆哥走了，我和他一别十余年，如今好不容易能见上一面，可老天却不给予我们相同的瞬间。他回城了，一句话也没说就离开了，我失魂落魄地漫步在村庄的小路边，无名的夏虫声声哽咽，夏虫啊夏虫你在思念谁？

"嘀，嘀……"汽车在我身后声声鸣，可我却毫无知觉，依旧低头漫无目的地在另一个世界游走。

"前面的丫头，咋不让路呢？"眼看车子就要碰到我身体，我却没有任何反应，柳忆飞急得大声吆喝。大概是个聋哑人吧！今天真他妈倒霉，又不是拍电视剧，刚才碰到个程咬金，现在又来了个哑姑。唉！不过这丫头也怪可怜的，瞧那亭亭玉立的身姿，怎她妈就这么不会生，生个哑巴呢？

"忆飞，这什么鬼地方啊！我简直要晕了！"那个妙龄女郎半倚在柳忆飞的肩膀上，娇声嗲气。

"好了！别再撒娇了！我们去姑妈家办完事情就离开这里，你就将就一下。"

柳忆飞下了车，站在我背后，用力拍我的右臂。我漫不经心地回头，漠然转身接着走。柳忆飞呆立在原地，像是在回味什么？是她，一定是她……他欣喜若狂地朝我大喊："子云，子云……"

我回头望了他一眼，感觉像是在哪里见过，但却已模糊不清。

"子云是谁啊？看看你现在的样子，像是魂儿都被人勾走了，她到底是你什么人？"那个女郎也下了车。

柳忆飞甜滋滋地望着我远去的背影，眼睛眨都不眨，显然他还在回忆中陶醉。那个女郎用手在柳忆飞的眼前来回摇晃，可他却没有一丝感觉。她气得咬牙切齿，朝他耳朵大声一喊："柳忆飞……"

"你吃了火药啊！这么大声，我的耳膜都快被你震破了！"

"你……你这样对我……"那女郎撇着个嘴，向车那边跑去。刚才对我还是赞不绝口，自那个哑姑出现，他就对我如此凶……她越想越来气，双手用力地啪的一声关上车门，戴上墨镜，叼着香烟，昂首靠在座位上。

子云是怎么啦？刚才喇叭声这么响，她怎没有一点知觉，难道她真的聋哑了？不，怎么可能呢？想到儿时在清凉山玩耍的情景，再想起刚才的一幕，柳忆飞的心里不由泛起几丝涟漪。

"姐姐，恭喜姐姐高中名校。"我还未进家门，弟弟就兴高采烈地高举着学校寄来的通知书，在我眼前摇晃。我抬头一望，满屋子都是人，前来道喜的乡邻嘈杂一片，纷纷竖起拇指夸我有出息，为伊渺村争光了！

"小宝啊！你长大也要向子云姐姐学习，考个名牌大学，为爸妈争气，为祖宗争光。"

"妈，大学是什么？什么叫争气，争光啊？"

"我的宝宝呀，等你长大了你就会明白的。"

"云儿啊！我的乖孙女，咱们伊家能出你这么个好孙女，这是祖上积下的德。老祖宗若是知道，他们躺在黄泥地下都会开心地笑。"奶奶拉着我的手笑得都快合不拢嘴。

爷爷躺在靠椅上津津有味地抽着水筒烟，靠椅来来回回有节奏地摇晃着。他嘴里念叨着："我伊家的女人比起《红楼梦》里的那些女人，要能干多了！"

父亲和母亲满面笑容混在乡邻之中。此刻的我被围在世俗的虚荣中，找不到出口。

"姑妈……姑父……小宝……"柳忆飞在兰婶家屋里屋外地喊道。这大白天的人都去哪了呢？

"你是谁，干吗在我家里大呼小叫的？"小宝叉腰有模有样地问道。

"你是小宝吧！你爸爸和妈妈去哪了？"

"你怎么知道我叫小宝？"

"我当然知道你叫小宝了，我还知道你今年几岁呢！"

"你要知道我今年几岁，我就带你去找我爸妈。"

"小家伙，还跟我谈条件。"

柳忆飞拍了下小宝的屁股，像背口诀似的一气而道："你今年三岁，属虎，还是个爱捣蛋的家伙。回答完毕，你现在该带我去见你爸妈了吧！"

"这儿怎么这么热闹呢？姑妈……姑父……"

"哎呀！是忆飞啊！让姑妈好好看看，长大了，越来越帅气了！今天是什么风把你吹到我们这穷山沟里来了？我以为你把姑妈都给忘了！"兰婶半开玩笑地说道。

"怎么会呢！我怎么会把姑妈给忘掉呢！"

子云，她也在这里，真是天公作美，只可惜她的眼中好像毫无我的存在。不过没关系，只要我心中有她，就不怕她逃走。柳忆飞说话时眼神始终没有离开过我。

"没忘记就好！你好多年没来姑妈家，姑妈也怪想你的，走，我们回家好好聊聊。"兰婶用手搭在柳忆飞的肩膀上，像是在催他离开这里。可柳忆飞好像是没有一点想离开的意思，脚步离开了屋子，眼神却从未离开过这间小屋。

柳忆飞虽多年没来过伊渺村了，但这里的山山水水对他来说是有感情的，因为这里一直有他终生无法忘却的人。尽管这些年伊渺村发生了不少的变化——房屋高了，道路宽了，山变绿了，池塘浅了……

但回忆还是那样单纯，面孔还是那么清新……一不小心，那个爱哭泣的小新娘，又被陷入了梦中。

"姑妈，今天是什么日子啊，咋这么热闹？"柳忆飞想到刚才那一屋子人，突然问道。

"楚天哥家生了一对好儿女，尤其是他家的闺女伊子云，不但容貌清秀，学习成绩也是一流的棒啊！这不，伊子云那丫头考了个名牌大学，真是让人羡慕！"

"子云考取名校啦！真是太好了！太好了！"柳忆飞拍手叫好。

"你这孩子真奇怪，人家考取名校和你扯得上关系吗？瞧你高兴的。"

柳忆飞正想接上姑妈的话，突见冷艳吊着一张苦瓜脸。他没再声张，心里却像是喝了蜜。"哟！这闺女真俊，瞧那皮肤白得像雪，小嘴红得像个樱桃。可惜就那裙子做工太偷工减料，把袖子给省掉了，大腿那还开这么高的衩子，做这件衣服的师傅也太偷工减料了！"兰婶上下打量着冷艳，然后转身问柳忆飞，"忆飞啊！这闺女是？"

那女郎听了兰婶一番点评，心里很是不舒服，她在心里一遍遍地唠叨："乡巴佬，没见过世面，这叫时尚，说了你也不懂。"

柳忆飞微笑着说："姑妈，她是我酒店的主管，姓冷名燕子，这个名字有点土，后来我为她改了个洋气的名字叫冷艳或，您可以喊她艳艳！"

"冷雁子，这名字有点冷，大概是深秋落伍的孤雁吧！不过改的名字也一样是换汤不换药，给人感觉冷冰冰的。"兰婶也真够厉害，一眨眼工夫就给人的名字做了有意思的解释，她能这样推想，算是个懂意境的人。兰婶的一番话，弄得柳忆飞和那个叫冷艳的姑娘哭笑不得。

"姑妈，你真有学问，佩服！佩服！哪天你也给我取个有意思的名字。"柳忆飞用手捂着肚子笑，看他那股傻劲，看来是真的被乐坏了。冷艳的脸上刚才好像是泛起了那么一点点笑意，但很快又被幽怨给吞没了。她用脚使劲地碾着地面，松软的地面都快被她的高跟鞋磨出坑了。

兰婶是个明白人，她知道自己误解了冷艳的名字，她忙解释道："艳艳啊！姑妈是个粗人没啥文化，不会说话，你可别见外。瞧我这个糊涂人，你们是稀客，来这么久了连个茶水都没倒，实在是抱歉啊！"她拉着冷艳娇嫩的手，邀请他们到房间坐。这两只不同的手，一黑一白，一柔一硬，对比非常强烈。

柳忆飞倒是很随和，二话没说就坐下，跷起二郎腿，眼睛四处望。不到二十平方米的小房子，被杂物塞得满满的。一张旧木床横在房子中间，床上的被单缝补得已分不清原来的颜色。床后面有一张小摇床，这大概就是小宝睡觉的地方。摇床边乱散着几只纸扎的飞机和小船，还有残旧的小风车。旧木床和窗户之间横着一张老式桌子，桌子上摆着一个瓷水壶和几个瓷杯子。这张桌子应该也有些年龄了，桌面凹凸不平，近看好像还有几只蚂蚁在桌面游走。柳忆飞正坐在桌子右边的旧木椅上，而冷艳半天也没有入座。她认真观察了这房子后，感觉这不是人待的地方，尤其是桌面爬动的那几只蚂蚁足以让她不寒而栗。

"艳艳，你咋不坐下歇歇？瞧你那鞋子的鞋跟尖得像把剑！这鬼天气闷得慌，你还是坐下喝杯茶水解解闷吧！"兰婶端着茶水走了过来。说真话这么炎热的天气，若能喝杯凉茶，定能泻下几许闷热。冷艳接过茶水，几次送到嘴边，都因斜视到桌面奔走的蚂蚁，而反胃干呕，随即找了个借口去上厕所。

"忆飞，这么多年不见，家里一切可好？你爸妈的身体怎样？对了，忆如那丫头现在也长成大姑娘了吧？"兰婶坐在桌子左边的椅子上，语重心长地问起。

"爸爸经营的公司现在交给我打理，他和妈妈的身体都很好。忆如这丫头很争气，考了个名校，我这次是专门为她的事情，来邀请你们喝她的升学酒的。"柳忆飞从皮包里拿了张请帖递到兰婶面前。

兰婶望着沾满喜气的请帖，却不识上面写了些什么。她微笑着说："都长大咯！像当年你和忆如来我家时，才那么一点点高，转眼你们都长大成人了，怎叫我们这些做长辈的不老啊！"兰婶用手轻拂额头几丝凌乱的头发，停顿了片刻又接着道："忆飞啊！你还记不记得，小时候你特喜欢住在姑妈家，每次来了就舍不得回家。有一次你爸爸来接你回城，你躲在姑妈家的大柜子里不敢出来，若不是你在柜子里咳嗽，我和你爸爸就算将整个伊渺村翻过来，也找不出你啊！"

"那次要不是小花姐姐和我玩游戏，谁输谁喝冷水，我就不会感冒咳嗽，更不会被爸爸带回城。"

听到小花这个名字，兰婶眼睛都潮湿了，心一阵阵疼痛。小花是兰婶的长女，在十岁那年因患肺癌而离开人世。小花在病逝前经常有咳嗽发热现象，但家里人以为她是感冒了，所以也就没怎么当回事。当带她去城里医院检查时，生命已到了晚期，无药可医。谈起往事，兰婶是一把眼泪一把鼻涕。

"姑妈，对不起！我不该提起这些伤心的往事。过去的就让它过去，你现在不是有小宝了吗？小宝精灵俏皮，很是讨人喜欢。"柳忆飞边说边从口袋里扯出手绢递到兰婶面前。

兰婶接过手绢，擦了把眼泪又哭着说："当初要不是我和你姑父太粗心大意，小花就不会离开我们。最令我伤心内疚的是，当时家里穷，就连副棺材都没钱买，小花是用麻袋裹着入土的……"

伊渺村贫困落后，除了村里有几台农用机械，村民们几乎都没有看过小轿车这样的新玩意儿。刚才在我家道喜的乡邻，这会儿又一窝蜂挤在兰婶家门前，包围着柳忆飞的小轿车赞不绝口。小孩子们盯着小轿车目不转睛，有的抱着车头把它当马使唤，有的用背顶着车尾将它当牛骑，有的吊着车门一脸童真……围观的人群中也有青年和老人，他们除了羡慕还是羡慕，除了赞赏还是赞赏！平日里在村民心中，平常得不能再平常的兰婶，而因有了这么一个富贵亲戚，而令乡邻们刮目相看。

冷艳在屋子里到处找也找不到厕所，就连个水龙头都找不到，她心里很是纳闷，朝迎面而来的小宝挥手："小宝，你过来，姐姐有事情要问你。"

也许是因冷艳太摩登，小宝难以适应。在孩子的心里穿着太过招摇的女人就是个坏人，所以从见她的第一眼起，小宝对她就没有好印象。小宝用异样的眼神瞥了她一眼，很不耐烦地问："你有什么事情快说，我忙着呢。"

"一个小屁孩有什么好忙的？怎么这么不懂礼貌！我比你大这么多，怎么说也可以委曲求全做你姐姐了。"

"我只有一个姐姐，她死了！"小宝说完就往外面跑。

"你咒我死，你这个没人教的小鬼，看我如何收拾你。"冷艳气冲冲地朝小宝追来。

小宝慌张地躲在兰婶身后，扯着兰婶的衣角。冷艳那副泼辣样子，再加上她那超前卫的打扮，如磁铁般吸引了在场所有人的目光。冷艳还以为是自己太漂亮迷人，才会招来这么多的注视。刚才火冒三丈的她，现在倒像只小绵羊，低头依偎在柳忆飞身后，用手轻抚肩前的发丝。

"这女人的一身打扮，让我想起了旧社会的名妓……"

"穿得太不像样了！可同奶妈赛天下……"

"是啊！穿成这样子，怎对得起生她的母亲……"

乡邻们左一句右一句地嘲笑着。

"忆飞，你看他们这样欺凌我，你要为我做主啊！"

"你以为这是歌厅啊！我叫你别穿成这样，你偏不听！"

冷艳以为柳忆飞会保护她，谁知道他非但不帮，还落井下石。她简直要疯掉，气急败坏地喊道："一群乡巴佬，柳忆飞我恨你……"

冷艳气急败坏地朝屋子里跑去，柳忆飞紧跟在她后面。

"这姑娘咋这样呢？真替她父母悲哀……"乡邻们不约而同摇头道。在场的一些小孩子也学着大人们摇头晃脑。

兰婶尴尬地向大家赔笑道："乡亲们，大概城里人都是那样穿，请乡亲们给点面子，别再为难艳艳姑娘，毕竟她是客人。"

"坏女人，坏女人，她刚才还想打我……"小宝突然大喊。

"你这孩子，不许胡说！"兰婶狠狠给了小宝一巴掌。打在儿身，痛在娘心啊！

小宝委屈地哭着大喊："爸爸，我要爸爸……"

冷艳自认为自己受了天大的委屈，在屋子里用手捂着嘴，时而抽泣，时而道诉乡亲们的不是，时而责骂柳忆飞没用不会保护自己的女人。柳忆飞起先好生安慰奉劝她，她不但不听反倒变本加厉，越闹越凶。这下子可把柳忆飞也给激怒了，他朝冷艳放声大喊："闹够了没有？我受够你了，你再闹我们就此一刀两断，我柳忆飞不缺像你这样野蛮的女人……"

"你，你和他们一样都来羞辱我，好，柳忆飞我们就此一刀两断……"冷艳说完转身就走，突然她停了下来，回头瞪了柳忆飞一眼，"你会后悔的！"兰婶一家人站在门口，听完他们的对话都傻呆了！冷艳路过兰婶他们面前，用异样的眼神瞟了一眼，半句话没说，蹭脚就离开。

兰婶拉着冷艳的手满是歉意地说："艳艳，都怪我家小宝不懂事，我这和你赔个不是，希望你别生他的气。外面气温这么高，你还是休息一会儿，晚点让忆飞开车送你回家。

冷艳抬头望了一下天空，骄阳似火，她怎吃得了这般苦头。她瞟了眼柳忆飞，真希望他能将自己留下来，可柳忆飞板着个脸一言不发。

天真的小宝见妈妈代自己向那个坏女人赔礼，很是不服气，他朝冷艳大声嚷："坏女人，坏女人……"

"小宝，你……"

兰婶伸出右手想去打小宝，手在半空就被文叔给挡住了。

"小宝毕竟是孩子，你怎舍得打他?"

兰婶刚一松开冷艳的手，冷艳放腿就跑。兰婶在背后无奈地喊了一声："艳艳，你别走啊……"可任性的冷艳不听兰婶劝告，她走得如此干脆利落，连头都不回一下。

"忆飞，你去把艳艳追回来，天气这般炎热，我担心她受不了，你快去看看啊！"

兰婶忐忑不安地催柳忆飞。柳忆飞也是个倔脾气，站在那里一言不发。

冷艳刚才跑出来时还是理直气壮的，现在显然有些后悔。太阳如同火炉，将万物几乎烤熟，真希望柳忆飞能追在身后，给自己一个拥抱，可每次回眸都令她失望。除了孤独的路，还有那看家的狗，这世界此刻只剩下我一个……柳忆飞难道你就真么狠心与我分手？回想往日与他共处的朝朝暮暮，再想想他对自己说一刀两断的那一刻，冷艳几乎要崩溃。她蹲在树下，横眉竖眼、咬牙切齿。

我从村医疗所换药回来，刚好路过。忽闻有人在大树下边说边骂，很是好奇。原来是她，她为何会一个人跑到这里怨天怨地？她身边的那个男人呢？"这位姐姐不要伤心，有什么事情慢慢说，相信总有解决的方式。"我好心问她，她却回敬了我一个冷眼，不再骂了，突然放声大哭。

见她哭得越来越厉害，我有点不知所措，找不到合适的言语来安慰，只是一个劲地劝她不要哭。她突然停止了哭声，用盯贼似的眼神盯着我看。

"是你，你不是哑巴吗？怎么……"她的话让我摸不着头脑。"上次我和忆飞开车在你身后，我们使劲地鸣笛，你毫无反应，我们以为你听觉失常……"

哦，原来那个人就是柳忆飞，难怪有点面熟。我抿嘴一笑："你和柳忆飞一起来的，怎么现在他没和你在一起？"

"我们完了，完了……"她又号啕大哭。

"姐姐，你这样子很容易中暑，即使你心中有委屈，他也听不见。不如你先去我家避避暑，万事都有解决的办法。"

我要不要离开这里？还是在这里等忆飞？这太阳这么暴烈，若是忆飞那个没心肝的不来寻我，我可怎么办？若是我随这个丫头去了，那我不是失去了一个居高临下的机会？

"姐姐，我要回家了，你是决定跟我走，还是留下？"

"给我五分钟的时间，再决定去留！"

去留自如，还需要考虑吗？我不能理解，但又不好独自离开。我为自己刚才的邀请感到后悔。

忆飞，我再给你五分钟的机会，你若来了，我定相拥，你若不来，我只能选择离去。她盯着手腕上闪闪发亮的银色手表看，一分，两分，三分……该死的忆飞怎还不出现。五分钟一晃过去了，冷艳有些失望，但还是不甘离开。她有些不好意思地笑，还差两分钟。

我虽没有手表，但时间感很强，一分钟六十秒，相当于六十回嘀嗒声，自她定下时间，我就开始在心里默数嘀嗒，如果没出错，现在应该快八分钟了。她显然是不想离开，莫非她在等他？

气死我了，我已经给你足够的机会了，柳忆飞，你给我记着，是你对不起我，负了我的一片痴心。冷艳咬牙切齿，嘴唇都快咬出血来了。"走，我们走吧！这鬼地方我一刻都不想停留。"

这是她的真心话，但也是她的违心话。这个地方的确留不住她，但她却很愿意为某一个人守候。

"冷艳姐，你是不是想他？"

她应了声嗯，但又立刻反悔说不是。

忆飞，我真的很想你，很怀念我们从前，但是……为何现在会弄成这样子？冷艳越想越伤心，她终于忍不住，趴在我肩上抽泣。我最害怕这样的场面，别人伤心的时候，我却找不到合适的理由去安抚别人受伤的心。

"子云妹妹，我想忆飞……"

"冷艳姐，你想忆飞，你就该去见他，爱有时需要坦诚相对。"

想起柳忆飞的那句"从此与你一刀两断"，冷艳的心凉透了。往日一幕幕，在幸福而卑微的泪眼中重现。

两年前的圣诞夜的晚上，歌厅里霓虹灯四射，歌舞升平。少男少女在舞池里尽情地狂欢，迷醉的眼神随着音乐左右摇摆。在歌厅里某个豪华包间里，一群打扮入时的男人，借酒寻欢。他们怀里抱着袒胸露乳的女人，疯狂地寻找刺激。冷艳是这间包房里的服务员，主要工作是为客人斟酒和负责包房里的卫生。看着这些男人和女人搂搂抱抱，卿卿我我，冷艳因紧张不小心将酒水泼在一位重量级的大哥身上。那大哥满身横肉，眼睛被挤得只剩下一条缝，恐怕连苍蝇都飞不进去。别小看这条缝，挤出来的不是水，是毒。冷艳吓得连声道对不起，忙用纸巾为那位大哥擦衣服上的酒水。突然那位大哥拉住冷艳的手，用力将她拥在怀里，一个劲在她脸上狼吻。

"小妞，长得真水灵，大哥今晚就要你！哈哈！"那位大哥用手捏冷艳的屁股，满屋的小弟跟着起哄。

"大哥，求求你放过我，我的工作只负责为你们斟酒水。"

"什么狗屁工作，你把爷伺候好了，爷包你吃香喝辣，还用你在这破地方低三下四吗？"

"谢谢大哥的好意，我没有这个福气，请你放过我吧。"

"臭婊子，在这种地方还装清高，大哥能看得上你，那是你的福气，别不识抬举……"突然一个黄毛小子竖起拳头向冷艳示威，旁边的几个小混混也跟着起哄。

"滚，轮到你们说话了吗？小美人你就顺了大哥的意，晚上好好陪陪大哥，大哥不会亏待你的。"

那位大哥狠狠教训了这帮小混混，然后从皮包里顺手掏出一沓厚厚的钞票甩在冷艳面前，看来他是想用金钱收买冷艳。那些陪酒女郎看到那一沓钞票，眼睛都红了。冷艳还是一个劲地想从那位大哥怀抱里挣脱出来，可对方人高马大的，冷艳在他怀里像是上了枷锁，任凭怎样挣扎也无法推开那如同钢铁的手臂。刚才陪这位大哥的女郎，见冷艳好像对眼前的这沓钞票不感冒，就想捡个便宜，打起了钞票的主意。她软黏黏地挨到那位大哥身前，用肩膀耸了一下大哥的肩膀，朝大哥使劲地抛媚眼，然后搭坐在大哥的右腿上，用手挽着大哥的脖子，娇滴滴地说："大哥，这又何苦呢？虽说这位姑娘有几分姿色，可如同木头一样，一点都不懂情趣。不如今晚就由我来代劳，让我来伺候你，别糟蹋了这沓钞票……"那女郎边说边用手去拿那厚厚的一沓钞票。

"滚，骚货，你也配这沓钞票？像你这样的臭婊子送给爷，爷都不要。爷喜欢的就是这样有个性的冷美人……我的小美人。"教训了那女郎一番，那位大哥又色眯眯地在冷艳脸上身上狠吻。

冷艳实在是没招了，用力在那位大哥的手上狠狠咬了一口，那大哥痛得嘴巴和眼睛成了一条斜线。冷艳想趁机逃跑，却像只误入了狼窝的小绵羊，怎逃得出色狼的魔掌？

"臭婊子，看来你是敬酒不吃吃罚酒，看爷怎样收拾你！给我把这臭婊子抓过来，剥光她的衣服，让她知道得罪爷的下场是什么。"

冷艳被拖到那位大哥面前，那位大哥狠狠给了她几巴掌，并当场将冷艳的外衣给扯掉，一群色狼盯着冷艳淫笑不止。冷艳只感觉天昏地暗，眼前一阵黑暗，晕厥过去。等她醒来已是深夜，刚才酒色喧嚣的包厢，现在只剩她一个。看到自己凌乱不堪的衣衫，想到刚才那不堪入目的一幕，她突然恨透了这个世界。拖着疲惫的身体，一个人在街头无目的地奔走，满脑子想着在歌厅里发生的一幕，她简直要疯掉了。她哭喊着在深夜里奔跑，一不小心撞在对面而来的小车上，再一次晕厥。

喝得半晕的柳忆飞，一下子被惊醒。他慌忙地从车里出来，喊道："姑娘，姑娘……"然后将冷艳抱到车里，火速将她送往医院。

冷艳醒来，发现自己躺在病床上，一个陌生的男子，守候在自己床前睡着了。她脑子里始终忘不了那晚在歌厅里受的羞辱，猛地起身，才知道自己腿受伤了，疼得尖叫。柳忆飞被冷艳的尖叫声惊醒，关心地问道："姑娘你昏睡了两天，幸亏是有惊无险。"

原来是他，冷艳惊呆了！这不是自己酒店的少总柳忆飞吗？他可是酒店里所有女孩子心中的白马王子。我仰慕他很久，可他哪知道我是哪根葱哪根蒜？平日里只能远远地望他一眼，今天细细打量，他有着型男的身段，格子衬衣很显优雅，皮鞋光滑得简直都可以当镜子用。国字脸，单眼皮，小眼睛看上去有些滑稽，又有些神秘。乌黑的平头，梳理得纹丝不乱，看上去很精神。冷艳心中纵然有许多不悦，但见到她心中的白马王子，所有不快烟消云散，呆呆地傻笑。

　　"姑娘，那晚开车回家见你在路上伤心哭喊，是不是受了什么委屈？如果不介意能否告诉我，也许我能为你分担一些……"

　　冷艳好像还在幸福的感觉里没有走出来，依旧傻笑。

　　"姑娘！姑娘！"

　　想起那不堪回首的一幕，冷艳突然抱着头放声大哭。

　　女人真是善变，刚才好像是在傻笑，怎一眨眼的工夫，连招呼都不打就哭呢？"姑娘，姑娘，你别哭啊！我最害怕别人哭，尤其是害怕女孩子哭。"

　　听说女人的眼泪是征服男人的最佳武器，我得好好发挥。这假哭叫要比真哭难演得多。

　　过了许久，冷艳将前晚在歌厅里发生的一幕，添油加醋地说给柳忆飞听。想到自己酒店的员工，受到如此残忍的欺凌，柳忆飞觉得是自己这个老板没有关照好员工。他对冷艳的遭遇很是同情愧疚，出自一个老板对员工应该的关照，他将冷艳从歌厅小小服务员，提升到酒店餐饮部做主管。为弥补冷艳在自己酒店里所受的羞辱，无论是工作上还是生活中，柳忆飞对冷艳多了几分关心。冷艳误将柳忆飞对自己的关照，当作是男女感情，打心眼里高兴。当看到他和别的女人聊天，或者是递一个眼神她都会醋意大发。

　　柳忆飞虽说是个自命清高的阔少，但因为冷艳的不幸遭遇，总是将冷艳当作自己的妹妹看待。当冷艳一次次向他表白示意时，他却不忍让她再次受伤。久而久之，他们俩越走越近，在旁人眼里他们就是恋人。

　　冷艳趴在我肩膀上许久也不吭声，只是将我抱得越来越紧，我的肩膀都被她勒痛了。

　　"冷艳姐，冷艳姐……"我连喊了她几声，也不见她回声。

冷艳突然抓起我的手，神情恍惚且激动地说："忆飞，那晚谢谢你……"

　　见冷艳那茫然失措的表情，我心里忽然感到怜悯。我搀扶着她回到我家，让她躺在床上休息。此时此刻的她，依旧沉醉在甜蜜的回忆中不愿醒，再也不想惊扰她的好梦！此刻只想为她做点什么，可我又能做什么呢？对，去找他，去找她的他，只有他才能将眼前这个可怜的女人唤醒。

　　柳忆飞是我孩童时代的玩伴，清凉山之后他就没给我留下什么好印象，我甚至有点讨厌他，但又说不出原因。为了眼前的这个女人，为了这个深爱他的女人，犹豫中，我还是决定去见他。路过兰婶家窗前时，听见屋子里有人在说话。

　　"冷艳这姑娘也不知道去了哪里？都怪咱家小宝不懂事，唉！忆飞，你开车去找找看，这么热的天气，要是中暑，那就是姑妈的罪过。"

　　"是啊！是啊！忆飞，你多年没来姑父家，今天来了却弄得如此不愉快，唉！"

　　"姑父，姑妈，你们不要太自责！时候不早了，我也准备回家了。忆如的升学酒你们可不要缺席哟！爸爸和妈妈也很挂念你们，很想见见你们！"

　　"忆如这丫头那么多年没见到她，怪想念她的，只是我们去了会不会有失你们家的体面？"

　　"姑妈，这是哪里话，听起来怎酸酸的。我们本来就是一家人，爸爸和妈妈一再交代，务必要将你们请来，到时我会亲自开车来接你们，相信姑父、姑妈，不会让酒宴冷场吧？"

　　"呜，呜……"

　　不等我回神，一只纸飞机撞在我额前，原来是小宝。

　　"子云姐姐，你在……"

　　"嘘，别出声，小宝你过来。"我拉着小宝的手，走到角落里，想让小宝给传递消息。

　　"小宝，你家门前那么漂亮的车子，借姐姐坐坐好吗？"

　　"子云姐姐你是真想坐吗？我得去问忆飞哥。"

　　"小宝，听说你忆飞哥带来了一个漂亮姐姐，你去把那个姐姐喊出来，让我也见识一下。"

"谁说是漂亮姐姐，分明就是个坏女人，坏女人……"小宝像是有些愤怒。

"小宝，你怎么说别人就是坏女人呢？姐姐不赞同你的说法，除非你能说出坏的理由来。"

小宝搔着脑袋说："她偷偷骂我妈脏婆娘，还朝地面吐口水。当时我站在她背后，都看见了。"

看来小宝的思想工作难以做通，如果我自己去找柳忆飞，让他去我家见冷艳，只怕是事难齐全。如果柳忆飞装傻，不给冷艳好脸色，那场面该是如何的尴尬……种种顾虑，难以抉择。正当这时，柳忆飞突然出现在我面前。他满面惊喜地望着我，眼神里像是装着许多故事，期待我来倾听，我害怕这样的眼神。

"子云，是你！真的是你！"他激动地握住我的双手。

我没有回答，只是很自然地甩开了他的手。

"对不起！子云，见了你我就难以自控！这么多年没见，其实我心里一直都有你的存在。"

如果这话从一帆口中说出，我一定会感动得泪流满面，只是通过他来表达，怎么感觉这么刺耳，甚至有些恶心……

"子云，不会是我吓到你了吧？请原谅我的冲动。我是柳忆飞，难道你忘了我了吗？"

说真的他留给我的回忆的确很模糊，面对他也感觉如此陌生。

子云怎么了？难道她真的把我忘记了？想到来伊渺村路上发生的一幕，再看看她现在的默默不语……柳忆飞有些失意。

"多年没见你来伊渺村了，谢谢你还没把我忘记。"

"子云，你终于想起我了，太好了！"他再一次紧握我的手激动地说，"我怎么会忘记你呢？一辈子都不会忘记。"

他的唐突实在令人难以适应，我再次甩开他的手："如果你还没有忘记伊渺村，依旧怀念从前，晚上八点清凉山见。"

"天啊！我不是在做梦吧！"柳忆飞有点不相信自己耳朵听到的是真实的，他激动得有点说不出话来，好半天才吐出一句，"子云！你是约我吗？"

"是的，怎么你不乐意吗？"

"我很乐意！咱晚上清凉山见，不见不散。"

柳忆飞做梦都没想到，与梦中的小新娘分别多年，今朝她却如此清晰地面对自己。想到今晚就能与自己阔别多年的姑娘重温当年，柳忆飞的心都快要蹦出来了。只恨今朝太漫长，盼今夜月光浪漫芬芳。想送束玫瑰给心中的姑娘，可眼前只有苍穹的大山，为她准备了好多好多的贴心话，只等着向她表白。没有玫瑰，采一束野花也别有一番韵味。将手贴在背后，来个绅士风度的礼仪，再将野花递到她面前，然后对她温柔地说："子云，我虽然没有九千九百九十九朵玫瑰，但我却有如玫瑰般的火焰与激情，这一切只因有你……"柳忆飞有些坐立难安，他对着镜子开始为今晚的约会习演。

"忆飞哥，你闭着眼睛在和谁说话？"小宝在一旁盯了柳忆飞许久，他不明白柳忆飞在玩什么把戏。

梦里的海市蜃楼一下子消散。都怪小宝，要不是他，云妹就接受了我的拥抱。"小宝，你过来，你看哥哥这个造型帅不帅？"

柳忆飞用手指拨了一下额前的头发，然后用手托着下巴，朝小宝摆了个造型。

小宝倒挺像个审美专家，站在一旁两手交叉，故作深沉地盯着柳忆飞看，然后学着大人的口气说："比我捕捉的蟋蟀要蟀多了……"

"你这小鬼，也懂得捉弄人了！打你屁股，别跑……"

第四章　意外的约会

夜拉下了帷幕，幽蓝的月光是约会的最佳境地，月亮果然不辜负有情人。约好八点清凉山相见，柳忆飞七点就到了相约的地点。本想提前早到来等子云，谁知子云比他还着急。柳忆飞望着山前石榻上清丽的背影，感觉告诉他，那就是他要等的人。此时，林子里格外的静，偶尔会听到几声蛐蛐发出的声音。真不想去亵渎夜的宁静，只想就这样单纯地望着那个背影。此时，此景，怎不令人动心？

柳忆飞闭着眼睛，用手远远地在黑夜里抚摩那个令他魂牵梦萦的背影。正当他沉醉其中时，一双手突然落在他肩膀上。

"你这个采花大盗，竟敢偷窥我的女人，看我如何收拾你！"

柳忆飞睁眼一看，一个彪形大汉横眉竖眼地立在他面前。

"水哥，你怎么现在才来，我等你很久了。"坐在石头上的那个背影突然转身。

天啊！那张分不清是啥轮廓的面孔，令我太失望了。那声音，那模样，怎能和我的子云相比，子云对不起，我不该把那样的女人当作你，实在是糟蹋你的纯美。柳忆飞落荒而逃。

"你这个淫鬼，别逃……"

"水哥，水哥，别追了！要是让爸妈和邻里知道我们的事，我们以后可怎么做人啊！"那女人的话挺管用的，水哥没再去追了。

柳忆飞灰溜溜地跑到山下，回头望着山上，气急败坏地摇头："真他妈倒霉，原以为能见到我的子云，谁知道竟遇见这样一对狗男女。"

"杏儿，刚才那个人没欺负你吧？都怨我不好，没有及时保护你。"水哥说着将杏儿贴在自己怀里。

"水哥，我真担心，我们私自约会，会不会被刚才那个人在村里传开，若是让大家知道了，我们还有什么脸面活在这个世上。"

"杏儿，别怕！俺娶你！你是俺的媳妇了，看谁还敢使脸色给你看。"

"水哥，我知道你对俺好！可我父母说死都不依我，他们要将我嫁到十里外的黑子家做媳妇。"

"杏儿，我明天就去你家提亲。俺虽然穷，但俺绝不会让你过苦日子。"

"我爸妈不会答应的，我和黑子的婚期已经定了，就在下月。"

"杏儿，我不会让你离开我的，如果你爸妈不答应，我就带你离开伊渺村。"

"水哥。"

"杏儿。"

两个可怜的痴情人紧黏在一起，难舍难分。

柳忆飞垂头丧气地刚从清凉山西径下来，冷艳就从南径而来。真是天公不作美，一来一去。

真想不到忆飞竟是如此喜好浪漫之人，我竟然第一次发觉。我就知道忆飞绝不会那么狠心对我，他今晚约我来如此雅静的地方见面，不知道会给我怎样的惊喜？冷艳边走边做着美梦。快到相约的地点时，眼前出现的竟是一对相依相偎的背影，她简直要晕厥过去。

冷艳根本没有认真辨清那对背影，就判定其中有一个必定是柳忆飞，但另外一个不知是哪个小妖精。冷艳的肠子几乎气得快要爆炸，她正准备上前问罪，耳边却传来：

"杏儿。"

"水哥。"

不是忆飞！冷艳躲在林子后，静观眼前一切。

"水哥，如果我这辈子不能做你的媳妇，你会怨我吗？"

"不会的，我一定要你做我的媳妇，别人是抢不走你的。"

"可是，我父母已下定决心要将我嫁给他人，眼看出嫁之日一天天接近，我害怕……"

"别害怕，我一定会让你成为我的女人的。不如我们今晚就……"

水哥突然亲吻杏儿，用他那笨重的身体压着杏儿。杏儿好像没有心理准备，试着用手在轻推水哥。

看来那男的是想将生米煮成熟饭，如果他只是为了满足自己的生理需求，而辜负那女的，我看那女的肯定是活不了。不行，我不能见死不救。"好一对痴男怨女，真是可怜可悯！"

冷艳的出现，很是令水哥杏儿震惊。见黑夜里突然闪出一个陌生人，杏儿慌慌忙忙从地面爬起，躲在树后面，不敢见人。水哥不愧是条汉子，他将杏儿一把揽在怀里，轻声说："杏儿，有我在，就是天塌了，也有我挡着，你别怕。"

"你是谁？这么晚你来这里干吗？"

"哈哈！我是谁并不重要，我来这干什么你们也大可不必知道。重要的是你能不能实现你的承诺，能不能给她幸福。"

"我们的事用不着你这个外人来瞎操心，识时务的赶紧给我闭嘴。"

"哈哈！有色胆出来约会，为何就没胆子去勇于承担？亏你还是个男人，连自己的女人都不能保护，枉然这位姑娘为你牺牲名节，真是一钱不值。"冷艳的一番冷言冷语，也不知道她是在幸灾乐祸，还是真为杏儿的幸福担心？

"姑娘，你冷言中伤他人，居心何在？真难为你为杏儿的终生幸福操心，我虽不能给杏儿荣华富贵，但也算是个铁骨铮铮的汉子，只要我水哥在世一天，就绝不会让杏儿受苦。"

"今晚月色真不错，是个好日子。月老就在你头顶，你敢向月老起誓吗？"

为了让杏儿放心，水哥昂头望着月亮发誓："我陈阿水今生只对杏儿一个女人好，若是我辜负了她，定当碎尸万段……"

"水哥，我相信你，你别说了，杏儿今生非你不嫁。"杏儿紧贴在水哥的怀里，感动得哭了。

"好，好感人！这位杏儿姑娘，要是他以后欺负你，你来找我，我为你做证。"

"谢谢姑娘一片好意，我相信水哥，相信自己的眼睛。杏儿有一事相求，望姑娘成全。"

"杏儿姑娘言重了，不知我能为杏儿姑娘做点什么？"

"谢谢姑娘，希望姑娘能为我保守今晚的秘密。"

"我当是什么大事情呢？哈哈！原来只不过保守一个不成秘密的秘密。姑娘请放心，我定当守口如瓶。"冷艳瞟了一眼水哥又接着道，"姑娘，我们同为女人，你们这样相处也不是长远之计。万一某些人图谋不轨，过河拆桥，你可别怨我没有提醒你。"

"谢谢姑娘善告，杏儿定当谨记。水哥，夜色已深，我们走吧！"杏儿温柔地望着水哥，拉着水哥离开。

子云妹妹说好了，今晚八点忆飞会来此地与我相见，怎还不见他的影子？冷艳有些着急。

"姑娘，这么晚，你怎么还不回家？你独自一个人在此很不安全，不如我们一起下山。"杏儿刚走了几步，突然又回过头来很关心地问道。

看来忆飞今晚是不会来了，这林子里黑沉沉的是怪吓人的，万一来了个什么野兽……想到此冷艳打了个冷战。

"你们等等我，等等我……"

月浅浅，心沉沉。冷艳落魄地漫步在回子云家的路上，出门时的那份喜悦与憧憬，就这样一扫而空。为这次清凉山之约，她可是用了一番苦心。

"冷艳姐，你醒醒。"

当子云喊我时，我还躺在床上犯愁。当子云告诉我，忆飞约好晚上八点在清凉山与我见面，我蓦地从床上翻起。为讨忆飞欢欣，我和子云翻遍了她的衣柜，试穿了她很多衣服，最后选择了一条白色连衣裙。临走时，子云一再交代叫我见了忆飞后不要再耍小姐脾气。我以为一切都如想象的那般美丽，可结果却是一场空。冷艳越想越感到失意重重。

"子云，睡了吗？"

有人在敲门，是冷艳。冷艳一脸的失意与茫然，进房后沉重地倒在床上。

"冷艳姐，你怎么回来了？忆飞呢？他没留你在一起？"

她没有回答，只是轻轻地摇头："睡吧！"

冷艳姐是怎么了？难道她和忆飞又闹翻了？我善意的谎言激怒了柳

忆飞？不会，应该不会，毕竟他们是有感情的，总不会做得那样绝……

我躺在床上翻来覆去，那一夜我们都没有睡。

子云说好了晚上八点与我见面，怎么会失约呢？难道是她故意来耍我？不，她不是这种人。难道她突然发生了什么意外？应该不会。还是等明天再去问个明白。柳忆飞躺在床上也是辗转反侧。

"喔，喔……"公鸡报晓，不觉天快要亮了！这一夜很短暂，这一夜很漫长……

母亲还是像往常一样，很早就起床掏灶灰、洗衣服。奶奶在院子里喂小鸡、喂猪。父亲还是那老习惯，起床挑着灶灰去田野。"咕噜，咕噜……"熟悉的水筒烟声，又在催我早起。见冷艳姐还闭着眼睡，我轻轻从她的背后爬到床外面。

"云儿，帮我去买包盐。"妈妈在厨房喊我。

本想邀冷艳姐陪我一起去，让她也感受一下乡村的早晨，但见她未睡醒，不想打扰她好梦，我独自朝村里走去。

"呜，呜……忆飞哥，你看我的纸飞机飞得多高啊！"小宝拉着柳忆飞的手，蹦蹦跳跳，小样子可爱极了！

"小宝乖，哥哥有事情，等会儿再陪你玩。"柳忆飞松开小宝的手，正准备朝我家走来。他突然停了下来，"小宝，你过来，你帮我去子云姐姐家看看，看她起床了没有？"

"嗯，哥哥，你是找子云姐坐你的车子吗？子云姐昨天夸你车子漂亮呢。"

若是子云肯坐我的车子，我定会感到无比的荣耀。"小宝贝你就别问这么多了，你去帮我看看子云姐姐起床了没有就好，拜托了，我的小宝贝。"柳忆飞笑着双手朝小宝作揖。

"子云姐，子云姐……"小宝人未到我家，声音先到。

"小宝，你找子云姐有事情吗？"母亲在厨房答道。

"子云姐起床没有？"

"起床了，早就起来了。"当母亲从厨房走出来，小宝这调皮鬼早已不见了。

柳忆飞得知我起床了，精神饱满地朝我家走来。进房间第一眼望见的就是侧卧在床上的背影。不是说起床了吗？怎么？难道是生病了？肯定是，要不然昨晚她就不会失约。柳忆飞轻步来到床前，正准备用手去试一下她的额头。冷艳突然翻过身来，睁大双眼傻望着柳忆飞。

"怎么是你？"柳忆飞吃惊地问道。

"怎么就不能是我？那你以为是谁？"

"你，你不是走了吗？你怎么会在这里？"

"你是不是巴不得我走，柳忆飞！"

柳忆飞没有回答，他将头偏向一旁。

"柳忆飞，昨晚你失约我还没有问你，今天你又如此冷冰冰对我，你到底想要怎样？"

约会，难道是子云她……明白了！柳忆飞沉思片刻，为了不惊扰我们一家子，他还是好言对待冷艳："既然你没走，那我们回姑妈家，别在别人家里添乱子。"柳忆飞丢下这么一句就往外走，他怎么也想不明白，冷艳怎么会跑到我家来了。

冷艳等待的就是这一句，但想到在姑妈家发生的不悦一幕，她嘟着嘴巴："姑妈家，我不去！"

"真不去？"柳忆飞回头冷言道，转眼就出了门。

冷艳犹豫了片刻还是厚着脸皮跟在柳忆飞背后而去。

"姑妈……小宝……早晨好！"冷艳牵强地微笑着向兰婶和小宝问好！

小宝见是冷艳，瞪着眼睛"呸"了一声就跑了。

兰婶抬头见是冷艳，感到有些惊讶，但很快微笑着说："哟，是艳艳，你走了可把我们给急坏了，尤其是忆飞因为担心你整夜都没睡好。小宝年幼无知，希望你不要和他一般见识。"

我整夜未眠又不是因为她。柳忆飞在心里想着。

忆飞为我彻夜未眠。冷艳心里比喝蜜还要甜。她想回兰婶一个甜蜜的笑容，无意中却发现柳忆飞好像心不在焉，见他一脸冷意，没有丝毫喜悦之情，她的心突然往下一沉，脸上还未来得及展开的笑容，瞬间转化为愁云。

冷艳感觉这个地方自己片刻都待不下去，她想早日离开这个"人间炼狱"。相反柳忆飞对这个地方倒是挺"感冒"的，因为这里有值得他留恋的回忆。没有见到他想要见的人，说什么也不愿意就这样离去。尽管冷艳多次邀请他回城，可他总有借口回绝。

柳忆飞坚持要留下来，冷艳拿他没招，为早日离开这个鬼地方，她装病卧床呻吟。"哎哟！哎哟……痛死我了……"冷艳捂着小腹，装着很痛苦的样子，一边喊一边偷看柳忆飞的表情。

柳忆飞走到冷艳面前半开玩笑道："刚才还好好的，怎么突然就肚子痛，装的吧？"

他怎么知道我是装病，难道是我伪装技巧不够水平？不行，绝不能让他看出破绽。想到此，冷艳趴在床上哭得愈加伤心。

多年没来伊渺村，好不容易来一次，来了却连自己最想见的人都没有机会好好相处，难道就这样带着遗憾离开？但看到眼前的冷艳疼痛如此厉害，柳忆飞又不忍心看到她这般难受。也罢！先把这个灯泡给甩开，她留在这里对我对她都是折磨。

"啊……啊……"

这姑奶奶又怎么啦！柳忆飞不耐烦地问："你怎么了！"

冷艳瞪大双眼，手指着床上的枕头颤抖："你看，你看……"

冷艳掀开枕头，枕头下面一群蚂蚁在瓜分一个糖果。柳忆飞见状汗毛也都竖了起来。他望了一眼冷艳，奇怪，冷艳刚才声声大喊小腹疼痛，怎么一下子就变得安静起来了？

冷艳像是猜到了柳忆飞在想什么，为瞒天过海，她这会儿不敢再趴在床上叫苦，转身趴在窗前的桌子上，捂着小腹喊道："哎哟！痛死我了！"她突然又想到昨天桌子上也有蚂蚁游走，忙起身朝桌面桌下来回望，见没有蚂蚁才放心地趴在桌子上继续喊痛。

"糟糕！奶奶给我的糖果，我放到哪里去了！"小宝突然冲了进来，翻箱倒柜找他丢失的糖果。

柳忆飞朝小宝挥手喊道："小宝，你看这可是你的糖果？"

小宝掀开枕头见自己的糖果被蚂蚁给包围了，愤怒地朝蚂蚁大喊："该死的蚂蚁，你敢偷吃我的糖果，看我怎么收拾你。"说着用力将蚂蚁和糖果朝冷艳那边扔去，糖果刚好落在冷艳的头上。

趴在桌子上呻吟的冷艳，感觉有东西落在自己头上，正是刚才爬满蚂蚁的糖果。她用手闪电般地将糖果扔在地下，双脚跳了起来，闭着眼睛，嘴里大声尖叫："啊！啊！救命啊！"

柳忆飞像是明白了一切，和小宝用眼神交递了一个特殊信号。小宝见冷艳这副狼狈样，开心地捂着嘴偷笑。冷艳瞟了他们几眼，似乎明白了一切。好啊！柳忆飞，小宝，你们都在合伙欺负我，这笔账我记下了。

报了仇，小宝的心情舒坦多了，剩下的烂摊子就留给他们自己去收拾吧。小宝美滋滋地离开了。

柳忆飞虽知道冷艳是故意装病在骗他，但并无伤害捉弄她之意。他知道冷艳很害怕蚂蚁，而小宝这个精灵鬼正冲着她的要害来。看到冷艳那苍白的脸，柳忆飞知道她是真的生气了。柳忆飞故意装着什么都不知道，有意迎合冷艳："艳艳，看你脸色那么苍白，一定是疼痛得厉害。我们回城去看医生。"

为伪装得更得体一点，冷艳倒在柳忆飞的怀里，轻声道："忆飞，我们现在就回城好吗？"说完她又一声接一声地呻吟着。

"哎哟！这是怎么了？"

"姑妈，你来得正好！冷艳身体有点不舒适，我送她回城治疗。等过些时候，我再开车过来接你们喝升学酒。"

"哎呀！艳艳身体不舒服啊！这可耽误不得，姑妈也不留你们啦，你赶快送艳艳回城里治疗。艳艳啊！姑妈这招待不周，实在是难为你了。等天气转凉的时候，你和忆飞一起过来，那个时候清凉山上硕果累累，红叶如焰，很美丽动人。"

饶了我吧！这个鬼地方，来了就是受罪。以后你们就是用八抬大轿来抬我，我也不来。

兰婶的一番话将柳忆飞带到了一幅硕果累累，红叶如焰的美景中，他正拉着她的手，在林子里笑语阵阵共赏秋。

"忆飞，你在想什么？那么入迷。"看到柳忆飞满面幸福的笑容，冷艳不由得问道。

"清凉山的确很美，很令人向往。姑妈，秋天时，我一定来此赏景。"

第五章　左手人间右手哀怨

柳忆飞明知冷艳装病，可还是顺水推舟硬是将冷艳往医院里送。

"忆飞，我感觉小腹不再疼痛了，能不能不去看医生？"

快到医院时，冷艳有些着急了。

你刚才不是表演得很精彩吗？我这次就成全你让你继续演下去，你现在想拆台，我还不乐意呢。柳忆飞装着什么都没听见，加了油门直接往医院奔去。

"忆飞，我们可不可以不去医院，我感觉小腹不再痛了。"

"这怎么可以呢？你在姑妈家小腹痛得这么厉害，若是不带你去医院瞧瞧，我怎安心？你说是不是？"

"忆飞，我知道你关心我！我在姑妈家时，小腹的确痛得揪心，可现在也不知道怎么回事，疼痛就这样无影无踪消失了。这大概就是气候在作怪，地势不同，城市和乡下之分。看来我天生就是富贵命，与乡下无缘。"冷艳倒挺会强词夺理。

什么富贵命？若不是当初你三番五次在我面前道诉凄苦，我见你可怜，才收留你在我身边做事，才让你与富贵结缘，只怕你现在还是一个无人认识的小服务员。柳忆飞在心里暗自数落着她的从前。

"医院到了，请下车。"

"啊！真的要去医院啊！能不能不去？"冷艳用哀求的眼神望着柳忆飞，只盼他点个头。

"当然不行，你万一有点闪失，我这良心怎过得去。"

"我向你保证，我现在没事了，医院就不用去了吧！就算是有点什么闪失我也不会怪你，因为是我主动赖着你，要和你一起去乡下的。"

冷艳嬉皮笑脸道。

"那好吧！万一有什么闪失可不要怪我。这些摆路摊的横在路中，还让不让人走。"柳忆飞的车子夹在路中间，掉不了头，他开始抱怨起路两旁摆摊子的商贩。

"忆飞，我们不是朝前面一直走吗？干吗要掉头？"

"刚才来的时候见巷子口有家商店，想去买包香烟。"

"这路这么挤，还是我下去买。"冷艳说完下了车，朝车后的巷子走去。

"救命啊！救命啊！"巷子里传来凄凉的喊叫声。冷艳顺着喊声，冲向巷子深处，这巷子有些阴森，配上那惊魂的叫声，挺像电影里面拍悬疑片的场景。

"救命啊！放我出去。"

声音越来越近。在一间偏僻的小屋子里，冷艳发现一位眉清目秀的姑娘被关在里面，那姑娘眼大而无神，手扶着脱落的木窗柱，不断重复那句"救命"，看来是被别人拐骗或绑架的。冷艳蹑手蹑脚地走到小屋子前，竖着手指在嘴前轻"嘘"了一声，暗示那姑娘不要出声。

那姑娘也学着她竖着手指朝她"嘘"了声。

冷艳使劲拉门上的锁，锁是虚挂的，一拉就开了。怎么这么奇怪，把别人囚禁在屋子里又忘记上锁。唉！不想这么多了，还是先把这位姑娘给救出来吧。冷艳将门轻轻推开，用手招呼那位姑娘出来，可那位姑娘站在原地也笑着朝她招手。难道她有什么秘密要告诉我？冷艳走近她，不料那位姑娘突然冲出门外，将冷艳锁在屋子里。

"你放我出来，我好心救你出来，你怎不知好歹？"

"别想跑，看你往哪里跑，再喊我就掐死你。"那位姑娘瞪大双眼死死盯着冷艳拍手大笑。

原来是个陷阱，天啊！我怎么这么倒霉？冷艳在心里暗自叫苦，不行，我不能待在这暗屋子里，"放我出去，放我出去"。尽管冷艳叫得很大声很凄惨，可那位姑娘依旧拍手大笑重复着那句"别想跑，看你往哪里跑，再喊我就掐死你。"

"谁在喊啊？"门外不远处有人在问。

听上去是个中年男子的声音，不知道是路人还是那个姑娘的同伙？冷艳的心忐忑不安。那位姑娘听见男子声音，撒腿就跑了。

"你往哪里跑？"

是刚才那位男子在喊，一会儿就听到急促的脚步声接近，冷艳的心在来回滚撞着，仿佛一场灾难即将来临。

奇怪的是那男子看都没看冷艳一眼，直接就朝刚才那位姑娘奔跑的方向追去。莫非那个男子是个人贩子？啊！我这下可是插翅难飞了。冷艳几乎要崩溃，她将手伸到窗外，想将门上的锁给拔掉，可手始终够不到。冷艳快急哭了，她在心里一遍遍呼唤："忆飞，快来救救我！"

这个冷艳，让她去帮忙买包香烟，怎去那么久还不回来？柳忆飞将车子停放在一旁，下车朝巷子走来。走到巷子口见有一中年男子，将一个年轻貌美的女子往巷子深处拖拉。一定是个采花大盗。柳忆飞紧跟在他们身后，想来一回英雄救美。

走过弯弯曲曲的小路，终于来到了刚才那间小屋。冷艳听到刚才那位姑娘在大喊："我不去。"她心里可是捏了一把冷汗，躲到屋子后面的床底下，顺手从床上扯了一件衣服，将自己的头给裹住。

咔啦一声响，刚才那位姑娘又被送回来。她进屋就蹲在角落里，又哭又笑的。

"宝儿，放乖点，别乱跑，过些时候我陪你去另一个地方好好玩。"那男子说完就离开了。没走多远，有点不放心，又回头朝屋子走来。

这个臭流氓，竟这么不知羞耻，喊别人宝儿，真可恶！冷艳感觉这位姑娘太可怜了，从床底爬了出来，想上前安慰这位姑娘。那姑娘见她从床底爬出来，抱着头惊慌地大喊："你不要过来，不要过来。"

"姑娘别怕！我不是坏人，我是来救你出去的！"

"你真的是来救我出去的吗？"那位姑娘瞪大眼睛盯着冷艳。

冷艳对眼前的这位姑娘是又怜又恨，正想上前问个究竟，那姑娘猛地起身将冷艳用力推倒在地，用双手掐住冷艳的脖子，口里声声喊道："你是坏人，我掐死你！"

冷艳躺在地上使劲地挣扎着，吃力喊道："你这个疯子，好歹不分，快松手啊……"

柳忆飞刚才在他们身后跟丢了，正准备回身朝巷子口走去，突然听到身后像是有打斗的声音。柳忆飞顺着喊声走到屋子前，从窗户口朝里一望，他简直被眼前的一幕给惊呆了，冷艳躺倒在地面挣扎，被人掐着脖子。他立刻推门而入，将那位姑娘从冷艳身上给拉下来。冷艳闭着眼睛，双手疯狂地舞动，嘴里咳嗽不停。

"艳艳，是我，我是柳忆飞。"

冷艳想起身扑进柳忆飞怀中，可她感觉自己浑身无力，眼前一片黑暗，晕厥在地。

那位姑娘正朝外跑，却被刚才那位中年男子给拦在门口。男子误以为柳忆飞是个狂徒，欺凌良家妇女。他拉着那位姑娘的手，很是焦急地问："宝儿，你没事吧？早知道我就不让你待在这里，我带你去个安全的地方，没人找得到。"

"他打我！你带我去玩好吗？"那位姑娘躲在中年男子身后，用手傻傻地指着柳忆飞。

"宝儿乖，等会儿我带你去其他地方玩。"

"好啊！好啊！我们现在就去玩。"那位姑娘拍手大笑。

"你这个淫贼，休想拐骗欺凌良家妇女。"柳忆飞不分青红皂白，上前扭着那位男子的手，想拖他去警局，但又不忍将昏迷不醒的冷艳搁放在此，怕耽误她看病的时间。他在屋子后面找到了一根绳子，将那男子往床那边拖。

"你想干什么？大白天的竟敢如此猖狂，还有没有王法？"那男子边挣扎，边叫苦。

"告诉你吧！在林西城本少爷就是王法。"柳忆飞费了九牛二虎之力，终于将那位中年男子捆绑在床上。

那位姑娘见状，大喊大叫，跑了出去。

"看你年纪轻轻，长得一表人才，谁知竟是个衣冠禽兽。你放开我，我要带你去警局。"

"你放心，回头我会带你去警局的，只是我现在没空，且让你在此再悠闲些时间。"柳忆飞抱起昏迷的冷艳正准备离开，见一个臃肿肥胖的中年妇女牵着刚才那位姑娘的手，横挡在门口，那姑娘躲在那妇女身后。中年妇女身体将狭小的门挡得密不透风，想必这门是为她量身定做的，刚好容下她这么一巨人，多一只猫都没法与她并排进来。

"大婶，你来得正好，帮我看住这个淫贼，回头定当重谢。"

"我有那么老吗？"那位妇女见自己的丈夫被绑在床上，朝门外大喊，"来人啊！抓淫贼！"

柳忆飞心想这下可放心了，不用自己再为眼前的那个采花大盗而费心了。他正准备出门，却被那位妇女横挡在门前。片刻间，门前被围观的人包围得水泄不通。那位妇女一口咬定柳忆飞就是个淫贼，那位被绑在床上的男子也指证柳忆飞是个坏人。围观的人纷纷涌上前，将柳忆飞的双手给捆绑住，要送他去警局。这时候冷艳突然醒了过来，她冲上前拨开人群，愤怒大喊："你们想干什么？放着坏人不管，反教训好人来了？你们都是瞎子啊！"

"这位姑娘你不要是非不分，刚才若不是我及时赶到，你早被坏人给掳走了！"那个中年妇女理直气壮道。

"我看你才是非不分，恩将仇报！要不是我见义勇为，你身边的这位姑娘，只怕早已成了狼口里的羔羊。"冷艳走到那位中年妇女面前，一把揪住妇女身后的那位姑娘，怒斥道，"你这个不知好歹的东西，我冒险救你，你却反咬我一口，若不是我朋友及时赶来，我的小命险些断送在你手里。"冷艳的双手在那位姑娘身上头部疯狂地捶打。那位姑娘吓得抱头大喊："怕，怕，救命啊！救命啊！"

"宝儿。"那中年男女齐声喊道。那位中年妇女用力地揪着冷艳的头发，那位男子痛惜地让那位姑娘靠在自己身上。

柳忆飞甩开人群，护救冷艳。冷艳怎甘处下风，那位妇女刚转身，冷艳猛地冲上去，将那妇女的头发用力向后扯："臭婆娘，敢打本小姐，我让你打，让你打……"

千万别低估一个女人的力量，尤其是在愤怒中的女人，那张牙舞爪的样子非魔鬼能比。女人与女人之间的厮杀就更可怕，让我们所认为强大的男人们都望而止步。

"难道我刚才不在时，他对宝儿做了低贱之事？"那位男子挣脱开绳子，怒火冲天地冲到柳忆飞面前，揪着柳忆飞的衣襟，眼珠子都快掉下来了。他朝柳忆飞大声吼："你对宝儿做了什么？"

柳忆飞推开了那位男子，毫不客气道："一群疯子，无可救药！"

大家这一下可被弄晕了头，不知该听谁的好，也分不清好与坏，场面非常混乱。正在这时，来了一群警察，算是稳住了围观的群众，只是当事人公说公有理，婆说婆有理，把警察都弄糊涂了。

混乱的争吵中，那位中年男子突然猛地跪地哀号道："这是我女儿，多年前被人绑架强暴，精神失常，她不能再受任何刺激了！"

哦！明白了，看来是我误会了他们！一场误会解除后，警察疏散了围观的群众。冷艳望着那位姑娘，喃喃道："可惜啊！可惜！"柳忆飞也很是为眼前的美女惋惜。

冷艳之前为早日离开乡下而装病，经过那场闹剧后，现在倒是真的生病了。冷艳躺在医院的病床上，脑子里像放电影似的，一连串上演着近日发生的事情。自认倒霉，去乡下被小孩子当猴耍，刚踏进城门，又遇到个神经病，还险些送了性命。她越想心里越憋气。

柳忆飞回到自己的酒店后，还在为那位精神失常的漂亮女子而可惜。本想来次英雄救美，谁知竟是个无缘的可怜人。幸好我的子云依旧完整无缺地守候在伊渺村，不行，我得把子云放在自己身边才安心，万一哪天遇到前些天那个姑娘的遭遇，那就惨了！"呸！呸！我真是个乌鸦嘴！"他说着用手捂住自己的嘴巴。像子云这样清秀美丽的女子，要是遇上了那些人，后果可真不敢想象。想到这，他一刻都不敢耽误，只想早日见到子云才放心。他正准备出门，办公室的电话突然响起。

"喂！忆飞吗？你到紫罗兰厅来，我介绍一位爸爸的老战友给你认识。"

"好的！我一会儿就到。"

柳忆飞电话刚一放下，冷艳又打来电话，她在电话里撒娇道："亲爱的！你过来陪陪我，我在这里都快憋疯了！"

"艳艳，你身子现在好些没有？酒店生意忙，晚上我还有应酬。我安排刘妈去照顾你，改天我再去医院看你。"

"你不在身边，我身体怎能好？"

"你好好休息！有什么事情交代刘妈就可以。"柳忆飞说完就挂掉电话。

一点都不关心人家，气死了！冷艳也狠狠地将电话挂掉了，一个人躺在床上生闷气。

柳忆飞走进紫罗兰包间，见爸妈正笑容满面地和一位面容慈祥的伯伯话家常。他忙笑着向他们打招呼："爸爸，妈妈，你们可回来了！想死你们了！这次旅游感觉怎样？还满意吧！这位伯伯是？"

"忆飞，这位是梅伯伯，是爸爸多年前的战友。梅伯伯曾是政委，现在是亨通电子厂的老板。这次海岛之旅，幸遇梅伯伯，真是他乡遇故知。"提起昔日的战友情，柳忆飞的父亲柳长青心中百感交集。

"梅伯伯好！梅伯伯不愧是军人出身，慈祥里藏着几分威严，威严里又透露着几许豪情。"

"瞧这小伙子多会说话，和你爸爸当年一样，能说会道，哈哈！"

"感谢梅伯伯抬爱，我笨嘴拙舌的，怎能跟老爸并论。怎么说老爸当年在部队可是领导着一个排，而我连我自己都领导不好，只会经常给家里添乱子。"

"那是那是，想当年你老爸我，在部队可也算得上是一名猛将，什么大风大浪没经历过？哪像你们现在这些年轻人，娇生惯养。对了，忆如怎么还没到？忆飞你打电话回家问问，看你妹妹来了没有？"

"柳兄啊！我不赞同你的观点。现在的年轻人可比我们强多了，他们是在用脑力操纵时代，而我们那个年代，只会拿自己的身体做革命资本。时代进步了，我们都得退休啊！"

柳忆飞拨通了家里电话，没人接。他正准备出门开车去接妹妹，忆如正好推门而入。这个如同活在童话里的女孩，有着童话般的面孔与笑容，就连她的衣着打扮都沾满童话般的气息。

"你这个鬼丫头，怎么现在才来？"柳忆飞上前责问。

忆如朝他做了个鬼脸，就一头扑进母亲怀里撒娇："妈妈，你和爸爸去旅游，哥哥又不理我，把我一个人丢在家里，闷死我。"

"忆飞，你也是的，妹妹很快就要开学，以后很少在家，你有时间就多陪陪妹妹。"忆如的母亲边说话，边用手抚摩着忆如的头发。

"我最近还不是为了这个疯丫头的事情，头顶暴阳整日东奔西跑，到处发请帖。你看我这些天都黑了瘦了，也没人心疼我。做女儿真幸福，总是有人保护，有人疼！"柳忆飞故意装着吃醋的样子，一个人坐在沙发的角落处，其实他也很疼爱妹妹忆如。

"哥哥，吃醋了？"忆如来到柳忆飞面前，故意贴坐在他身边。

"看你们两兄妹，有说有笑的，真好！难怪小女梅若常怨我和她妈妈，为什么不多给她添个弟弟妹妹？"

"梅弟啊！谈起梅若，我倒想起了在部队时，那时候她还穿开档裤，在我肩膀上还拉过尿呢。快二十年没见到那丫头，她现在也差不多有忆飞这么大了吧？梅若现在还在念书吗？"柳忆飞的父亲谈起往事是精神百倍。

"梅若那丫头，受她妈熏陶，立志从医。现在在咱们以前的老军区医院工作。对了，刚才听嫂子说爱女上学，想必是考取名校了，到时候可别忘了请我喝升学酒。"

"那是，那是，怎么会把你老弟给忘掉呢？到时候可要把弟妹和爱女一起带来。梅若那个丫头，这么多年没见到她，想必现在是个亭亭玉立的大姑娘了，哈哈！"柳忆飞的父亲说着停了片刻，又接着道，"忆如，你考取的那所学校是在南方吧？"

"是，在广州。"

"太巧了，你爸爸当年也是在广州当兵，你梅伯伯的家和工厂也都在广州，看来我们家和广州还是比较有缘的。哈哈！"

"是啊！是啊！广州这些年发展很快，老兄要是有时间不妨带家人去那边逛逛。"

"有时间一定去，一定去。"

"再过几天我就要去广州上学，不如到时候全家人一起护送我去学校。"柳忆如开朗地笑道。

"你别臭美了，你当是乾隆皇帝下江南啊！摆那么大阵容，需要全家护送。看在你我兄妹分上，我就护送你到车站。"柳忆飞故意逗妹妹忆如。

"只怪我生不逢时，若是赶上那个年代，凭我的姿色和才貌，弄个妃子是绰绰有余。只怕那时你想护送，都不给你机会。"柳忆如倒是挺自信的，她边说边摆古时妃子的姿势。

"好了！好了！你们这对小冤家，整天就会抬杠。时候不早了，我们入座吧！"忆如妈妈看了下时间，提醒大家别只顾着谈笑。

"老弟啊！这是我们酒店的特色菜'海上明月'，来，你尝尝。"柳忆飞的父亲将一道精致的菜递到梅伯伯的盘子里。

梅伯伯细细品尝后夸赞道："不错，真不错！菜如其名啊！意境非凡，回味无穷！"

"老弟，你再品尝品尝这道素食'玉手观音'。"

"妙！妙哉！清香酥软，果真有'玉手'之妙境！柳兄啊！我在广州待大半生了，都没品尝过这么绝的菜肴。不如柳兄去广州开家分店，也让广州的市民一饱口福，最主要的是为我这张嘴多服务服务。"

"哈哈！哈哈！"

好一顿宾主尽欢的晚宴。

柳长青出自寒门，十六岁入伍从军，从部队复员后，靠着吃苦耐劳的精神，好不容易打下了今天这一片江山。因自己从小吃过苦头，虽然今天身价不可估量，但他为人很亲善，平易近人，在当地也是家喻户晓有头有脸的人物。

柳忆飞坐在办公室里想着子云，不由得想开车去见她。这时，办公桌上的电话响起了。真扫兴！准又是酒店的那些破事儿来烦人，这个该死的丁当这几天也不知道死哪去了。柳忆飞拿起电话，长长地"喂"了声。

"忆飞，你回家一趟，我有事情要问你。"柳忆飞虽说是公认的天不怕地不怕，但这一生中最怕的就是他父亲。听见电话里传来父亲的声音，他恭敬地回答："爸爸，我很快就回家。"

奇怪，现在正是营业时间，怎么突然叫我回家？莫非是前段时间，我去赌场赌博，挪用公款的事情传到他耳朵里去了？这事情只有冷艳和丁当知道，冷艳现在在医院，根本就没机会接触父亲。难道是丁当？应该不会，当时还是他带我去那里玩的，他应该不会如此龌龊吧？不过也难说，丁当这个马屁精，也许为了讨好父亲而背叛我。这个该死的丁当，看我回来后如何收拾你。柳忆飞心神不宁地回到家。

"忆飞你怎么啦！是哪里不舒服吗？"

柳忆飞坐在沙发上，不敢抬头望父亲，低声道："爸爸，你找我有什么事情？"

"忆飞，我感觉你今天神情不对，你是有心事，还是身体不舒服？"

"没有，没有……"

"没有就好！酒店最近营业额还稳定吧？你查查账上能调动多少流

动资金?"

糟了! 一定是父亲察觉我挪用公款的事情了。

"忆飞, 你在想什么? 我问你话呢。"柳忆飞的父亲看着儿子心不在焉的样子, 很是疑惑。

柳忆飞木讷许久, 吞吞吐吐道: "酒店营业如往常一样很稳定, 只是酒店的歌厅生意最近有些冷清。顾客反映主要是因为装饰陈旧, 需要重新规划装修。"

"是吗? 歌厅那边我很少去, 改天去看看。上次你梅伯伯提到去广州开分店, 你有何见解?"

"广州那地方气候炎热, 再说那里我们不是很熟悉, 没有稳定的客源, 最好不去为妙。"想到子云, 柳忆飞有千百个理由说广州不好, 他接着说, "梅伯伯的一番话的确吸引人, 但我们也不能只听他片面之词, 也许他是说恭维的话, 哄我们开心。广州的气候与大众消费口味, 和我们这里必定有一定的差异。我们在附近城市的投资都做得很好, 没必要再去那么远的城市冒险。"

"你这话有几分道理, 我们开拓新的市场, 重新去摸索适应大众的口味, 的确需要个适应过程和冒险精神。但你梅伯伯谈到开分店的事情, 我很感兴趣。目前的市场大大小小的工厂酒店等企业不计其数, 但却找不到并蒂莲。"

柳忆飞像是有些不懂父亲的意思: "爸爸, 我只知道两朵莲花连在一起称为并蒂莲, 通常是形容爱情, 但却不解爸爸所指的并蒂莲是?"

"我们家有几家酒店?"

"一家。"

"如果我们去广州再开一家'云天酒店', 那不就是并蒂莲吗?"

"为什么要用同一个酒店名称, 与多用名有何区别?"

"表面好像是毫无区别, 其实意义大着呢。首先可以扩张势力, 扩大知名度, 让更多的人记住, 打造真正的一线品牌。"

父亲的一番话, 令柳忆飞茅塞顿开, 他点头道: "妙! 妙! 但是我们不一定要去广州开拓市场, 我们在附近几个城市再开几家酒店, 不一样也可以成为并蒂莲吗?"

"你妹妹如今要到广州去念书, 她从小到大都是娇生惯养, 从未独立生活过，我怕她一个人出远门不适应，我们如果去广州经营酒店，可以就近照顾她。当初我把希望寄托在你身上，希望你用心读书，将来有一番作为，可你……如今这个希望只能交给你妹妹去完成。"柳长青沉思了片刻，又接着道，"你妹妹的升学喜宴，你安排得怎样？各路亲朋好友都通知到了吗？"

"都通知了。"

"你姑妈那里通知到没有？"

"爸爸交代的，我怎敢怠慢。我第一个请帖就是送到姑妈家的。"

"你这个姑妈，我多次劝她来城里，可她比牛还犟，怎么也说不动。她住的地方偏远，到时候你开车去接她一家子。"

谈到去姑妈家，柳忆飞第一个想到的就是他的子云。想到很快又可以见到了云，他满面春风带笑颜，恨不得此刻就能飞到她身边。

这个讨厌的家伙，将我撇在医院，几天也不见踪影，连打个电话都吝啬。柳忆飞，我恨死你了！冷艳躺在病床上，焦急不安。一直以来她都是处于主动，而柳忆飞在她的面前像个害羞的小姑娘，老是躲躲闪闪，像是和她玩捉迷藏。她最近有一种不祥的预感，总感觉柳忆飞与自己越走越远。想到这里，她的头都快要爆炸了。本来上次被那精神病姑娘所惊吓，她的精神一直很恍惚。这会儿想到柳忆飞对自己的冷淡，心绪更乱，多次失声大喊。照顾她的刘妈，见状忙将冷艳的症状告诉了柳忆飞，柳忆飞虽有些心不甘情不愿，但也并非是无情之人，他不急不慢不惊不慌地开车来医院看望冷艳。

冷艳躺在床上，见到柳忆飞，猛地从床上翻起。但一想到老是自己主动，实在是无趣，现在该到他主动的时候了吧。冷艳又忙着躺下，侧身而卧，将屁股对着柳忆飞。

"艳艳，你身体好点没有？"

"好着呢。死不掉！"

"别说气话了！好好活着才是真理。"

"谁说气话啦！与其活着整天受气，还不如死掉干净。"

"谁惹你生气了？你别总是自己和自己过不去。"

"是，是我自己太对不起自己，更对不起我的心。"

"所以你更要好好爱自己，这样才对得起自己。"

"是啊！哪怕没人爱，我也要好好爱自己，只是我把自己的心给弄丢了，不知道还能不能找回。"

"傻瓜，你的心永远属于你自己。"

"可是，我的心已经被别人拐走了，我现在是一个无心、没人爱的人。"

"一直以为你是一个很开朗很豁达的女孩子，今天怎么突然变得如此伤感？你今天的情绪不好，好好休息，别胡思乱想，我改天再来看你。"柳忆飞摇了摇头，转身准备离去。冷艳从床上猛地起身，哭喊道："柳忆飞，你给我站住，我有哪里不好，你为何要对我这般冷漠？"

柳忆飞被眼前的一幕弄得不知所措，本来他一直把冷艳当成妹妹对待。但冷艳多次向他示爱，他也多次委婉向她表明心意，可冷艳却一再执迷不悟。冷艳曾在柳忆飞的朋友面前说过，她是真心喜欢柳忆飞，如果柳忆飞不接受她的爱，她感觉活在世界上也没有多大意思。考虑到冷艳的可怜身世，刚一出生就失去了母爱，后来在自己的酒店上班又遭人凌辱，出于怜悯，怕冷艳再受刺激，所以柳忆飞也就没有很正式地去拒绝她。在旁人的眼里，他们就是一对恋人，在酒店里大家都称冷艳为"少夫人"。

我不能再让她继续陷下去，这样对她对我都是伤害。我今天必须和她把话挑明。但一看到冷艳这般伤心落魄的样子，柳忆飞又有些不忍。毕竟她现在还生着病，还是等她以后情绪好点，找个合适的机会再和她认真谈谈。"艳艳，你别想太多，好好养病。刘妈你要好好照顾艳艳，有什么事情要及时通知我。"

"忆飞，你能不能不要离开我？"

"我还有公事要办，也是身不由己啊！希望你能谅解。"

"再多陪我一会儿也不行吗？"

看到冷艳满眼的哀求，柳忆飞不忍拒绝。但是想到自己心中的那个子云，他还是缓缓起了身，很无奈地说："艳艳，不是我不想陪你，实在是我太忙，要不这样，我以后每天多给你打电话，这样你也会感觉我离你近点。"

"不，你总是有那么多借口，明明就是你不肯留下来陪我。我住院的这些日子，你什么时候好好照顾过我？"

看到冷艳那憔悴不堪的样子，柳忆飞不忍心去伤害她，因为他知道冷艳对他是真心的，如果没有子云，也许他会接受冷艳的爱，可是一个人心里只能装得下一个人。他安慰冷艳道："别想这么多，答应我，好好照顾自己。公司最近真的有很多事情需要我去打理，还有妹妹的升学喜宴也靠我去操办，要不是这么多事情，我怎么会不来看你呢？你要理解！"

冷艳见柳忆飞态度很诚恳，想想他说的话也不是毫无道理。她将头轻轻地靠在柳忆飞的肩膀上，脸上露出一丝久违的笑容。

"飞，请你原谅我，只因我太爱你，一天没见到你，我的心就不属于我自己，因为我的心包括我的人都已经属于你，你知道吗？"

面对这个痴情的姑娘，柳忆飞也是左右为难，因为他深爱的人是子云，其实他的心现在也不属于自己，他的心早已飞到了他心爱的姑娘身边。老天，为何我深爱的人，她不爱我，而我不爱的人却深深地爱着我，这到底是为什么？为何爱与被爱都会让人失魂落魄？

"飞，你在想什么？"

"没什么，你好好躺下休息，等我忙完了，我再来看你。"

"不，你能不能再多陪陪我，哪怕一小时，一分钟或者一秒，我都会感到很幸福，很满足。"

听到柳忆飞说要走，冷艳脸上的笑容，瞬间转化成了愁云。

柳忆飞刚起身，看到冷艳那无助的表情，又坐下了。要是平日里，柳忆飞才不会那么有耐性，但现在冷艳正在病中，他也不好再加推辞。他坐在冷艳的身边，冷艳欣慰地靠在柳忆飞的怀中。趁冷艳睡着了，柳忆飞悄悄地离开了医院，直奔伊渺村，找他朝思暮想的子云姑娘。

第六章　为爱埋下伏笔

再过几天，孩子就要开学了，怎么办？至今升学喜宴还未举办，真是难堪。父亲和母亲，又在为我上学的事情犯愁。家里该变卖的都变卖了，实在是想不出法子了。母亲从衣柜里拿出一红手绢，塞到父亲的手中。父亲打开手绢一看，是一对别致的玉手镯。父亲迅速将玉镯裹好，塞回母亲手中，愧疚地说："荷花，这怎么使得？这可是当年你母亲给你的嫁妆，从你外祖母的祖母那里传下来，已经传了几代人。"

母亲又将那对手镯递回父亲手中，意味深长地说："楚天，你就别推了！拿去当了。"

"不，荷花，你跟我吃了一辈子的苦，从无怨言。如果这样做，我还是个男人吗？"父亲惭愧地将头扭到一旁，将那对手镯又塞到了母亲的手中。

"楚天，别这么说。虽然咱家的生活艰辛点，但一家人开开心心在一起生活，我已经很知足了。这对手镯，只是暂时典当，救救急。"

父亲说什么也不同意将手镯当卖，他们将手镯推来又推去。一不小心，其中的一只手镯从手中滑落，父亲和母亲同时伸手去抓，但手镯还是提前一步落了地，好好的一对手镯相守了那么多年头，今天彻底永别了。

真想不到子云家的日子会如此艰辛。站在窗外的柳忆飞手捧着玫瑰，乱了方寸，脚步不知该往何处迈好。算了，还是等会儿再来。他正准备转身走，突然想到机会不是来了吗？现在子云上学需要费用，我要是雪中送炭帮她一把，也好初步巩固一下彼此的情感。他满怀欣喜地朝屋子里走，仿佛看到了爱情的光环在眼前呈现，这感觉好极了！

"汪，汪……"

家里的大灰狗，蹲在门后，观察柳忆飞许久了。柳忆飞前脚刚一踏进门，大灰狗就猛地冲上前，趴在他身上，吓得他四脚朝天，手中红艳艳的玫瑰，散落一地。

父亲和母亲闻声忙推开房门，见自家的大灰狗虎视眈眈地蹲在一个陌生且贵气的小伙子面前，四周横竖零散着玫瑰。父亲对大灰狗吼了一声，大灰狗不再吠叫，乖乖地趴在门后面，静观眼前的一切。

母亲走到柳忆飞面前关心地问："小伙子，你没事吧？"

"谢谢伯母关心，我没事。"柳忆飞从地上狼狈地爬起，苦笑着与父母亲套近乎，"伯父，伯母，你们好！"

父亲有些走神，突然想起前些天收到的那封信。那封信是一个叫杨一帆的军人写给子云的，信中情意绵绵。莫非眼前的这个年轻人就是写信之人？

"伯父。"当柳忆飞再次上前与父亲打招呼，父亲方如梦初醒。"伯父，我是柳忆飞啊！你不认识我了？"

"柳忆飞，就是那个小时候经常爱捣蛋的小家伙？"

"是啊！是啊！我就是那个趁你在靠椅上睡着了，偷偷拔掉你胡子的柳忆飞。"

"你真的就是那个人称'小霸王'的柳忆飞？"母亲上下打量着柳忆飞。"伯母，你又在喊我小名，我哪是什么小霸王，我现在可乖了。"

"哈哈！你这个家伙，调皮捣蛋的性格一点都没变，不过比以前要帅气许多。""谢谢伯母的夸奖，那是必须的！我以前是个不懂事的小男孩，我现在是能独当一面的大男人。"

"看上去像个大男人，都可以讨老婆，当爸爸了！"

真的吗？我可以讨老婆做爸爸了吗？伯母这样说，莫不是想将子云嫁给我？柳忆飞在美美地做着他的春秋大梦。

他怎愣在那里发呆？这孩子，见他性格开朗，怎开不起半点玩笑？他现在也老大不小了，就算娶个老婆也不足为奇。他为何对我说的那番话，有如此大的反应？

"看你往哪里跑？"

"你抓不到我。"

弟弟和小宝又在追逐打闹，一不小心，弟弟一头猛撞在正在做白日梦的柳忆飞身上，柳忆飞又一次摔了个四脚朝天。

"哎哟！今天是什么日子！"柳忆飞躺在地上捂住肚子叫苦。

小宝以为自己闯了祸，头也不回地跑了。弟弟见不妙，掉头也想跑。

"朗，你给我站住。一点礼貌都没有，都快念高中了，怎么还整天和这个小家伙打成一片，成何体统！"父亲有些生气。弟弟并非无礼貌，只是他害怕面对父亲。"你看你成什么样了？不好好复习功课，整天和那些小不点玩，像样吗？再过几年你也要高考，你应该以你姐姐为榜样。你看你姐姐多认真，每天关在房间里学习。你这样简直就像个小土匪，哪有半点学生的样子。"

弟弟不敢吭声，低头立在原地不动，听父亲的教诲。这时候奶奶从屋外走了进来，她走到弟弟面前，用手绢为弟弟擦额头上的汗珠。"儿啊！你这是从哪里来，身上怎么那么多汗水？"

"他能从哪里来，整天没个正经，实足的孩子大王，就会终日领着小孩子们玩闹。再这样下去，我看书也别念了。"父亲的话有点重，弟弟一时难以释怀。弟弟甩开奶奶的手，低头直往房间跑，用力将房门给关上。

弟弟是奶奶的心头肉，见弟弟像是受了天大的委屈，她开始训斥起父亲："你也是，亏你还是位教师，哪有这样说自己的孩子的！朗如今也不是小孩子，你这样训斥他，不是伤了孩子的自尊心吗？"

父亲是个人所皆知的大孝子，他见奶奶如此生气，低头不再出声，奶奶转身朝弟弟的房间迈去。

柳忆飞见场面有些尴尬，又找话题来调节气氛："伯父，你刚才称朗为孩子大王，我小的时候大家都喊我小霸王。他是大王，我是霸王，看来我比朗的顽皮指数要高得多。其实顽皮也没什么不好，顽皮长大才会有出息。人的性格会随着年龄变的，我小时候那么顽皮，你看我现在多乖，所以伯父你无须为朗担太多心，更不要生气。笑一笑，十年少。"

"是啊！孩子他爸，你也不要生孩子的气。正所谓女要柔，男要刚，我看男孩子顽皮点，也不是什么坏事情。"

"都是你给宠的！"

父亲的倔脾气母亲又不是不知道，母亲没再出声，邀请柳忆飞去房间坐坐。

油嘴滑舌、拉拢人际关系是柳忆飞的强项。父亲刚才还是一脸的严肃，现在居然与他谈笑风生。母亲是位极为传统的女子，一般她都会站在父亲的立场考虑，心甘情愿做父亲的影子。父亲和柳忆飞谈过去、现在与将来。柳忆飞对关于我的话题比较感兴趣，每每父亲谈起我，他总是一再追问。当谈起我上大学的事，父亲似乎有些忧虑。

柳忆飞是个精明人，他想该是自己大显身手的时候了。他起身从口袋里掏出一沓钞票，放在桌子上，笑着说："伯父，伯母，此次匆忙而来两手空空甚是歉意，这就当是我一点心意，还望你们笑纳。"

"忆飞，你这是干什么？"

"伯父，这只是我一点心意而已，没有其他意思。"

这么多钞票，就是把咱家给卖掉，也卖不了那么多钱。这等美事，只怕是打着灯笼也难找。但母亲和父亲有着一个共同的特点，从不贪图意外之财。父亲脸色阴沉，母亲忙上前，将那沓钞票递回柳忆飞的手中，微笑道："忆飞，我家和你家素未有过经济上的交往，这些钱，我们实在是受之有愧。你的这份心意我且收下了，但这钱，你还是请收回吧！"

这家人可真怪，竟将我的一番好意当作驴肝肺。明明是有困难，却偏偏要拒人于千里之外。若不是为了子云，为了她早日走出这穷山沟，我才懒得跟你们磨蹭。他们是不是故意装清高拉不下面子？还是在考验我的诚意？这世界上哪有这么傻的人，放着厚厚的钞票不要，甘愿被清贫所困扰，更何况他们现在急需要这笔钱。看来他们是故作姿态，想接受又怕失了体面。唉！这又何必呢？看来我还需下点功夫，方能帮助他们达成心愿。想到这，柳忆飞笑着说："伯父，伯母，你们就收下帮我完成这个心愿吧！我从小就不喜好学业，其实我父母都很希望我长大能在学业上有点作为。只怪我不争气，中途弃学，令他们失望！如今，悔之晚矣。子云好学，希望她能代我完成这个愿望，这笔钱就当是我送给她的升学礼物。"

"忆飞，难得你有如此之热情与厚意，伯父感谢你的一片真诚，只是这钱我们不能要。"

柳忆飞本以为自己的一片诚意可以打动父亲。谁知父亲依旧坚持不收。

从来没见过这么愚昧死板的人，我还不相信在这个物欲横流的社会，竟会有视钱财如粪土的世外之人。柳忆飞这一回可是杠上了，父亲越是拒绝，他越是感兴趣，因为他从来就是个不肯服输的人。"伯父，难道连我这么一个小小的心愿，你都不肯帮我实现？我知道守着黄土过日子，挺不容易的。这些钱对于我来说，只是小儿科，根本不值一提。所以伯父你们别担心以后如何偿还。"

"忆飞，你若是不要我们偿还，这钱我们更是不能收。我们平白无故地收人钱财，算是什么人呢？"父亲将钞票又推回到柳忆飞的手中。

母亲也在一旁道："是啊！这钱我们不能收。"

"伯父，伯母，既然你们一再拒绝，那我就不好再强求。但是你们有没有想到后果？如果没有钱，子云就不能上大学。你们比我更清楚，子云是个把学习视为生命的女孩，如果你们只是为了维护自己所谓的尊严，而毁灭她的理想，你们想想，这该是多么的残忍啊！再说这笔钱是我自愿拿出来的，又不是你们主动找我借的，不会有损你们的体面。这些钱就当是我借给你们的，以后你们慢慢再还给我好吗？"

这么说刚才我们的谈话，他都听见了。是啊！我们现在的确需要这笔钱。想到荷花被摔烂的玉手镯，想想自己当年因家境贫困而失学，再想想云儿对学习的那份执着与认真，还有乡亲们纷纷道贺的场景。情非得已，父亲收下了这笔沉重的巨款。

柳忆飞似乎感到有那么一点点成就感，这是否意味着与子云的感情进了一步？来子云家这么久了，怎么也不见子云的踪影？突然间他有一种强烈的欲望，希望主人公早点出现。他有点坐不住了，眼睛四处张望。忽然见一个女子的背影在窗前闪过，他断定那个影子就是他想要见的人，一定是她，一定是，他在心里沾沾自喜。他快步走到门前，迫不及待地期望与心中的她相见。房门刚一拉开，那女子整个身体就扑倒在柳忆飞的怀里，柳忆飞趁机将女子的腰搂得更紧一点。奇怪的是那女子非但无拒绝之意，反而配合他搂得更紧。子云，我就知道你心里是有我的。只是你的奔放，与我想象中的你有些差距，我好像更喜欢那个矜持含羞的你多一点。

"老公，你以后不要再丢下我一人。"

这声音怎么那么陌生，她不是子云，难怪会让我感到不安。柳忆飞迅速将怀里的女人推开，仔细一看，天啊！怎么会有如此丑陋之人，一脸的雀斑，兔唇，右眼睛还有疤痕，实在是糟蹋她那有着玲珑曲线的身材。

丑女脾气如同她容貌一般丑。她觉得刚才被一个陌生男人搂着，自己吃了大亏。她气愤地跑到柳忆飞面前，扯着柳忆飞的衣服大喊："本姑娘的腰不是随便给男人搂的，既然刚才你已经占了本姑娘的便宜，那你就要对本姑娘负责任。"

"天啊！这还搞不清楚是谁占谁的便宜。那你想要我如何负责任？"柳忆飞感觉自己这回可亏大了，捂着脸不敢看那丑女。

"当然是要娶我回家做老婆咯。"

"救命啊！救命啊！"

父亲和母亲在一旁笑得难以收场，见柳忆飞那惊慌失措的样子，像是掉进了狼窝。

这个丑女是伊渺村丑皇后，因容貌丑陋，年近三十仍待字闺中。乡里女子，一般十七八就出嫁了，唯有她至今保留老闺女之名。那个时候，老闺女的确不是什么美誉，难免会遭人非议，甚至连自己的亲人都加以鄙视。哪个女子不想嫁个如意郎君，容貌丑陋只怪老天太狠心。因长期生活在非议中，丑妹的精神渐渐失常。如今她见到年轻男子，就要人家娶她。当父母将关于丑妹的一些心酸故事告诉了柳忆飞，柳忆飞对丑妹就有些同情。他不再那么害怕这个丑女人了，为安抚她受伤的心，任由丑妹贴在他胸前。

我喜欢一个人的空间，喜欢将自己关闭在房间，与文字唱吟。每次待在书房就忘记时间，蓦地起身，不觉腰酸背痛。时候不早了，也去隔壁房间凑凑热闹。我推门一看，见柳忆飞与丑妹黏在一起。

柳忆飞见了我目瞪口呆，神情十分难堪，他闪电般将丑妹推开，忙解释："子云，我和丑妹……"

"老公，你干吗不要我，你又不想对我负责任了。"丑妹抱着柳忆飞，任柳忆飞怎样推，都不放手。

"你不要随便乱喊我老公，我们没有任何关系。"柳忆飞用恳求的眼神望着我，感觉自己现在是哑巴吃黄连有苦说不出。

其实不用他解释，我也清楚，因为这样的误会又不是第一次发生在丑妹身上。我故意装着不知详情，笑着道："老公都喊了，你就别辜负别人的一片真心了。"

"伯父，伯母，你们可要为我做证，我和丑妹确实没有儿女之情。"

"忆飞，你就负一次责任，做一回新郎吧！"母亲扑哧一笑。

糟了！糟了！我这次可是跳进黄河也洗不清了！百口难辩啊！"子云你一定要相信我的清白，伯父伯母你们不帮我，也用不着落井下石呀。"柳忆飞像是受了天大的委屈，用力将丑妹推开，丑妹被推倒在地，双手捧着脸哭喊："老公，你不能不要我……"

"美妞，你认错人了，这个不是你的老公，你的老公在家里等你呢！你赶快回家去见他。"

"我认错人了？这个不是我的老公？对，我老公应该在家里，他不会那么凶对我的。"丑妹傻乎乎地摇着脑袋，自言自语。

母亲扶起丑妹，带她离开了房间。我也趁机想离开，却被柳忆飞拽住了衣角。我回头瞪了他一眼，他表情有些拘谨，红着脸笑道："子云，我们那么多年不见，你就不陪我聊聊？"

"云儿，忆飞不是外人，你们就好好聊聊，我还有些事先离开，忆飞，我就不陪你了。"这算是父亲有意的安排吗？为何不听听我的意见，就将我一人留下，面对我最不想面对的人。

"云妹，这些年你过得可好？最后一次见你，你还是个爱哭鼻子的黄毛丫头，如今再见，站在我面前的竟是个亭亭玉立的少女了。"想到从前，柳忆飞就有说不完的话。

柳忆飞留给我的回忆很朦胧，虽能隐隐约约感觉到他对童年时代的那份眷恋，但他却不是我回忆中的男主角。我感觉自己没什么话想对他说，也不希望他耽误我太多时间。虽然我心中有许多的不愿意，但毕竟是孩提时代的伙伴，再说他又那么热情，我总不好冷言相对。思索许久，勉强回答："是啊！时间过得好快！这十多年你过得怎样？"

"怎么说呢？只能用一句身不由己来概括。"

"你会身不由己？"我表示质疑。

"我父亲以前是个军人，他希望我长大后也能做一名出色的军人。

可他从来就没问过我的想法，就送我去军官学校，我根本不是那块料，吃不了那苦头，半路退学。退学后，父亲又逼我读了几年管理。现在父亲将他的酒店生意交给我打理，表面看来我很风光，其实我有很多痛苦与无奈。"

"你的父亲为你想得真周全，其实想想他也是为你好。你不应该将他对你的爱用痛苦与无奈来概括。你看你现在不是挺阳光、挺风光的吗？"

"你看到的只是表面，其实我是一个很孤独的人。一个人活在别人的思维里，走别人走过的路，那种身不由己、行尸走肉的日子，你是不会明白的。"

莫非他也是多愁善感之人？可他那张扬的个性，怎么也不像是一个能耐得住寂寞的人。我对于眼前看到的他难以判断："你不是有冷艳陪着吗？为何还会时常感到孤独？"

"子云，我看你一定是误会我了。其实我和冷艳不是你想的那样，我和她只是一对挂名的恋人。"

"我只听说过有挂名夫妻，至于挂名恋人还是第一次听说，你今天又发明了新词。"

"怎么你不相信我？我和冷艳的确就是那种关系，绝非你想象的那种关系。"

"你不需向我解释这么多，其实不管你们是什么关系，都不会影响我对你的看法。冷艳对你是真心的，希望你不要辜负她。"

糟了！不知道冷艳和子云说了什么？看来她是真的误会我了。柳忆飞再次向我解释："子云，请你相信我，我对冷艳真的没有那种感觉，其实我在乎的是……"

这个男人，枉费冷艳对他一片痴心，居然说对冷艳没感觉。像这样没心没肺，薄情寡义的男人，我感觉跟他越来越没有共同的话题可谈，此刻只想早点和他划清界限。可他好像是越来越投入了，含情脉脉地望着我："子云，其实我一直都没有忘记梦中的那个小新娘，我知道她才是我要等的人……"

"你所说的太深奥，我无法理解，也不想去理解。"这样无耻的话他也能说出来，想到小时候清凉山的那一幕，我就对他产生莫名的厌倦。想不到十多年了，他还是如此不可理喻。

"你现在还是一个单纯的学生，属于你的应是一个纯真的年代。你现在不能理解我，纯属正常，不过我相信你以后会慢慢理解我的一片苦心的。"

"对，我现在唯一能做的就是认真读书，其他的都不是我要去懂的。"

"对，你现在要做的是把书念好！至于其他的你也可以同时考虑。"

"以后的事情以后再考虑，请问我现在可以离开吗？"

"当然可以，屋子里有点闷，我开车带你去野外透透气好吗？"

"现在这屋子的确很闷，我现在就要离开，不过不是陪你去透气，还有很多功课在等着我。对不起，我该走了！"

小宝不是告诉我说子云很想坐我的车子吗？难道我被那小鬼给耍了？本准备了千言万语要对子云说，可她的冷漠让我望而却步。也许是我们现在处于不同的处境中，所以思维总会出现误区。不过我不会放弃对她的爱，总有一天她会求我留下来陪她的。

"忆飞哥，妈妈让我喊你吃饭……"是小宝在窗外喊。

"谢天谢地，终于可以打破僵局。小宝，你可是我的救星，我爱死你了。"我在心里暗自道。

怎么这么早就吃饭，我还有很多话没有说呢。和喜欢的人在一起时间就是过得特快！柳忆飞看了下手表，微笑着说："云妹，既然你还要温习功课，我就不便再打扰你了。我先走了，下午再来找你，我还有很多话想和你说。"

妈呀！下午还要继续啊！晕了！我赶紧逃。

午餐时，父母在谈论请客人吃喜宴的事情。而我却为柳忆飞临走前的那句话而一度犯愁，真的不习惯与他单独相处。父亲问弟弟愿不愿意去亲朋好友家送请帖，弟弟高兴地一口答应了，看他那开心的样子，比捡了宝贝还兴奋。因为平日里，他总是被父亲督促着学习，对于他来说这次是个难得的出去玩的机会。

对了，我为何不趁这个机会，好躲避柳忆飞的再次纠缠呢？我放下手中的碗筷，兴奋地起身道："爸爸，发请帖的事情就交给我吧！"

奇怪，云儿今天是怎么了？平日里她最不喜欢出门，更不喜欢与人交流，这次她为何会自告奋勇去亲戚家走动，莫非太阳从西边出来了？父亲心里暗自惊奇。

母亲也为我今天的举止而惊讶，她问我："云儿，我感觉你今天怪怪的，从午餐开始到现在都心不在焉，现在你又主动要求出门发请帖，简直像变了一个人似的。"

"姐姐，你就别和我争了，我好不容易盼来了这么一个机会，你却偏要与我抢。"弟弟刚才还是兴致勃勃的，听说我要去发请帖，有点失望。看到弟弟那失落的样子，我忙解释："弟弟，我哪是和你争。姐姐快要去南方上学了，以后可能在家的时间就少了，所以我想通过这次机会，去亲戚家走动，交流一下感情，我怕以后他们都把我给忘记了。"

"是啊！你姐姐说得对。朗，我看你就别去了，乖乖在家温习功课。"

父亲的决定，对于弟弟来说是多么的糟糕啊！为补救弟弟的那份失落感，我力争为他争取机会。"爸，很多亲戚好友家的路，我都不熟悉，我怕我……"

我一句话还没说完，弟弟就抢着说："我知道，无论是东还是西，是南还是北，我全都会走，姐姐你找我带路，绝对不会错。"弟弟那淘气的样子，把我们一家人都逗乐了。

"好吧！你们姐弟俩，明天一早就出发。"父亲发了命令。

明早啊！怎么行呢，我的目的就是想躲过今天下午。"爸，我看还是今天下午就起程好。"

"为何？想不到你性子如此急。"

"不是我性子急躁，是时间太紧。因为只有两天时间，家里那么多亲朋好友，怎来得及一个个传递呢？"

"说的也是，好吧！吃完饭，你们就动身。"

柳忆飞借着来接姑妈一家人的机会来伊渺村，其实目的只是为见心中的女神。想到与我独处时，我那如冰般的表情，失落爬满了他的心里。他端着饭碗，筷子在菜盆子里跳舞，但却不知道往嘴里送。淘气的小宝，用手中的筷子夹住柳忆飞的筷子，不让它动，可柳忆飞竟然毫无知觉。

"忆飞，你在想什么？"兰婶的一句话，方将柳忆飞从伤心地带带回来。他起身将手中的碗筷放下，掉头就往外跑。

兰婶跟着跑出来："忆飞，你还没吃饭呢。"

"你们吃，我不饿。"柳忆飞跑到我家门前时，我和弟弟正准备上路。想不到我千方百计想回避他，还是棋差一步，让他赶上了。他朝我们微笑道："子云，子朗，你们这是去哪？"

"你怎么知道我的名字？"弟弟好奇地问。

"我当然知道你名字，我最后一次见你时，你还穿开裆裤。"

"我看你也不比我大多少，我穿开裆裤时，那你一定也是尿尿不用解裤带。""哈哈！嘴巴够厉害！你和你姐姐虽同是一个父母生养，但性格却各自分明。"

"你这个人，我们又和你不熟，你怎么就这么多话说？"弟弟有些气愤。真是讨厌，说这么多废话。我拉着弟弟，催弟弟赶紧走。

"算了，懒得和你浪费时间。姐姐我们走。"

"子云，你们去哪里啊！怎不理人呢？"

我回了一下头，没吭声，加快脚步，只为早点淡出他的视线。

不知道我到底做错了什么？为何子云就是不肯理我？

这时母亲从屋子里走出来，见柳忆飞站在那里发愣，她上前亲切地问："忆飞，你吃饭了没有？你愣在这里干吗？回屋子里坐会儿。"

"伯母，子云他们这是去哪啊？"

"哦，他们去送请帖。"

"是子云升学喜宴请帖吗？"

"嗯。"

柳忆飞明白后飞步朝姑妈家跑去。

这孩子是怎么了？怎么会有如此大反应？柳忆飞的举止，在母亲眼里有些奇怪。

"嘀……嘀……"身后突有车子在鸣号，一定又是他，真是阴魂不散！

弟弟回头看了一眼说："姐，好像是刚才那个人开车子过来了。"

"我们别理他，赶快走！"

"姐，那个人是谁？我感觉他看你时的眼神很不对。"

"他是兰婶家的亲戚，小时候见过几次。"

"子云，这么热的天气，让我送送你们吧！"柳忆飞将车子挡在我们身前，打开车门一再邀请我们上车。我们生在乡下，长这么大，别说是从未坐过这么名贵的车子，就连看都没有看过。弟弟倒是蛮想去尝试一下，他拉着我的手，希望我能接受柳忆飞的请求。

柳忆飞见我要理不理的样子，便下车朝我笑道："子云，上车吧！这么热的天气，真担心你们能否受得了！就给我个机会，让我送送你们。"

"是啊！姐姐，你看太阳这么烈，我们就不要跟自己过不去了。"

这个弟弟转变也太快了，就在十几分钟前他还看柳忆飞不顺眼，这会儿怎么又和他站在一条线上？他准是被眼前的汽车迷惑了。"我们去的地方，道路崎岖曲折，我怕把你这么漂亮的车子给弄脏损坏。"

"没关系！车子脏了可以洗，坏了可以修，再说我的技术也不会那么差，一定能安然无恙地将你们送到目的地。"

"我们去的地方不仅道路崎岖颠簸，最主要的是路面很狭窄，根本就过不了车辆，所以你还是不要去的好。"我想这回他总会知难而退了吧！可弟弟迫不及待地说："姐姐，我们今天要去的地方，我比你清楚，根本没有你说的那么狭窄崎岖。"这个弟弟，我看他是想坐车子想疯了，竟然当面揭穿我。

"子云，子朗都说了路面可以通车的，你就别再拒绝了！"

面对他们，我不知如何处理才好。弟弟这么想坐车子，那就让弟弟一个人坐车子去，这样我不就可以避开柳忆飞了吗？"柳忆飞你的一片好意，我就却之不恭了。朗，反正去亲戚家的路你比我熟悉，正好我也不喜欢串门，那就有劳你一个人去吧。柳忆飞就辛苦你了，麻烦你开车送朗走一程了。"

柳忆飞刚才听我说却之不恭，不知道有多开心，但听完了我的下文，所有的欣喜又一扫而空。

"姐姐，上午在家时你不是说自己想出门走走，联络一下亲朋之间的感情吗？怎么现在你又不想去了？是不是哪里不舒服？"弟弟的话弄得我都快下不了台了。幸亏他最后说的那一句，给了我一个金蝉脱壳的机会。干脆我就来个见风使舵，说自己真的不舒服。我用手托着太阳穴，装着一副病态说："其实我真的很想出门走动一下，但突然感觉头发晕。我想回家休息，柳忆飞麻烦你送我弟弟去亲朋家跑跑。"

"子云，你没事吧？要不我先送你回家。"柳忆飞有些担心我。

"是啊！姐姐，我们还是先送你回家。"

"不用了，就那么一点点路，我自己会回家的，你们还是早点去把事情办完。"我说完就转身回家。

柳忆飞虽有很多的不如意，但既然我这么说了，他也不好再说什么。子云现在不能坦然接受我，也许是因为她现在还是个学生，所以比较腼腆。我现在把她的家人关系处理好，以后事情就好办了。那我今天就无偿地做一回司机，陪子云的弟弟走一趟。

"子朗，上车。"

说完"嘀"的一声响，汽车如脱缰的野马，在凹凸不平的道路上狂奔。

乡村的路曲曲折折，如一条长龙盘旋在山水间。青山，白瓦，勾勒出一幅幅生动的画面。远方的山坡上，隐约看见牧童骑在牛背上，横笛唱晚。层层梯田，袅袅炊烟，深谷里的山歌谁听得见。

道路越来越狭窄，汽车在山路中摇晃得越来越厉害，可柳忆飞丝毫不愿减速，继续飞速前进。弟弟开始有点着急，因为道路旁边就是悬崖。万一有个什么闪失，那可不是开玩笑的。弟弟用双手抓紧车门扶手，闭着眼睛，他现在有点后悔了，后悔自己不该贪图坐车子。他多次告诉柳忆飞，要开慢点，这样好危险。可柳忆飞却说这样才刺激。这么险的山路，柳忆飞还是第一次走。他自小就喜欢挑战，这山路让他感觉到一种满足。可怜第一次坐小车的弟弟，一路上闭着眼睛惊叫。

第七章　落花无情流水有意

　　我家很久没有这样热闹过了，前来道喜的亲朋旧邻，塞满了院子。屋里屋外黑压压全是脑袋。人数远远超过预想，幸亏父亲计划得周详。

　　开席前，父亲说："今天是小女子云的升学喜宴，难得大家这么赏脸前来捧场祝贺！我是一个地地道道的农民教师，也是子云的启蒙老师。我一生从事教育工作，教育学生无数，但目前只培养出来子云一个大学生，实在是有愧于各位父老乡亲。来，这杯酒就算是我向大家赔礼道歉，我先干为敬。"父亲的一番话感动了所有人，我躲在一旁，眼睛都红了。

　　云天酒店今天也是宾客满座，前来道贺的客人来自四面八方。有娇嫩如玉的富家千金，有贵气十足的豪门公子，有西装笔挺的政府官员，有秃头西瓜肚的老板董事，有明艳照人的阔太太，还有一些不务正业的混混也跑来凑热闹。柳忆如今天穿着一件闪闪发亮高贵漂亮的白裙子，乌黑的长发打理得完美别致。这位美丽的天使一出场，就引来了众人赞赏和倾慕的目光。

　　第二天一大早，父亲和弟弟坐拖拉机送我去城里搭车。拖拉机一启动，我心里突然特别的难受，眼泪哗啦啦直往下流。母亲和奶奶还有爷爷站在村口，含泪目送我远走。乡亲们也围成一片，前来送行。母亲几乎挥断了双手，直到我消失在茫茫的路口。望着倒退的风景渐渐消失在远方，我知道这是距离。前方的道路也许宽广明亮，但此刻最令我留恋的，却是故乡的小路弯弯，因为那是我生长的地方——野花香，稻子黄，炊烟袅袅是故乡。

"哥哥，你怎么还不起床？难道你忘了今天要送我去广州上学？"柳忆如急匆匆地推开柳忆飞的卧室门，见柳忆飞还在睡懒觉，她着急地朝柳忆飞大喊。

"你让我再睡睡吧。昨天晚上那么晚才散场，你这么早就喊我起床，不是要我的命吗？"柳忆飞闭着眼睛含糊地答道。

柳忆如看看手表，已经是早晨八点多了。她跑到柳忆飞的床前，将被子掀起，朝柳忆飞大嚷："不许睡，快起来。谁叫你玩那么晚才睡觉。"

"还不是因为你，我才陪客人喝酒唱歌到这么晚。"柳忆飞抱着枕头，无论忆如如何推拉，就是不肯起床。我就不相信不能把你弄起来。柳忆如四处张望，看见厅外的阳台上有一个浇花用的喷雾器，喷雾器里刚好有水。柳忆如拿起喷雾器，猛地朝柳忆飞的脸上喷。柳忆飞抱着头一个劲地喊："姑奶奶我真是服了你，你别再喷了，我起来就是。"见柳忆飞投降，柳忆如开心地笑了。

一出门柳忆飞就后悔了，这么大太阳，这么远的路程，可有得受的！去广州，开车去最少也要十个多小时才能到达。不行，我得找个人替代我，对，就找丁当。

丁当为柳忆如去南方上学的事情正在发愣，因为南方离这里太遥远了，他以后可能根本就没机会见到柳忆如。他一早坐在办公室里，像是掉了魂，望着窗外发呆。电话突然响起，丁当接起电话"喂"了声。

"丁当啊！忆飞在吗？"是冷艳打来的。

"是嫂子啊！听说你生病了，我一直想抽时间去医院看望你，但酒店生意忙，所以总走不开身。嫂子，你身体好些没有，很挂念嫂子。少总还没来公司。"

"忆飞最近在忙什么？怎么这么晚也不来酒店？"

"嫂子，少总今天可能不来酒店了，他要送忆如去广州。"

去广州那需要多久才能回来啊？自我住进医院，柳忆飞像是把我给忘掉一样。不行，我要去找他。冷艳狠狠地将电话给挂断，连医院的衣服都没换下，就直往车站冲去。

"嫂子，嫂子……"怎么回事？无缘无故就将电话给挂断了，准是和柳忆飞闹矛盾了，把气往我身上撒，我们这些做下属的就是可怜，还是当老板好！丁当拿着电话在和自己发牢骚。他刚把电话放下，铃声又响起了，一定又是那个泼妇，刚才没要完，现在又来了！拿起电话喊了声："嫂子啊！"

"什么嫂子啊！你是不是还在做梦啊？"一句嫂子，令柳忆飞大怒。

"哎呀！是少总啊！刚才嫂子在医院打来电话找你，我以为这回又是嫂子。"

"你以后可别随便乱称呼，她的名字是叫嫂子吗？"柳忆飞不想再和冷艳这样令人误解地相处下去，不但耽误了自己，也害了冷艳。

奇怪，我一直都是称呼冷艳嫂子，今天少总怎么会有如此大反应，看来他们是真的闹矛盾了。"是，没有少总的命令，我以后再也不敢随便乱称呼了。只是我突然改口，我怕嫂子她接受不了。"

"你给我闭嘴，怎还喊嫂子呢？"

"不敢了！不知道少总打电话来有何指示？"

"你马上到酒店门外等我，我要你代我送忆如去广州。"

"是，我马上下楼，在门外等你。"天啊！我不是听错了吧！竟会有如此好的差事交给我办，一定是老天被我的真心感动了，所以让我当忆如的护送使者。丁当闪电股地跑到洗手间，对着镜子整理衣襟。离开办公室前还将自己早已写好的情书塞在口袋里，希望有机会亲自交到柳忆如手中。他精神抖擞，神采飞扬地从办公室走下来，扭动着宽大的屁股，边走边用他那肥短的手指拨弄头发。

"丁助理今天是怎么啦？瞧他春风得意的样子，比捡到宝贝还高兴。"酒店的员工都好奇地望着丁当，感觉丁当今天很特别。

一会儿柳忆飞的车子停在云天酒店门前，丁当忙上前帮忙开车门。他看见柳忆如坐在车子里，心都快跳出来了。柳忆飞下车将丁当拉到一旁也不知道嘀咕着什么，一会儿又有一辆豪华小轿车停在柳忆飞车子后面。

"忆飞，时候不早了，还不准备出发？"柳忆飞的父亲从车子里探出头，催柳忆飞赶快走。

柳忆飞和丁当相约上了车，丁当朝柳忆如笑了笑，可柳忆如却朝他白了一眼："哥哥，我们今天不是出去旅游，你带这么多闲人去干吗？"

"广州这么远，我怕少总累，所以就跟着一起去……"丁当嬉皮笑脸道。

"我没和你说话，请你别乱搭腔。"柳忆如的尖酸刻薄，对于丁当来说，比捅刀子还难受。

踏上离别的车站，心中一片迷茫。车站里人山人海，离人的双眸爬满了无奈。父亲在排队买车票，弟弟去路旁的小商店为我买零食，我独立在车站门前，看车来车往。

"子云妹妹，你在这里等人吗？"我转身一望，原来是冷艳。一段时间不见她，她怎变得如此憔悴？曾记得前段时间见她时，春风得意，神采飞扬，现在面色苍白，眼睛无神，头发凌乱不堪，一身病号服，脚穿拖鞋，简直是判若两人。

冷艳前后的转变很是令我吃惊，我关心地问她："冷艳姐，你是不是生病了？我今天去学校，在此等车。你来这干吗？"

"对啊！我差点忘了，你要去南方上大学。我这段时间身体有些不适，今天来这里是找人的。"

"冷艳姐，你看这里黑压压的全是人，想要找人可真不容易。你要找谁啊？不如我和你一起找，多一个人多一分力量。"

"其实我是来这里等人的，忆飞今天也要送他妹妹去南方上学，他的车可能要路过车站门前。我刚才在路边等他，见你一个人在这里发呆，所以就过来了！"

"哦！冷艳姐，这里人多，我怕在这里等不到你要等的车子，不如我陪你去路边等。"

"怎么你一个人在这儿候车？没人送你去学校吗？"

"爸爸和弟弟来送我，现在他们买票去了。"

"你弟弟不是也要开学吗？他送你去那么远，岂不是耽误了学习？"

"爸爸送我去学校，弟弟一会儿就回去。"

我们边走边聊，我将冷艳送到了车站的马路前，回头又朝车站走去。我刚走几步，冷艳又在我身后喊："子云妹妹，等等，我给你买点零食带着。"她上前几步，用手摸了下口袋，口袋空空的。糟糕，自己刚才离开医院时，忘了换衣服，零钱也忘记带，冷艳不好意思地朝我微笑。

"不用了！谢谢冷艳姐姐的一片心意。冷艳姐，我走了，你要照顾好自己。”

柳忆飞和丁当提前商量好了，等车路过车站门前，他就趁机开溜。当车子快到车站时，柳忆飞就一直用手捂着自己的肚子，装着很难受的样子，口口声声说自己昨天因招待客人喝多了酒，现在闹肚子。

“哥哥，我看你是装的吧？若是肚子痛得厉害，怎不见你额头流汗？”柳忆如细细观察着柳忆飞的每一个表情。

“妹妹啊！你真没良心，我肚子痛，还不是因为你的升学喜宴造成的。我现在不舒服，你不但不关心，反而还怀疑起哥哥来。”柳忆飞边说边捂着肚子喊“哎哟”。

“是啊！是啊！少总昨天的确喝了不少酒。”丁当忙随声附和着。

“多事，我和哥哥说话，请无关的人别插嘴。”柳忆如的一句话，对于丁当来说比给他一耳光还难受。

车子还未到站口，柳忆飞就大喊自己受不了。他之前本和丁当串通好了，他喊自己受不了，丁当就要配合他，喊他下车上厕所。可是他连喊了好几声：“哎呀！肚子痛，受不了！”也不见丁当开口说话。这个死丁当，是不是哑了，气死我了！柳忆飞愤怒地回头朝丁当眨眼，可丁当此刻如个木偶，眼神呆滞不转。

柳忆飞忙将手放在肚子上，痛苦地叫：“哎呀！痛死我了。不行，忍不住了，停车，我要去厕所。”说完就跳下车，撒腿朝车站后门跑去。

冷艳站在车站前，望眼欲穿也看不到柳忆飞的影子。冷艳有些失望，突然看见一个背影很像柳忆飞，她有些惊喜，可一眨眼的工夫，那背影就不知去向了。她有些失落，一个人朝来时的路走去。

柳忆飞见路旁有家小商店，打算买包香烟就开溜，突然看见子朗，有点不敢相信，用手在自己的眼睛前拂动。没错，的确是子云的弟弟子朗。柳忆飞激动得大喊：“子朗，你怎么会跑到这里来？哦，对了，今天学校开学，你不会是在这里上学吧？”

“是你，忆飞哥，你怎么也会在这里？”弟弟好奇问道。

“我当然会在这里，因为这里是我家。”

“什么，这里是你家，你是说车站是你家？”

“不是，我是说我家在这里，具体地说我住在这个城市。”

"哦！忆飞哥，不是我来这里上学，是送我姐姐去南方上学。"

弟弟的话令柳忆飞激动得跳了起来："你是说你来这里，是送子云去南方上学。你姐姐呢？难道她已经走了？"

可能是因为学校要开学的原因，今天车站的人特别多。父亲在排队买票，半个多小时也不见他出来。弟弟说是去商店买东西，去了半天也不见回来。我有些着急了，担心弟弟迷路。我穿过马路，去对面商店里寻找弟弟。

丁当知道柳忆飞不会再回来了，多次提出要亲自送柳忆如去广州，可柳忆如坚决不同意。丁当对柳忆如可算得上是情有独钟，只可惜流水有意，落花无情。

"忆如小姐，你不要总是处处针对我，对我有偏见。不如我们来玩一次小游戏，你看对面那个女孩失魂落魄的样子，你猜她此刻心里在想什么？"丁当从车窗里探出头，望着路对面的我。

"只有无聊的人，才会玩这样无聊的把戏。我看你是看到对面那女孩有几分姿色，故意的。"柳忆如的每一句话，都像是一根刺。

"忆如小姐，难道你真的一点都不明白我的心意？我是不想冷落你，所以才找话题……可是你却故意将话题扯远……"

"你又不是我什么人，我干吗要去理解你？如果要我去猜你心里想什么，我宁愿选择去猜对面那个陌生女孩此刻的心情。你看那女孩表情失落，沿途挨家商店寻找，准是掉了重要的东西。"柳忆如的一言一语对于丁当来说都是伤害，原来在她的心中，丁当还不如一个陌生人。

尽管柳忆如一再冷言中伤丁当，但丁当却从未想过放弃。因为柳忆如父母创建的那份家业，实在是太吸引人了！丁当一直在做那个乘龙快婿的美梦。他望了一眼对面的我苦笑着说："对面那个女孩，衣着朴素，落落大方。我想这种女孩不会因失物而困扰，除非她丢失的是感情。看她愁眉不展的表情，一定是被情所困，大概是在寻找她丢失的情人。"

"人家才不会像你那么复杂！就算像你说的那样，是被情所困，可惜你也不是她情感中的主人公。我劝你还是省省，别为他人闲操心。你下车去帮我找找我哥哥，他怎么还不回来，急死我了！"

要我去哪里找你哥哥啊！他根本就不会再回来的！但为了不让柳

忆如识破自己和柳忆飞设计的圈套，丁当还是无奈地下了车，在拥挤的人群中无精打采地穿梭。丁当这样无心地在人群中穿走，竟然还真的在茫茫人海里碰见了柳忆飞。真是"有心栽花花不开，无心插柳柳成荫。"

"少总，你怎么还在这里？"丁当跑到柳忆飞面前，惊讶地问。

"这话应该是我问你，你怎么还没走？"柳忆飞反问道。

"我想走却走不了！"

"为何走不了？"

"因为你不在，所以走不了！"

"你简直就是头猪，一头蠢猪。我们不是说好了要演好这场戏的吗？怎么离开了我，你就不会演戏了？"

"我也很想演好这场戏，可是你不在，这场戏就没办法演下去了！"

哦！原来忆飞哥是个演员，难怪他细皮嫩肉的。可是眼前的这个胖子，样子平庸，声音粗犷，哪像是个演戏的？也难怪他无法唱独角戏。他说离开了柳忆飞就无法独自演下去，莫非他们是拍档？可是他们两个大男人如何唱对手戏？如果演戏柳忆飞一定是演花旦，眼前的这个胖子演小生。柳忆飞上上妆也许能凑合演个花旦，但这个胖子演小生，恐怕就有些难以服众了，真是难为他了！弟弟听着他们的对话，展开遐想。

糟了！我出来耽搁太久了，姐姐一定会担心的！弟弟打断柳忆飞和丁当的谈话："忆飞哥，你们有事情要谈，那我就先走了！不然我姐姐会担心我的！"

"好！朗，那你先走。"柳忆飞刚说完就后悔了，再重要的事情也赶不上去见子云重要。他忙喊住弟弟："子朗，我和你一起去！"说完他就朝弟弟那里小跑，丁当也紧跟在身后。

"你跟着我做什么啊？你现在必须回去唱好你的独角戏。"

"少总，没有你，这场戏开不了台！我真的是无能为力！"

"如果这么简单的戏你都演不好！那你以后就永远别想登台了！"

没办法，演不下去也得演，谁叫我生下来就是个小丑呢？丁当无精打采地来，又失魂落魄地去。在他回来的路中，无意中看到了迎面而来的我。

那位姑娘一脸失意，看来我和她同是天涯沦落人，我得找个机会和她认识。丁当故意低着头，迅速地在人群里绕行。当我们之间的距离渐渐靠近时，他故意将我撞倒，然后又关心地将我从地上扶起，口口声声道："姑娘，对不起！"

我根本无心和陌生人搭话，只是轻轻道声："没关系！"

"糟了！姐姐不见了！"弟弟来到我刚才待的位置，不见我人很惊慌。

"不会吧！你确定你姐姐刚才就在这里吗？"柳忆飞着急地问。

"我不会弄错的，就是在这里。"

"那就奇怪了！子云到底会去哪里呢？"

想到上次在医院附近巷子里那个秀丽的姑娘，不幸遭人强暴而导致精神失常，柳忆飞简直要疯了。

"朗，你是不是记错了地点，你再想想。"柳忆飞焦虑难安地追问。

"也许姐姐去了父亲那里！"

弟弟突然想起父亲还在排队买票，推断我此刻不在这里，一定是去父亲那里了。想到这些，他匆忙地往车站售票厅奔去。弟弟简短的一句，令柳忆飞安心多了，他紧跟在弟弟身后进入售票厅。父亲正好迎面而来，弟弟忙跑到父亲面前问："爸爸，姐姐呢？她怎么不是和你在一起？"

"你姐姐不是在车站大门外站着吗？忆飞，你怎么也在这里？"

"伯伯，子云不在车站门外。"

"不会吧！我们去门外看看。"

说完他们三人匆匆地朝车站门外跑去。

我找不到弟弟，又怕自己离开后，弟弟回来又找不到我，因此又回到车站门外等。这时，父亲、弟弟还有柳忆飞三人同时出现在我面前。看他们三个各自不同的表情，此刻心中定是百感交集。

"我说你姐姐在这里，你还不相信，现在相信了吧！"

"相信，相信！"弟弟和柳忆飞齐声答道。

老天就是喜欢乱安排，为何我想见的人总也见不到，可偏偏我不想看到的人，却总像个影子一样撇也撇不开？柳忆飞突然地出现，不知道目的何在？都说女人有人爱着是幸福的，但如果被自己不喜欢的人爱着，那是一种负担，是多余的。

"子云，你刚才去哪了，你知道我有多担心你吗？"

"是啊！姐姐你刚才去哪了！我和忆飞哥都很担心你！"

"朗，我去找你了。你说一会儿就回来，为何去了那么久？都把我给急坏了！"我拉着弟弟的手，关心地问。

"买东西的人多，耽误了些时间。"弟弟回答说。

"忆飞啊，你怎么也在这儿？"父亲问。

"今天要开车送我妹妹去广州上学，路过这里碰巧遇到子朗。"忆飞答。

"你妹妹今天也去广州吗？真巧，我也要送子云去广州。"父亲笑着说。

"伯伯，这是真的吗？子云也要去广州？"

"忆飞哥，你为何这么激动？我爸爸送我姐姐去广州上学，其实我也很想送送姐姐，只可惜明天我也要开学。"弟弟说着，依依不舍地望着我。

"我不会听错吧！真是太巧了！子云你在哪所学校？你和我妹妹不会是同一所学校吧？"柳忆飞激动地握着我的手问。

真受不了他这副德行，我用力甩开他的手，走到父亲面前问："爸，我们的车票买好了吗？"

"买好了，十点半的火车。忆飞，你帮我看看现在几点了？"

"天啊！现在已是十点过十分了！"柳忆飞看着手表惊讶道。

"爸，我看时间不早了，不如我们现在去候车厅等。朗，要不你先回去，邻居的拖拉机还在那个胡同口等你。你认路吗？我还是先送你上车吧。"

"姐，我自己会走，你还是先和爸去候车厅等着。"弟弟将他刚才在商店买的食品塞到我手中，恋恋不舍准备离去。

我抓着弟弟的手，泪水在眼眶里打转，真的舍不得与弟弟分开，很怀念与弟弟在一起成长的日子。

"子朗，等会儿我送你。"柳忆飞在一旁道。

"你开车送我回去？算了，我不敢劳驾你！"弟弟想到那次坐柳忆飞车子的情景，眼睛里透露出几分胆怯。

望着弟弟的表情我有些不解，正准备问个究竟，柳忆飞却抢声道：“不是我送你，我让我的助理送你回去。”

　　“你说的助理，是刚才我们在路上遇见的那个胖子吗？”

　　“是，就是他，你怎么知道的？”

　　“我猜的，因为你们在一起演戏。”

　　弟弟毫无禁忌的一句，却令柳忆飞面色难堪。他害怕让别人识破他在演戏，更何况现在站在他面前的是他喜欢的人。

　　“忆飞哥，你们的戏演得好吗？你那个助理说离开你，他就无法唱独角戏，看来你演戏技术比你助理要强。”

　　“我还是送你去坐邻居家的拖拉机回家。”我拉着弟弟的手，催弟弟走。

　　“伯伯，我今天反正也要去广州一趟，不如你坐我的车子一起上路，这样在路上有人说说话也好。”

　　“车票都已经买好了，我还是坐火车送子云去广州吧。”

　　“天气这么热火车又慢，还是让我开车送你们，你就让我做个顺水人情吧。火车票我可以拿过去给你退掉。”柳忆飞一再请求父亲，让他送我们。

　　“没关系的，十多个小时很快就到了，你还是先送你妹妹去上学吧。”

　　“伯伯，火车到站后，还需要转车才能到达学校，你们那么多行李，也不方便啊！我自己开车去，就很方便了，可以将车子开到学校门前。”

　　父亲看看自己手中的行李，的确是有些不方便。不等我回来，他就答应了柳忆飞的请求。柳忆飞接过父亲手中的车票，说是去帮忙排队退票。当他来到售票厅，见那么多人排队，腿都快要发软了。他看了一下车票上的价格后，将车票塞进垃圾桶，自己从口袋里掏出钞票充当车票费。

　　父亲见柳忆飞这么快就从售票厅出来，以为是没法退票。哪知柳忆飞笑着说：“事情办好了！”说着将早已准备好的钞票塞到父亲手中。

　　父亲感到惊讶，忙问：“那么多人排队，你怎么这么快就可以将票给退掉？我为了买这两张票，可是整整站了一个小时。”

柳忆飞眼珠一转道："我刚才去售票厅，刚好有位大叔也是送孩子去广州读书，在排队买票，所以我就将车票转手卖给那位大叔了。"

"哦！原来是这样啊！我说怎么会这么快呢。"

我将弟弟送上了回家的车子，心里真是有千万个舍不得。弟弟站在拖拉机上一个劲朝我挥手，直到车子消失在另一个路口，我才恋恋不舍地离开那里。

回车站的路上，我突然看见那个撞倒我的胖子，坐在一辆豪华轿车里。那车子怎么那么眼熟，莫非是柳忆飞的车子？不会，怎么会那么巧呢？这是城市，当然相同的车子比较多了。见那车子里还坐着一个和我年龄相当的漂亮女孩，看上去他们好像是发生了什么不开心的事情，尴尬相对。忽然又有一辆小车在旁边停下，车子里有位中年男人探出头来，在和那车子里的女孩交代什么。

快到车站时，远远地看见柳忆飞手提着我的行李，与父亲一起站在车站口等我。他们见我走来，忙上前拉着我往回走。我没弄明白这是怎么回事，就被他们拉着往回跑。

"爸爸，我们不是要去广州吗？现在是去哪里啊？"

"去广州！"柳忆飞匆忙答道。

"爸爸，我们不是要去车站坐火车去广州吗？你们拉着我去哪儿？"

"忆飞说让我们坐他的车子去。"父亲道。

"我们的车票不是都买好了吗？为何要坐别人的车子？"

"你现在别问了，再耽误来不及了！"柳忆飞边说边拉着我小跑。

"是啊！再耽误就来不及了，十点半应该快到了。"我甩开了柳忆飞的手，回头要朝车站走去。

"车票已经退了！云儿，你就别再拒绝别人一番好意。"父亲一向是不随便接受别人帮忙的，今天他怎么就……没办法，票都退了，没戏了，只好乖乖地跟着他们走。

"还好！还好！车子还没走！"柳忆飞望见自己的车子还停在对面，高兴极了！可话刚落音，车子突然起动了，可把他急坏了！他将手中的行李放在地上，不顾车子来往甚多，拼命地横穿马路，横挡在一辆迎面而来的银灰色豪华轿车前方。眼看那车子就要撞来，幸亏司机来了个急刹车，要不然后果不堪设想。我和父亲站在一旁都快吓坏了，就差那么一点点，险些出事故。

原来是那个胖子的车子，看来他很喜欢刺激，喜欢撞人，我刚才被他撞倒在地，幸亏不是被他的车子给撞倒。现在他又险些用车子将柳忆飞给撞了，不过这次也不能怪他，是柳忆飞自己执意横穿马路拦在路中央。看那个胖子也被吓得魂不附体，坐在他身旁的女孩，吓得抱头尖叫，幸好一切都是有惊无险。柳忆飞和那个胖子什么关系啊？他为何要去拦胖子的车？还有那个女孩，莫非就是柳忆飞的妹妹？

车子停下来了，胖子忙下车向柳忆飞道歉："少总啊！你怎么突然出现啊？你出现得可真不是时候！"

"我什么时候出现，还需要你来安排时间吗？"柳忆飞不客气地道。

"哥哥，你怎么这么久才回来，我们以为你不回来了，爸爸等不及了，他刚才和梅伯伯开车过来催我们，所以我们就没有等你了！"

丁当知道自己说错话了，他本以为可以单独送柳忆如去广州，眼看车子就要离开，谁知道半路上杀出个程咬金。明明说好了由他一个人送柳忆如去广州，柳忆飞为何又反悔了？他忙为自己刚才脱口而出的那句话解释道："少总，你误会了！我刚才是说你突然拦在路中间太危险了，所以说你不该选择这个时候出现。"

"算了，算了，刚才的事别再提了，伯伯，子云，你们快过来啊！"柳忆飞站在车子前，微笑着朝我们招手。

丁当顺着声音望过来，大吃一惊，天啊！不会吧！那个女孩不是我刚才故意撞倒在地的女孩吗？幸好当时我向她礼貌道歉了。

那个女孩，不是刚才在路对面商店像是寻找什么的女孩吗？哥哥怎么会认识她？莫非她是在找哥哥？

"哥哥，他们是谁啊？"

"你怎么不记得了！她是子云，我们小时候在姑妈家还和她一起玩过呢。这位是子云的父亲楚天伯伯。"柳忆飞说完，跑到我们面前，接过父亲手中的行李，带我们朝车子走来。

子云这个名字好像是听过，但时间隔太久了，想不起来，那个时候我们都太小了。

柳忆如小时候在兰婶家是待了那么几天，我对她的记忆很模糊。父亲对她倒是还有印象。

柳忆飞忙着将我的行李放在后备厢里，然后催我们上车。柳忆如让我和她一起坐在后面，聊聊小时候。柳忆飞驾驶，父亲本想坐在车后面，让丁当坐在柳忆飞身边。丁当倒很乐意和我们坐在车后。他打开车门正准备上车坐到柳忆如身边，却被柳忆如推出车。她用力将车门关上，朝丁当道了声："车太挤了！"

柳忆飞朝车里一看，是啊！这么热的天，还是宽敞点好。他探出头朝丁当道："丁当，你就别去了！酒店还需要你临时代替打理，等我从广州回来一定好好嘉奖你。"

不给机会让丁当发表一下自己的想法，车子就开走了。丁当失意万分地站在车后，远远地望着车子开走，嘴里声声道："白忙活了！白忙活了！做下属的就该如此命贱？"他从口袋里掏出准备好的情书，狠狠地扔在路旁，边踩边喊："踩死你！踩死你！别得意太早，总有一天我要将你给踩在脚底。"发泄完后，他又心疼地从地面拾起情书，用手轻轻抹去上面的灰尘，然后败兴而归。

第八章　不能自主的幸福

杨一帆那次从伊渺村生病回城后，在医院里住了半个多月，身体才康复。他这次回家打着探亲的幌子，心中却另有一番打算。自那年他被父亲接回城里上学，我们就仿佛被隔离在两个不同的世界，再也没有碰过面。不见面不代表不想念，想见面未必就能如愿。

杨一帆去军校前的一天，一大早骑着自行车去我家与我告别，不幸的是被母亲回绝了。

"荷花婶！云妹在家吗？"

母亲见一陌生小伙子来找我，用疑惑的眼神上下打量着杨一帆，俊朗的身姿，穿着白衬衣，显得格外的精神。浓眉大眼炯炯有神，高高的鼻梁耸立在轮廓分明的面部，整体感觉英气逼人。这小伙子好像在哪里见过，怎么那么面熟？

"荷花婶！我是杨一帆，你不认识我了？"

对，就是他，那个丧心病狂的杨秋华之子，他当年逼死了我姐姐，还让我受尽污辱，如今他的儿子又来找我的子云，准没安好心。想起不愉快的曾经，母亲的心就疼痛，她很冷漠地回了声："我们不欢迎你，请你以后别来找子云。"

母亲的言行让杨一帆摸不着头脑，他不知道自己哪里做得不好，为何荷花婶从来对自己就如此反感，小时候她不让云妹接近我，长大了她还是不让我见云妹，这到底是为了什么？杨一帆越想越糊涂，他傻傻地愣在那里，不知是进还是退。

不，我不能就这样糊里糊涂知难而退，就算死也要死得明白。我和云妹已经很多年没见了，如果这次不能见上一面，只怕是相见就更加遥遥无期。他硬着头皮去敲门。"砰砰"一声，两声……没人应。他控制不了自己的情绪，放声高喊："云妹，云妹，你在哪里？"这惊魂的声音，穿过重重云霄，在我耳边久久回荡。

"朗，你有没有听见有人在喊云妹？"我不敢相信自己的耳朵，所以想让弟弟证实下。

弟弟看看我，摇摇头道："姐姐，这大白天的你不是说梦话吧？哪里有人喊你啊！"

弟弟的同桌白婷婷好奇地望着我说："子云姐，我们都没有听见什么声音，也许这是错觉。"

难道真是错觉，为何那声音这么真实，这么亲近，就像是在我耳边，不，是在我心里，叫我心神不安？难道是他？一定是他，我疯了似的朝那声音狂奔。

母亲见我迫不及待的样子问："云儿，你是怎么了？满头大汗，脸色也不怎么好看，是不是哪里不舒服？"

弟弟抢着回答："姐姐刚才在路上说有人喊她，而且那声音就在我们家附近，妈，你有没有听见？"

母亲的表情很不自然，她摇摇头支支吾吾道："哪有什么声音，一定是你听错了。"

母亲一定对我隐瞒了什么，直觉告诉我，一帆刚才来过这里，那声音是他的声音。虽然我和他多年未见，但我们的心能感应到彼此。他一定还没有走远，我要去找他。

"姐姐，姐姐，你去哪？"

跑到村口的池塘旁时，父亲突然出现在我面前，我停下了追逐的脚步，无精打采地朝家走。

杨一帆在我家门前蹲了许久，见没人回应，很是失望，刚要离开时，被他舅舅二牛喊去他家了。二牛和我是同村，但是我们两家好像从来都没有交往过，总感觉中间有什么巨大的仇恨隔着。

"一帆，你来这里，干吗不来舅舅家，却蹲在别人家门前。"

"舅舅我有件事情始终想不明白，我们家和荷花婶家之间是不是有过节？"

二牛的脸突然拉得老长："你怎么对她家的事情如此感兴趣？"

"因为我喜欢云妹，我想见她，如今都成了奢望。"

"你居然喜欢一个寒酸的乡下丫头？一帆啊！凭你的条件和你的家世，别说是找一个像她那样的黄毛丫头，就是找一百个富家千金都不足为奇。听舅舅的，以后别去找那丫头。"

"舅舅，我不许你这样说云妹，这一辈子我只喜欢她一人，别说是一百个富家千金，就算有一千个、一万个仙女，也不及云妹在我心中的万分之一。"

"哎！你真是个犟驴，为一个乡下丫头值吗？"

"云妹她是我小时候的新娘，是我这一辈子唯一深爱的女人。"

"不谈她了，说说你自己，听你妈说，你这个月要去军校读书。"

"嗯，过几天就要去了。"

"你怎么想到要去读军校？凭你爸爸的关系，随便将你安排到哪个行政机关单位工作，都比当兵强。"

"我如今已是一个大男人了，需要独立，总不能一辈子靠父母。父母终有一天会老的，如果他们老了，那靠谁去。"

"你这孩子，我又没有说让你父母养你一辈子，我只是觉得你不利用你爸爸现有的权势，为自己谋得一席之地，有点太可惜。能独立是好事，可你硬是要自己去闯世界，那要走好多的弯路。而能用上你爸爸的这层关系，你可以少奋斗几十年。"

"父亲的今天是他自己辛苦打拼来的，我不想做个好逸恶劳坐享其成之人。我要用自己的双手创造属于我的明天，将来我还要用我的勤劳与智慧为云妹创造幸福美好的未来。"杨一帆说着，脸上露出一丝甜美的笑容。

"一帆，在想什么呢？想得那么出神。"

杨一帆正沉醉在回忆里，被他妈妈的一句话给惊醒。"妈，部队打来电话，催我回部队，这一去又不知何时能回家，我想再去看看外婆。"

"你这孩子，前段时间在你外婆家生病，怎么又想起看外婆，你是去看你外婆吗？"小青用怀疑的眼神望着儿子。

"我前些日子在外婆家生病，可把外婆给累坏了！如果我就这样走了，连一句感恩的话都没有，心里过意不去。"

"你这孩子从小到大就喜欢替别人着想，别人借你一把伞，你就要还别人一片天。你外婆那里我会去跟她说的，你的一片孝心，妈妈定当为你转达。你后天就要回部队，李局长和他的千金明天上午来咱家做客，你下午有时间去理发店把头发理理，初次见面总得给人家留个好印象。"

"妈，李局长来咱家，有你们招待就好，我在不在家都是一样的。"杨一帆走到镜子前，盯着镜中的自己，这段时间生病，皮黑毛长的，的确是有伤大雅，我这么多年没见云妹，总不能这般憔悴模样去见她。

小青见儿子在镜子前梳理发鬓，走到他身边微笑着说："看你最近生病黑瘦了许多，眼睛都陷下去了，妈妈看了都心疼。要不你给部队打个电话，多请几天假，在家调养好身体再回部队。"

"妈，我都已经是大人了，会照顾好自己的。我这次回家已经超假期了，怎好意思再开口，再说部队还有很多任务等着我去执行呢。"

"李局长的千金在国外念书刚回来，那丫头前些年我见过一次，长得水灵灵的怪讨人喜欢的。你如今也老大不小了，我和你爸爸商量着，想给你说门亲事，我们觉得李局长的千金和你很配。明天上午她来咱家做客，你可要招呼好人家。"小青边说边为儿子舀汤。

能相上这么一位家世显赫、才貌双全的女子为妻，该是多少男子梦寐以求的美事，可对杨一帆来说没有什么事比这更糟糕了。他跌坐在沙发，神情呆滞。小青端着滚烫的汤来到他面前："一帆，你又在想什么？你这孩子总是心事重重的，真叫人担心。"小青将手中的汤放在一旁，坐到儿子身边，用手拂动儿子额前的长发。

"妈，你和爸将我从小拉扯大，在我身上倾注了不少心血，我如今也不小了，也的确该尽孝道了，只是，感情的事，我无法听你们的安排，因为我的心已有所属。"

"你这孩子，你心里早有喜欢的人，这是好事，你干吗隐瞒着我和你爸？不知是哪家千金这么有魅力，能勾走我儿子的心？"

"妈，我能不能以后再告诉你？"

"有什么话还不好意思跟你妈说啊！你妈我是过来人，我当年和你爸谈恋爱时，也没有你这神神秘秘的样子。快告诉妈，是哪家的千金？妈想早点见见未来的儿媳。"

杨一帆虽说是个血气方刚的男子汉，但谈到儿女情长时，却感到有那么一点点羞涩。他不知道他心中常思念的姑娘，是否也一样惦记着自己。儿时的约定，也许在她看来只是戏语，如果自己只是一厢情愿，该怎样在自己的母亲面前启齿。他思索许久，还是觉得时机不够成熟。

"你这孩子，你小时候多开朗顽皮，有什么话都跟妈说，时常还做鬼脸哄妈开心，怎么现在长大了，变得忧心忡忡的，跟妈说话还有什么不好意思的。跟妈说说是哪家千金，妈还盼着抱孙子呢。"

"妈，你就别逼我了，等时机成熟，我自然会跟你说。"

"儿子啊，李局长的千金明天来咱家，要是她相上了你，你看该如何是好？李局长和你爸也是多年的至交，我们可不希望在这件事情上闹出什么不愉快。"小青说着起身，将桌子上的汤递到杨一帆手中。

"妈，我看还是直接回绝了人家吧，就让他们改日再来，到时候我不在家，他们也就没什么好说的。"

"这哪成呢！这次可是你爸爸主动邀请他们上门的，再说你爸爸也和李局长聊到过你和局长千金的亲事。如果出尔反尔，别人会怎样看待你爸爸？我看你明天将就将就应付一下，如果局长千金相上了你，那是你小子的福气，如若相不上，那不正如了你的意？"

"妈，我感觉这样太冒险了，万一别人相上了我，我可就麻烦大了。我可不想找个没有感情的女人生活一辈子，那是对她和对自己不负责任。"

"哪有像你这样的傻孩子，李局长的千金不知道是多少男人梦寐以求的，就算你们现在没有感情，以后可以培养，过去男女之婚事，不都是在一起过日子以后再建立感情吗？"

"妈，这都什么年代了，现在都是自由恋爱，谁还愿意再去做感情的奴隶？情人眼里出西施，你现在就是给我找个仙女来，我也无法将自己的心给她。"

"不知是哪家姑娘竟会让你中毒如此深，你这样痴情，真叫我担心！那姑娘可是你在部队认识的？"

"妈，你就别再问了！我都说了，以后会告诉你的。"

"好了，好了，拗不过你。那明天李局长千金来家，你看该怎样安排为妥？"

"三十六计走为上计，我看我明天还是不见他们为妙。一会儿我去外婆家，如若他们问起我，你们就说我回部队了。"

"这哪成，昨天你爸爸还和李局长说好的，这一眨眼的工夫就变卦，这不是让你爸爸难堪吗？"

"妈，万事都有变化的，你就说是部队临时通知我回去，有重要任务，我相信李局长会理解的。"

"嗯，只能这样了。快把汤喝了，都凉了！"

"遵命！"杨一帆笑着给小青敬了个军礼。

为见心中的姑娘，杨一帆来到楼下的理发店，修理了一下发鬓。从理发店出来，兴高采烈地骑车直奔伊渺村。想到很快就能见到他心爱的姑娘，他的心都快要蹦出来了。这也许是他长这么大最开心的时刻，瞧他那得意的样子，嘴里还不时吹着口哨。自行车穿过条条小道，终于到了他魂牵梦绕的地方。眼看就快到我家门前，他是又激动又紧张。激动的是很快就可以见到自己朝思暮想的姑娘，紧张的是我妈对他的态度。他突然停下了脚步，远远地望着我家院子，他多么希望能看到我从房屋里走出来。他站在门外许久，不见屋子里有人出来，最后还是告诉自己要勇敢面对。他将自行车停靠在一边，笔挺地朝我家走去。

大门是半敞着的，用手轻轻地敲了几下门，没人应答。杨一帆准备再敲时，弟弟从屋子里走出来。杨一帆没见过弟弟，但弟弟的面孔对于他来说并不陌生。

"是你啊！一帆哥，你生病时可把我姐和我妈给担心坏了。"弟弟心直口快，他的一番话对于杨一帆来说如同定心丸，又像是喝了蜜。云妹为我病情担心我相信，说明她心里还有我的存在。只是荷花婶的关心，却是令人费解，受宠若惊。"我生病让你家人担心，真是对不起你们。你姐她现在在哪？我很想见她。"

"你来晚了，我姐去南方读书了。"

"你姐是什么时候去南方的，她在哪个城市读书？"

"姐姐是上个星期去的，学校在广州。"

广州，天啊！这是真的吗？不会那么巧吧！难道这是老天在可怜我们。我以为再也没机会见到她，谁知她现在却和自己生活在同一个城市。知道心爱的姑娘和自己生活在同一个城市，他高兴得不知所措。他又接着问："子朗，你可知道你姐姐在广州哪所学校读书？"

"知道，这个我知道……"

"朗，你在和谁说话？"

"妈，是一帆哥，他的病好了，你不用再为他的病情担心了。"

听说是仇人的儿子，母亲的脸色变得阴沉，她快步上前拉着弟弟的手，看都没看杨一帆一眼，就朝屋子里走。

"妈，你这是干吗？"弟弟对母亲的行为有些困惑。

"你不懂，不要再和那个人说话。"母亲说着将大门给关上了。

刚才子朗还说荷花婶为我的病情担心，怎么现在她又这样对我？从小到大她都是用这个态度对我的，真不知道自己是哪里做得不好，令她对我如此反感。我不能老吃这闭门羹，我要问个明白。"荷花婶，你开门啊！如果我做错了什么，请你告诉我好不好？"

"妈，你也真奇怪，一帆哥病着你又为他担心，现在他好好地站在你面前，你又将他拒之门外，你能告诉我这到底是为什么吗？"

"你还小，很多事情你不懂，就别再问了，等你长大自然会明白的。"

"妈，我都十五岁了，是个大小伙子了，你就别把我当孩子看，好吗？"

母亲其实是个软心肠，杨一帆每喊她一次，她的心都会微微颤动。但想想二十年前她所受的污辱，任杨一帆如何嘶喊，她都置之不理。

弟弟对母亲的行为强烈抗议，他不顾母亲的反对，将大门给打开了。"一帆哥，你还是回去吧，我不知道我妈心里在想些什么，平常她不是这样的。"

"朗，你怎么这么不听话，把门关上。"母亲有些生气。

这样不堪的情景，已经不是第一次发生在杨一帆的身上，其实来时他心里已有准备，我母亲对于他来说就是一个无法解开的谜。令他庆幸而欣慰的是，我心中依旧有他，而且现在就和他同处一个城市。

云妹，只要我们两人的心捆绑在一起，其他的已经不那么重要了……杨一帆朦胧中仿似看到我在不远处朝他招手。

"儿啊！你愣在那里干吗？"

杨一帆回头一望，原来是外婆。他忙上前，挽起外婆的手，微笑着说："外婆，我这次是专程来向你道别的，后天我就要回部队，不，应该是明天。"

"儿啊！你身体可养好了？上次你在外婆这生场大病，可把外婆给急坏了。你父亲接你回城治疗，外婆就天天烧香求菩萨保佑你早日康复。现在看到你好了，外婆这就安心了。"

"外婆，让你受累了！我今天出门匆忙，也没给你带礼物，这个你收下，自己买点好吃的，别太省。"杨一帆说着从口袋里掏出几张人民币塞到了外婆的手中。五婆没有拒绝，只是笑着连连点头。

杨一帆回到家里，第一时间跑到房间收拾行李，想到自己的梦中人就在广州，他一刻也不想再耽搁。此刻，他恨不得能插上双翼，飞到心爱的人身边。

杨一帆的母亲小青看见儿子回来后在房间里翻箱倒柜的，感到有些奇怪："儿子，你不是后天回部队吗？怎么现在就急着收拾行李？你这孩子也太性急了吧！瞧你刚从外婆家回来，满头大汗的也不坐下来歇会儿。"

"妈，我想现在就回部队。"

"什么，不是说好后天吗？车票你爸都给你定好了，你怎么说风就风说雨就雨呢？这么快就走，是不是怕明天面对李局长的千金？"

"不是的，妈，我有急事想早点回部队。"

"部队又没有打电话催你回去，你还有什么急事？难道多陪妈待一天你都不乐意？"

"妈，你想多了，我当然舍不得你，只是，我的确有很重要的事，急着要去办理。"

"有多大的事啊？看把你急成这样子。告诉妈，看妈能否帮你分担分担。"

"妈，这件事情对于我来说太重要了，别人是没法分担的。"

从杨一帆的言行举止以及表情看来，小青也能猜得出几分儿子的心事。她接过儿子手中的衣服，语重心长地说："儿子你真的长大了，你如今知道为一个人着急，为一个人魂不守舍。只是妈看到你这样子很心疼，你是第一次对一个女孩子动心吧，妈妈就怕你太痴心，以后在感情上容易受挫折。"

"妈，儿子有什么心事都瞒不过你。你放心，我有分寸，你就别再为我担心了。"

"孩子，你能告诉妈妈，她到底是怎样的一个女子，你们又是如何认识的？她对你也会像你对她那样痴情吗？"

"妈，我现在还不能完全告诉你答案，但是直觉告诉我，她心里有我。"

"咚咚。"有人在敲门。

小青开门一看原来是杨一帆的父亲杨秋华，只见他西装革履，皮鞋擦得可以当镜子，头发梳理得纹丝不乱。看他今天的表情好像有点不同寻常，小青禁不住问："你今天这么精神，想必又要出席重要场合。你没带钥匙吗？我当是外人在敲门。"

杨秋华哼了一声："钥匙丢在单位忘记拿了，上午省级领导来咱市普查工作，不把个人形象树立好，还怎样在领导面前树立市级形象呢？"

听他这么说，小青也就没再追问了。杨秋华又不是第一次找这样的借口来骗妻子，他在外面做的那些见不得人的勾当，只可怜小青全然不知，还蒙在鼓里。

"爸，你回来了！"杨一帆提着旅行包从房间走出来。

"你这孩子，你这是干吗去？"

"爸，我想今天就回部队。"

"不是定好了后天吗？怎么临时变卦？明天还有个重要约会，你怎能现在就离开。"

"爸，我有重要事情，急需回部队……"

杨秋华用命令的口气道："再重要的事情也没有明天的约会重要，你小子别跟我兜圈子，给我好好在家待着。"

"爸，我……"

"你不要再说了，除非你能找个正当的理由说服你老爸。"杨秋华在儿子面前还真像个严父。

反正我和云妹的事，早晚他们也会知道，还不如今天就摊牌算了。这样一来也好让他们死心，别再为我的婚事瞎忙活。杨一帆开门见山地告诉父亲："本来这件事情，我打算等以后时机成熟了再和你们说，但是今天如果我不说，你们就不会让我离开家门了。"

杨秋华瞟了一眼儿子，点了一根烟，在椅子上坐下了。"来，你也过来坐，我倒想听听你有多少我不知道的故事。"

谈到感情的事，杨一帆在父亲面前还有点难以启齿。他坐在那沉思了片刻，终于鼓足勇气，向父亲表白自己深藏在内心深处的情感："爸，我喜欢上了一个姑娘，如今她在广州，我想早点回去见她。"

"哦，是吗？我儿子谈恋爱了！是哪家的千金？"

"爸，其实我们算不上是谈恋爱，只是那种感觉远胜过恋爱。"

"你把爸爸搞糊涂了，没谈恋爱又怎么会有感觉呢？"

"恋爱其实就是凭感觉的，我们彼此都很有感觉，只是还不想这么早就破坏那感觉。"

"你说说到底是什么样的感觉？"

"这感觉很微妙，有时候很美，有时候很痛，有时候还会让人发疯。"

"你这孩子，哪有那么多奇怪的感觉？"

"这感觉是真实的，是一尘不染的。"

"好了，你的这些感觉论，老爸是参不透，你还没有告诉我是哪家千金？是在部队认识的吗？"

"她不是哪家千金，其实你也认识，只是很多年都没有再见过面。"

"哦，我也认识？"

"嗯，你也认识。"

"儿子，你就别跟你老爸猜谜了，你还是坦白把谜底揭晓了吧。"

杨一帆正准备坦白交代，只听见母亲在厨房里喊："儿子，准备吃饭了。"

听到妻子喊吃饭，杨秋华摸了下肚囊，只怪自己上午在女人的床上太卖力，肚子现在正唱空城计。"走，吃饭去，吃完饭，下午再继续。"杨秋华挺着个啤酒肚，昂首阔步朝餐桌前迈去。

"儿子，这是妈为你熬的鸡汤，可滋补了，你赶紧趁热喝了。"

杨秋华见妻子只为儿子熬汤，却没有自己的份，有点吃醋。他在心里嘀咕道："你这婆娘，只知道给儿子滋补，老子这身子骨也需要滋补你就不知道吗?"

饭后,杨秋华点了一支烟,靠在沙发上,跷起二郎腿,等待儿子继续坦白。这时家里的电话突然响起,杨秋华拿起电话,电话的那头传来了情人于曼的声音:"亲爱的,我头疼得厉害,你快过来,你再不过来,我就会死掉……"

杨秋华神情有些慌乱,他窥视四周,见妻子和儿子都在厨房里,那紧绷的心方松懈下来。他知道于曼的个性,泼辣任性,如果此刻不答应她,会闹得没完没了的。为避免节外生枝,他只好先在电话里答应她。

"孩子他爸,谁的电话呢?"

杨秋华见妻子突然从厨房走出来,慌忙将电话挂断。为不引起妻子的怀疑,他很快就调整好了自己的状态,不慌不忙地回答:"办公室的秘书打来的,下午还有一个重要会议要参加,她是怕我忘记了,特意打来提醒我,其实我并非她想象的那么糊涂。"杨秋华看了下时间接着道:"哟!时间不早了,幸亏张秘书提醒得及时,要不然可就要迟到了。"

杨秋华正准备出门,又想起与儿子的谈话还没有完成,他回身朝房间喊道:"儿子,我下午有重要会议要参加,晚上回来我们再继续。"没等杨一帆回答,他就大步地朝门外迈去。

杨一帆想起明天的约会就坐立难安。万一局长的千金看上了自己,那就麻烦了,多一事不如少一事,还是趁早离开。他提着早已准备好的行李,来到母亲面前道别:"妈,我回部队了,你在家好好照顾好自己,别太劳累!我有时间再回来看你。"

"儿子,你真的决定要走,妈想留也留不住你。你等等,妈给你做一些你喜欢吃的葱油饼,你带上路上吃。"

"妈,你都忙了一上午了,就别再忙活了,来,坐下来好好休息。"杨一帆拉着母亲的手,让母亲靠在沙发上休息。他像个懂事的孩子一样蹲在母亲膝下,为母亲揉腿。

小青看着儿子,脸上露出温馨的笑容:"儿子,起来,让妈再看看你,自你去广州读军校,妈妈的心里总感觉少了什么似的,你的几个姐姐平日里也很少来这里走动,你看咱家这么大的房子就妈一个人整天守着，怪冷清的。你小的时候，一家人挤在小屋子里过日子，虽然那时候的生活不及现在，但妈妈喜欢那样，全家人在一起其乐融融。"小青恋恋不舍地望着儿子，然后目光又移转到对面墙上挂着的全家福。

"妈，你就别伤感了，我这又不是和你永别，待我处理好个人的事情，我就回来接你过去和我一起住，你看怎样？"

"你这孩子，别胡说，出门别说这么不吉利的话。"

"妈，那你在家好好休息，时候不早了，我该走了。"杨一帆起身拿起旅行包出了门。

"儿子，妈送送你。"

"妈，你就别送了，别太劳累。"

小青执意要送儿子去车站，直到火车载着儿子远去，她才依依不舍地离开了车站。

杨秋华偷偷摸摸地来到了与情人共建的小窝，他刚一进门。于曼就一头扑在他怀里，用她柔软的手腕挽着杨秋华的脖子，娇声嗲气道："亲爱的你怎么现在才来，刚才我的头痛得都快要爆炸了。"她边说边用嘴巴在杨秋华的脸上和脖子上亲吻着。瞧她那涂抹得比鲜血还要红艳的嘴唇，一个吻就是一个深红的唇印，瞬间，杨秋华的脸上就被这刺眼的唇印给淹没了。

于曼今年二十刚出头，是一个天生的性感尤物，白皙的皮肤，丰盈的身姿，一对圆润丰满的乳房高高挺立在胸前。这可是她征服男人的法宝，只要她用那对峰乳顶在男人的胸口，就没有哪个男人能逃得出她的手掌心。于曼之前在一家歌厅做伴舞女郎，因拥有妩媚性感的身姿，吸引了不少商界人物的青睐。杨秋华是一次偶然的机会结识于曼的，当于曼知道杨秋华的身份之后，就缠上了他，从此让他沉醉在她的温柔乡里不醒。不久，于曼就被杨秋华给包养起来，如今他们的爱窝，就是杨秋华利用贪污来的巨款为她购买的。于曼可不是盏省油的灯，在与杨秋华同居的这两年，她可是掏空了杨秋华的私房钱。为满足于曼奢侈的物质需求，杨秋华已多次利用自己当市长的权力，收受贿赂。然而对于贪得无厌的于曼来说，这些还远远不够满足她永无止境的欲求。如今的杨秋华已身陷囹圄，悔之晚矣！

杨秋华甩开了于曼的手臂，生气地说："你越来越不像话了，我给你锦衣玉食的生活，你还不满足，现在居然还闹到我家里去了，你还让不让人活啊？"说完，他闷闷不乐地靠在沙发上闭目养神。

"是你不让我活，你看看我和你在一起的这些年，我把我的人和我的心都交给你了，可你又是怎样待我的？"于曼边说边哭，时而还用眼睛斜望着杨秋华。

以前她每次这样哭闹，杨秋华都会抱着她，亲她，哄她。可今天杨秋华却气急败坏地朝她大喊："不要再闹了，你是身在福中不知福，我为你付出这么多，你居然还不知足？难道真要闹到家破人亡你才开心？"

"哎呀！我的命怎这么苦啊！我跟你在一起的这些年，你从来就没有用这样的口气说过我，现如今我被你弄得人老珠黄了，你是不是就不想要我了？"于曼边哭边往杨秋华身上砸枕头。

杨秋华没有出声，依旧靠在沙发上闭目养神。于曼瞟了眼杨秋华，见他不闻不问的，一向受宠的她受不了这种冷落。她没再抛枕头，而是直接抱着枕头跑到杨秋华面前，用枕头在他身上头上乱砸。

这下可把杨秋华给惹怒了，他一把抓过于曼手中的枕头，狠狠地将于曼推倒在地。他突然起身，站在于曼的面前，瞪大双眼，指着她破口大骂："你这臭婊子，老子给你皇后般的生活，可你还是不知足，步步相逼。老子头顶的这顶乌纱帽迟早会因你给摘掉，省里已开始在暗中调查我了，如今我已是处于水深火热之中，在这个时候你还来给我添乱子，你要再这样吵下去，就休怪老子无情。"

刚才还在吵闹不休的于曼，被杨秋华的一番话给镇住了，看到杨秋华那凶神恶煞的样子，她开始有些害怕，蹲在地上不敢再出声。你这老不死的，我早就受够你了，谁稀罕你送的这些破玩意儿，没有你，我照样可以荣华富贵光彩照人。于曼在心里一遍遍地诅咒着。

杨秋华早已隐隐感觉到省里已派人在调查他，他想借用儿子杨一帆的婚事来化解这场灾难。

公安局的李局长有个千金和杨一帆的年龄相仿，他想撮合杨一帆和李局长的千金，身为市长的杨秋华当然不会在乎下属的一个公安局长，他在乎的是这位局长的哥哥——省纪委的李书记。

杨秋华从情人那里憋了一肚子的火，回家后得知儿子一帆已经在回部队的途中，他暴跳如雷朝妻子小青嚷嚷："你怎么就让儿子这样走了？你又不是不知道明天李局长的千金会来咱家拜访，我和李局长都商谈好了一帆和他爱女的婚事，现在儿子走了，你叫我如何向人家交代？"

"不就一个约会吗？值得这样嚷嚷吗？顶多明天我给他们赔个不是。"

"你这脑子想事怎么就这么简单？你以为你一句道歉，别人就会接受原谅啊！李局长的千金可是见过大世面的，在国外念书刚回来，听说一帆生病了，这次是专程来看望一帆的。现在一帆回部队了，这不是辜负了别人的一番好意吗？"

"既然儿子都不在家了，要不你给他们打个电话，告诉他们明天之约就取消了吧！反正儿子现在心中已有喜欢的姑娘，局长千金就算来了，一帆也未必对她有好感。"

"要不是当初我主动和李局长攀这门亲事，一个电话当然就可以给回绝。只是我这样出尔反尔，你让别人会怎么想。"

"你就找个合适的理由给回绝了，李局长也不是个心胸狭隘之人，相信他会体谅的！"

这门婚事关系到自己头顶上的这顶乌纱帽，无论如何也得把一帆给找回来。杨秋华急着问妻子："一帆走了有多久？"

"差不多快两个小时了，你问这干吗？儿子走了你也不送送。"

"两个小时，现在应该还在林西城境内，我要派人去把他截回来。"他急忙拨通了司机的电话，催司机开车去将一帆给截回来。他嘱咐司机无论如何都要将儿子带回来，如果儿子不依，就骗他说他老爸生病了。

"你疯了！不就是一个约会吗？需要这样兴师动众？"小青对丈夫的所作所为很是不解，他以前不是这样的，他从不会将信用看得如此重要，何况是对一个自己下属的局长。

杨秋华吩咐妻子："你明天一定要把家里布置漂亮一点，局长千金可是第一次来咱家，你一定要让她喜欢上这里。"

"真是莫名其妙，又不是咱家一帆讨不到老婆，非他局长千金不可。一帆的性子我又不是不知道，这孩子你别看他平日里性情随和得很，但有时候他也是头犟驴。你强迫他娶他不喜欢的姑娘，只怕是要等下辈子。"

"这门亲事，他不答应也得答应，自古婚姻都是父母之命媒妁之言，哪能任由他如此任性。像局长千金那样有学问、又漂亮的姑娘打着灯笼也难找，若真能看上咱家的一帆，那也是一帆上辈子修来的福分。"

杨秋华的司机接到杨秋华的电话后，一刻也不敢耽搁。他知道一帆去广州，途中需要在云城转车，他快马加鞭，终于在火车进站前赶到了云城站。此时天色已黑，司机下车后匆忙朝售票厅奔去。杨一帆因身着军装格外的打眼，司机一眼就在人群中认出了他。

"一帆，终于找到你了。"

杨一帆回头一望，原来是爸爸的司机许叔叔，他不由好奇地问道："许叔叔，你怎么会在这里？"

"一帆，是你爸让我来接你回去的。"

"许叔叔你不是跟我开玩笑吧？我爸干吗要我回去？"

"我没跟你开玩笑，的确是你爸爸让我来接你回去。"

难道爸爸是为了明天李局长和他的千金登门拜访之事？不，我不能回去，云妹还在广州等着我呢。"许叔叔，辛苦你跑这么远的路程来接我，麻烦你回家转告我爸，就说我回部队有急事，不回家了。"

如果没把杨一帆接回家，杨市长一定会怪我的。想到杨秋华在电话中交代的那句，他故作沉重地对杨一帆说："一帆，你爸爸心脏不好，下午他在开会时晕倒了，现在还在医院里接受治疗。"

杨一帆的心猛地往下一沉："不，不可能的，中午我们还在一起好好的，怎么一转眼他就病倒了呢？"

"一帆，你爸的确是生病了，你还是赶快和我回家吧！"

虽然杨一帆不确信这是真的，但还是很为父亲的身体担心，就算父亲是要我回家相亲，他应该也不会用这个借口。不考虑这么多了，还是先回家看望父亲。他们刚出车站，天空突然下起了大雨。

"一帆，你看这么大的雨，路面很滑。不如我们在这里找个地方吃点东西再回去吧。"

杨一帆见司机疲惫不堪的样子，想必是一路奔波太劳累，找个地方歇歇也好。天这么黑，雨又这么大，还真不方便出行。他们在附近的一家酒店用餐，此时柳忆飞和父亲还有梅若他们也在这家酒店用餐。

"梅若，一路辛苦了！要不是这场雨，我们很快就可以到家。云城的口味也不知道你是否适应，今晚就凑合着吃一顿。等到了林西城，我请你吃大餐。"柳长青笑着将菜单递到梅若面前。

"伯伯你太客气了！你们就别把我当外人了。"

"是，是，以后咱们都是一家人。"柳忆飞母亲是话中有话，她很看好眼前的这个姑娘，是她理想中的儿媳人选。

柳忆飞虽是个多情种，但绝非是滥用情。虽然梅若的美貌也曾让他心动过，但他知道谁在他心里才是最重要的。

第九章　离心最痛的地方

　　雨越下越大，街头几乎不见行人。杨一帆担心父亲的病情，风雨兼程连夜往家赶。车快进林西市时，后面来了一辆货车，雨天路滑，货车刹车失灵，追撞上杨一帆乘坐的车辆。货车司机见状，知道自己闯大祸了，没敢停车，猛踩油门，逃之夭夭。

　　"你们看，前面有辆小车停在路中央，看样子好像发生了车祸。"梅若指着路中的小车，惊讶地喊道。

　　"发生了车祸怎也没人来处理，一辆破车子横在路中间，简直影响交通。"柳忆飞抱怨道。

　　"忆飞，停车，我们下去看看车里是否还有人。"梅若说道。

　　柳忆飞拿着手电筒朝驾驶室里照去，见有两个人歪倒在驾驶室里，坐在司机位置上的人脸上鲜血模糊，看来是凶多吉少。副驾驶位歪倒着一个穿着军装的小伙子，虽不见头破血流，但也处于昏迷状态。

　　当见到昏倒的杨一帆，梅若几乎要崩溃了。她用手抱着杨一帆的头，撕心裂肺地哭喊道："一帆，一帆……你醒醒，你快睁开眼睛看看我，我是梅若……"

　　原来是他，小时候和我抢新娘的杨一帆。我们这么多年没见，想不到老天竟会安排这样的方式让我们再见面。

　　一帆这名字好熟悉，难道是给子云写信的杨一帆？不会这么巧吧！听到梅若悲泣的哭喊，柳忆飞的父母也跟着下了车。

　　柳长青说："这车不是杨市长的车吗?"

　　"一帆，一帆……"梅若用大拇指顶着杨一帆的人中穴，满眼透露着不安。梅若是个军医，和杨一帆在同一个部队任职。别看她年纪轻轻，医术却是了得，经她治愈的病人不计其数，只是今天面对自己喜欢的人，她却乱了方寸。

"快，快将他们抬上车，耽误时间就来不及了。"梅若用力搂抱住杨一帆的身体，柳忆飞帮忙将杨一帆和那个司机一起抬到了自己的车里，飞速朝市里的医院奔去。

"一帆，一帆，你不能睡，你说过要带我去你的家乡做客，如今我不请自来了，你怎么就不理我……"梅若抱着杨一帆，伤心地哭诉着。

柳忆飞第一时间拨通了杨一帆家的电话。电话是杨一帆的母亲接的，当得知杨一帆出车祸在医院抢救的消息时，小青几乎要晕厥过去。杨秋华见妻子站立不稳像是要晕倒，忙上前将妻子扶到沙发上，正准备问妻子怎么了，不料妻子却狠狠给了他一耳光。

"都是你，你还我儿子，你还我儿子……"

杨秋华见妻子这样撕心裂肺地哭喊，一下子蒙了。他拉着小青的手，颤声问道："儿子怎么了？"

"都是你，是你害了儿子，儿子出了车祸，在医院抢救。如果儿子有什么不测，我也不想活了。"小青越哭越伤心。

此刻的杨秋华，脑子里一片空白。

杨一帆进抢救室许久了。梅若感觉快要疯了，她在心里一遍遍地念叨："一帆，我不能没有你，你一定要为我坚强地活下去。"

杨一帆的母亲哭得昏天暗地，杨秋华望着手术室痛不欲生。

这时手术室里走出一位四十岁左右的男医生，梅若和杨一帆的父母赶紧迎上去。"病人的病情很危险，从昨晚到现在，一直处于昏迷状态，从医学角度分析，目前的这个状态，病人有可能永远都醒不过来，你们要做最坏的打算，我们已经尽力了。"

杨秋华用力摇握着医生的双臂，痛心地哭喊："医生，不管怎样你都要治好我的儿子，他是我唯一的儿子，就算倾家荡产，我也要他好好地活着，你听见没有？"

"儿子，儿子，你不能这么狠心丢下妈，妈妈做了好多你喜欢吃的葱油饼……"小青边哭边扯着丈夫的衣襟，"你还我儿子，还我儿子……"说着说着就晕倒过去。

"不，我不相信一帆会这样狠心离开我，你让我进去，我要亲自为一帆医治。"梅若推开医生，直闯手术室。

"唉！姑娘你不能进去。"

梅若冲进手术室，见杨一帆安静地躺在那里，眼泪情不自禁夺眶而出。一位女医生严肃地对梅若说："你知道这是什么地方吗？谁让你进来的？快给我出去。"

"我也是一位医生，我当然知道，我要亲自为这位病人治疗。"

"不可以，你不是我们医院的医生，你放心，我们会对病人负责的。"

梅若被赶出了手术室，小青焦急地问："姑娘，我儿子他现在怎样？"

梅若安慰道："阿姨，一帆不会这么轻易放弃生命的。相信不久他就会醒的。"梅若的一番话，像是给小青吃了一颗定心丸。

这时，急救室里推出一具盖着白单子的尸体，大家的心又紧绷起来。杨秋华上前掀开白单子，见司机小许紧闭着双目，安静地躺在那里。小许，是我愧对你啊！杨秋华自知犯下了弥天大罪，害了司机，也害了自己的儿子。

自杨一帆出车祸后，梅若寝食难安，终日守在病床前寸步不离，杨一帆的父母是看在眼里的，在他们看来眼前的这位姑娘就是一帆心中深爱的人，而她对一帆也是真心的，看到他们这么相爱，真的很感动！

"孩子，歇歇吧！这些天都把你累瘦了，我看着心疼。"小青见梅若忙碌不停，上前拉着梅若的手，要她坐下来休息。

"伯母，我不累，能照顾一帆是我的福分，只希望一帆能早日醒来，我就安心了。"

"孩子，一帆能认识你这样的好姑娘也是他的福气，你们这么相爱，老天一定不忍心让你们分开的。"

"嗯，老天不会那么狠心的。"

"孩子，前些时候一帆谈到和你的感情，我还为他担心，因为他对你太痴情了。现在看到你对他也是同样的痴情，一帆交给你，我就放心了。"

一帆怎么从来都没有对我提起呢？每次都是我主动找他，可却总是被他回绝，难道他是想给我个意外惊喜？梅若在心里暗自欣喜。

"咚咚。"有人在敲门，梅若上前将门轻轻打开。一位身着警服的中年男子，提着水果篮，身后跟着一个卷发漂亮女孩，手捧着一束百合，她那如花的容貌被鲜花衬托得更加甜美可人。

"嫂子，一帆他的情况如何？"说话的是那男子。

小青见是李局长父女，有点不知所措。李局长千金是儿子一帆的相亲对象，现在儿子喜欢的女人也在眼前，场面十分尴尬。

小青牵强地笑道："是李局长啊！这位想必就是令千金，水灵灵的怪讨人喜欢的。发生了这样的事，让你们担心了！"

"哎！嫂子，你也别太伤心了，相信这孩子会吉人天相，很快就会好起来的。"李局长安慰着小青，看到杨一帆躺在病床上，他又为自己女儿感到庆幸，幸亏这门亲事没有敲定。

李局长的女儿会意地朝梅若一笑，梅若也回了一个恬静的微笑。她来到杨一帆的病床前，深情地凝视着杨一帆那英俊的脸庞。父亲的眼光还真不赖，一帆比以前更加英俊逼人，他的确会让很多女人动心，只是现在，我还要不要冒险将自己一生的幸福做赌注？

梅若见这位卷发美女盯着杨一帆目不转睛，隐隐间感觉到这位美女与杨一帆之间有着不寻常的关系。她不知道在他们之间，到底有多少自己不知道的故事，但无论如何，自己对一帆的爱是不会轻易动摇的。

"蝶衣，你过来，见过伯母。"

原来这位卷发美女叫蝶衣，她的人像她的名字一样的美，有种蝴蝶起舞翩跹的唯美。

"伯母好！"蝶衣彬彬有礼地给小青行了个见面礼。

蝶衣有一双似洋娃娃一样迷人的大眼睛，长长的睫毛，为这双漂亮的眼睛增添了一些灵性。

"真是个漂亮可爱的孩子！"小青看了蝶衣许久，又将目光转到了梅若的身上。她生怕冷落了梅若，更怕这样的气氛会影响梅若的情绪。"李局长，病房里不宜太嘈杂，我们到外面去走走。"

蝶衣是个顽皮的孩子，她说不喜欢和长辈搅在一起，主动要求留在病房里陪梅若。"姐姐，我可以这样称呼你吗？"

梅若朝蝶衣宛然一笑。

"姐姐，你很在乎一帆，是吗？"

"妹妹，我在你眼神中也能读到你的一些心思，其实你也很关心一帆，对吗？"

既然我的心事都被她看穿，不如打开天窗说亮话，也好试探一下对方的心情。"姐姐，我就不和你拐弯抹角了，本来前天父亲是带我去一帆家相亲的，谁知祸从天降，安排我们在这样的场合见面。一帆是我以前的同学，那时候他是女孩子们心中的白马王子，曾经我也为他动过心，但他却总是有意回避我。我在国外读书的这些年，我们几乎失去了联系。在国外我学到了不少西方人的宽容与坦诚，他们对待爱情不像中国人那么扭扭捏捏，而是很坦诚透明，如果你对对方表达爱意，对方不爱你，他就会直接告诉你，这样不会耽误彼此的时间与感情。对感情我现在看得很开，如果只是自己一厢情愿，那样太痛苦太残忍了，所以我选择退出。"

蝶衣的一番话，很是令梅若吃惊。想不到她这么小，竟那么勇敢。如果没有这次的车祸，她还会放弃对一帆的感情吗？

"云妹，云妹……"是杨一帆发出的声音。

原来杨一帆心中的女人，不是她们其中的任何一个，她们俩落寞地望着对方，谁也没有出声。

小青和李局长刚回病房，就听见杨一帆昏迷中喊着陌生的名字，他们也惊呆了。

在医院的这些日子，梅若投入了自己全部的感情，小心翼翼地照顾杨一帆，尽管杨一帆在昏迷中多次喊着别人的名字，虽然她心里委屈难受，但她始终没有放弃自己对杨一帆的爱。在她精心的照料下，奇迹出现了，杨一帆终于睁开了眼睛。

杨一帆从昏迷中醒来，举目望见的是苍白的天花板和冰冷的墙壁。他将目光从远处收回，发现梅若趴在自己身边睡着了。他艰难地移动着自己的身体，用双手支撑着床板，吃力地起身。这时，梅若被惊醒，"一帆，你终于醒了，我就知道你不会这么狠心的。"梅若激动地哭了起来，这些日子她心里可真苦啊！现在总算是苦尽甘来。她扶起杨一帆，让他靠在床头，然后端来一杯热水，亲自喂杨一帆。

杨一帆不习惯这样的相处，他接过梅若手中的水放在床头："梅若，这是怎么回事，你怎么会在这里？难道我回部队了？我记得我好像是在回家的途中被车撞了。"

"对，我们现在就在你的故乡林西城，你昏睡好多天了。你知不知道这些天我有多担心你，每天每夜地看着你，总害怕你不醒，现在一切都好了……"梅若忽觉眼前一片昏暗，晕倒在地。

"梅若，梅若……医生，医生……"

是一帆的声音，我儿子醒了，是老天开眼啊！小青听见自己的儿子在呼唤，高兴得脚都不知道往哪个方向迈。小青进病房见儿子能坐了，可为儿子精疲力竭的梅若却倒下了，亦喜亦忧。她心疼地将梅若扶到了另一张病床上平躺着。医生告诉小青，梅若是因疲劳过度再加上心理负担太重，才会晕倒，只要用心调养一些日子就好。

"儿子，你能醒来，总算不辜负梅若姑娘的一片心啊。她可是因你而累倒的，你的命也是她给救回来的。儿子，有这样的女孩喜欢你，妈放心了。"

听完母亲的话，杨一帆对梅若万分感激，但让他疑惑不解的是梅若怎么会来到自己的故乡，而且还深得母亲的喜爱。"妈，梅若她在广州部队医院工作，怎么会在这里？她可是我以前政委的掌上明珠，如果让政委知道她在这里受累，会心痛的。我欠她这么大一个人情，该怎么还给人家？"

"哦，原来她是政委的女儿，这孩子为人真低调，她有这么好的家境却从不声张，她只告诉我说她是一名普通的军医。儿子，梅若对你真心真意，你可不要辜负她对你的真感情。你在病中总喊着别人的名字，梅若不知道有多伤心！"

"妈，梅若为我做的一切，我会感激于心，以后如果她遇到什么困难，我会全力帮她，但是感情归感情，与感激是不能相互并论的。"

梅若微微睁开了眼睛，听到他们的对话，她没有出声，伤心地闭着眼睛默默流泪。

"你是身在福中不知福，到哪里去找这么好的姑娘啊！你若不珍惜，错过了，你就得后悔一辈子。对了，子云是谁啊？为何你每次在昏迷中都喊这个名字？"

"妈，事到今天，我也不想再瞒你了。子云是我从小就喜欢的女孩子，小时候我就承诺要娶她做我的新娘，虽然我们多年不见，但对她的那种特别的感觉至今有增无减。我这一生没办法再去接受其他人的感情，我的心很小，只有容她一个人的空间，挤不下第二个人。"

"你这孩子是不是病糊涂了，小时候的承诺能算数吗？你们这么多年没见，也许她早将你忘记了。你还是好好珍惜身边这么爱你的女人吧。"

他心中再也藏不下第二个女人，原来我是自作多情，梅若啊梅若，你怎么就这么傻啊！为何要对一个不爱自己的男人，倾注自己全部的感情？可是自己明明是爱着他的，又如何控制自己不去想他、爱他？梅若伤心地躺在那里，心中的苦只能独自承受。

柳忆飞愣在病房门前许久，杨一帆与他母亲的对话，如一根刺扎在他的心上。难怪子云总是躲着我，原来她心中另有他人。小时候的儿趣怎么能当真呢？这世界不只是他杨一帆一个人爱子云，我不能就这样认输。子云是我的，我不会把她让给任何人。柳忆飞甚至后悔不该送杨一帆来医院，他转身将手中捧着的一大束鲜花，扔进了垃圾桶，忧心忡忡地离开了医院。

杨秋华来到医院，看见儿子醒来，激动不已。"儿子你醒了，真是太好了！太好了！"杨秋华说着说着，眼泪都掉下来了。

"爸，听司机说你心脏不好，我很是担心，你现在身体怎么样？"

杨秋华不知道该如何向儿子解释，半天也没有说话。他突然起身朝窗户那走去，望着窗外的天空长长地叹了一声。

小青怕丈夫将真相抖搂出来，会刺激到病中的儿子，赶紧说："儿子，你爸的身体无碍，只是前段时间应酬，多喝了点酒，闹得肠胃和心脏不适。经过几天的调养，现在已经好得差不多了。你就不要为你爸的身体担心了，你的身体健康才是爸妈最关心的。"

杨秋华刚才还打算将事情的真相告诉儿子，希望儿子能原谅他，现在听妻子这么一说，心里踏实多了。他转身发现梅若睡在儿子对面的病床上，轻叹道："梅若这孩子，这些天可真亏了她，看把她累的。"

杨一帆望着熟睡的梅若，她恬静的脸上略显几许苍白。梅若对他的好，他心知肚明，只是他无法用自己的感情作为报答。此时的他心中还在惦记着他的云妹，不知云妹现在怎样，他好想他的云妹。

半个月后，杨一帆身体康复，他父母一大早就和司机开车来医院接他回家。当他看见父亲的车子换了，司机也换了，才想起那天和他一起出事的司机。"爸，你以前的司机许叔叔呢，他现在怎样，那天他有没有受伤？"

杨秋华沉重地低下了头："小许不幸遇难了！"

"许叔叔是因我而失去生命的，要不是为了来接我，就不会出事。是我害了他，我对不起他。那晚下那么大的雨，我不该让他连夜冒雨疲劳驾驶。都是我的错，都是我的错。"杨一帆痛苦地说。

这归根结底都是我的错，如果不是为了自己的私欲去欺骗儿子，就不会有这场无妄之灾。杨秋华不知道该如何去安抚悲痛万分的儿子，他拍了下儿子的肩膀说："儿子，别太自责，我们回家吧。"

"爸，我想先去许叔叔家拜祭他。"

"一帆，你身体才刚刚恢复，需要好好休息，要不我们先回家，改天再去小许家拜祭。"

"妈，许叔叔为我失去了生命，不去和他道别，我这心里过意不去，你就让我去拜祭他的亡灵吧！"

杨秋华将车门拉开道："走吧，孩子！"

杨一帆出院已有些日子了，这些日子梅若一直在他家常伴他左右。她与杨一帆相处的这些日子，几乎在他身上投入了自己所有的爱，然而他却一直以好友的方式与她相处。这一切杨一帆的父母是看在眼里的，小青很满意这个谈吐大方、善解人意的姑娘，很希望她能与儿子喜结连理。

杨秋华对梅若虽也有感激之情，但他还是希望儿子能娶李蝶衣为妻。一日饭桌上，杨秋华见梅若不断地将菜往儿子的碗里夹，微微笑道："梅若，你来林西城也有些日子了，都是因为我们家的一帆，让你受累了！小青，饭后你陪梅若到处逛逛，梅若难得来咱家一趟，咱们总得尽点地主之谊，请她去玩玩，给她添置一些衣物。"

"是啊！孩子，你看你最近都累瘦了，是该好好放松一下。一帆身体刚康复，不宜走太多的路，吃完饭，我带你到林西城到处看看。"

梅若望了一眼杨一帆，笑着说："伯父，伯母，你们太见外了。这些日子虽然累点，但是我很开心。我想在家多陪陪一帆，要不改天等一帆身体完全恢复，我们再一起游遍林西城。"

"梅若，你就别再拒绝我爸妈的一片心意了，要不然他们会内心不安的。林西城虽不及广州繁华，但这里的林园与古巷的确值得你去一看。"

杨一帆简单的一句远胜他父母的千言万语，梅若没再拒绝。

杨秋华早已安排好司机开车来接小青和梅若，并交代尽量拖长时间，玩到傍晚再回来。待他们的车一出发，杨秋华就拨通了李局长的电话，让他带李蝶衣一起来家坐坐。之前李局长还担心杨一帆能不能平安无恙地活下来，现如今杨一帆康复了，他和杨秋华又商量着撮合杨一帆和李蝶衣的婚事。这次登门拜访，也是他们早就策划好了的。

杨一帆正在院子里的摇椅上半躺着想他的云妹，李局长父女的突然到来，令他有些不知所措："李叔叔，蝶衣。"

李蝶衣真像个漂亮的公主，那如同洋娃娃的眼睛很有内容。杨一帆是她从小就暗恋的男人，虽然几年的国外生活改变了她对感情的态度，但今天见到英气逼人的杨一帆，又有些情难自禁。她笑着问："一帆，你的身体好些没有？"

"谢谢关心！我现在很好！"杨一帆的表情好像有点不自然，他邀请李局长和李蝶衣进屋子里坐。

他们四人在客厅里相对而坐，杨秋华笑着说："蝶衣，有好多年没见你，你如今是越来越漂亮迷人了！"

李局长看着女儿那沾沾自喜的样子，笑着说："这丫头从小就爱漂亮，你这么一夸她，她都快要变成一只骄傲的蝴蝶飞上天了。"

"爸爸，你就会取笑我，我这么乖巧，你怎么将我比成花心的蝴蝶呢？"

"哈哈，我看蝶衣不像蝴蝶，倒像个人见人爱的天使。"

"杨伯伯你打击我吧！我哪是什么人见人爱的天使，我感觉自己如同一个花丛中失宠的花仙子，到现在也没有爱惜我的主人。"蝶衣边说边用特别的眼神望着杨一帆。

"你这丫头，难道我和你妈不爱你？你就会说疯话。"

"爸，请你理解透我的话再发言好不好？我是你们的宝贝，你和妈当然爱我，我说的主人，是一辈子生活在一起的人。"

"哦，原来如此！蝶衣你这些年在国外可是长了不少学问，说话是越来越有内涵。你看我们家一帆怎样？你这个花仙子可愿意让他做你的主人？"

"爸，你又把话题给扯远了，像蝶衣这么漂亮又有学问的姑娘，别人倾慕都来不及，她怎会稀罕我这个平庸之人。"杨一帆赶紧婉言拒绝。

"一帆，你就别谦虚了！像你这么年轻有为的军官，前途不可估量。如若蝶衣能有你这么个人呵护，我想她会幸福的。"李局长笑着说。

"爸，你又没有听懂别人的意思，是别人不稀罕我，为了给我个台阶下，才会那么说的。我在国外刚回来，你就那么急着要将我送给别人。你要是不喜欢我，我干脆回国外去。"

"蝶衣，我没那意思，你可别误会我。我说的可都是我内心的真话，你的美丽大家有目共睹，在林西城，不，哪怕是全中国，能有几个像你这样才貌兼备的女子？"杨一帆这是在安慰蝶衣，虽然自己不爱蝶衣，但也不想去伤害她。

蝶衣的脸上瞬间荡漾起甜美的笑容，这是她认识杨一帆以来，第一次听到他这样夸赞自己。分开这么多年，莫非他改变了对自己的态度，接受了我的感情？

杨秋华见儿子一帆和蝶衣谈得还算默契，故意装着很急的样子起身道："我只顾着和你们说话，差点忘记了今天还有个重要会议。"他看了下手表又接着道："哟，司机今天送小青她们出去了，一时半会儿也赶不来，李弟就有劳你送我一程。"

"嗯，刚好我也有一点小事情要去处理，我送你去，顺便也将自己的那点事情给办理了。"李局长倒是挺配合杨秋华演戏，他俩你一言我一语。

"爸，我也和你一起去。"

"蝶衣，我和你爸都有事情要去及时办理，你就别去了，一帆身体还没有完全恢复，将他一人放在家里我不放心，你就代我陪陪他。"

杨一帆说："爸，我身体现在好得很，我会照顾好自己的，你就别为我担心了。蝶衣一个女孩家待在这里诸多不便，你们还是送她回去吧！"

"你们从小就认识，大家都相处这么多年了，有什么不方便？好了就这样，蝶衣，就麻烦你帮我照顾一帆。"

蝶衣还没来得及表态，父亲的车就飞速消失在自己的眼前。

杨秋华和李局长有意安排一帆和蝶衣单独相处，好让他们培养一下感情。杨一帆怕孤男寡女相处会遭人非议，就搬来椅子放在院子里的柳荫下，他和蝶衣两人并排坐在长椅上，蝶衣有意靠近他，可他却总是与蝶衣保持着距离。他俩就这样你一靠我一让，一不小心杨一帆跌坐在地面。

"一帆，你没摔着吧！"蝶衣忙用手去扶跌坐在地上的杨一帆。

杨一帆没有接受她的搀扶，自己从地面起身，拍了下屁股上的灰尘，对蝶衣说："蝶衣，你坐，我在医院躺了那么久，我想站站活动一下筋骨。"

"我很讨厌吗？你为何总躲着我？"

"不是，我只是怕这样孤男寡女单独相处，会有损你的清白。"

"我都不计较这些，你还害怕什么？我又不是妖怪会吃人。"

"你想多了！我们不说这些了。蝶衣，你这些年在国外读书感觉如何？"

"国外挺好的，外国人的思想比中国人开放多了，像我们今天这样的单独相处，在国外来说太正常不过了，可是中国人在这点上始终是放不开。"

"国外的几年生活的确改变了你不少，在我印象中你是个腼腆含蓄的女孩……"

"我不喜欢从前那个脆弱容易受伤害的我，我要做个快乐的女孩，敢爱敢恨。一帆，如果今天我说爱你，你会拒绝我吗？"蝶衣深情地望着一帆，在等待他的回答。

"蝶衣，谢谢你的坦诚。我知道今天站在我眼前的蝶衣是个坚强勇敢、善解人意且宽容的蝶衣。请你原谅我不能把心交给你，相信凭你的才貌会找到一个比我更懂你更爱你的人。"

"我懂了！"蝶衣抬头朝天空深深地呼吸，天还是那么的蓝，云还是那么的洁白。

"一帆，能否借你的肩膀让我靠最后一次。"

看到蝶衣真诚的眼神，杨一帆点了点头。

这肩膀好温暖好有力量，只可惜过了今天他再也不属于自己，蝶衣好想趴在这肩膀上痛快地大哭。

小青带梅若游逛了林西城大大小小的景点，逛完景点又逛街铺。

看她们俩有说有笑、其乐融融的样子，不知道的，还以为她们是母女。

"伯母，天色不早了，一帆一个人在家我不放心，我们还是早点回去吧。"

"梅若，我们去前面的玉器店看看。"

"不了，伯母，你看我手上大包小包的都提满了，今天跑了这么多的路，也累了，我们还是早点回去，等一帆身体好些，我们再陪你出来逛。"

看到梅若那样子，也的确是累了。小青喊来司机，将包裹放在车里。司机看了下时间，方安心送她们回家。

梅若兴冲冲地提着小青给她买的衣物，朝一帆的房间直奔。她正准备喊一帆的名字，抬头一望，见李蝶衣趴在一帆的肩膀上。梅若被眼前的一幕给惊呆了，伤心地转身，一言不发朝门外走去。

小青见梅若面无表情地往外走，感觉有点不对劲。她上前拉着梅若的手关心地问："闺女，外面天都黑了，你去哪里？"

梅若站在那里发呆，眼泪哗啦啦地往外涌。

小青知道一定是出什么事了，急忙朝院里望去，只见蝶衣趴在儿子的肩膀抽泣。面对两个痴情的女人，她不知道如何是好。在她心里，梅若才是她最理想的儿媳。小青咳嗽了一声，一帆抬头见是母亲，忙推开蝶衣，用焦急的眼神望着小青，像是在期待母亲的理解。

蝶衣见是一帆的母亲，用手拂了一下眼角的泪水，道："伯母，你回来了，我也该回去了，一帆就交给你照顾了。"

小青也弄不明白这是怎么回事，蝶衣怎么会跑到自己家来，而且还趴在儿子的肩膀上哭，难道是一帆欺负了她？不，我儿子不是那样的人。她勉强微笑着说："蝶衣，你可是稀客啊！怎么见伯母来了就回去呢？要不留下来晚上一起用餐。"

蝶衣是个明白人，见杨一帆毫无挽留之意，她起身朝小青微笑道："谢谢伯母的美意，天色不早了，我该回去了。"说完头也不回地朝门外走去。

梅若正待在门外独自伤心，前些日子在医院蝶衣亲口告诉我已经忘记了一帆，怎么她现在又这样？梅若越想越伤心。

"若姐姐，你回来了！我把一帆交给你了，希望你们以后一定要幸福！"

梅若不知道自己是否还应该相信蝶衣的话。唉！不管是真是假，能送给我们这么美好的祝福，已经很难为她了。梅若微微笑道："蝶衣，谢谢你的祝福，你真的决定退出了吗？"

"嗯，他心里没我，就算我再努力，也是枉然。与其这么累，还不如早早放手，这样对他对我都好。"

在感情里也许蝶衣比我勇敢理智，我不知道自己这样可怜地爱着，会不会有结果。但是只要一帆不开口赶我走，能每天看着他，我已经很满足了。

"若姐姐，你有心事？"

"没，没有，天色已晚，我们进屋再聊吧！"

"不，我也该回家了。你们什么时候回广州？"

"一帆总是急着要回部队，也许就这几天吧！"

"你们回广州，我就不来送你们了，能认识你这个姐姐，我很高兴！"

"嘀，嘀……"院子外有车鸣声，原来是李局长。

蝶衣像是打了败仗一样，失魂落魄地走到她父亲的面前低声道："爸，我们回家吧！"

"我的宝贝女儿啊！你不开心？谁欺负你了？"

"谁敢欺负我啊！我只是有点累！"

"那我们回家吧！"

这时杨秋华的车子在门外停了下来，他笑着对李局长说："李弟啊！别走得这么匆忙，我在云天酒店已定好了包间，晚上一起用餐。"

"爸，我累了，想早点回家休息。"蝶衣不想再面对那样尴尬的场面，婉言谢绝。

杨秋华笑着说："蝶衣，今天让你代我照顾一帆，把你累着了！晚上这餐饭就当是我感谢你的，伯伯可是第一次邀请你用餐，你不会不给伯伯面子吧！"

李局长说："杨市长邀请，这是给我们蝶衣多大的面子，蝶衣你比老爸的面子大，从来都是我们邀请杨市长，他不推脱就是给我们天大的面子，这回可是杨市长邀请你。"

蝶衣本想再拒绝，但顾及父亲的颜面，也就不再拒绝了。

第十章　欲孽

　　柳忆飞从医院回来后就寝食难安，终日像掉了魂似的。这些天冷艳常来找他，见他那失魂落魄的样子，冷艳的心也不好受。想起丁当曾和她说起柳忆飞身边已有了其他女人，她简直要崩溃。冷艳曾以为自己就是未来的柳少奶奶，却不料那竟是自己编织的美梦！

　　柳忆飞去广州的这些日子，丁当总不放过任何一个机会向冷艳献媚，并蛊惑冷艳要好好利用自己在云天酒店现有的特权，谋取自己想要的一切。当丁当和冷艳说这些话的时候，冷艳可是有一万个不赞同，冷艳骂他不知好歹，不知天高地厚。本想等柳忆飞回来后，将丁当这阴谋揭穿，但如今见柳忆飞对她不冷不热的，她开始对丁当的话有些感兴趣了。

　　柳忆飞从医院回来的那天，像是打了场败仗，垂头丧气。他仰靠在办公室的办公椅上，闭眼老想着杨一帆说的那句"子云是我从小就喜欢的女孩了，小时候我就承诺要娶她做我的新娘，虽然我们多年不见，但对她的那种特别的感觉，却有增无减。我这一生没办法再去接受其他人的感情，我的心很小，只有容她一个人的空间，挤不下第二个人。"每每想到这，他就心浮气躁，内心感到无比的失落。

　　冷艳听说柳忆飞从广州回来了，从床上猛地爬起，对着镜子左照右照。她花了好长的时间将自己打扮得像个仙女，为的就是见她朝思暮想的柳忆飞。她满面春风地跑来见柳忆飞，见柳忆飞闭着眼睛，仰躺在椅子上，想给他一个意外惊喜。她轻步走到柳忆飞背后，用双手捂住柳忆飞的眼睛，正准备给他来个香吻，柳忆飞就放声大骂："谁啊？玩这样幼稚的游戏，真是无聊透顶，快把手放开，本少爷的脸是随便给人碰的吗?"

这些话冷艳真不敢相信是从柳忆飞的口中说出的,在她的印象中柳忆飞是个开得起玩笑的人,按常理他是不会有如此大的反应的。

"放手啊!是聋子还是哑巴,本少爷叫你放手,你没听见吗?"柳忆飞说着就用力将冷艳的双手向后一推,冷艳跌倒在墙角下。

柳忆飞火冒三丈地转身,见冷艳像只惊弓之鸟畏缩一团,他非但没有半点歉意,反倒责怪道:"怎么是你?这么大的一个人还玩这样的小儿科游戏。对了,晚上杨市长来酒店吃饭,你帮着安排安排。"

冷艳蹲在地上,心像是被谁捅了一刀,痛得无法呼吸。她冷冷地望着柳忆飞,心里一遍遍重复道:"你怎么可以这样对我?难道这就是我苦苦求索的爱情?"

眼前所发生的一幕是丁当最期盼的,他心想机会来了。他假惺惺地伸手来扶冷艳,边假笑道:"好好的一对这是怎么啦?少夫人,你没事吧?"

"滚,滚,少夫人是你叫的吗?"冷艳心中的怨气全撒在丁当的身上。

"我警告过你多次,要管好自己的破嘴,给我滚出去。"柳忆飞朝丁当破口大骂。

受到呵斥丁当自认倒霉。他妈的,我妈都没这么训斥过我,你们凭什么对我这样大呼小叫的?这账我丁当记下了,总有一天要找你们算清楚。丁当回到自己的办公室,对着墙壁发牢骚。

办公室外突然传来了脚步声,丁当有些惊慌,他担心隔墙有耳。他忙朝门外看去,见冷艳哭丧着个脸,往楼梯方向走。看来柳忆飞和冷艳彻底地闹僵了,我可要好好把握这个机会,将冷艳这颗棋子用好。

晚上,杨秋华一家和李局长父女以及梅若来云天酒店用餐,柳忆飞让冷艳将云天酒店最豪华的包间留给他们。

上席前,杨秋华有意在一帆的右边留个空位,目的是想让李蝶衣坐在儿子身边。小青让梅若坐在儿子左边的位置,这样一来他就被夹在两大美女之间,真是羡煞旁人,可给杨一帆带来的只是尴尬。

饭桌上,梅若和李蝶衣竟然抢着将菜往杨一帆的碗里夹。当她俩同时将菜夹到杨一帆碗中时,在场所有的眼神都锁定在杨一帆的脸上，这样的场面既有趣又尴尬。

梅若用疑惑的眼神瞟了一眼李蝶衣，在心里暗自道："她怎么这么反复无常，自己两次亲口告诉我说她放弃了杨一帆，怎么她前面说的后面就忘记了呢？真是说一套做一套。"

蝶衣像是猜透了梅若的心事，在心里暗自偷笑："我只是想逗逗你，瞧把你急的。"

"我儿子真有福气，比他老爸强，我活了近五十年，都没有碰上这等美事……"杨秋华的一句话还没说完，李蝶衣就将一勺子菜递到杨秋华的饭碗中："伯伯，今天也让你享受一下美女为你夹菜的滋味，哈哈！伯母不会吃醋吧？"蝶衣朝小青笑。

小青笑着说："伯母感谢你都来不及了，怎么会吃醋呢？你伯伯说他五十年都没有享受这样的待遇，今天不是你帮他实现了这个梦想吗？"

李蝶衣又瞟了眼梅若，见她好像还是很不开心的样子，又接着玩笑道："伯母你不吃醋，恐怕在场的有些人吃醋。"

梅若突然起身，闷闷不乐道："我去趟洗手间。"

小青说："闺女，我陪你。"

"不用了，伯母你们先吃，我去去就来。"

梅若的心事全写在脸上，一目了然。

"真是个醋坛子！一帆恭喜你！"李蝶衣这莫名其妙的一句，又带动了大家的兴趣。

梅若心事重重低头朝外走，刚出门口撞在匆匆而来的柳忆飞身上。

"梅若？"

"忆飞，你怎么会在这里？"

"这话应该我问你，忘了告诉你，这酒店是我家开的。"

"哦，没事，那我先走了。"

"梅若，你别急着走，你来林西城有些时日了，我爸妈天天催我请你来我家做客，如果你有时间，来我家吃饭。"

梅若回头微笑道："不用了，代我谢过伯父伯母。"

来广州转眼就半个月了，这里的环境我已经慢慢适应。但最近总有些心神不宁，自己也说不出所以然。长这么大第一次出远门，也许是太想念亲人了，每次回到宿舍，心中就有一种莫名的失落感。不知道爷爷奶奶、爸妈他们身体可好？还有弟弟，他刚步入新的学堂，不知他是否适应？

柳忆如像个快乐的公主，每次见到李俊辉老师，就会发呆或傻笑。同学们都早已看出了柳忆如的心事，每次见到李俊辉老师向教室走来，就会起哄："柳忆如，你的白马王子来了，还不快上前迎接？"每每遇见这样的情况柳忆如就会毫不客气地大骂："你们这帮长嘴婆、破嘴公，吃饱了没事干，整天就会兴风作浪。"

"这个女人仗着家里有钱，飞扬跋扈太嚣张了！"

"听说她刚来学校那会儿，花高价钱买别人的好床位。"

"既然那么有钱，还读什么书，直接去做老板就好了。"

"她赖在这里，并非为了求学，还不是为了情郎。"

柳忆如拿起课本使劲地敲桌子："说人是非者必是是非人，我是喜欢上了别人，碍着你们了吗？别告诉我，你们从幼儿园刚刚毕业。"

柳忆如的嚣张任性，引起了同学的不满，一次体育课上，同学们故意围攻柳忆如，将她围在中间当球靶子。为了给她解围，我挺身而出，自己却被球给击伤了，住进了医院，一待就是一个星期。出院的那天，李俊辉老师和同学们都来医院接我回学校，我很感动。

柳忆如也来了，她手捧着鲜花，笑盈盈地走到我面前，牵着我的手，微笑地说："子云姐，谢谢你！要不然躺在病床上的是我了。你对我的好，我会永远铭记于心。"

看到柳忆如如此真诚，我很欣慰，为她挡那一球，值！柳忆如邀请大家去学校附近的酒店用餐，她说从前她很刁蛮任性，没有和大家处理好关系，希望大家不要介意，她以后会改的。听了柳忆如的一番话，大家也纷纷表示以后要好好相处。

又是一天过去了，晚上躺在床上辗转难寝。故乡的山水，亲人的笑容，在我脑海里如同放电影。真的很想家，不知亲人现在可好？每次想起小时候和一帆许下的约定，想起那次他生病躺在路边，我的心就痛，一帆哥，你现在在哪里？不知我们何时才能再相聚？想着想着，就伴随回忆入梦。梦中我看见母亲坐在烛光下缝补，爸爸站在讲台前手里拿着课本，还有弟弟，他背着书包高高兴兴地往学校跑。后来我还看见了一帆哥，他穿着军装，手捧着玫瑰，拉着我的手，含情脉脉地说："云妹，我们终于在一起了，以后我们再也不分开……"正当我沉醉在幸福中，一场洪水冲走了一帆哥，我拼命地哭喊，也不见他回答。我哭啊哭啊！终于在梦中哭醒了。幸好刚才只是一场梦，一帆哥，你现在好吗？我想你！

这一夜很漫长，自从梦中惊醒，我再也没办法入睡。

天亮了，太阳从窗外挤进来，火辣辣的。今天是星期天，学校放假。柳忆如和几个同学邀我去白云山游玩，她们说："白云山自古就有羊城第一秀之称，气势磅礴，山峦起伏，沟谷纵横，山上道路四通八达。很值得去一看！"

说真的对于什么名景点，我没多大兴致。在我心中最美的风景，就是故乡的清凉山，每到春天漫山遍野开遍了红艳艳的映山红。山中还有座寺庙，寺庙里清香缭绕，不时传来木鱼声。那样的气氛，真的有种隔世的感觉，令人神往。

"子云姐，你在想什么，昨晚，我还听见你在梦中哭，是不是有什么心事？"

柳忆如托着下巴，目不转睛地望着我。

"哪有心事，只是太想家了。"

"其实我也很想家，很想我的爸妈。"

"我也很想家，我妈妈身体一直不好，来学校快一个月了，也没有她的消息，我很担心。"

"是啊！我家在很远的山村里，为了我上学，我爸妈的身体都累垮了！我欠他们的太多，我太想念他们了。"

大家纷纷诉说自己的思乡之情，刚才还说去白云山游玩，现在都围在一起哭成一片。为缓解大家的思乡之情，我提议，利用今天的假期，为家人写信。我的话音刚落，大家就纷纷找本子找笔，趴在桌上写家书。下午，我们一起步行去邮局寄信。当我走进邮局门口，第一眼看到的是一个穿着军装的背影，这背影和一帆哥有几分相似，莫非他就是……这一刻我的心几乎都要蹦出来了，我快步朝那个背影走去，正准备拍他的肩膀，他突然转身。天啊！令我太失望了！这面孔好像在哪里见过。我正思索着，他突然开口微笑着说："是你，上次我们刚刚在邮局见过面。"

我礼貌地回答道："你好！真想不到我们这么快又见面了！"

"是啊！这些都是你的朋友吗？"

"是，都是我最要好的同学。"

"你们一起来邮局，不会都是寄信吧？"

"是啊，大家都很想家。"

"你们都是同一个地方的吗？"

"不是，大家来自五湖四海，但我们却如同姐妹一样相处。"

"当年我来部队时也像你们一样，很想家，但后来大家相处一段时间，就好多了。"

"子云姐，快过来。"柳忆如朝我招手。

"不好意思，我要过去邮寄信了。"

子云，这个名字怎么那么熟悉，好像在哪里听过？那位军装小伙子，摸着脑门像是在思考什么。

寄完信，我朝他点头微笑了一下，就和柳忆如她们一起离开了邮局。

"子云姐，刚才那个军人，你们认识？"柳忆如神神秘秘地问道。

"见过两次，谈不上认识！"

"子云姑娘，子云姑娘，你等等。"我回头一望，见是那位穿军装的小伙子，见他兴冲冲的样子，想必是遇到了什么开心的事。

"子云姐，你刚才还说和别人不认识，现在人家都来追你了。"柳忆如笑着说。

那位军装小伙子急匆匆地跑到我面前，上气不接下气道："子云姑娘，你的家乡是不是在伊渺村，那里还有座清凉山对吗？"

奇怪，我和他萍水相逢，他怎知道我这么多事情？我正为此纳闷。

他喘了口气，又接着道："我刚才说的对不对？你认识一位叫杨一帆的军人吗？"

一帆哥，莫非他是一帆哥的战友，天啊！不会这么巧吧。我激动地回答："是的，你认识一帆哥？"

"我们岂止认识，我们还是要好的朋友，一帆少校对我们就像对待自己的亲人一样，很关照我们，大家都很敬重他。"

太好了，我终于找到了一帆哥。我迫不及待地问："一帆哥，他近来可好？"

"一帆少校，前些日子出车祸了。"

听到一帆哥出车祸，我感觉天都要塌下来了，眼前一片漆黑。幸亏柳忆如站在我身旁，将我身体托住。

"子云姑娘，你没事吧！"那位小伙子关心地问。

"子云姐，你怎么了？是不是胸口还痛？"

"是啊！我不但胸口痛，心也痛。"

"都怪我，是我不好，让你为我挡了那一球。"

"不关你的事，你不必太自责。"我缓了一口气又接着问那位小伙子，"一帆哥伤得严不严重？他现在在哪？"

"伤得是挺严重的，要不是我们军医院的医生梅若亲自为他医治护理，恐怕是……不过现在一切都好起来了，昨天他打电话说这两天就回部队。"

听了小伙子的话，我的心总算是平静了许多。梅若，在我们刚来广州的时候，她不是还和我们一起吃过饭吗？她这么远跑到林西城去，看来对一帆用情至深。难道一帆哥，已经把我忘记了吗？小时候他说过要我做他的新娘，难道已经全忘掉了吗？想到这我的心又开始痛起来。

杨一帆这次回老家探亲，可真是多灾多难，先是高烧不退，后又遭车祸。经过这两件事，他那魁梧强壮的身体，也单薄不少。离开部队已经很长时间了，是该回去了。

小青知道儿子要回部队，虽然有很多舍不得，但有梅若这么位细心的姑娘跟在儿子身边，她也就放心多了。梅若和小青倒是蛮投缘的，一段日子相处下来，两人之间的感情可真像是一对母女。在小青的心里，梅若就是她未来的儿媳，没人可取代。可杨秋华对于儿子的婚事，心中另有计划。

柳忆飞近日心神不宁，经常大发雷霆。公司上上下下的员工都在暗地里讨论这件事情，事情很快就传到柳长青的耳朵里。

一日，柳忆飞昂头躺在办公椅上，听见有人敲门，没当回事，依旧躺在椅子上摇晃着。敲门声越来越响了，这下可把柳忆飞给激怒了。他气急败坏地大嚷道："是哪个夺命鬼，敲个不停，吵死人了。"

柳长青有点不相信这句话出自儿子的口中，儿子在他心中虽然有点狂傲，但绝不是毒舌之徒。柳长青望着办公桌上烟缸里数不清的烟头，还有那一个个歪倒在地的空酒瓶，对儿子现在的状况很担心，不知道儿子最近发生了什么事情。他长长地叹了声。

柳长青虽没有开口讲话，但柳忆飞从他的叹息中听出是父亲。柳忆飞慌忙地从椅子上起身，他知道自己说错话了，努力地挤出一丝微笑："爸，你今天怎么想到来酒店？你要来应该早点告诉我，我好开车去接你。"

柳长青看到儿子这样狼狈不堪的样子，心里很难过："你看你将办公室弄成什么样子了，乌烟瘴气的，你去照照镜子，还像我柳长青的儿子吗？一副自暴自弃的样子，哪里有点总经理的样子？原本还指望你去广州那边开连锁分店，看到你今天这副德行，我失望透了。"

父亲前两天不是说暂时不想到广州那边开连锁酒店吗？怎么突然又改变主意了？真是太好了，如果能常住广州，那么我不就可以每天见到子云了吗？想到这，柳忆飞可开心坏了，刚才一脸的愁容，现在烟消云散。

"爸，你真的决定让我去广州？太好了，你要是早点告诉我，我也不会弄成现在这个样子。"

柳长青点了一支烟接着说："你现在已经不是小孩子了，应该学会处理一些事情。男儿志在四方，不要被任何一点点小事情给击败。最近发生了什么事情？"

想起冷艳那天对自己说的一番话，柳忆飞又开始心灰意冷。

那天冷艳与杨市长他们喝了很多酒，酒席散场后，冷艳摇晃着来到了柳忆飞的办公室。当时柳忆飞正为自己前段时间在伊涉村的路口得罪杨市长而懊恼。这时冷艳醉眼迷离地摇晃着走过来，柳忆飞正准备上前问她杨市长对自己有没有不好的看法，不料，冷艳突然抱住他，在他的脸上、脖子上疯狂地热吻。

冷艳的性感与狂热的确会让许多男人难以抗拒，但一想到子云，柳忆飞立即用力推开了冷艳。

"忆飞，我爱你！请你不要拒绝我对你的爱！"冷艳说完又扑在柳忆飞的怀里，紧抱着柳忆飞，继续狂吻。冷艳将他抱得越来越紧，他感到全身像一团火在燃烧。他终于控制不了自己，将冷艳压在沙发上，两人一阵狂吻抚摩后，冷艳主动献身，一丝不挂地站在柳忆飞的面前，然后两人搂抱在一起发生了性关系。

柳忆飞从温柔乡里醒来，知道自己做错了事。他爱的人不是冷艳，他感觉是冷艳毁了他的清白。当冷艳端着一杯水，笑容可掬地向他走来时，他非但不领情，反而将水杯扔在地，冷冷地说："昨晚发生的事情你最好忘记掉，当它从未发生，这样对你对我都好。"

冷艳委屈地哭诉着："你怎么可以这样对我？昨晚我们那么相爱，难道你没有感觉到一点点的快乐？你要我忘记，我把我的人我的心我的身体都给了你，你怎么可以让我当什么都没有发生呢？"

"别哭了！你不就是想要我负责吗？我可以给你很多钱，但是我无法让你做我的女人。"

"钱，你会给我很多钱，哈……哈……我把什么都给了你，为何你要说这样的话来伤害我？我把身体给你了，你给我很多钱，难道在你心里我只是一个妓女？"

"不，我从没有把你当作妓女，以前我一直把你当作妹妹看，可如今我们发生了那样的关系，我不知道如何去补偿你，我不能给你名分，只能用钱来弥补你。"

"为什么你不能给我名分？是因为我身份低贱，不该攀高枝吗？"

"不，我从未觉得自己身份有多高贵，只是我心里已经有了别人，没办法再去接受其他人，希望你能原谅我！"

原来他心里真的有了其他人，丁当没有骗我。他心中的那个人会是谁呢？冷艳伤心地趴在沙发上抽泣道："不，我不相信你心里只能藏得下一个人，你曾经说过自己有海纳百川的气魄，我不求你给我一片海，但求你给我一个停靠的港湾，别让我一个人在风雨中摇曳。"

"冷艳，凭你的条件，你会找到一个幸福的港湾的。今天发生的事，天知地知你知我知，我绝不会告诉第三人，以后我还会把你当作最好的朋友，像亲妹妹那样待你。"

"不，我不稀罕有你这么个哥哥，我稀罕的是你做我的男人。这么多年，我那么深爱着你，你叫我如何将对你的爱转化成亲情？我做不到，也不允许自己这样做。"

"艳艳，昨晚的事，就当我对不起你！我没办法让自己去爱你，因为我的爱早已经给了别人。"

"一句对不起，就可以让我失去我所有的爱？你为了一个女人，就可以这样将我伤得遍体鳞伤？难道你不觉得这样太残忍？我哪里不好？"

"请你原谅我！我不是有心来伤害你，昨晚我把你当成了她，所以才会发生那样的事情。"

"把我当作她，天啊！昨晚我还以为自己是个幸福的女人，原来在你眼中我竟是别人的替身，我真是天下最蠢最贱的女人！"冷艳越哭越伤心。"她是谁？我怎么从来都没有听你提起？"

柳忆飞沉思了片刻，回答道："她，你也见过。"

"我也见过？是谁？"

在冷艳的百般盘问下，柳忆飞终于说出了自己心中深爱的姑娘"子云"。听到这个名字后，冷艳蒙了。

子云还是个学生，凭我对她的了解，她是不会喜欢柳忆飞的，看来是柳忆飞害了单相思。这对我来说，真是不幸中的万幸。我相信，只要子云的心不在柳忆飞的身上，他迟早还是会回到我身边的。冷艳没那么伤心了，她走到柳忆飞面前说："昨晚的事情已经过去了，我只怪我没有管住自己，只要你还把我当作好朋友对待，我不会强迫你负责任。"

"艳艳，你真的想通了？不后悔？"

"不后悔，为自己所爱的人献身，是我最大的幸福。"

"艳艳，谢谢你的宽容。那个杨市长有没有在你面前提到我？"

"提了，他问我，你是哪家的兔崽子。"

"那你有没有告诉他？"

"市长发话，我能不回答吗？"

"那他有没有说对我不利的话？"

"说了，他说那兔崽子没大没小，哪天逮到定要关进笼子里。"

冷艳无中生有的一番话，吓得柳忆飞心惊肉跳。想到杨市长是杨一帆的父亲，而杨一帆又那么爱子云，柳忆飞有些心灰意冷。

柳长青见儿子木讷地待着许久不说话，不由问道："忆飞，看你失魂落魄的样子，在想什么？我问你的话，你还没有回答呢？"

柳忆飞半天才从回忆中醒来，摇头道："没想什么。"

"你就别骗我了，你是我儿子，你有心事我还不知道吗？那么急着要去广州，是为了见哪位姑娘？"

看来父亲真的看透了我的心事，我今天也就不瞒他了。柳忆飞正准备将心事全盘托出，办公室的电话突然响起。

"是忆飞吗？"电话的一头传来梅若的声音。

"是的，你这丫头去了杨家就把我给忘了，今天怎么想起给我打电话？"

"我是向你道别的，明天我和一帆一起回广州。"

"你看你，来林西城也不来我这边走动，要不今晚请你来云天酒店做客？"

"谢谢美意！不了，我今天还要陪一帆和伯母去寺庙里还愿，下次来林西再登门拜访！"

电话刚一挂断，柳长青就问："是梅若吧？这丫头来林西城也有些日子了，整天守在杨市长家，我们有心想接她来咱家，都没机会。这次她来林西城，我和你妈都很高兴，以为她是为你而来的，谁知她……"

"爸，我知道梅若是个好姑娘，你和妈的心思我也早已看出，只是感情这事是没办法强求的，她的心上人不是我，我的心上人也不是她，你们也就想开点吧。"

"既然梅若不是你喜欢的姑娘，难道伊楚天家闺女子云才是你的意中人？"

"嗯，我们从小就认识，当再次遇见她时，她给我一种很特别的感觉，从那一刻起，我就知道自己已经深深地爱上了她。"

"你如今大了，感情的事情你自己决定吧！我见子云也是个通情达理的好丫头，就看你小子的造化了，不过她现在还在学堂，你最好别去骚扰她，别影响她的学习。"

"嗯，我不会那么没有分寸的，就算是为了自己，我也不能去打扰她的学习。"

柳忆飞得知杨一帆明天要回部队，心里急躁难安。要是杨一帆赶在自己之前获得了子云的爱，那我的一片痴情岂不是付之东流？不行，我一定要阻止他们相见，不能让他抢走我的子云。柳忆飞越想心里越不踏实，正准备起身下楼去和父亲辞别，冷艳突然走了过来。

自发生了那层关系后，柳忆飞总是有意在躲着冷艳，好强的冷艳并没有因此而退缩，她将自己伪装得很淡定，好像那一夜发生的事情真的不存在。平日里习惯了冷艳的激情火辣，她突然变得那么安静，柳忆飞倒有点不习惯。

"艳艳，我这些天去外地办理一些事情，公司就有劳你和丁当多费心了。"柳忆飞望着冷艳平静的脸，心里没有一点谱。如果是平时，冷艳一定死缠烂打要跟着他一起去。冷艳淡定地答道："少总，你就安心去办事情，我和丁当会用心经营酒店的。"

冷艳这是怎么了，怎么突然改口喊我少总？听她这么称呼，感觉我们之间一下子变得好陌生。也许是她现在知道了我心中另有他人，所以才这么快和我划清界限，难得她这么为我着想。柳忆飞突然感觉自己太对不起冷艳，他愧疚地对冷艳说："艳艳，谢谢你！今生无缘与你共度，但愿我们还是最好的朋友，你以后还是喊我忆飞，听起来没那么别扭。"

"不，少总，以前是我不知天高地厚，总梦想着有一天做少总夫人，我现在想通了，我只不过是一个卑微的小丫头，有幸被少总收留，能有今天这样的生活，已经很满足了。"

这女人说变就变，不过看到她能变得这么善解人意，我真为她高兴，只是现在的她给我更多的是陌生。

看着柳忆飞远去的背影，冷艳心如大海翻腾着。

"怎么，看到心上人离开，心疼了？"丁当从门外走了进来。

冷艳瞪了他一眼道："不关你的事，你给我闭嘴。"

"哟，看你现在被人抛弃的样子，我真心痛。"丁当有意讽刺冷艳。

"你给我闭嘴，谁说我被人抛弃了？"

"别不承认，你们那晚发生的那见不得人的事，你当我是瞎子没看见啊！"

"原来，那晚，你在偷看我们……你太无耻了！"冷艳那眼神，简直要杀人。

"我偷看你们做什么……你继续说下去啊！那么大的叫床声，只怕是全酒店的人都听见了，当时我就待在你们隔壁，是聋子都能听见。那晚，爽够了吧！我蹲在门外听，心都要碎了！"

"你这个卑鄙无耻的家伙。"冷艳疯了似的向丁当扑来。

丁当也真不是个东西，他将冷艳推倒在沙发上，用手掐着冷艳的下巴，奸笑道："臭婊子，别把自己还当作个主，以前见你还是朵花，我才对你怜香惜玉，如今你这残花败柳之身，谁还稀罕？识相点就好好配合我，将来这柳家的财产少不了你一份，到时候做不了柳太太，做丁太太也不错。"丁当边说边用手在冷艳的脸上，脖子上，胸前，来回打圈。

"呸！天下男人都死光了，我也不会找你这样的人渣当老公。"冷艳推开了丁当淫乱的双手，向丁当的脸上吐口水。

丁当用手拂了一下脸上的唾液，脸色阴冷，他边用手扯冷艳的衣服，边说："臭婊子，你敢骂我人渣，那我今天就做一次人渣给你看看，让你做丁太太是给你长脸，可你就是不要脸，天生就是一个被人玩弄的荡妇淫娃。"

"你放开我，你再不松手，我喊人了。"冷艳愤怒地吼道。

"你喊啊！你把天喊塌，少总也不会回来。没人会听见的。你要是乖乖的，我定会把你伺候得舒舒服服的，绝不会像少总那样不懂怜香惜玉。"丁当淫笑着，撕开了冷艳的上衣，见冷艳那白嫩丰满的乳房露在外面，他如同一只饿狼，扑在冷艳的身上。

冷艳使尽浑身的力气，也没办法将笨重的丁当给推开。慌乱中她抓到了桌上一个沉重的硬物，用力砸在丁当的头上，丁当一下子被砸晕，昏倒在地上。

冷艳惊慌失措地离开了办公室，她知道丁当不是盏省油的灯，绝对不会放过自己。她不知道自己现在该去哪里，她想去找柳忆飞，当面告发丁当的卑鄙之举，但想到自己现在这狼狈的样子，再想想柳忆飞对自己的态度，就没勇气去找他。她伤心地沿着江边没目的地奔走，突然一辆黑色轿车停在她身边，她回头一望，原来是杨市长。

杨秋华见冷艳神情恍惚，好像在发抖，他忙下车，脱下外套披在冷艳身上。冷艳扑在杨秋华的怀里呜呜大哭。一会儿，冷艳上了他的车，消失在黑夜里。

丁当从昏迷中醒来，满世界地找冷艳，可他找遍了林西城也没有找到冷艳。难道冷艳去找少总了？如果冷艳将这一切告诉了少总，那我就玩完了。他现在最想做的就是，早点找到冷艳，杀人灭口。

冷艳知道丁当不会放过自己，最近也没有回酒店，她被杨秋华金屋藏娇给藏起来了。杨秋华对待美女可真有一套，他将自己伪装得极为体面，在冷艳面前，他总以一副正人君子的形象出现。在冷艳最无助的时候，是杨秋华陪她度过的，她从心里感激他。

杨秋华将冷艳带到他现在租的公寓后，每天除了向她投递关怀，从未开口问冷艳发生了什么事情。

直到有一天，冷艳开口说："杨市长，我来这里打扰你那么久，你为何从不问我发生了什么事情呢？"

"很多事情不一定是要通过语言才能表达出来的，你的眼神，你的忧虑已经告诉了我你现在的处境。"

"市长果真不同常人，谢谢你陪我度过最艰难的日子，我想回酒店，这样躲着也不是长远之计。"

杨秋华装着很关心的样子问道："艳艳，你千万别和我客气！你说这样躲着也不是长远之计，你躲谁？莫不是小两口子闹别扭了？"

"不，不是，哪来的小两口子？我是在躲小人。"

"哦，我倒想听听小人的故事，看我能否帮上你。"

冷艳见杨秋华诚恳的样子，便将那天和丁当在办公室发生的事情告诉了杨秋华，杨秋华听后拍胸说要为冷艳解决问题。他对冷艳低头耳语一番，冷艳听后神情惊讶。

第二天冷艳回酒店了，她主动向丁当认错讲和，说是自己辜负了丁当的好意，并承诺以后要和丁当携手合作。丁当虽有点不相信，但这些却是他期待许久的结果。

第十一章　久别重逢情更浓

杨一帆回到部队后，战友们抱成一团，激动得眼泪都流出来了。这位英姿飒爽的少校，在战士们的心中似兄长又似挚友。

"少校，你平安地回来了，真是太好了！"

"是啊！听说你出车祸了，大家都哭了，都想去看你……"

"少校，你瘦了，这次你一定吃了不少苦头。"

战士们你一言我一语，温暖将杨一帆团团包围。杨一帆将双手搭在战友们的肩膀上，激动地说："兄弟们，让你们担心受累了！我给你们敬礼！"说完杨一帆给在场的战士行了一个军礼，战士们也向他回敬了一个军礼。

梅若在林西城陪护杨一帆的事情，在部队和军医院都传开了。大家都在讨论他们之间的感情，有人说他们是天生一对，也有人说梅若是一厢情愿。面对这些流言蜚语，梅若问心无愧，因为她知道自己对杨一帆的感情是真的。

今天的天气格外的清新，屋檐上喜鹊一大早就在欢唱，又正好是礼拜天，大家商议好去白云山游玩。上午九点左右，我们就结伴同行，刚出学校门口，柳忆飞开着车子出现在我们面前。

"哇！好帅啊！"

"哇！车子好漂亮，我好想坐坐。"

"哥，你不是回林西城了吗？怎么你突然出现在广州？"柳忆如惊讶问道。

"啊！原来是柳忆如的哥哥。"大家纷纷朝柳忆如投来羡慕的目光。

"怎么，不欢迎哥哥来看你？"柳忆飞说完下了车，走到我面前，含情脉脉地对我说："子云，最近可好？今天你们这是去哪？"

"哥，你偏心，你怎么就不问妹妹我过得好不好？"柳忆如边说边笑。

"你这个疯丫头，别闹了！你们今天这是准备去哪玩？"柳忆飞见我没出声，又回头问柳忆如。

"我们今天去白云山，听说那里风景可美了！"

"白云山，是个值得一去的地方，我有好几年没去了。今天就让我当一次免费的司机和导游，带你们去白云山。"

柳忆飞的话音刚一落，同学们高兴得都尖叫起来了。

柳忆飞走到我面前，诚恳地说："子云，上车吧！"

"子云，上车吧！"

"子云，赶快上车啊！"

为不扫大家的兴致，我也就不好再拒绝。大家有意将前排的位置留给我，我刚一上车，大家就齐欢呼："子云万岁！"

"大家坐好了！我们出发了！"

我们的车子刚离开学校门前，杨一帆就骑着自行车来学校找我。真是造化弄人，就差那么几分钟，美好的相逢就这样错过。杨一帆将自行车停靠在学校门外，找到值班的门卫，问是否认识我，门卫的回答令他很失望。今天学校放假，在校的学生几乎都离开了学校，杨一帆问了几个同学，也都说不认识。

难道云妹不在这里？可是林致轩清楚地告诉我云妹就在这所学校。今天学校放假，看来是很难找到她，改天再来拜访。杨一帆正准备骑车回部队，突然听见有人喊自己的名字。他抬头一望，见是以前的战友李俊辉。"俊辉，你突然地出现，简直太好了！"

李俊辉笑着道："老战友，我这也不是什么突然地出现，我天天都在这里出现呢！"

"我怎么就忘记了你在这所学校工作呢？不瞒你说，我今天是来这找人的。"杨一帆笑着道。

"哦！我说呢，你这个大忙人怎么会来这儿，说吧，找谁？"

"你这里有没有一位叫伊子云的女学生？"

李俊辉大吃一惊，忙问道："你找伊子云？你们什么关系？"

"我向你打听人，你就找我打听关系？哈哈！你还没告诉我，有没有这么一个人在？"

"是有这么一个人，不过今天你来得不是时候，子云同学她们好像今天都不在学校。"

"云妹终于找到了，太好了！你知道她现在在哪吗？我想现在就见她。"

"看你的样子像是捡到宝贝似的，这么激动！"

"我今天比捡到宝贝还要开心一千倍、一万倍。我终于找到了我的云妹，感谢上苍的恩赐。"杨一帆像个孩子一样，握着李俊辉的手一个劲地摆动。

"一帆啊！从来没见到你这么开心过，这个子云对你就那么重要？"

"云妹对于我来说太重要了。"

"好了，兄弟，你看你这样子，哪像个少校啊？走，去学校前面的酒楼坐坐，咱俩也有些时候没见面了，今日好好地叙叙旧。"

我们的车子很快就到达了白云山，白云山果真如书中所写气势磅礴，风光秀丽，有十分浓厚的文化沉淀，据说李群玉、苏轼、韩愈等著名文人曾登山吟诗。他们的诗文寓情于物，成为岭南宝贵的历史精神财富。今日得见，果真名不虚传。

柳忆飞可真像个导游，他在前面边引路边解说。看他神采飞扬的样子，看来心情格外的好。

路上看见一个小姑娘脚扭伤了，跟在她身后的小男孩，急忙跑过去，扶起她，关心地问那小女孩摔痛了没有，然后蹲在小女孩的面前，要背她下山。

看到眼前的一幕，不由得让我又想起了小时候在清凉山与一帆哥在一起时的情景，那时我的脚也扭伤了，是一帆哥扶我下山又背我回家的。一道类似的风景，将我带回儿童时代。一帆哥，你现在好吗？我很想你！

柳忆飞像是猜透了我的心事，微笑着说："子云，你在想什么？是不是想起了小时候的记忆，多么美好的孩童时代啊！刚才看到那个小男孩背小女孩时，我的眼前也瞬间飘过许多值得怀念的记忆，很怀念那个童真的年代啊！时间过得真快，转眼我们都已经长大了。"

我目送小男孩的背影下山，心中有些迷茫："是啊！一切都已经成为过去，可一切却又如同昨天才发生，让人终生留恋难忘！"

"子云，记得当年，我们还在清凉山抢你做小新娘呢。哈哈！想不到当年爱哭鼻子的小新娘，一转眼都成亭亭玉立的大姑娘了。"柳忆飞的眼神从见面那一刻起就没有离开过我，被这样火辣的眼神笼罩着，怪不自然的。

同学们像是看出了我与柳忆飞之间有故事，笑着避开我们。这时柳忆飞突然抓住了我的手，深情地望着我说："子云，我等这一天等太久了，请允许我以后一直陪着你、保护你……"

我不想听他在这胡言乱语，甩开了他的手，毫不客气道："请你以后不要再和我说这些，你是你，我是我，我不需要你陪，更不需要你的保护。如果大家能像朋友一样，还可以继续相处，如果你不理解我的意思，那以后恐怕连朋友都没得做。"

"子云，请你不要生气！也许我不该在这个时候和你说这些，可我就是没办法控制自己对你的感情。"柳忆飞见我离开，紧跟在我身后。

"子云，你们怎么这么快就下山，我们还没有玩够呢！"

"是啊！子云，再多玩会儿吧！"

同学们见我离开，一个劲地喊。

"你们再多玩会儿，我有点不舒服，想早点回学校。"

"子云，难道你就真的这么讨厌我？我不分昼夜地赶来广州，为的就是能见你一面，是我自作多情！我以后不会再和你说这些，请你不要不理我好吗？"

"请你记住你今天所说的话，我现在很累，想早点回去休息，你们继续玩吧！"大家见状也就都随我一起下山。

柳忆飞急着将车子开到我面前，喊我上车："子云，求你再给我一次机会，我以后再也不会那么冲动。"车子很快就到了学校门口，柳忆飞邀请大家一起在酒楼用餐。

"子云姐，你这是怎么了？难得大家这么高兴，你就给个面子，一起吃顿饭。我哥大老远地从老家过来，也够他受的，你就不要为难他了。"柳忆如边说边拉我往酒店走。

见大家都把目光投在我身上，我也就不好意思再固执下去。柳忆飞见我进酒店了，终于笑了。

"今天我做东，大家只管点，千万不要客气！子云，你看有没有你喜欢的菜？"柳忆飞将菜单递到了我面前。

同学们又刷地将目光扫到我身上。我感觉自己身上像是长满了刺，很不舒服。我起身借去厕所为名，避开了大家的目光。

杨一帆与李俊辉正好在我们隔壁的包间里坐着聊天，我经过他们的包间时，杨一帆无意间看到了我的背影，高兴地跑了出来，而此刻我已经转到另一个过道里了。

"一帆，看你魂不守舍的样子，到底是发生了什么事？"李俊辉疑惑地问。

"可能是我太想她了，幻觉吧！"杨一帆心神不宁地说。

"我的少校啊！你什么时候变得这么痴情啊？这好像不是你的风格。大家都知道梅政委的千金对你一往情深，可你好像对人家不冷不热的。"

"一码归一码，感情这东西是强求不了的。对于梅若，我只有感动。"

"这么说，你对子云同学可是动了真感情？"

"嗯！我和云妹很久都没有见面了，我们上次别离时，还都是个孩子。"

"孩子时候的那种感觉不叫感情，你们这么多年不见，人家未必会像你这样痴心。"

"感觉告诉我，我们的心始终在一起，从未分开过。"

"又是一个痴情种，但愿你的感觉不会出错。来，咱们今天为你的这份痴情干一杯。"

"子云，喝点什么？"我刚一坐下，柳忆飞就殷勤地询问。

"哥，你怎么就不问我喜欢喝什么？子云姐，还是你的面子大。"柳忆如这个疯丫头又在取笑我们。

"这样吧！大家今天这么高兴，不如来玩个游戏，咱们来递水杯，杯子落在谁的面前喊停，就由谁来唱歌或讲故事。"有同学提议。

"好啊！好啊！忆如从你开始递，这次数到二十，杯子落在谁面前，就由谁来表演。"

大家话音刚一落，杯子就从柳忆如那里开始传开了。"一、二、三……十八、十九，二十"，杯子落在了柳忆飞的面前。

　　"哥，你一定要开好头。"

　　柳忆飞望了我一眼，说道："在很多年以前，有一个小女孩和一个小男孩，还有很多的小朋友，他们在山里采映山红，有个小男孩，为其中的一个小女孩编织花环，当花环编织好了，另外的一个小男孩抢过花环，借花献佛，献给了那个小女孩，并向小女孩求婚，当时那个小女孩拒绝了，可是那个小男孩并没有放弃，后来，他一直在寻找机会，希望那小女孩终有一天会接受他……"

　　这柳忆飞不是明摆着说我们小时候的事情吗？我多次警告他不要有非分之想，可他的每个话题都离不开感情，太可恶了！我瞪了一眼柳忆飞，他知道自己又犯错了，没有再继续讲下去。

　　大家急不可待地继续追问："那个女孩，后来有没有接受那个男孩的求婚啊！"

　　"我的故事讲完了，留点悬念给你们猜。"

　　"有头无尾，就会调弄人的神经，来，我们继续玩。"

　　"十八、十九，二十"，这一轮酒杯停在了柳忆如的面前，柳忆如大方得很，不用大家开口，就哼唱起了小调，大家跟着一起鼓掌。

　　轮到第三轮，酒杯落我面前，我想要赖，大家却不依不饶，无奈只好将小时候的一首儿歌拿来重温："风清，花浓，你的酒窝最萌，牵起你的花裙，为你编织花的笑容，喊声哥哥，妹妹今夜在你梦中……"

　　大家都聚精会神地听我唱歌，谁也没有出声。

　　这歌声，这嗓音，很遥远又很清新，莫非是她？一定是她！杨一帆轻轻地推开了包间的门，站在我面前含情脉脉地望着我。她真的是我朝思暮想的云妹，十年不见，她出落得如此标致俊美，好一张典型的古典美人脸，忧郁的眼神如秋水般凄美，那张樱桃小嘴有种欲语还休的婉约美，尤其是她那神韵像极了曹雪芹笔下的林黛玉，美得让人心碎。

　　他还是来了，子云，难道在你心里，就真的不能给我留一点点位置？看到你们这样深情地凝视对方，我的心有说不出的疼痛与茫然。我从来就没有像现在这样害怕失去你，如果没有你，我的人生将失去所有的风景。我好羡慕他，为何他能得到你这样的深情投入，而我在你们之间算什么？柳忆飞在心里痛苦地呻吟。

"云妹，真的是你，这不是梦？"杨一帆拉住我的手，两眼泪盈盈。

"这真的不是梦吗？是老天在可怜我吗？一帆哥。"一帆突然的出现，对于我来说简直就是梦。

"别哭！云妹！"

"你也别哭，一帆哥。"

杨一帆用手为我擦眼角的泪水，接着将我紧紧揽入怀中。这怀抱好温暖，好亲切！真想一辈子就这样相拥相依。此刻，我已经完全忘记身边有这么多双眼睛关注着我们。

柳忆飞低头不语，双手在桌子下紧握着拳头，心中又怨又恨。

看哥哥现在的样子，他一定很伤心，我从来没有见过他这么喜欢一个女人。柳忆如扯着柳忆飞衣角，低语道："哥，别难过！你那么优秀，一定会有更好的女人在等着你。"

柳忆飞苦笑道："是啊！会有更好的女人等我。"

与杨一帆一阵热拥后，我们各自为对方擦掉眼泪，彼此脸上荡漾起幸福的笑容。

"忆飞，你也在这啊！幸会！上次出车祸的事情多亏了你，若不是你及时相救，只怕就没有现在的我，真的很谢谢你！"杨一帆边说边向忆飞伸出手。

早知道你横刀夺爱，我情愿你死在车里。柳忆飞愣了片刻，见大家都盯着他，出于面子，还是苦笑着和杨一帆握手。

"举手之劳，何足挂齿！真要感谢，你就得好好谢谢梅若。"

"你和梅若都是我的救命恩人，救命之恩永记于心。"

"谢谢你救了一帆。"

柳忆飞见我代一帆谢他，强装笑颜。

"哟！大家都在这里啊！我刚才去了趟洗手间，想必是错过了一场好戏。"李俊辉老师突然的出现，对于柳忆如来说，又是一场意外的欢喜。

"这位是？"

"李老师，我为你介绍，这位是我哥哥，他从老家刚过来。哥哥，这是我们的李老师。"柳忆如为他们相互引见。

"我也为大家介绍一下这位帅气的小伙子，军区赫赫有名的杨少校，也是我多年前的战友。"李老师笑着为大家介绍。

听完李老师的介绍后，大家纷纷打招呼问好。今天可真喜庆，在场的人，除了柳忆飞不怎么开心，其他的个个笑容可掬。柳忆飞见一帆为我夹菜，心都要碎了。从来都没有见子云像今天这样开心过，看来她是真的喜欢杨一帆。想到这，柳忆飞又独自痛饮了一杯。见柳忆飞连饮了几杯，我能猜到他此刻的心情。爱一个人不是他的错，多情也不是罪，是我辜负了他。我接过他手中的杯子，微笑着道："别再喝了！这杯酒就算是我代一帆哥，谢谢你。"我接过他手中的酒杯，一干而尽。

"云妹，少喝点。"杨一帆心疼地说。

子云为了他，代他敬酒谢我！天啊！我又算是什么？柳忆飞越想心越痛。

"忆飞，看你今天的情绪，像是心情不怎么好？你这样喝闷酒，很容易伤身体的，别喝了，有什么不开心的就说出来，心情会好受点。"杨一帆完全不知道内情。

此时的柳忆飞已是半醉半醒，他拿起杯子，口齿不清道："我很高兴，为你们的相逢高兴！来为你们的相逢干杯。"

"哥，爱情之酒两人喝是甘露，三人喝是酸醋，随便喝会中毒。哪有像你这样喝酒的，别人不心疼你，妹妹我还心疼你这个哥哥呢。"

"好妹妹！哥哥没白疼你！"柳忆飞抚摩着柳忆如的头。

柳忆飞喝得烂醉如泥，嘴里不停地喊："子云，我有哪点比不上他？我用尽所有力气去爱你，可为何就是走不进你的心里？总有一天我要让你成为我柳忆飞的女人……"

一帆一下子明白了其中的曲折，一个是自己深爱的女人，一个是自己的恩人，他深感为难。李老师和柳忆如将柳忆飞扶走了，一帆哥邀我在校外不远的地方漫步。"云妹，我们十年没见面了，想不到今天会在他乡重聚。"

"你还记得我们分别的那个夜晚吗？"

"当然记得，终生难忘啊！记得那时你还是个扎马尾的黄毛小丫头。"

"你不也是个乳臭未干的臭小子吗？哈哈！"

"是啊！一转眼的工夫，我们都长大了。"

"你走后的那些年，一直在城里念书吗？每次看着你送给我的小木船，我就会想起我们离别的那晚。"

"云妹，其实回城后，我也经常想你，想起我们在清凉山快乐的情景。有几次我去你家找你，但是都没有见到你。"

"是吗？我怎么没听我家里人提起？"

"我去找你的那几次，都是你母亲在家，她好像不欢迎我，每次都将我拦在门外。我也不知道自己是哪里没做好，你母亲会如此反感。后来我去广州念军校，就很少回家了。"

"其实，我也隐隐感觉到你来找过我。记得有一次在放学回家的路上，我亲耳听见你喊我，当我跑到家时却不见你。我问我母亲，她虽回答说没见过你，但她的表情告诉我，她在撒谎。我不知道我母亲为何如此反对我们交往。"

"是啊！你母亲从来就不喜欢我与你来往，我不知道这到底是为什么？"

"我母亲的心事，在我心里永远是个谜，我总感觉她有很多事情瞒着我。"

"我们没读过心理学，无法研究长辈们的心理，还是说说各自这些年的经历吧！"

"嗯。"

"云妹，你怎么想到来广州读书了？这边的气候你还适应吗？"

"你还记得前段时间，你去伊渺村，生了一场病吗？当时我在医院的窗外，远远地看着你。无意间听到你的父亲说，你在广州部队工作，那一刻我就告诉自己一定要去广州读书。"

"云妹，真是难为你了，千里迢迢来此读书，原来只是为我。你对我的这份情，我会用一辈子来报答。"

"不，是我心甘情愿的，我知道只有你在我身边，我才会静下心努力学习。虽然当时家人希望我到北京或上海去读书，但我坚定选择了来广州，他们也就没说什么。"

"这所大学虽不及清华北大有名气，但我相信只要心中有梦，在哪都能开辟一片新天地。以后有什么打算？大学毕业后还打算留在广州吗？"

　　"暂时没考虑那么远，你以后会长居广州吗？"

　　"我已经习惯了这边的气候，也离不开自己的岗位，已经把这看成是自己的第二故乡了，如果你愿意留在广州，我想我一辈子都会留在这里。云妹，告诉我，你现在心里在想什么？你愿意为了我留下吗？"杨一帆双手搭在我的肩膀上，深情地问。

　　我害怕这眼神，这眼神如同一团烈火，但被燃烧的这种感觉却是那么的幸福甜美。这也许就是世人所说的爱情吧！我想我真的爱上了他。

　　"云妹，你还是像从前那样喜欢思考。我喜欢看你思考的样子，有一种婉约之美。"

　　"你又在取笑我，我哪有你说的那么好，我只是一个寒酸的乡下丫头，笨手笨脚。"

　　"云妹，你别动，让我好好看看你，这样看着你真好！你以后不要再和我说寒酸丫头这几个字，在我心里你是女神，美丽，温婉，神圣。真想一辈子这样看着你，分分秒秒地守护着你。你可知道有多少回梦里拥抱着你，你的眼神，你留给我的回忆，在心中挥之不去。"

　　"一帆，其实分开的这些年，我心中也无时无刻不惦记着你。我不知道我们这一生是否还能再相见，每次想起你，我就会去我们曾经一起玩耍的地方，寻找你曾经呼吸过的空气。站在你曾经走过的路上，我才会感觉到我们之间没有距离。"

　　杨一帆将我的手放在他的唇间深情一吻，又将我揽入怀中轻轻地说："云妹，我们经历了这么长的别离，以后再也不会分开了。"

　　这怀抱好温暖，真想一辈子都这样依偎着。正当我们沉醉在幸福中，一辆摩托车在身后轰轰作响。我回头一望，是梅若，她骑着摩托车，虽然戴了头盔，但那眼神如同一把利剑锋利无比。我害怕这样的眼神，这眼神爬满了伤心、失意、嫉恨。

　　"梅若。"她没有回答我，只是瞪了我和一帆一眼，就驾车飞速消失在暮色中。

"梅若，梅若……"杨一帆喊她，她显然是装着没听见。

从梅若的眼神与一帆的表情中，我可以看出他们之间一定有着不寻常的故事。我不知道自己的出现是错还是对？

"云妹，请你不要误会，我和梅若只是朋友。"一帆见我脸色苍白，猜到了我的心事。

不管怎么说梅若是一帆的救命恩人，我应该感谢她，她对一帆用情至深，如果我抢走了一帆，她一定会很伤心。想到这，我的心乱了。

"云妹，你别这样，看到你一言不发，我很心疼。请你相信我，我对你的感情是纯净透明的。我的心不属于其他任何人，也不属于自己，只有你会让它感到疼痛与幸福。"

我相信一帆对我是真心的，只是又不忍伤害梅若，我该怎样做才好？

"云妹，你应该相信我。"

"我相信你，一帆。时候不早了，我想先回学校。"

"我送你。"

我们并肩朝学校走去，一路上都没有出声，感觉脚步比来时沉重，不知不觉到了学校门前。

"一帆，你回去吧！"

"云妹，我要目送你进学校。"

我低头进了校门，没走几步还是禁不住回头，朝一帆莞尔一笑，他也回了我一个最温馨的笑容。

云儿去广州念书，有些时候了，也不知道她习不习惯那边的生活。她从小就没离开过家，如今这么一走，感觉生活空空的。自我离家后，母亲每天都期待我的音讯。

"妈，姐姐来信了！"弟弟手中拿着我的信，高兴地边跑边喊。

"云儿来信了，云儿来信了！"母亲高兴得眼泪都流出来了。

"子朗，你等等我。"弟弟的同桌白婷婷紧跟在弟弟的身后。

"朗，你快给妈念念，你姐姐在信中说了什么？"母亲有些迫不及待。

"妈，我们还是回家再念，让爷爷奶奶他们也一起分享。"

"嗯，我们回家。"母亲手中紧握着我的书信，热泪盈眶地朝家走。

"子朗，那我先回家了。"

"嗯，明天放假，我再为你补习功课。"

白婷婷朝弟弟会心地笑着，就转身离开了。

父亲在学校还没有回来，爷爷奶奶和母亲围坐在一起，听弟弟读信。

"爷爷，奶奶，爸、妈，弟弟，你们最近好吗？我来广州，不觉已一个月有余。每天除了紧张的学习，就是想念你们！每到夜深人静的时候，我就会特别想念故乡的一草一木，想起与你们共处的每一个朝夕，都是那么的珍贵……"

弟弟的信还没读完，母亲就哭了！

"云儿，这丫头，在家的时候，我们没怎么当回事，她现在不在身边，心里真怪想念的。"奶奶一把眼泪一把鼻涕。

爷爷躺在椅子上，老泪纵横，用衣袖抹了把泪，说："这人上了年纪，就是特别留恋儿孙。现在想想，一家人每天都能在一起，快快乐乐地生活，那就是人生最大的幸福！"

"妈，爷爷奶奶，你们别难过了！我知道你们都想念姐姐，其实我也很想念她。姐姐现在在外地读书，是为咱家争光，你们应该为她高兴。姐姐在信中不是说了吗，她在那边很好，叫你们别为她担心。如果姐姐知道你们这样难过，她以后就不敢往家里写信了。"

"朗，你写封信给你姐姐，告诉她在学校一定要照顾好自己，不要为家里担心，我们的身体都很好，家里人也都很想念她，希望她好好学习，有出息……"母亲说着眼圈又红了。

时间过得真快，转眼已是冬季，南方的冬天虽不及北方寒冷，但依旧让人感到丝丝凉意。我和杨一帆虽然同在一个城市，但因工作和学习的原因，并不经常见面。这半年来，我们之间几乎都是用书信交往。

那天我在邮局遇见的军人，是一帆的战友，名叫林致轩，是一帆所在部队的通信兵。这半年来，全靠他为我和一帆互递书信。

柳忆飞虽知道我和一帆是两情相悦，但却从未放弃过对我的感情。他投注了大量资金，在广州开了间四星级酒店——"云天酒店"。每逢学校放假，他就开车来学校，借接柳忆如之名，邀请我去他的酒店做客。我知道他的用意，多次向他表明，叫他不要在我身上浪费时间，可他总是笑着说，他会等的。

"子云，为谁织围巾呢？看你那认真劲，比读书还要用心。"

"还用问吗？除了那位英姿飒爽的少校能让我们的校花如此痴心，还有谁能有如此魅力呢？"

"咱们子云不仅才华横溢，这织围巾的手艺也绝对是一流的棒，你那位兵哥哥真有福气。"

望着快织好的围巾，想象在寒冷的冬天亲自为一帆戴上，那种幸福感从心底油然而生，在脸上织成了幸福的笑容。

商场里，柳忆飞和柳忆如在逛女装店，梅若恰巧也在这家商场逛男装。

"哥哥，你看我漂不漂亮？"柳忆如穿着一件红色的呢子风衣从试衣间走出来。

"你都试了一上午了，我看这些衣服都不错，不如我们全买回家。"柳忆飞显然是有点不耐烦了。

"一点诚意都没有，问你等于白问。"柳忆如嘟着嘴巴又钻进了试衣间。

柳忆飞问："小姐，你们店里最贵的衣服是哪件？"

店员答道："先生，这件白色貂毛大衣，是我们的镇店之宝，刚才那位小姐若穿上这件大衣，一定是最亮丽的风景。"

子云若穿上这件貂毛大衣一定美若天仙。"小姐，那件貂毛我要了，麻烦你帮忙包装好。"

"先生，你过来看看价格是否能够接受？"

"不用看了，你给我包装得漂亮点就好。"

店员双手托起那件华贵的貂毛大衣，来到收银台前，与另一店员一起进行包装。"一看就知道这是位阔绰的公子哥，刚才那位小姐真有福气。"

另一店员道："羡慕吧！这一件貂毛大衣的价格，用你我十年的工资都买不起！"

柳忆如又换了一身格子套裙从试衣间走出："哥哥，你看我穿这套裙子漂亮吗？"

柳忆飞漫不经心地回答道："人漂亮穿什么都漂亮，姑奶奶，我们逛了一上午，也该打道回府了吧！"

"既然你说都漂亮，那我就统统买下了。"

"好，好。小姐麻烦你将这些衣服全给我打包。"

柳忆飞的阔绰让两个店员目瞪口呆。"先生，请过这边买单，总价格共计十四万四千四百四十四元整。

柳忆飞正准备开支票，突然想起买单的数字太邪门："怎么全是四？如此不吉利，就这样的数字买单，我和子云的感情必死无疑。能不能来个天长地久的好数字？"

柳忆如："你们别连卖带骗，就这些衣服能值这么多钱吗？"

店员："小姐，请你相信我们的品牌与诚信，这件貂毛大衣就值十万三千八百元，其他的加起来，就是这个价格。"

"什么？一件貂毛大衣十万多！哥，你对我太好了！"柳忆如高兴得在柳忆飞的脸上亲了一口。

"别高兴太早，那件衣服不是送给你的。"

"不是给我的，那你为谁舍得花这么多钱？哦！我知道了，一定又是为了那个不爱你的女人，你还真舍得！难怪你一大早就喊我逛商场，原来是有目的的。"

"好了！我这不是陪你逛了一上午了吗？衣服也买了一大堆，现在该回家了吧！"

"我这一大堆衣服，还不如别人那件貂毛大衣的一只袖子贵。有你这样的哥哥，真是我今生莫大的悲哀。"

"好了，别再唠叨了，让别人听见多不好，你若喜欢我再买一件给你就是。小姐，那件貂毛大衣还有其他颜色吗？麻烦你为这位小姐挑一件。"

店员："先生，刚才那件貂毛大衣，因成本太高，厂家只限量生产，咱们店里只珍藏一件，你若需要，可预付定金，我们让厂方再按照你们的要求生产一件。"

柳忆如："算了，不要了！我宁可寒酸得独一，也不要奢华得雷同。"

柳忆飞："好了，买单，不过那数字我不能接受，能否给个好彩头？"

店员："先生，十四万四千四百四十三元，你看怎样？"

"真抠门，跟你们磨蹭半天，就让了一元钱，减了一个四，还剩四个四，死死死死。"

店员："先生，不好意思，我们都是打工的，在价格上做不了主，要不我打电话向我们老板反映一下。"

"不用了，咱没那时间等，这样吧，按十四万四千九百九十九元结算。"

离开女装店，正要出商场门口，柳忆飞看见了梅若。

店员："小姐，你真有眼光，这件米色风衣是今年最流行款，无论做工还是品质都绝对一流，相信你的先生一定会喜欢。"

梅若提着包装好的风衣，脸上露出一丝丝甜美的笑容。

"梅若，你也在这里逛啊！"

"是你，忆飞，真巧，怎么你一人在逛？"

"我是陪忆如来逛的，她先去车上放东西了。你逛男装店，是不是为心上人买衣服？"

"看你手上提的那精致的包装盒子，不会也是买给你妹妹的吧？"

"哈哈。"

梅若与柳忆飞两人会意一笑。

圣诞那天，柳忆飞一大早就开车送柳忆如来学校。他在车上一再交代："妹妹，记得一定要帮我把子云约出来。"

"知道了，消息我会帮你递到，不过至于别人来不来，那我可就不能保证了。"

"帮人就得帮到底，送佛就得送到西。无论如何，你务必要将子云约出来，我今天哪也不去，就在校门外等你们。"

"痴情未必就能收获爱情，只怕是竹篮打水一场空。"柳忆如摇头从车里走出。柳忆飞对着她远去的背影喊："妹妹，我等你的好消息！"

今天是圣诞节，这个音乐盒与这手套希望能给云妹带来一丝温暖。杨一帆坐在桌前盯着桌子上的音乐盒微笑。

"咚咚……"敲门声响起。

"请进。"

梅若手提着精美的衣服礼盒，笑盈盈地走了进来。"圣诞快乐！这是送给你的圣诞礼物，希望你能喜欢。"桌子上那副红色的毛线手套吸引住了梅若的眼眸，她情不自禁将手套戴在自己的手上，幸福地笑道："一帆，你的心真细，戴上它，冬天就不会感觉寒冷，谢谢你！"

"一帆，你试试这件风衣，店主说这是意大利进口棉麻料，今年最流行的款式，穿在你身上一定别有一番味道。"梅若边说边将包装盒里的风衣拿出，正准备给杨一帆穿上，她抬头的瞬间发现杨一帆神情呆滞木讷，有点心不在焉。梅若隐隐感觉到不安，不由问起："这手套不是为我准备的？"

杨一帆面无表情答道："你若喜欢就戴上吧！"

"这风衣看来是来错了地方，本以为它会给人带来春天般的暖意，却不料将冬天渲染得更加寒意。一帆，你心里真的从来就没有喜欢过我吗？那么一丁点都没有吗？"

"任何人或物只有找到适合它的位置，方能发挥它的长处，若是勉为其难委曲求全，只怕是会适得其反痛苦一生。梅若，我知道你是一个很好的姑娘，你对我的好我心知肚明，只是，请你原谅我不能用感情来报答你对我的恩情。"

"你根本不给我们机会尝试，怎么就知道不适合呢？我喜欢你不是一天两天的事，从喜欢你的那刻起，我就决定要喜欢你一辈子。求你能给我一次爱你的机会，也给你自己一次机会。万事都是可以改变的，为了你，我可以按照你喜欢的类型，努力改变自己，相信总有一天我会走进你的心里。一见钟情的感情是不会长久的，感情需要时间慢慢巩固，当爱变成了一种习惯，那才是真正的感情。"

"梅若，你真的没必要为了我这样的一个人做出如此大的牺牲。人要活出自己的风格，没必要为谁而改变自己。感情这东西全凭一颗心的抉择，如果心不在你那里，即便人在身边，那也是痛苦的。"

"是因为她吗？所以你才对我如此无情？"

"爱情有时无须解释，希望你能换个思维去对待。我对你今生只有感激，希望你能理解明白。"

"子云，在想什么呢？想得如此出神？"

"忆如，是你啊！你今天怎么会想到回学校？"

"怎么，不欢迎我回来啊？"

"当然不是，我只是觉得今天过节，你应该会有一些活动。"

"我可怜啊！一大早就被人绑架来此，子云，你可要救救我。"

"你别和我开玩笑了，谁那么大胆敢绑架你？"

"我是精神被人绑架，子云，看在我们同窗一场的份上你一定要救救我。"

"精神绑架，这我可帮不了你。"

"你是打算见死不救了？"

"不是我不救，是力不从心。"

"只要你答应救我，就一定救得了我。"

"别再和我绕圈子了，说吧，到底发生什么事了？"

"你要先答应我，我才能说。"

"只要在我能力范围之内，我一定竭力而行。"

"走，我们现在就离开这里，你一定能救得了我。"

我还没反应过来，就被柳忆如挟持着卷出校外。柳忆飞怎么会在这里，不会是他们兄妹演双簧吧？一定是，我甩开了忆如的手，转身朝学校里走去。

"子云，我又不是魔鬼，为何你见了我总是匆忙离开？"柳忆飞边说边跟在我的身后。

"哥，你交给我的任务我已经尽力了，剩下的就看你自己的了，祝你美梦成真，不过我看是凶多吉少。"柳忆如在一旁不停地摇头嘘叹。

"子云，请你给我一次爱你的机会，我是真心地爱你！难道你一点点都感觉不到吗？"

柳忆飞从身后紧抓着我的手，这一会儿我感觉他像个无赖，任我如何用力他都不愿意松手。我生气地朝他大骂："你怎么可以这样无耻！我已经不止一次告诉过你，我从来就没有喜欢过你，一点点都没有，请你放手啊！"

"不，我不放手，我怕这一松手，今生就再也没有机会能够握住它。我有哪点不好，你为何就不能正面看我一眼？是因为他吗？他能给你的我全部能给你，他不能给你的我也同样能给你，请你相信我对你的感情，我一定会让你成为这世间最幸福快乐的女人。"

"没有你的存在，我一定会很幸福的！这世界上最美好的爱，不是自己找到了真爱，而是希望自己所爱的人找到她的真爱。"

"希望自己的爱人找到她的真爱，这算什么爱情啊？如果爱，又怎会舍得失去？更不会与别人分享。子云，我从来没有这样对待一个女子，我为你所做的一切难道你就没有一点点的感动吗？"

"爱不是感动就能成全的，爱是心灵的归属。该说的我都说了，希望你能正确对待。纠缠一段不属于自己的感情，是人生之痛。"

"不，只要我决定的事情就不会更改，你等着，我会让你爱上我的。"

晚上，一帆约我在一家咖啡厅共度圣诞。因许久不见，我们痴痴傻傻地望着对方，享受着这一刻。

"云妹，你变了！"

我深感诧异，用奇怪的眼光望着一帆。

"真的变了！越来越接近我梦中的那个她。"

梦中的那个她？什么意思？我不解地问："是你变了，我还是原来的自己。"

"我是变了，变得没心没肺，变得多梦多郁。"

他承认自己变了，变得没心没肺，不会是朝三暮四吧？我突然感觉到了一丝丝恐惧。一帆突然抓住我的手，我很自然地将其甩开，目光从他身上开始移向地面。

"云妹，这么久不见，你没想过我吗？自与你广州重聚，我的心就离开了自己，我每天除了工作，其他的时间就全仰仗着你的书信，在思念的长河中度日如年。无数次想到几乎接近疯狂，很想来学校见你，哪怕只是远远地望着也好。"

我缓缓抬头见一帆的眼中似有泪水在闪烁，一种无法抵挡的感动，酸楚了鼻尖："一帆哥，我……是我错怪了你，对不起！"

"云妹，你没有错，你在我心中永远那么美好。你送我的围巾，我一直将它紧紧贴在自己的胸口，晚上睡觉都要抱着它。云妹，圣诞我也不知送你什么礼物好，想起寒冷的冬天你还要写字，就为你挑了这副手套，来，我为你戴上，希望它能代替我为你取暖。"

我将手从桌下慢慢伸到一帆面前，脸上荡漾着幸福的笑容。

一日，柳忆飞开车来到我们学校，在车里远远看见我和林致轩在一起有说有笑。

这个人是谁呢？为何和子云如此亲密？莫非子云又发展了新感情？不，不会的，子云绝非滥情之人。

林致轩和我告别后，柳忆飞开车紧跟在他的身后。林致轩骑着自行车，穿过条条街道，在军医院门口下了车，柳忆飞也将车子停靠在一边。柳忆飞看到梅若穿着白大褂走出来，和那个小伙子笑着在说什么。他们怎么也认识？他们之间又是什么关系呢？

一会儿，林致轩推着自行车离开了军医院。梅若正准备朝医院内走去，柳忆飞鸣了声喇叭，伸出头来和梅若打招呼。

"忆飞，什么风把你吹到这儿来了？"梅若笑着走了过来。

"怎么，不欢迎我来吗？早就听闻我们的大美女医术了得，总想登门拜访，但又怕不受欢迎。"

"你就别逗我了，说吧！今天来找我有何事？"

"我今天是专门来拜访你的，有时间吗？想邀请你去云天酒店坐坐。"

"你如今可是赫赫有名的年轻企业家，不会只是为了请我吃饭那么简单吧？"

"大美女，你就别给我戴高帽子了，你这么一说，我就要上天了。"

"我可不是随便表扬一个人的，你也别和我谦虚了，你这位年轻的创业明星，现在广州谁人不知呀？"

"好了！我们就别在这吹谁了。上车吧，一起去喝杯酒。"

梅若看了下手表："你等等，我去医院交代一下，就过来。"

"嗯，我到车里等你。"

梅若一袭紫色的连衣裙，看上去别有一番风情。凭她的姿色迷倒一大群男人绝对没有问题。感情这东西说来也怪，像这等的大美女，按常理说应是人见人爱，为何我对她除了欣赏，就没有那种心动的感觉？可是子云，却会让我魂不守舍，情难自禁。柳忆飞在车里远远地看见梅若这边走来，看着梅若，他心里却想着他的子云。

"大美女，请吧！"柳忆飞拉开了车门。

"你以后可不要张口闭口地喊我大美女，比起你身边的几位美女，我可是无地自容。"梅若笑着上了车。

"哈哈！都是美女，各有千秋！记得当时在饭桌上，我父亲夸赞你们，你有贵妃之媚，忆如有公主之傲，而子云则有倾城之美。"

"柳伯伯是为了不让饭局冷场才开的玩笑，你也别太当真。"

"我父亲从来不轻易点评一个人，我可没把他说的话当玩笑。对了，梅若，刚才和你在一起的那个小伙子，可是你的朋友？"

"你怎么突然想起调查别人的身份了？"

"我随便问问，见你们有说有笑的，我以为是你新结识的朋友。"

"我和他都是老朋友了，交情非一般。"

"哦，怎么没听你提起过？"

"我以前只以为你对酒店生意感兴趣，现如今看来你对人际交往也挺感兴趣的。"

"你可真会说笑，告诉你吧，我开酒店不一定是对这个行业感兴趣。"

"哦，难道你来广州开酒店另有所图？"

"呵呵！这个嘛，就留给你去慢慢发现。上次接你去林西城走走，你为了你的心上人，可是把我这个朋友给冷落一边，你们最近怎样？"柳忆飞有意将话题转移到杨一帆的身上，希望从梅若这里了解更多的信息。

梅若刚才还是笑容可人，听完这句话后，脸色突然变得阴沉，眼睛盯着窗外，许久不出声。

"不好意思！我问了不该问的事情，让你不开心。"柳忆飞向梅若致歉。

"没关系！上次还真得谢谢你送一帆去医院。"

"替一帆的事谢我，你已经不是第一个了！"

"是吗？看来一帆的人缘还真不赖。"

"他的人缘的确令人羡慕，难道你就不想知道是谁代他谢我吗？"

"我不介意这个人是谁，毕竟她也是为一帆好。"

不用柳忆飞开口，梅若也知道代一帆谢他的那个人是谁。

那个人一定就是伊子云，上次见她和一帆拥抱在一起，我的心都碎了，一帆多年来都不接受我的感情，想必都是为了她。想起这些，梅若的眼睛都红了。

"怎么，又伤心了！我们不谈这些了，谈些高兴的。"

"你说的那个人是子云吧！你对子云不是很有感觉吗？"梅若的一句正说到柳忆飞的痛处，柳忆飞沉思了片刻，淡淡道："是啊！我对子云不仅是有感觉，是太有感觉了，可是无论我付出多少，她都无动于衷，我无法走进她的心里，因为她心里早已有了别人。"

"难道这场感情，就没办法再挽救吗？我不甘心就这样放弃，也没有人能取代他在我心中的位置。"

"梅若，你对杨一帆如此痴心，我对子云也是一片痴情，上天不会这么残忍对我们的。同为天涯沦落人，只要我们齐心，永不言弃，我相信，我们一定能争取到属于各自的幸福。"

"幸福，多么遥远的一种期盼啊！希望它早日来临吧！"

"幸福其实没有你想象的那么遥不可及，关键看你用不用心。下车吧，今天我们一定要为那美好且遥远的爱情干杯。"

梅若抬头见"云天酒店"几个大字在闪闪发光。好气派的云天酒店，今天一定要喝他个不醉不归。

柳忆飞刚一进酒店大厅，前台服务员就礼貌地说："少总，冷经理上午打来电话，说有急事和你商谈。"

"知道了！"柳忆飞边走边想，这个冷艳，找我准没什么好事。

柳忆飞和梅若两人在酒前先是各自感慨万千，几杯酒下肚，更是喝得烂醉如泥，语无伦次。

"一帆，来，我们干杯。"梅若迷迷糊糊中将柳忆飞看成是杨一帆，她举起酒杯，摇摇晃晃走到柳忆飞的面前。

此时的柳忆飞也早已醉得一塌糊涂，他笑着举杯道："子云，我终于可以拥有你了，来，为我们的爱情干杯。"

" 帆，我知道你心里有我，这辈子只要你心里记着我，我就很满足了。"梅若倒在柳忆飞的身上自言自语。

柳忆飞摸着梅若的头发，醉眼迷离："子云，我等这一天等太久了，我这一生不能没有你。"

柳忆如听说哥哥在宴请梅若，找了过来，一进门看到包间里的场景，立刻大呼小叫："这两人是干吗？喝这么多。快来人啊！"

"快扶少总到房间去休息。"

"小姐，这位姑娘我们该送她去哪？"一位服务生指着烂醉如泥的梅若问柳忆如。

这梅若也是的，怎么喝成这样子。

"子云，我不能没有你！子云……"柳忆飞又在说酒话。

"一帆，我是真的很爱你！"梅若口齿不清道。

哎！这对多情种！既然他们都爱得如此辛苦，不如将错就错。"你们过来，把这位小姐和少总一起扶到少总的房间去休息。"柳忆如站在一旁指挥着。

"这，这合适吗?"服务员迟疑着。

"这世间没有什么合不合适，在一起了就是合适。"

"子云，子云……"

柳忆如摇头道："哥，你这又是何必呢？为了一个女人弄成这个样子，这还像你自己吗？这个世界又不是只有子云一个女人，真弄不懂她有哪点好？会让你们男人一个个神魂颠倒。我看梅若就不错，爸妈也很赞同你们在一起，希望我的决定会给你们带来幸福。"

第十二章　愤怒的玫瑰

匆忙的一天，又这样结束了。晚上借着烛光，打开一帆写的书信，认真地阅读，信中的字字句句都让人刻骨铭心。我抱着书信，仰卧在床上，心中还在惦记着明晚的相约。

"嘘！瞧她那样子，定是陶醉在爱河里。"同寝室的方圆向小霞示意。

小霞蹑手蹑脚地走到方圆面前，贴着方圆的耳朵也不知道嘀咕什么。

夜深了，我抱着书信甜甜入睡。方圆见我睡着了，光着脚，走到我面前，望着我手中的书信诡秘地笑。接着小霞也来到我的床前，轻轻地将我手中的书信拿走。朦胧中我感觉像是有什么动静，翻了一下身，然后又睡着了。

小霞和方圆见我翻身，吓得忙拿着信跑到自己的床铺假睡。等了一会儿看我没什么动静，她们俩挤在一起，趴在床上，用手电筒照着书信，嘴里默念："子云，每次给你写信，我的心都会无比的激动。这一年来我们都是用书信交往，文字让我们的心越来越靠近。夜晚是一天中最美的时刻，因为在宁静的月光下，我可以静静地想你，想你的感觉是那么美好幸福！我多么希望有那么一天，我们可以每晚肩靠肩坐在月亮下数星星。但每次一想到你的学习，我就不忍去打扰你！我知道你有很多美好的梦想，我会默默地守候在你身边，支持你的梦想一步步实现。明天是七夕，我想约你到你们学校后面的林子里，共同聆听鹊桥下的悄悄话。明晚八点，我在那里等你，不见不散……"

"好浪漫的书信，我好感动！"方圆抱着书信痴痴傻傻。

"嘘，小声点，这信又不是写给你的。拿来，赶快还给子云，不然她醒来就不好了。"小霞接过书信塞到了我的手中。

我扭动了下身体，感觉好像有人碰我，睁眼见一切都很安静，书信还在手中。我将书信轻轻地放在枕头下，然后又甜甜入睡。

柳忆飞从醉酒中醒来，见怀里抱着赤裸的梅若，地面狼藉一片，横七竖八地扔着两人的衣物。他吓得目瞪口呆，慌里慌张地起身抱着自己的衣服朝房外奔去。

昨晚真是该死，怎会喝得人事不知，竟做出如此荒唐之事。我这是怎么啦，上次稀里糊涂地和冷艳偷混了一个晚上，现如今又和梅若不明不白地睡在一起。梅若非一般的女子，万一她要我负责任，再加上双方父母的关系，我只怕是难以脱身。不行，我喜欢的人不是她，我不会将自己一生的幸福葬送于她手中。来个死不认账，找个替死鬼。

梅若昨晚喝得太醉，睡到日上三竿，才用手揉着太阳穴，慢慢地睁开眼睛。当她发现自己赤裸裸地躺在一个陌生男人的怀中，抱头紧闭双眼尖叫："啊！啊！这是怎么啦！怎么会这样？"

那男子从梦中惊醒，微笑着说："小姐，我昨晚喝多了酒，走错了房间，对不起。"

"畜生，给我滚，快点滚……"

转眼那男子就来到柳忆飞的房间，柳忆飞给了他一张支票，让他从此在广州消失。那男子离开后，柳忆飞鞋子都不脱，就歪倒在床上装睡。

"你别装了，是男人就敢作敢当，梅若在房间哭得昏天暗地，你倒好，找个替死鬼，自己却心安理得地躲在这里。"柳忆如边说边拉扯着柳忆飞。

"别再闹了！我现在根本记不起昨晚做了什么。我不是有意伤害梅若，我也不是懦夫不敢承认自己犯下的错。这件事会毁了我们俩一辈子的幸福，你也知道梅若喜欢的人不是我，我爱的那个人也不是她。"

"那你现在有何打算？梅若是受你之邀来咱们酒店的，然后你们又发生了那样的事，你总不会做缩头乌龟不露面吧！其实我觉得你和梅若很相配，如果我是男人我一定选择梅若，不会选择伊子云。"

"你又不是男人，你不懂男人的心，喜欢就是喜欢，不喜欢也装不了。谁轻谁重，我心里有数，就不用你瞎操心了。你先去安慰梅若，你告诉她我昨晚喝多了，现在还昏睡不醒。我晚点再过去看她。"

柳忆如劝服不了自己的哥哥，她本来是想有意成全哥哥和梅若，谁知竟给双方造成了极大的伤害，尤其是梅若，柳忆如为自己的自以为是而懊悔。

糟了！昨天交代方圆的事，不知道她们办得怎样？柳忆飞拿起电话，拨通了鲜花店的电话，并交代鲜花店在十二点以前一定要将鲜花送到我手中。

柳忆如推开房门，见梅若不知去向，她慌忙跑到柳忆飞房间："哥，梅若不见了。"

"什么？不见了？"

"发生了那样的事，你说她会不会想不开？"

"走，赶快去找她。"

梅若神情恍惚地回到家，一言不发，躲在被子里痛哭。梅若的母亲不知道到底发生了什么事情，任她如何追问，梅若都不回答。

电话突然响起，是柳忆飞打来的："伯母，梅若可在家？"

"是忆飞啊！你知道梅若怎么了吗？她回家后一直在哭。"

"对不起！昨晚梅若在我们酒店喝多了酒，我没有照顾好她，请你代我向她道声对不起。"

"我当是发生什么大事呢，原来是喝多了酒，也许是酒还没有醒。"

"伯母，梅若喝得很醉，拜托你好好照顾她。"

"这你放心，梅若是我的女儿，我当然会照顾好她。"

"谢谢！那我就不打扰了！"

方圆和小霞早早就在学校外等柳忆飞，柳忆飞的车子刚一停下，方圆就朝他招手，暗示他过去。柳忆飞戴上了墨镜，鬼鬼祟祟地与她们窝在一块交头接耳。片刻后，柳忆飞从口袋里拿出了一小叠钞票给她们，又交代着她们什么。

"子云，你的鲜花。"一位女同学手拿着火红的玫瑰，站在我面前。

一定是一帆送的，难得他那么有心。我高兴地接过鲜花，微笑着道了声："谢谢！"

我手捧着玫瑰，神采飞扬地跑到窗户前，打开花里的贺卡，贺卡上躺着几个温暖的文字："子云，我喜欢你！"我将贺卡紧紧地贴在胸口，闭眼静静享受这温馨一刻。

"哇！好漂亮的玫瑰！"我睁眼一看，原来是方圆和小霞。

"是哪位帅哥送的？真是羡慕死人。"小霞也跟着起哄。

我含羞一笑："怎么，你们今天没有活动吗？"

"唉！像我们这样子，胖的胖，瘦的瘦，一点都不受欢迎，哪里会有什么活动啊！"方圆撇着嘴巴，像是有点不开心。

"不会啊，我就觉得你们很可爱！要不我们一起去校外逛逛。"

"不了，你天生丽质，和你走在一起，我会更加自卑。"小霞边说边摇头。

"你们怎么会这样想呢？一个人的美丽，不是由外表来决定的。容颜是随时间褪色的，只有内心美，才是真正的美。其实你们都很美，只是自己没有发现。"听了我的一番话后，她俩好像有点不自在，你推我操的，扭捏不安。

"你说。"

"还是你说。"

见她们这么奇怪，我不由得好奇地问道："你们这是怎么了？有什么就不妨说出来，大家好一起共商。"

向钱看，还是说了吧。方圆装作一本正经的样子说："子云，刚才我在校外，碰见那个经常给你送信的军官，他让我转告你，说今晚约定的地方改在越秀公园。"

"哦，就这事，你们干吗还支支吾吾的？我们今晚有点关于学习方面的事情要谈，你们可别想歪了。"这个林致轩也真是的，这样的事也托人转告。

"子云，我是怕你不好意思，所以才不好开口，要知道是讨论学习方面的事情，我们也就不会搞得那么神神秘秘了。"小霞谎话张口就来。

毕竟我们现在还是学生，谈到约会的确是有点难以启齿，既然小霞那么善解人意，我也就顺着她们思路，微笑着说："谢谢你们！"

"子云，你也太见外了。方圆，我们不是还有点小事情要办吗？不如我们先走，子云，我们就不打扰你了！"

一帆怎么会突然让林致轩通知我改变约会的地点？难道他是怕在

学校附近见面，对我影响不好？他的心真细，想得真周到。

眼看天色已暗，看了一下时间，七点整，该去越秀公园了，不能让一帆在那里久等。我刚出校门走进一个胡同，一帆就骑着自行车从我身后的另一条路过来，就差这么几秒时间，我们就这样擦肩错过。

柳忆飞已经到了越秀公园，此刻的越秀公园门口依旧霓虹闪烁，只是往公园内走，就渐渐寂静。远远地我就看见了一个背影在林子里徘徊，一定是一帆。我快步上前喊了声："一帆哥。"

奇怪的是一帆没有回答，而是转身低头朝我这边走来。帽子将他的脸几乎都遮住了，再加上这里很暗，我几乎看不清楚他的面孔。只是这身军装，让我感到很亲切。他上前拉着我的手，我还没来得及抬头，就被他揽入怀里，亲我的额头。这不像是一帆的作风，也许是我们太久没有见面，他才会如此冲动，其实见到他，我何尝不是如此情难自禁。他将我紧紧地抱在怀里，一直吻我的额头，许久都不出声。

这感觉有点不对，我从他的怀里挣扎出来。嗔怪道："一帆哥，你这是怎么了？"

他还是没有说话，再一次将我紧紧揽入怀中，越抱越紧。我开始忐忑不安，直觉告诉我，他不是一帆。一帆不会这样的，这个人会是谁？为何会知道我今晚和一帆有约？我的心跳得厉害，我用力推他，可我越推，他将我抱得越紧。我急了，朝他大嚷道："你是谁，你快放开我！"

任我怎么推、怎么喊，他也不出声，而是使劲地紧抱着我，在我脸上身上乱吻。

"你是谁，你这个流氓，来人啊！救命啊！"我疯狂地喊叫。

今天是七夕，晚上方圆和小霞捧着爆米花在电影院看电影。当剧情演到一个男人想要强暴一个女生时，那女生畏缩成一团，她眼睛里透露出万分恐惧与仇恨，男人步步相逼，女生为求清白，一头撞在前方的石杆上，当场昏死过去。这惊心动魄的一幕，深深地震撼了方圆和小霞。

"方圆，你说柳忆飞会不会对子云有不轨之举？"小霞突然问起。

"这很难说，如果今晚他向子云求爱，子云不依，有可能他会对子云那样……"

"子云看似外表软弱，其实内心很刚强，像她这样的女孩，如若名节受损，为保清白，也许她会像电影里的那个女学生一样……"小霞担忧地说。

"如果那样，我们不就是杀人凶手？子云平常对我们都不错，我们不能那样对她。"

"是啊！我们当时真是财迷心窍。方圆，我们现在去越秀公园，也许还来得及。"

"嗯，我们现在就去。"

杨一帆在学校附近的枫林里等我，见我迟迟还不露面，他有些着急，正准备去学校找我。突然前面出现了一个婀娜的身影，难道是云妹？杨一帆快步上前，虽然此时夜色朦胧，但他还是认出是梅若。她怎么会来这里？

梅若面无表情地问："一帆，你是不是感到很意外？"

"梅若，这是怎么回事？你怎么会到这里，子云呢？"杨一帆感到事有蹊跷。

"你就那么紧张你的子云，我在你心里算什么？"

"梅若，我知道你对我好，但是我对你只有兄妹之情，希望你能谅解我。"

"虽然我很希望自己有个兄弟或姐妹，但我不稀罕你做我的哥哥，因为我喜欢你、爱你，难道你不知道？"

"梅若，你听我说，我知道你是个很好的女孩，只是我的心里真的不能同时容下两个女人。我爱子云，子云也爱我，感情是需要两情相悦才会幸福的。我不想伤害你，也不想耽误你，你能懂吗？"

"你已经伤害了我，把我这颗爱你的心伤害得支离破碎。难道爱你也有错吗？你对我为何这样残忍，不给我任何机会？我哪里比不上你的子云？"梅若哭诉着。

"梅若，你不要哭了。看到你这样子，我也很难过。虽然我不能把心给你，但我是真心地希望你能幸福快乐！爱没有错，错的是你在错的时间爱上了错的人。你是一个善良的女孩，一定会找到一个比我好、很爱很爱你的男人。"

"不，我已经找到了，除了你，我今生再也不会喜欢第二个男人。

从第一次见到你，我就知道自己找到了今生想要的幸福。这么多年，我那么小心翼翼地爱着你，难道你就没有半点感觉吗？"

"请你原谅我！我强迫不了自己去爱你，因为我的爱、我的心全交给了子云。"

"原谅你？我原谅不了自己！你说的每一句对于我来说都是伤害，你的每一句话就像一把匕首，深深地捅入我的心间，你知道我的心有多痛吗？一帆，我真的不能没有你。"梅若说着，紧紧地用手抱着杨一帆的腰，趴在他的身上大哭。

梅若的拥抱，令杨一帆有点措手不及。看到梅若哭得那么伤心，他不忍再伤害她，他没有再出声，只是闭着眼睛。子云，你在哪里？我明明约你今晚在此不见不散，怎么会是梅若在这里？

"方圆，公园这么大，你说我们能够找到他们吗？"

方圆看了一眼阴暗寂静的公园，有些胆怯。"小霞，你说子云他们会不会已经走了。"

"不会，如果真是回学校，我们刚才在来时的路上一定能碰见她。再往前面看看。"小霞在前面带路，方圆紧挨在她身后。

方圆边走边扫视四周，她总感觉像是走入了蒲松龄的小说世界里，随时都会有妖魔鬼怪现身。一片树叶突然飘落在她的头上，把她吓得大声尖叫。她扯着小霞的衣服，慌张地说："小霞，别再往里面走了，我们还是回去吧，这里黑洞洞的，只怕是人没见到会见到鬼。"

"胆小鬼，公园里有什么好怕的，我们走过这条小径，如若再见不到人，我们就回去。"

"你是谁？我和你无冤无仇，你为何要步步相逼。"眼见那个穿军装的黑影步步逼近，我只能连连后退。

"你别过来，你再过来，我就跳下去。"

柳忆飞见我身后有一个深潭，他开始紧张起来，怕我真的跳进去，但又不敢开口讲话，于是快步朝我跑来。我急了，为守清白之身，我别无选择，纵身跳入深潭。

"子云，子云，我并无害你之意，你怎么就这么傻……"柳忆飞话音未落就跟着跳进深潭中。

"方圆，你有没有听见水声，好像还有人在喊子云。"小霞侧着耳朵听。

"我刚才好像也听见了有人喊子云，好像在那边。"方圆用手指着那边。

"走，我们赶快过去，我有一种不祥的预感。"

柳忆飞使尽了全身的力气，双手将我托起，往岸上游。此刻的我已昏迷，对眼前发生的一切全然不知。

"这不是子云和柳忆飞吗？他们怎么会在水里？"小霞见状吓得魂不附体，忙和方圆拉我和柳忆飞上岸。

"子云，子云，你醒醒，你醒醒。"

"这是怎么回事啊？你们怎么都掉到水里去了？"方圆很是着急。

小霞用手在我的鼻孔前试探，紧张地说："呼吸很弱。"

小霞的话音刚一落，柳忆飞就用嘴巴对着我的嘴，给我做人工呼吸。

"咳，咳……"

"子云有反应了！"柳忆飞惊喜地喊道。

当我从昏迷中醒来，发现自己躺在医院的病床上，我伸开掌心，自己的右手心里有一枚纽扣，这是昨晚在挣扎中，无意中扯下的。

柳忆飞守在病床前，好像憔悴了不少。糟糕，怎么会这么不小心，留下了这么一粒纽扣？幸好昨晚的那身军装是偷来的，相信子云不会怀疑到是我。

昨晚那个穿军装的黑影是谁？后来他又对我做了什么？我想不起来。想起那个黑色的影子向我步步逼近，我吓得抱头大哭。

"子云，子云，你别怕，这是在医院。"柳忆飞见我神情恍惚，感到万分的焦虑愧疚。子云，请你原谅我！这一切只因我太爱你！我本想借一身军装假扮杨一帆，故意轻薄你，想要破坏杨一帆在你心中的印象，只有他在你心中消失，我才有机会走进你的心里。没想到，你这么傻，这么不爱惜自己。我宁可伤害自己，也不忍看你受伤害，我爱你胜过爱我自己。

昨晚在学校的枫林里，因梅若的纠缠，杨一帆无法脱身。杨一帆费尽了口舌，方将梅若说服，待送她回家，已是晚上一点多。没见到我他不放心，他跑步到校门前，见校门紧闭，只好心事重重地离开了学校。

第二天一大早，杨一帆得知我昨晚投水的事，几乎魂不附体。我住的医院正是他们部队的附属医院，也就是梅若工作的地方。杨一帆飞奔到医院，见我在床上抱头畏缩成一团，他的心像是掉到了悬崖底。他那一身的军装，勾起了我昨晚的回忆，曾经对军装那么的仰慕，这一刻却让我感到恐惧："你别过来，你别过来，啊……"

"云妹，我是一帆，你别这样好吗？看到你这样子，我几乎要崩溃！你能告诉我究竟发生了什么事情？是谁将你伤成这样子？我一定不会放过那个人的。"杨一帆痛心地蹲在床前，将我的双手放在自己的唇间，我清楚地看见他眼中泛着泪水。

柳忆飞见杨一帆握着我的手，他又嫉又恨，双手紧握拳头，气急败坏地离开了病房。

"云妹，你别这样一言不发，你这样子我很担心，很心疼！我不知道昨晚到底发生了什么事，但我知道你一定受了天大的委屈。云妹，求你说话好吗？"

我看到那颗放在身边的纽扣，眼前又出现了昨晚的画面，我恐惧地盯着那纽扣，浑身都在发抖。杨一帆慌忙坐在我身边，将我揽入怀里。"云妹，别怕！都是我不好，没有保护好你！我以后再也不会这么粗心大意，不会再让你受任何的委屈。"我靠在他的怀里，放声大哭。

过了许久，在杨一帆的追问下，我将昨晚发生的事情告诉了他，只是落水后的事就不知道了。杨一帆听后，一肚子的怒火，真是太可恶了！竟然冒名顶替我去与子云约会。"云妹，都怪我，让你受委屈了！昨晚是谁通知你去越秀公园？与你约会的那个人，你确定他也是穿着军装？你再想想，那个人有哪些特征？"

"不是你让林致轩来通知我去越秀公园吗？昨晚公园里很暗，我根本看不清对方的样子，只是那身军装与军帽特别的打眼。"

"昨天我根本没有让林致轩去找你啊！这其中一定有诈。是林致轩亲口去告诉你，我晚上在越秀公园等你吗？"

"你没让林致轩来找我？那昨天的玫瑰，也不是你送的？"

"昨天部队官兵都在野外演练，林致轩也一直在演练现场，我想送你玫瑰，也抽不出时间啊！"

"为何方圆和小霞告诉我，说林致轩来学校找我，告诉我改在越秀公园见面？难道是方圆她们在陷害我？不可能啊！我们平常相处得很好，她们怎么会陷害我呢？"

"云妹，你太善良了！你总是为他人着想，可别人却……"

杨一帆的一句话未说完，方圆和小霞就低着头进来了。我正想开口问她们，小霞却抢先发言："子云，我们今天是来负荆请罪的，我们一时财迷心窍，听了小人之言，害你昨晚受如此大的惊吓。"

"子云，你骂我打我吧，是我对不起你，是我鬼迷心窍……"方圆边说边用手打自己的脸。

我天生就是个软心肠，最怕看到这样的场景。见方圆她们那样自责忏悔，我就没勇气去恨她们。只是想到昨晚自己所受的委屈，如果原谅她们，我就太对不起自己了："我是哪里对不起你们？你们为何要这样对我？"

"子云，是我们对不起你，你大人大量，请你宽恕我们的过错。"

"你俩将子云害得如此惨，在事情未弄清楚之前，请你们不要奢求原谅。"见杨一帆那冷峻的表情，小霞她们有些胆怯，没敢再出声，低头站在那里。

"云妹，你身体虚脱，躺下好好休息。"杨一帆扶我躺下，为我盖好被子。接着对方圆她们说："子云需要休息，你们俩和我出来。"

"你俩跟我说说，是谁让你们假传消息，让子云去越秀公园？"

"这……是……"方圆支支吾吾，半天也吐不出一句。

小霞说："是一个陌生人，他给了我们一些钱，我们当时财迷心窍，就听了他的话，骗子云去越秀公园。"

杨一帆："陌生人，什么样的陌生人？你们是在哪里遇到这个陌生人的？"

小霞沉思了片刻，接着道："这个陌生人，是在前天晚上找我们的，当时天已黑，他又戴着墨镜，我根本没看清楚他的样子。"

小霞的话越来越离谱，杨一帆继续追问道："你们连样子都没看清楚，怎么就答应他去陷害子云呢？怎么说子云都是你的同窗。"

"那个人给了我们一笔很大数目的钱，我长这么大从来没有见到这么多钱，当时我完全被钱财迷惑住，不假思索就答应了他的条件。"小霞说起谎话来眼睛都不眨一下。

这个小霞别看瘦弱娇小，其实城府很深，看来想弄清楚这件事情，还得转移目标。杨一帆回头瞟了一眼方圆，见她的表情惊慌。"方圆，我问你，前天晚上，你是否和小霞一起去见那个陌生人？你们是在什么时候、什么地方见的面？"

小霞见方圆站在那里发抖，忙答道："前天晚上，是我一人见那陌生人的，方圆当时不在场，事后我才告诉她的。"

"是……是的……当时我不在场。"方圆支支吾吾。

"你说你不在现场，那当时你在哪里？"

"这……我当时在教室里。"

"哦，这么说当时你们还在上课，为何小霞不上课，却跑到校外与陌生人见面？"杨一帆这么一问，方圆又哑口无言了。

"那天我身体不舒服，请了假，当时我是去校外的药店里买药，在回校的路途中遇见陌生人的。"小霞真是铁嘴钢牙。

"你们受金钱迷惑，不顾及同窗之情，那昨晚为何又去越秀公园找子云？"杨一帆继续追问。

"后来我们想想子云平常待我们不薄，我们担心子云的处境，所以就去越秀公园。"

"到公园后，你们可曾看见那个陌生人？"

"没，没有，我们到达公园时，发现子云昏迷在公园门前。当时夜已深，我们在路上拦不到车，幸好柳忆飞及时地出现，要不是他及时送子云去医院，只怕是凶多吉少。"

柳忆飞及时地出现，真会有这么巧合吗？杨一帆对小霞的话颇为怀疑。他正想继续彻查追问，梅若走了过来。"昨晚发生的事情，我也有责任，是我让她们偷看你写给子云的书信，是我冒名顶替子云去和你约会，这些都是我策划的。"

"梅若，在我心里你一直是个善良的女孩，你怎么会做出如此不理智之事？那个强迫子云的人，不会也是你安排的吧？"杨一帆不敢相信梅若为了一己私欲，竟会做出如此多不可理喻之事。

连日来所发生的一系列不快，梅若心中本来就万念俱灰。再加上杨一帆的训斥，她激动地大喊："是，一切都是我安排的，是我嫉妒子云，我恨她横刀夺爱，所以我要报复她，找人去羞辱她，要她以后都不能抬头做人……"

杨一帆终于控制不了内心的怒火，狠狠地给了梅若一个巴掌："你这个女人，简直蛇蝎心肠，你太可怕了……"

梅若伤心欲绝地哭着跑了。小霞和方圆低着头，也跟着离开了医院。

我躺在病床上，呆呆地望着苍白的墙壁，想起昨晚，情不自禁流下眼泪。

杨一帆回病房后，见我黯然流泪，心中有万分的怜悯。他蹲在床前，用手为我拂泪："云妹，别伤心，是我让你受委屈了！以前你在老家时，我天天盼着与你重聚，如今总算把你给盼到了，可是我却没有保护好你，都是我的错。云妹，你一定要振作，以后我们的路还很长，你答应过要做我的小新娘的。"

望着一帆泪眼汪汪、失落的样子，我的心愈加疼痛："一帆，我好怀念小时候，我们一起去清凉山，一起编花环。我答应过要做你的小新娘，可是如今……我不知道我还是不是乡野里那个纯净的小新娘了？"

"云妹，你千万不要这么认为，你这样我就更加愧疚。不管发生什么事情，你永远都是我最爱最美最纯的小新娘。答应我将过去不开心的事都忘记，从今天起一切重新开始。"杨一帆握着我的双手，用期待的眼神望着我，这眼神给我无限力量与信心。

我想要起身，杨一帆扶我靠在床头。我的眼神无意中又盯上了那个纽扣。杨一帆见我狠狠地盯着床上的一枚纽扣，像是明白了什么。他捡起纽扣，问我："云妹，这枚纽扣，是军服专用纽扣，这纽扣想必就是昨晚那恶魔留下的唯一证据。"

我沉重地点了点头："一帆哥，刚才小霞她们可曾交代？"

"云妹，我知道你很着急，我和你一样，恨不得立马将那恶魔给揪出来，狠狠地揍他一顿，要他亲自跪在你面前磕头认罪。可是小霞她们并不愿意说真话，这宗案情有点复杂，就连梅若都卷入其中，虽然梅若坦言说那个恶魔是她雇的，但她的眼神告诉我，她在说谎。"

"这个人会是谁呢？为何她们情愿自己扛下所有责任，也不愿意将此人给供出来？"

"云妹，你别激动！就算你不追究，我也要为你的清白讨个说法，这个恶魔，我不会放过他的。请你相信我，给我时间，我一定会将他绳之以法。"

看一帆那坚定诚恳的样子，我点头"嗯"了一声。

柳忆飞手捧着鲜花，在病房门前静待了许久，虽然梅若在气头上为他扛下所有的罪过，但是一帆的这番话还是令他胆战心惊。他轻敲病房的门，将鲜花放在床头的柜子上，关心地问道："子云，身体可曾好些？"

想起往日种种，我本不想再搭理他，但他这次有恩于我，我勉强一笑："谢谢你及时相助！我没事！"

"忆飞，谢谢你及时送子云来医院，你真是我们的福星，我们每次遭遇不幸时，你都是及时地出现，才化解了这一场场无妄之灾。"杨一帆上前，诚恳地向柳忆飞致谢。

"一帆，你言重了！我如果真是福星，就不会让子云受这么大的委屈。我也许是上帝派来的及时救兵，每次在你们有灾难的时候，就及时出现。"

"无论是福星还是救兵，我都很感谢你！"

"好了，看到子云安然无恙我也就放心了，我还有事情要先离开，一帆，你好好陪陪子云。"柳忆飞转身走到我面前，深情地说："子云，保重！我先走了，改天再来看你！"

"云妹，你先躺下好好休息，我回部队一趟，请个假，很快就回来陪你。"杨一帆边说边扶我躺下。

"一帆哥，我没事，你放心回部队吧！不用请假，我休息一会儿就回学校。"

"云妹，你身体现在还很虚，需要好好静养，学校那边我会过去打招呼，你就安心在此好好休息。我回部队，去去就回来。"杨一帆为我盖好被子，亲了一下我的手，微笑着离开了病房。他刚出病房几步，突然想起了那枚纽扣，那可是罪犯留下的唯一证据，一定不能让它丢失。他回头进病房，取走了那枚纽扣。

梅若挨了杨一帆一巴掌后，心都碎了！这一巴掌对于她来说，比挨一刀子还要残忍痛苦。她将自己关在房里，伤心地趴在桌子上哭泣。

梅若近日的反常让她母亲丁香很是担心。她在梅若的闺房门前一个劲地敲门："闺女，你最近怎么了？你受了什么委屈，别憋在心里，跟妈说说，心里就会舒服点。闺女，你开门啊！"

"妈，你别管我，是女儿对不起你们！"

"闺女，你几天都没有吃东西了，就算有天大的事情，也不能把身体给整垮了，你不为自己想想，也要为我和你爸爸想想。我们就你这么一个闺女，你要是出了什么问题，你叫我和你爸该如何是好？"

见母亲为自己如此担忧，梅若擦了下眼泪，将房门给打开了，微笑着说："妈，我饿了。"

"闺女，你几天都没进食，终于知道饿了！妈这就为你下厨。"

"不，妈，你为我做了一辈子的饭菜，这次就让女儿为你们做一次。"

"孩子，你以后还有大把机会为我们做，这次你就好好休息，让妈来。"

"妈，你就让女儿孝顺你一次吧！我怕以后没有机会……"梅若突然失声大哭。

丁香望着女儿，心疼地点了点头。

杨一帆回到部队，安排好了所有事务，匆匆忙忙地又往医院赶。在医院门外遇见了梅若的父亲。梅若的父亲见杨一帆手提着一个竹篮，篮子里的汤罐还在冒着热腾腾的气，不由得好奇地问道："一帆，好久都没见到你了，最近怎样？上次听说你发生了车祸，大家都为你捏了一把汗，幸好是有惊无险。"

杨一帆微笑道："谢谢政委的关心！我现在一切安好！你和伯母的身体都还好吧？"

"你这孩子，我早已退伍了，你怎还喊我政委？离开部队以后，感觉生活没有了规律。这些年忙着做生意，也没时间回部队去看望你们，心里常惦记着部队里的一些故人。今天难得在此碰面，走，去我家坐坐。"

"政委，我已习惯了喊你政委，一时难以改口，你就让我一辈子都这样称呼你吧！你离开部队，战友们都很惦记你。"杨一帆望了一眼手中篮子里的汤，又接着道，"政委，谢谢你的盛邀，今天我有点事情，改日我定当登门拜访！"

梅若的父亲笑着道："你有事情就去忙吧！有时间一定来咱家坐

坐，咱们一起重温一下部队里的光辉岁月。"

"嗯，一定，一定。政委，那我先走了。"杨一帆说完，就直往医院奔。推开病房里的门，见病房里空空，他忙跑去问医生，医生告诉他，我已经离开医院了。

杨一帆还是不放心我的身体，他骑着自行车，手提着竹篮子里的汤，往学校方向驶去。

那晚在越秀公园发生的事情，在校园里已经传得沸沸扬扬，我刚一跨入校门，同学们就都用异样的眼神盯着我，叽叽喳喳不知道在议论什么。当我走进教室，同学们不约而同将目光投到我身上。

"听说她和别人深夜在越秀公园里面约会，好像还掉进深潭里去了。"

"你们说，一个女生夜晚和一个男生在公园里见面，会发生什么事情？"

"她发生这样的事情，还有脸回学校，也不知道那晚她有没有失身？"

看着大家那一双双带刺的眼睛，还有那一句句尖酸刻薄的话语，我恨不得找个地洞钻下去。我没有勇气继续留在这里，委屈地哭着跑出了教室。

"你们在说什么，嘴巴那么长，是不是欠扁。"方圆突然起身，朝大家怒吼。

柳忆如用书使劲地敲桌子，朝大家嚷嚷："是啊！我看是你们的心和嘴太不干净。"柳忆如说完就急着离开了教室，追我而来。

"就是的，子云遭人陷害，你们非但没有半点怜悯之心，反倒落井下石，我看你们才不是什么好货色。"方圆双手叉腰，脚踏在椅子上，瞪眼朝大家狂吼。方圆这一招立竿见影，教室里瞬间变得鸦雀无声。

小霞扯着方圆的衣角，低声说："该你出风头的时候，你唯唯诺诺，不该你显身手的时候，你却风风火火，真不知道你这脑子长着是干吗用的。"

"小霞，你说什么？子云都是因为我们才这样，我很后悔，不该欺骗子云。"

"你现在后悔也来不及了，难道你忘记了？你也收了别人的钱。"

方圆撇嘴自言自语："不义之财不可取，我真是财迷心窍，害了子云。"小霞瞟了方圆一眼，眼神有点复杂。

"子云，子云，你等等我啊！那些毒舌都不安好心，你千万不要将他们的话放在心里，你只当是他们在放屁。"柳忆如跟在我身后喊道。

可此刻的我心中一片空白，边哭边跑。

"那不是云妹吗？她去哪里？她身体如此虚弱，怎能这般奔跑。"杨一帆在对面的马路上看见我，心往下一沉，急着横穿马路，朝我而来。"云妹，云妹，你怎么了！"

是一帆的声音，我没有回头，只恨自己脚步太慢，不能及时避开他的视线，这个世界太多是非，想想真是没有什么好留恋。眼看一帆就快要追上了，这时突然有一辆小轿车停在马路边，我没来得及看清车里的人，就急着跳上车了。奇怪的是我刚一上车，那小车就载着我，瞬间消失在一帆的视线中。

杨一帆见我上了陌生人的车，一下子蒙了。他将自行车丢在一边，篮子里的汤罐被砸碎，滚滚热汤还在地面冒着气。他站在路边，不停地朝计程车招手，好不容易拦住了一辆计程车，他迅速上车。

刚才上车只为逃离，完全没经过大脑考虑。现在坐在车里，才发觉这个司机很奇怪。他戴着一副墨镜，衣着打扮有点像是黑社会人物。更令我怀疑的是，我和他素不相识，他不问我是何许人，也不问我去何方，为何会载着我穿越条条街道，有意甩掉杨一帆坐的那辆计程车呢？这一切好像是冥冥之中早已安排好。

我开始有些担心，忙问道："师傅，你这是带我去哪里？"

他没有回答，在驾驶室的镜子中，我无意间看到他好像在冷笑。

我来广州近两年了，因平日很少出门，对于广州这个城市依旧有几分陌生。我不知道自己现在在哪儿，但已经感觉到自己此时的处境十分的危险。

我着急地重复道："师傅，麻烦你停车，你到底想带我去哪里？"

他回头冷冷一笑："别嚷嚷，一会儿你就知道了。"

我不敢想象一会儿会发生什么事情，现在想到的是必须要尽快离开这辆车。眼前的道路越来越偏僻，我知道自己的处境也越来越危险。顾不了那么多，跳车。我正准备拉车门跳车，司机突然急刹车，车子停下了。我拉开车门，撒腿就跑。他跟在我身后边追边吆喝着："看你往哪里跑，上次在越秀公园放过了你一次，这次绝不会再让你跑掉。"

原来是他！

"你给我站住，老子今天非抓住你不可。"眼看他就要追上我了，我的脚步越来越沉重。我拼命地跑，一不小心摔倒在地，还来不及起身，就被那魔爪给逮住了。

他用力抓紧我的手，朝我奸笑。我疯了似的，用另一只手在他身上乱打，但很快又被他抓住了。他用力抓住我朝车子那里走去。

"你这个流氓，你想干什么？你放开我。"我无助地哀鸣着。

"你别浪费力气了，还是乖乖的，我不会亏待你的。"

"我和你无冤无仇，你为何要一次次加害于我？"

"很多事情不需要为什么，一会儿我会让你很快乐的。"

"你这个流氓，我就算死了，做厉鬼也不会放过你的。"

"这么个可人儿，我怎么会舍得你死呢？"那流氓边说边用手摸我的脸。趁他不留意，我用牙齿狠狠地咬住他的手不放，他痛得将我摔倒在地面。我从地面爬起，迅速朝前方跑去。

这时有个戴墨镜的神秘女郎从车旁废弃的屋子后面走出来，仇视地看了一眼我的背影，然后对那个流氓说："表哥，你为何要放走她？我给你那么好的机会，让你毁了她的清白，你怎么就心慈手软呢？"

"表妹，我已经帮你散播了假消息，没人再会怀疑柳忆飞了。你明明知道我喜欢的人是你，你要我去和别的女人当着你的面做那事，我办不到。"

"那么水灵的一个姑娘白白送给你，你都不敢碰，除非你不是个男人。"

"男人并不是你想的那样来者不拒，男人也有男人的底线。"

"好了！没办好事情，还跟我谈什么底线？一天不毁了她，忆飞的心一天就收不回。"

"表妹，我们下一步该如何做？"

"我们已经打草惊蛇了，暂时离开广州回林西城，待风平浪静时，我们再回来。"那女郎说完摘下了墨镜，上了车。

那流氓也上了车，他有些不解："表妹，我们千里迢迢来广州，你不就是为了见柳忆飞一面？为何你这么急匆匆就要回去？"

"我们来得不是时候，就算我想见他，他也不一定想见我。"

"你为了他做这么多，难道他还不领情？"

"你不要再问了，这是我和他之间的事情。"忆飞，我对你已经仁至义尽了，希望你能明白，不要再为了一个不爱你的女人去冒险，你是我的，我会永远等你的。那女郎望了一眼窗外，深深地吸了口气。

我不知跑了多久，也不知道自己此刻身在何处。当我回头望去，不见那个流氓的影子，才全身瘫软无力地跌坐在地。

刚才那辆车又是怎么回事？那车会带云妹去哪里？杨一帆坐在计程车里，心情七上八下。"师傅，你确定刚才那辆车是往这个方向开的？"

计程车司机也没有谱了："应该是这个方向吧！"

"这里是什么地方？这么荒凉。"

如果那辆车真是朝这里行驶，那云妹的处境就危险了。杨一帆不敢再继续往下想，他下了车，边跑边喊："云妹，你在哪里？"这声音格外的凄凉，久久地在长空中回旋。

是一帆，我这样子，还该不该去见他？此刻的我心乱如麻，想见却不敢见他。

"小伙子，我们还是换个地方再找找看吧。"司机伸出头来，劝一帆上车。

一帆望着荒凉的四周，总感觉他的云妹就在这里。他禁不住再次朝天呐喊："老天啊！你告诉我，我的云妹她现在在哪？我们到底做错了什么？为何你要一次次折磨她？"

听到这撕心裂肺的呼唤，我再也忍不住了。我从地面爬起，哭喊着："一帆哥，一帆哥……"

是云妹的声音。杨一帆激动地回身，见我远远地站在山坡上，他迅速朝我奔来。此刻的我心中百感交集，再也控制不了自己的情绪，哭着朝一帆狂奔而去。杨一帆将我搂在怀里，用手为我拂泪，我贴在他怀里，放声大哭。

"云妹，你心里有委屈就哭吧！我真没用，没有保护好你！一次次让你身陷险境。"杨一帆的眼睛也早已红透，我知道此刻的他和我一样难受。

所有的委屈与心酸在这一刻一袭而来，彻底地将我击垮了，哭着哭着，只感觉眼前一片黑暗，就晕倒过去。

"云妹，云妹……"杨一帆撕心裂肺地喊着，一把将我抱起，急速朝车子奔去。

这子云怎么会上了一个陌生人的车呢？奇怪的是那个司机不问青红皂白就载着她走，看来是别人早已设下的陷阱，想必子云现在的处境很糟糕。柳忆如有些担心，拨通了柳忆飞办公室里的电话。柳忆飞听说我被一个陌生人的车给载走了，匆忙下楼，开车到学校附近，带上柳忆如，满街找我。

"忆如，你亲眼看见子云上了陌生人的车吗？"

柳忆如手指着前方，确定地说："子云就是在那个位置上了车的，当时杨一帆骑着自行车在追她。"

"你还记得那车的牌照吗？那车子朝哪个方向走？"

柳忆如摸着脑门，边回忆边说："我只记得那车子是黑色的，至于牌照就没有留意。车子当时是往那个方向跑，不过现在有些时候了，只怕是难以找到。"

柳忆飞猛踩油门，如同没头的苍蝇，满世界地寻找黑色车子。

突然柳忆如望着辆停靠在饭馆前的黑色车子喊道："哥，那辆车，就是那辆车带走子云的。"

"你确定吗？"柳忆飞激动地问。

"我不会认错的，就是那辆车。"

柳忆飞将车子停放在那黑色车子旁边。他下车朝那黑色车子里望了望，见空无一人，他大声吆喝道："这是谁的车子？"

冷艳和他表哥正准备出门，听见有人在外吆喝，冷艳即刻停止了脚步，拉住表哥，转身朝饭馆里面走。冷艳他们进了一间包房，她用手招呼店老板，和店老板交头接耳不知道在嘀咕什么。店老板听了冷艳的话后，伸出五个手指笑着说，事成后这个数。冷艳点了点头，那店老板手叉着腰满意地笑着离开了房间，直奔店外。

柳忆飞见没人答应，正准备进店里问，却被满脸横肉的店老板娘拦在了门外："哟！小店要打烊了，请回吧！"

"哦！想必你就是这家店主了，这么早就打烊，看来是我没有口福。"柳忆飞说着回头指着那辆黑色轿车问道，"请问店主，那辆小车是谁的？"

店老板娘皮笑肉不笑道："这车是我表妹的。"

"这车子的主人可是个杀人犯，你说这车子是你表妹的，莫非你表妹就是杀人犯？"柳忆飞追问道。

那店主听了吓得脸色发青，但想起刚才和冷艳谈的交易，贪财的她假装镇定说："你别骗我了，什么杀人犯啊？我表妹平常连只蚂蚁都不敢踩，又怎会杀人呢？"

瞧她那慌张的样子，就知道她在撒谎。柳忆飞走到店主的面前，故作深沉严肃道："你若不说实话，有意包庇杀人犯，也得蹲大狱。你是个聪明人，自己斟酌斟酌，有必要冒这个险吗？如果你坦言相告，非但不用蹲大狱，而且还可以获得一份意外的收获。"柳忆飞从皮包里掏出了一沓钞票，在店主面前摇晃着。

那店主看见这一大沓钞票，眼睛都花了。她忽然笑道："哎呀！我怎么会那样傻，放着好好的日子不过，为一杀人犯蹲大狱呢？其实这车子并非我表妹的，是我店里的一位客人的。"

"那客人在哪？你赶快带我去见他。"柳忆飞迫不及待道。

那店主死死地盯着柳忆飞手中的钞票。

柳忆飞将手收回来，笑道："带我去见车子主人，这钞票自然就是你的了。"

店主连连点头道："好，好，我这就带你去！"

店外发生的一切，冷艳贴着门缝听得清清楚楚，现在想逃也来不及了，"表哥，等会儿我出去见柳忆飞，你趁机自己溜走。"

"表妹，我和你一起出去，反正他们也不认识我，如他们问起，你说我是专程送你来广州的司机，不就得了。"

"表哥，你想问题太简单了。他们既然追到此，说明认定了伊子云上了我们的车，如果那车是我自己驾驶来广州的，一个女人开车，你说他们还会怀疑吗？"

"还是表妹想得周密，我一会儿会借机开溜，表妹，那我们在哪里会合？"

"老地方，记住，千万不要到处溜达，谨防让伊子云她们给认出来。"

"知道，知道，我哪也不去。"

柳忆飞正准备上楼，这时冷艳掀开了门帘，从房间走了出来。

店主见了冷艳，有些不好意思地低着头，然后指着冷艳说："那个车子的主人就是她。"

冷艳头发盘起，中性打扮，戴副墨镜，戴着礼帽，柳忆飞还真是一眼没将她辨认出来。柳忆飞上下打量着冷艳，问道："这位小姐，请问店外的那辆黑色小车可是你的？"

看来柳忆飞是没有将我认出来，不如我将错就错。冷艳扭着屁股下了楼，走到店外笑着说："这车的确是我的，怎么，喜欢这车？"

这声音怎么这么熟悉？是冷艳！她不是在林西城吗？她平日里不是这般打扮，她来广州怎不直接去找我？为何跟我玩这样的游戏？我倒要看看她葫芦里到底卖什么药。柳忆飞也继续装傻："这车子的确漂亮，但比起小姐来就有些逊色。"

冷艳含笑道："你是在取笑我吧？你身边的这位小姐，才是真正的一位大美人。"

柳忆如一直盯着冷艳望，她感觉这个人好像在哪里见过，但又一时想不起来。她无意间看到了冷艳耳朵后面的一颗小黑痣，这颗小黑痣给她留下了很深的印象。记得有一次，柳忆飞在办公室里发脾气，将文件摔得满地开花，冷艳蹲下身子在地下收拾文件，恰好柳忆如进来了，无意间发现冷艳耳朵后面的那颗小黑痣。哦！原来是她，她跟我们演什么戏？简直是在浪费我们的时间。我要当着哥哥的面，揭穿她的真面目。柳忆如笑着走到冷艳面前，指着冷艳的身上说："蟑螂，好大的蟑螂。"

冷艳听说有蟑螂，吓得满地跳。柳忆如趁冷艳不注意，用手将冷艳的墨镜给摘下来了。冷艳很不自然地道："忆如小姐，忆飞，其实我是专程来广州看你们的，见你们没把我认出来，所以就和你们开了个玩笑。"

"没时间和你开玩笑，快说，你把子云带哪里去了？"柳忆飞很不客气地盘问冷艳。

柳忆如："是啊！谁有时间和你开玩笑？上午我看见子云上了你的

车，你把子云藏到哪去了？快带我们去见她。"

冷艳假装着急地问："你们在说什么？子云怎么了？她不是在学校吗？她怎么会跑到我车子里呢？忆如小姐，你在开玩笑吧？"

"妹妹，你看清楚没有？子云是坐这辆车吗？"

柳忆飞这么一问，柳忆如又有点不敢确定，她犹豫不决地说："我记得好像是这辆车。"

"忆如小姐，你肯定是看错了！同颜色同款车太多了，我和子云无仇无恨，难道你们担心我将她给拐卖了？"

柳忆飞瞟了一眼冷艳，想想也是，冷艳一介女流之辈会载子云去哪里？再说子云对冷艳曾经照顾有加。

柳忆飞垂头丧气地回到酒店，冷艳也跟着进了酒店。这是冷艳第一次来云天酒店，她抬头四处张望着，酒店金碧辉煌，比起林西城的云天酒店要气派得多。

这里真好！如果有一天自己能成为这里的女主人该多好！

柳忆飞失意地靠在办公椅上，冷艳坐在他对面的沙发上如同摆设。都怪我不好，要不是因为我，子云也就不会遭同学耻笑，如今她不知去向，万一有什么闪失，我将情何以堪？柳忆飞越这样想，心里越不是滋味。此刻的他完全疏忽了冷艳的存在，冷艳强忍着内心的痛恨，起身走到柳忆飞面前说："忆飞，这就是你的待客之道吗？"

柳忆飞纳闷地说："你来广州怎么也不和我打声招呼？你这么一走，酒店谁来打理？"

"酒店你就别担心了，我已经将一切都安排好了！这次来广州我本想给你个意外惊喜，现在看来我并不受欢迎。忆飞，难道在你心里，就真的没有那么一点点留给我的位置？"

"冷艳，你这次来不会就是来问我这个问题吧？我已经很清楚地告诉过你，你我今生只有做朋友的分，至于感情，请原谅我没办法分享给你！"

"我懂了！对不起，是我自作多情！"

"你懂就好！这次你来广州不会是专程来看我吧？"

"也不完全是来看你，听说广州这边风景怡人，所以想来看看，不知道你有没有兴趣做我的导游？"

"不是我没有兴趣做你的导游，只是你来得不是时候。子云现在下落不明，我心情糟糕透了，要不我喊个人陪你到广州到处看看？"

子云，又是子云，他心里只有子云，子云到底给他灌了什么迷药？我一心对他，可他却要这般来伤害我。柳忆飞，是你不珍惜这段感情，我要报复，报复！冷艳在心里一遍遍重复着报复。

柳忆飞拨通了前台的电话，一会儿一个西装革履的彪形大汉走了进来，那大汉弯腰有礼貌地说："少总，有何指示？"

"水涛，一会儿你开车带冷经理去广州的风景区到处转转。"

"是，少总。"

天啊！这个水涛不是那次在伊渺村的清凉山上与杏儿约会的水哥吗？他怎么会在这里？他穿上这一身行囊，不认真看，还真认不出就是那个乡野蛮汉。真是人靠衣装马靠鞍装！

水涛好像也认出了冷艳来，但他不敢相认。

柳忆飞见他们相互对视着，好奇地问："怎么你们认识？"

水涛忙答道："不，不，我只是觉得冷经理很像我一位故人，所以忍不住多看了几眼。"

这个水涛，干吗不敢与我相认？莫非他怕我将他那回约会的事情给抖搂出来？哎！不相认就不相认。

"哥，子云有消息了！她现在在医院。"柳忆如边跑边喊着。

听说有了我的消息，柳忆飞高兴得快要飞起来了。他激动地起身，撒腿就往外奔。刚出门口他又回头说："水涛，你要陪好冷经理。"

"是，少总请放心。"

看他那样子，一提到子云，他的魂都飞了！这个子云真是个小妖精，就会迷惑男人。冷艳越想越气愤。

"冷经理，想去哪里逛逛？"水涛彬彬有礼道。

"你干吗不敢和我相认？怕我将你的丑事抖搂出来啊？告诉我，你怎么会跑到这里来，你那个杏妹呢？"

"冷经理，我不是不敢与你相认，是怕自己的身份低微，给你带来不便。"

看来他还是挺有自知之明的。"你什么时候来这里的，与你相好的杏妹呢？不会是你将她抛弃了，自己一人来城里享福吧？当年我可是为杏妹做证过，如果你要是背叛了她，我可不答应。"

"谢谢冷经理对我和杏妹的关心，当时杏妹父母不答应我们在一起，我就带着杏妹私奔来到了广州，现在我们都在云天酒店做事。"

"这就好！"

我是怎么了！怎么又在医院里。当我睁开眼，发现自己又躺在病床上。

"云妹，你终于醒了！"杨一帆守在我身前，见他那蜡黄的脸，想必是为了我整夜未眠。

"云妹，你已经昏睡了两天两夜，看到你这样子，我真的好无能！"

"一帆哥，是我不好，让你担忧了！"

"别，你千万别这么说，都是我的错，没有保护好你。不过请你放心，我一定会将凶手绳之以法的。"

"嗯。"我微笑着点了点头。

一帆蹲在我床前，用手帮我整理额前的乱发。看到他憔悴不堪的样子，我很心疼。

"一帆哥，我见到那个凶手了。他就是那晚约我去越秀公园的那个恶魔。"

"是吗？你确定这两次陷害你的是同一个人？"

"其实我也不敢确定是否是同一个人，是凶手自己招供的。"

"那凶手的样子你可记得？"

"大概能记得。"

"太好了，我一会儿让警察来医院录口供，希望尽快将凶手逮捕归案。"

"子云，我们终于找到你了！你可知道我们找你找得好辛苦！"我顺着声音望去，原来是柳忆如和柳忆飞他们。柳忆飞见杨一帆守在我身边，神情有些失落与无奈。

"子云，你身体怎样？听忆如说你被陌生人劫持了，我们满世界地找你，现在能看到你，我也就安心了！"

"忆飞，谢谢你们的关心！子云说她能认出凶手的样子，我去警局一趟，你们先帮我照看一下子云，我去去就来。"杨一帆和柳忆飞打完招呼，又来到我面前，对我微笑道："子云，我去了！"

"子云，你可把我们给吓坏了，尤其是我哥，听说你失踪了，他吓得魂不附体。"柳忆如诡秘地望着我和柳忆飞笑："哥，我要去学校了，你好好陪陪子云。子云，我先走了，晚点再来看你!"柳忆如这么一走，病房里的气氛又变得尴尬了。

柳忆飞见我躺在床上，望着天花板不说话，他深情而惆怅地望着我说："子云，同学们的非议，你不要太介意，清者自清。我希望你能快乐起来，将过去的不愉快统统抛到九霄云外。"

想起同学们讽刺的眼神，我的眼泪又情不自禁夺眶而出。

"子云，别难过! 这一切又不是你的过错。你是受害者，大家应该关心你才对。"柳忆飞递来纸巾，含情地凝视着我。我接过纸巾，将头侧向另一边。

"子云，如果有一天，你感觉这个世界太冷，我的怀抱随时都是为你敞开的。"柳忆飞突然冒出这么一句莫名其妙的话，让我有些不知所措。我转过身望了一眼柳忆飞，见他那痴情的样子，有些无奈："谢谢你，不过我想可能不会有那么一天，希望你找到属于你的幸福。"

"我已经找到了，我会一直等她的。"

我明白他的意思，此生恐怕我只能辜负他的一片痴情。

一会儿一帆带着警察来医院录口供，我将自己所知道的全都如实地告诉了警察。警察录完口供匆匆离开了病房，一帆也跟着离开了病房。

奇怪，子云说那凶手和在越秀公园的是同一人，那晚在越秀公园明明是我约她的，那凶手为何要自己主动承担责任? 这其中一定有蹊跷。子云口中描述的那车，和冷艳开的车几乎完全吻合，莫非这一系列与冷艳有关联? 那凶手会是冷艳的什么人呢? 柳忆飞心事重重百思不得其解。

"忆飞，你怎么了?"

"子云，我突然想起我下午还有重要事情要办，要暂时先离开，等办完事情后再来看你。"

"你有事情先去忙，我会照顾好自己的，去吧!"

柳忆飞朝我一笑，快步离开了病房。

柳忆飞匆忙回到酒店，得知冷艳已经离开了广州，甚感意外。这个冷艳在玩什么把戏，我就知道她来广州不仅是因为来看我那么单纯，如果子云真是坐她的车，那她就和这桩案子脱离不了干系。不行，我一定要追上她，将此事问个明白。柳忆飞隐隐感觉到此事的复杂性，他喊来水涛，问道："冷经理是什么时候离开的酒店？"

水涛："冷经理离开酒店已经一两个小时了。"

"那她有没有说去哪？"

"她说她回林西城。"

这个冷艳葫芦里卖什么药？柳忆飞疾步跑到车里，猛踩油门，车子很快就消失在车流中。

冷艳正开车前往与表哥约定的郊区地下仓库，她车子刚一出现就被警察盯上了。警察一路紧跟在冷艳的身后，冷艳像是也察觉到了身后有人跟踪。当她从车子里出来时，回头的那一瞬间，潜伏在她身后不远处的杨一帆认出了她。

怎么会是她？她与这宗案子有何关联？杨一帆喊住了准备前去抓捕冷艳的警察，他对警察说："子云说的凶手是位中年男子，这位女子，我曾和她有过一面之缘，她是林西城云天酒店的副经理。我们先不要轻举妄动，以免打草惊蛇，先盯住她，暂时不要行动。"

冷艳回头四处扫视见已无人跟踪，这才放心，迈入了一条不到一米宽的小巷子，然后又转了几个圈圈，再下楼梯，来到了一个地下仓库。仓库里有个可以住人的房间，冷艳的表哥早已在那房间里等着她。

冷艳的表哥听见有脚步声，躲在门后，顺手拿了把锋利的匕首插在腰间。脚步声越来越接近了，他的心也绷得越来越紧。冷艳刚一进房门，她表哥就用匕首拦在她的脖子前。

"表哥，你这是干吗？"冷艳惊讶地喊道。

见是冷艳，他立即松开了手："你怎么现在才来？"

"瞧你紧张的样子，办那点事情都吓成这样子，我真是看走了眼。"

冷艳的表哥神色紧张，双手有些发抖，手中的匕首滑落在地上。冷艳用藐视的眼神瞅了眼表哥，表哥的失常，不由得让她猜想莫非他又做了什么黑心事？冷艳蹲身捡起地下的匕首，用冷漠的眼神看着，她用手指在匕首上来回摩擦，匕首的尖端好像还有血迹，她用鼻子嗅了嗅："说，发生了什么事？"

冷艳的表哥一脸的慌张地说："我杀人了！我杀人了！"

冷艳惊讶地望着表哥，追问道："到底怎么回事？你怎么会杀人呢？"

"我将那饭馆的老板娘给杀了！"

"那饭馆老板娘贪得无厌，的确可恨，但也不至于要杀她啊？"

"我也不想要取走她的命，是她逼我这样做的。那天你和柳忆飞他们在外面说话，我本想趁机偷偷离开饭馆，谁知饭馆里的老板娘看见我转身就跑，我怕她出去暴露我的行踪，所以将她挡在了门口。我拿出随身带的匕首，在她面前摇晃着，当时本只想吓吓她，她猛地朝门外跑，被我给揪住了。她瞪大双眼想喊救命，被我捂住了嘴巴，她一个劲地挣扎，力气大得很，和我有得一拼。当时柳忆飞他们正在饭馆门前，为了不暴露自己的行踪，我将匕首放在她脖子前吓唬她，谁知她非但没有安静下来，反而拼命挣扎，在与她争斗中，匕首不小心插入了她的心脏。"

冷艳听完表哥的话后，心惊胆战。杀人可不是件小事情，万一表哥将我的事给抖搂出来，我肯定脱离不了干系，表哥行事太不沉稳，不但害了自己，还连累了我。不行，我不能将自己的一生毁在他的手中。到万不得已时，只能牺牲他一人，来保全我的平安。冷艳心里开始筹划着自保计划。

"表妹，我们现在该怎么办？"

冷艳倒是很冷静地说："表哥，杀人是要偿命的，如果你愿意自首，也许可以保住性命。"

"不，就算自首了，保住了性命，但一辈子蹲在监狱里，还不如痛快一死。"

"表哥，只有保住了性命，我才有机会去为你的事情奔走找关系。你有没有想到表嫂和你的几个孩子，如果他们失去了你，叫他们怎么办？"

想到妻儿，冷艳的表哥痛声哀泣道："是我对不起他们，表妹，如果我遭遇不测，请你一定要代我照顾我的妻儿。"

"表哥，不许你说这不吉利的话，你的事就是我的事，你的家眷也是我的亲人，我一定会竭力照顾他们的。"

"表妹，有你这句话，我就是走了也安心！反正都是一死，你放心，我绝不会连累你的。"

听了表哥的话后，冷艳的心踏实多了，但是只要表哥在世一天，自己的命就如同别人手中的一个玻璃杯，随时都会被摔碎。

"表哥，我刚才来这发现好像有人跟踪，想必是警察发现了你的行踪，我们现在命悬一线，万一都落入警察手中，我只怕自己以后自身难保，不知道是否还有机会代你照顾你的妻儿。"

"表妹，你放心，反正横竖都是一死，我绝不会连累你的，我的妻儿以后就全仗你照顾了。"

"表哥，你待我如此情深义重，我一定照顾你的家人！从今天开始，只要我有饭吃，就绝不会让你的家人喝粥。"

听冷艳这么一说，表哥觉得如释重负："表妹，我有个不情之请，不知你能否帮我完成？"

"表哥，只要我能做到的，就算是上刀山下火海，都会帮你达成心愿。"

"表妹，你知道我从小就很喜欢你，至今依旧对你是一往情深，只是你心里一直有自己喜欢的人，所以后来我才娶了你表嫂。如今我也不知道自己还能偷活几天，能否在我离开之前，让我爱你一次。"

真是无耻至极！但为了保住性命，冷艳还是牺牲了自己的肉体。

表哥从温柔乡里醒来，亲着冷艳的额头，微笑着说："表妹，谢谢你！今生拥有了你一次，我死而无憾！我出去引开警察，你要多多保重！"他说完就义无反顾地朝门外走去。

冷艳用仇视的眼神盯着表哥的背影，心中一遍遍念叨："尽快去死吧！越快越好！忆飞，这都是因为你，欠我的你一辈子都还不清。"

冷艳的表哥刚走出地下仓库，就被警察给盯上了。"目标出现了，大家要谨慎，等他车子开到山坡前，我们就行动。"

这个人就是多次伤害云妹的人吗？一会儿我一定要找他问个明白。云妹，我终于可以为你报仇了！杨一帆趴在山坡前，盯着冷艳的表哥，心里激流暗涌。

冷艳的表哥像是发现了四周已被警察包围，知道自己现在的处境很危险。为了将警察引开，好让表妹脱身，他上车猛踩油门，车子疾速前行。

"前面的车子给我停住，你已经被我们包围了。"

冷艳的表哥见警车穷追不舍，知道自己无法逃脱，开车冲入路边深谷。

柳忆飞在车上远远地看见冷艳的黑色车子掉进了深谷，目瞪口呆，心也跌入深谷底，在心里一遍遍喊着冷艳的名字。

杨一帆望着大火燃烧的车子，摇头叹了声："云妹！对不起！我没能将凶手亲自交给你！"

柳忆飞跑到山坡前，望着焚烧的车子，往日的一幕幕重现，他知道冷艳是爱他的，他痛不欲生地大喊："艳艳，是我对不起你！辜负了你的一片真心！"

躲在附近的冷艳见柳忆飞蹲在山坡前对着深谷底的大火忏悔，感动得眼泪都流出来了。原来忆飞心里是有我的，这是我第一次听见他说这么深情的话。冷艳温柔地靠在柳忆飞的背上，双手搂着柳忆飞的腰，激动地说："忆飞，我就知道你心里是有我的！"

原来跌进深谷的那个人不是冷艳，柳忆飞喜出望外地转身握着冷艳的手，欢呼道："艳艳，你没死！"

"我好端端的，干吗咒我死？"

"我以为你在车里面。"柳忆飞指着深谷底正燃烧的车子道。

"艳艳，这到底怎么回事？那车里的人是谁？为何会有警察追踪？"

"是我表哥，他为了救你，才牺牲了自己的生命！"冷艳说着假惺惺地努力挤出几滴眼泪。

"为了我？我和你表哥素未谋面，他的死怎么会是因为我呢？"

冷艳抹了把眼泪，接着道："你们是素未谋面，但是我表哥的确是为了你而命葬谷底。"

"艳艳，你越说我越糊涂了，我怎么就听不明白呢？"

"这次表哥开车送我来广州看你，我们无意间听到了你假冒杨一帆约伊子云在越秀公园见面的事情，我怕杨一帆不会放过你，所以就让表哥去冒充约子云见面的人。这件事情我本不想告诉你，那天你去那家饭馆找车子的主人，当时我和表哥都在饭馆里，本想让表哥趁机离开饭馆，但因饭馆的老板娘太难缠，表哥一不小心误杀了她。为了不给你添加麻烦，他才开车冲入谷底。"

"哦！原来如此！你表哥是个令人敬佩的汉子，他对我有恩，滴水之恩定当涌泉相报。你表哥可有亲人？"

"有，表哥临走之前委托我转告你，希望你以后能代他照顾他的亲人。"

"那是自然的，兄弟，你安心走吧！我一定会照顾好你的家人。"

杨一帆来到病房，满是歉意道："云妹，对不起，我没能将罪犯带到你面前给你认罪。"

"他逃了？"

"他死了！葬入深谷底。"

"死啦？"这样的结果并非是我想要的，他罪不至死。

"云妹，我知道你心肠好，生死有命，你就别再为他难过了，你身体好些没有？"

"我身体没大碍，想明天就回学校。这几天我想了很多，清者自清，谣言止于智者，任由别人说去吧！只要自己走得正就不怕影子歪。"

"云妹，你能这样想就太好了！我就知道我的云妹是个坚强的人，不会那么容易就被流言蜚语给击倒。"

"一帆哥，这些日子给你添了不少麻烦，你对我的好我无力回报。"

一帆用手捂着我的嘴巴，说道："云妹，你这样说，我很难过！难道我们之间还需要分彼此吗？能陪着你为你排忧解难是我今生最大的幸福。如果你真要报答，那就以身相许吧！"

我含羞地低头，故作生气，其实心里比喝了蜜还甜。

"云妹，你生气了？我刚才是和你开玩笑的，如果真要以身相许，也绝对不是因为报答。我期盼着有那么一天，能回到儿时的梦里，再次为你编织花环亲手为你戴上，让你做最美丽最幸福的新娘。"

"一帆哥，真的会有那么一天吗？"

"会的！等你学业完成，我就去你家提亲。"

我们相依相偎在一起，共同期待那如梦般的岁月。

"闺女，闺女，你不能睡啊！你不能这么狠心丢下我们……"门外突然传来凄凉的哭喊声和急促的脚步声。

我的心忽地紧绷起来，慌忙从床上起身，一帆将我轻轻接住："云妹，你的身体还很虚，你别动，好好休息，我出去看看。"是梅若的母亲丁香在哭喊，还有梅政委也在，难道是梅若出了意外？杨一帆忽觉脑子里轰然一响。他跑到梅若父母身前，低声问："政委，阿姨，是不是梅若发生了什么意外？"

梅若父亲沉重叹道："梅……若……她……她服了大量安眠药，现在还在抢救中。"梅若的父亲眼前瞬间又浮现出女儿出事的那晚。

那天晚上，梅若亲自下厨，做了满满一桌饭菜。一家三口开开心心围在一起，共享丰盛的晚餐。

"女儿，你这几天都没好好吃饭，又在厨房里忙了一下午，累坏了吧！"丁香很是心疼女儿，一个劲地往梅若碗里夹菜。

"妈，我不累！你和爸照顾了我几十年，就让我孝顺你们一天吧。妈，爸，尝尝我的手艺。"梅若边说边将菜往父母碗里夹。

梅若父亲说："我闺女不仅医术超群，厨艺也如此精湛。我突然想起了一句话，上得了厅堂，下得了厨房。这句话简直就是为你量身定做的。"

"爸，从小到大我一直活在你的鼓励赞美中，其实我没有你说的那么优秀，如果女儿哪天不能孝顺你了，你还会说我好吗？"

"儿女在父母的心里永远是最亲最好的，即便不孝顺，也是父母的心头肉。不过我的闺女是个懂事重孝的好孩子，不会不孝顺父母的，除非我们不在。"

"今天这么开心，别说这不吉利的话。"丁香嗔怪着。

"爸，你颈椎不好，不要长时间坐着看书读报，要适当到户外散散步，呼吸新鲜空气，对肺部也有好处。妈，你晚上常失眠，那些安眠药还是尽量少吃点，我建议你睡前用热水泡泡脚，或听听轻音乐，也可有助睡眠。"梅若说着又为父母舀汤。

"咱闺女是越来越懂事，越来越孝顺了。不知将来谁会有如此好福气能娶到咱宝贝闺女。"梅若的父亲欣慰地笑了，却不知这是女儿在与他们告别。

晚饭后，梅若回到房间，坐在书桌前写了简短的遗书，然后安静地躺在床上，自语道："一帆，如今我要走了，真希望你能抱抱我。我知道是不可能的，我已是不洁之身，不配做你的女人，若今生不能和自己相爱的人在一起，我活着还有什么意义？一帆，别人都说有三生三世，你相信吗？如果真有来生，请你早点认识我，别再让我一个人在痛苦的煎熬中度过……"

听说梅若自杀，杨一帆痛苦地哭喊："梅若，是我对不起你，是我辜负了你！"

听到一帆的哭喊声，我惊慌失措地从病床上爬起，跑到病房门前，见一帆跪在梅若的父母面前泣不成声。

丁香质问杨一帆："你刚才说什么？难道我闺女想不开全拜你所赐？"

梅若父亲："一帆，这到底是怎么回事？"

杨一帆将这些天与梅若之间发生的误会，毫无保留地告诉了梅若的父母。并承认是自己有负梅若，给梅若心理造成极大伤害。然而一帆的忏悔并没有得到他们的原谅，丁香当场发火："你这个薄情寡义的负心汉，我闺女哪点配不上你，你要这样来伤她的心？你不爱惜她，但她却是我们的命根子，她若是有什么不测，你就是杀人凶手。"

梅若的父亲说："咱闺女的心事我早就看出一点点，只是没想到她用情至深，为了爱情，连自己的命都顾不上了。一帆啊！我闺女真是个好丫头，你为何就不给她一次机会？万一她要是就这样走了，你这辈子能安心吗？"

"都是我不好！我只考虑到自己的立场，却没有顾及梅若的感受。梅若对我有恩，我真的不该如此残忍对她。梅若，你不能就这样扔下我们。"

我失魂落魄地倒在病床上，回想我与一帆在广州重逢的那个傍晚，梅若留给我们的眼神。她是真心爱一帆的，若没有我的存在，也许她就不会选择走这样的绝路。归根结底都是我的错，是我太自私，是我对不起她。想起从前的种种，我感觉自己如同一个罪人，根本不该介入他们中间，没有我，也许他们会很幸福。

梅若昏睡在病床上，她的脸和床单一样的苍白。杨一帆握着梅若的手，泪眼婆娑地守在病床前细细低语："梅若，这些年你一直在我身边默默地关心着我，而我却一次次令你失望。说来惭愧，我比你大，却一直像个孩子一样被你无微不至地照顾着，我多希望你就是我的姐姐。我有这样的想法是不是太傻？我明明知道你不在乎多我这么一个兄弟，你需要的是爱情，一个用心爱你的男人，你的要求再平凡不过，可我偏偏也就是这一点无法满足你。如果你要我的生命我可以给你，请原谅我不能将爱给你。爱情是骗不了人的，更骗不了自己。我没能接受你的感情，在你看来也许太过残忍，但如果违心地接受，那才是真正的残忍。"

杨一帆沉重地起身，将梅若微凉的小手放进了被窝。我蹲在病房门外，眼泪一阵接一阵："梅若，真的很谢谢你这些年对一帆无微不至的照顾，一帆能得到你这位温柔贤淑且知书达理的好女人眷顾，我深感欣慰。你为一帆付出太多了，我如果还和你争一帆，即使你不怪我，老天也不会原谅我的。梅若，你一定要早点醒来，我把一帆交给你，以后就辛苦你代我照顾他一辈子。一帆，对不起，看到爱你的女人为你连命都不要了，我没勇气再与你继续爱下去。爱一个人，也许不一定要拥有，但一定要他幸福。一帆，我爱你！可如今我只有离开，也只有这样，你我的良心才会少受一点谴责。现在我才明白，很多人明明相爱着却要分开，有很多人分开了还深深地相爱。最痴情的人总是最先说离开，最痛苦的爱情才是最真的爱。原谅爱情，放过自己，忘记无法回头的曾经。感谢曾让我们笑过，并让我们痛着的人，或许有风有雨的日子才叫精彩，有爱有恨的日子才叫精彩。梅若、一帆，我走了，你们一定要幸福……"

杨一帆蓦然转身，他似乎感觉到我刚才来过。"梅若，你太累了，再睡会儿，但不要睡太久哦！我们都期待着与你重聚。"杨一帆赶到病房时，我已离开。刚才真是云妹来过，云妹那么善良，她一定会为了成全别人而牺牲自己的幸福。我不能让她对自己如此残忍，我也不能失去她，这世界没什么比将相爱的人分开更残忍的了，云妹，你不能弃我而去。杨一帆匆匆离开医院，直奔我所在的学校。

杨一帆刚离开一会儿，柳忆飞进了梅若的病房，他木然地站在病床前，忏悔道："梅若，请你原谅我，我不是故意对你做出那样不耻之事的。那晚我喝得一塌糊涂，做过什么根本不知道。我知道你是个洁身自好的好姑娘，在你身上发生那样的事情，心里一定很难受，我以为一切会随着时间被慢慢淡忘，却不知你竟如此决绝。梅若，你是个千里挑一的好姑娘，我爸妈一直都很希望能有你这么个好儿媳，我也并非不喜欢你，只是这种喜欢代替不了爱。我也知道你爱的人并非是我，所以才不敢向你坦白那晚自己所做的荒唐事，不过请你放心，这件事情会成为永远的秘密，不会影响你的名节。只要你好好活着，我一定会让我们各自获得自己所爱，你等着，这一天不会太久。"

柳忆飞离开后，柳忆如悄悄来到梅若床前，愧疚地说："梅若姐，我不是有意要毁你的清白，我是看到你和我哥哥都爱得那么痛苦，才自作主张，让你们同床共枕。其实当时你和我哥哥都喝得很醉，什么也没有发生。是我将你们的衣服全脱了制造的假象，你和我哥是清白的。早知道你把名节看得比命还重要，我就不会犯糊涂做出如此不理智的事。对不起，梅若姐。"

第十三章　家园被毁

冷艳此次广州之行，不但收获了爱情，事业也是如日中天。柳忆飞提升冷艳为林西城"云天酒店"的总经理，并送她香车，就连司机都给她配齐了。司机是由她亲自挑选的，不是别人，正是水哥。水哥身强力壮，用他对付那满身横肉的丁当绝对没问题。水哥带着杏儿随同冷艳一起回到了林西城，冷艳将他两人安置在自己的身边，对他们很是照顾，不久他俩就成了冷艳的得力助手。

柳忆飞提拔冷艳为酒店总经理，丁当可是憋了一肚子的气。之前他一直想利用冷艳来谋取柳家的产业，但如今冷艳成了他的上司，将他视为眼中钉，他的处境自然就不好了。冷艳身边有人高马大的水哥，丁当想报复冷艳也没有胆量。

一日，丁当见冷艳一人在办公室，手捧着早已准备好的玫瑰，笑容满面地来到冷艳面前。冷艳毫不客气地警告他："请你以后多学点规矩，难道你不知道进来需要先敲门吗？"

冷艳的话令丁当无地自容，虽然丁当对冷艳有一千个看不顺眼，有一万个不满，但是为了保住自己的饭碗，他还需卑躬屈膝。

"艳艳，晚上有时间吗？听说今晚影院里上映大片，想请你一同去看。"丁当皮笑肉不笑地将玫瑰递到冷艳面前。

冷艳藐视了丁当一眼，冷言道："你没看见我在忙吗？请你以后不要随意来办公室打扰我。"

"艳艳，你变了！但是请你不要忘记这里也曾是我们临时的婚房。"

"无耻！你是在威胁我？"

"我哪敢威胁我的上司？我只是很怀念我们曾经在一起的美好时

光。"丁当说完奸笑着要离开办公室，他前脚刚跨出门槛，后脚又退回了，补上了一句："总经理的高智商实在令人敬佩，但总经理的性感和妖媚更是令我终生难忘。"

冷艳用仇视的眼神盯着丁当的背影，心里暗自道："丁当，别怪我手狠，是你自找死路。"

"咚咚，咚咚……"敲门声响起。

冷艳抬头一看是杏儿，很快露出了笑容："是你啊！杏儿！"

杏儿低头走了过来，眼里隐含着几丝痛楚。

"怎么了？"冷艳关心地问道。

杏儿咬着嘴唇，突然大声哭道："总经理，我妈她过世了。"

"杏儿，别太伤心！生老死别是每个人都要面对的，你要看开点，节哀顺变。"

"当初我父母将我许配给别人，我没答应，就和水哥跑到了广州。这两年我不敢回家，听说我走后，别人来我家要求我父母赔悔婚定金，我母亲一急就病倒了。是我不孝，有愧于她。"杏儿说完又呜呜大哭。

"杏儿别哭！我相信你母亲的在天之灵能够看到你的一片孝心，她会原谅你的。"冷艳从抽屉里拿出了厚厚的一沓钞票递到杏儿手中。

杏儿不敢接受，将钞票又放到了办公桌上。冷艳将钞票再次递到杏儿手中，诚恳地说："收下吧！尽最后一点孝心，厚葬你的母亲。"

杏儿没再拒绝，感动得一句话都说不出来。在她离开办公室前，冷艳将她喊回来，嘀嘀咕咕地不知道说了些什么，杏儿表情惊讶，先是摇头，后来又无奈地点头了。

杏儿回到伊渺村厚葬了自己的母亲，有意找机会在村里散布谣言，说我在广州被人强暴了，学校决定要开除我。村民们围在一起议论此事，母亲见那么热闹，于是也走了过去。乡亲们见母亲走了过来，刚才还喧喧嚷嚷的场景瞬间变得鸦雀无声。

大家都用异样的眼神盯着母亲，母亲还以为是自身的原因，她摸摸头发，然后又拍拍衣服，没有什么问题，好奇地问道："大家刚才有说有笑，怎么见我来了就都不出声了？"

乡亲们谁也不想将此事告诉我母亲，突然兰婶家的小宝跑到母亲的面前大声说："荷花婶，他们说子云姐被人强暴了，还被学校开除了。强暴是什么东西啊？为什么学校要开除她……"

"小宝，别胡说八道。"兰婶慌忙走过来，用手捂住了小宝的嘴巴。

小宝掰开了兰婶的手，天真地说："妈，你干吗堵着我嘴巴，我没有胡说八道，这些话都是你们刚才说的。"

孩子是天真的，是不会撒谎的，我的云儿她怎么啦！母亲觉得天像是要塌下来了，她眼前发黑，身体摇晃，差点晕倒过去。

杏儿见消息已经传递到我母亲的耳朵里，虽然此刻有些愧疚，但完成了冷艳交给她的任务，感觉如释重负。她偷窥了一眼母亲，暗示大家纷纷散开。

兰婶扶着母亲关心地问："荷花姐，你没事吧？小孩子的话怎能当真？"

母亲缓过神来，拉着兰婶的手，焦急地问："小孩子是不会说谎的，晓兰，你告诉我，这到底是怎么回事？"

"荷花姐，你别急，子云那么乖巧的一个孩子，也许只是谣言，你不要太当真。"兰婶这是在宽母亲的心。

"荷花婶，你不要哭！妈妈说乖孩子就不哭。"天真无邪的小宝，歪着脑袋劝母亲别哭。

"小宝乖，婶婶不哭。"母亲用手绢抹了把眼泪，又接着说："晓兰，这件事情千万不能传到楚天的耳朵里，他身体一直不怎么好。他对云儿寄予很高的期望，若云儿真是发生了那样的事情，他会承受不了这样的打击。"

"荷花姐，我听你的。但是不是找人去广州打听一下消息？"

母亲沉思了片刻，低声说："是啊！不去广州，又怎么知道此事是否属实。"

"想起来了，我可以让他们帮忙打听。"

"他们？他们是谁啊？"母亲迫不及待地问。

"我的侄儿和侄女。"

"你的侄儿，是不是前两年来过我家的柳忆飞啊？"

"对，就是他。他现在在广州那边开酒店，我的侄女柳忆如也在那边念书。如果让他们去帮忙打听就方便得多了。"

如果云儿那事情是真的，让柳忆飞去打听合适吗？柳忆飞这小伙子前几年来过我家，看得出他是冲着云儿来的，他当时还借给我们一大笔钱。如果他知道云儿发生了这样的事情，会怎么想？"晓兰，你的一片好意我心领了，只是那样的事情让太多人知道，我怕对云儿不好。再说你侄儿和云儿也认识，如果让他知道，我怕云儿难堪。"

"要不，我让忆如帮忙打听，你看如何？"

母亲沉重地点头道："嗯，只能这样了！一切就有劳你了！"

母亲满脸愁云不展，神情恍惚地回到家。父亲见母亲失魂落魄的样子，关心地问："荷花，你是哪里不舒服吗？"

母亲勉强笑着说："我没事，只是有点累。"

"看你心事重重的还说没事，是不是想云儿了？其实我也很想她。我们学校下个星期有个长假，要不等放假了，我带你一起去广州看看云儿。"

母亲忙摇头道："不，不，云儿还有几个月就毕业考试了，我们要是去了广州，只怕会影响云儿的学习。几年都熬过去了，不急这一时。"

"嗯，你说得有道理。我们还是在家静待云儿衣锦还乡。"

听了父亲的回答，母亲方才安心。下午母亲去了村里的祠堂，求菩萨保佑我平安。回来时她路过兰婶家门前，脚步停了下来。她正准备进屋，屋子里突然传来对话声。

"小宝他爹，子云的事情刻不容缓，我下午就去林西城哥哥家，让哥哥打电话给忆如问问。"

"是啊！子云这孩子乖巧懂事，我们都把她当成是自家的闺女，如今在她身上发生了这样的事，真替她担心。"

母亲愣在窗外，听见他们的谈话，心里更加难受。

"荷花婶，你怎么又哭了？是谁欺负你了？你告诉我，我为你报仇！"小宝突然从母亲的身后跑出来，双手叉腰，一本正经的样子很像个小大人。

"小宝真懂事！婶婶这么大还需要你来保护。"母亲蹲在小宝面前，用手轻轻抚摸小宝的脸。

"荷花姐，是你啊！"兰婶走了出来。

母亲满眼泪光地笑着点头说："云儿的事，让你们费心了！"

"荷花姐，你这么说就见外了。有句话说得好，远亲不如近邻，我们能做邻居而且相处得那么好，这也是缘分。再说子云这丫头，善良乖巧，我们都将她看成是自家的姑娘。"

兰婶的一番话感动得母亲热泪盈盈。母亲回到家后，跪在观音菩萨的佛像前，虔诚地叩拜。母亲手里拿着佛珠，嘴里念着："大慈大悲的观音菩萨，恳求你大发慈悲，保佑我的云儿健健康康，平平安安！"

"喵……喵……"小花猫蹲在观音菩萨佛像对面的木柜子上，注视着母亲这个虔诚的信徒。

"嘘。"母亲示意小花猫别吵，小猫可真听话，它趴在那里，凝视着观音菩萨的佛像，再也没有出声。母亲起身将佛灯里的灯草给换了，用火柴点亮佛灯，然后又上了三炷香。

"荷花，荷花……"是父亲在院里喊，母亲转身出屋。

"荷花，你今天是怎么了？脸色苍白，要不要去看看医生？"父亲关心地问道。

"我真的没事，只是有点累，休息休息就好！"

父亲还是不放心母亲的身体，他骑着自行车朝村里的卫生院驶去，刚在卫生院门前停下，村长走了出来。

父亲见了村长，微笑着问道："村长，你怎么也在这里，你母亲的身体可好？"

"哟！是楚天啊！谢谢你的关心！唉！人老了，身体总难免会有些毛病。"村长叹了口气，又接着说，"楚天，你怎么也来这里？"

"荷花身体有些不舒服，我让她来看看医生，她怕花钱，躺在家里不愿意来。我不放心，来这想请医生上门为她瞧瞧。"

"唉！女人都是这样，一辈子就知道勤俭持家。"村长说完用异样的眼神盯了父亲一眼，瞧这楚天精神抖擞的，想必是子云被人强暴的事他还不知道。当初他家子云考取名校可是抢尽了风头，这回我也得让他沾点晦气。

村长故意装作同情的样子问道："楚天啊！你家荷花可是因为子云的事情而闹得身体不适？"

"是啊！可能是因为她太想云儿了。"

村长长叹道："女人心眼小，楚天你可要想开点，发生这样的事情，的确让人痛心，多好的一个孩子啊！"

村长的一番话令父亲摸不着头脑，他不解地问："村长，我不明白你的意思，你能否说得清楚详细点？"

"哟！看来你还不知道此事，是我多嘴。"

"村长，到底发生了什么事啊？请你告诉我，别让我干着急。"

"唉！还是不说的好，说了又怕你伤心。"村长边说边摇头。

"村长，你就告诉我吧！你不说我更着急。"

"身为人父，你也应该知道此事。"村长毫不保留地将杏儿带回的谣言，一五一十地全告诉了父亲。

父亲听完村长的话，眼前发黑，当场晕倒。村长赶紧喊人通知母亲赶到卫生院。母亲匆匆离开家后，一场灾难正在降临。

小花猫蹲在木柜顶上，疑惑地望着那尊从不开口讲话的佛像，忽然佛像前来了个不速之客——老鼠，小花猫扑通一声跳到佛像前，佛灯被打翻，灯油泼洒在木板上。

"着火了，着火了……"听见这样惊心动魄的叫喊声，乡亲们都慌忙地跑出门，朝起火的地方跑去。

"是楚天家起火了，这火烧得可真凶猛。"

"听说楚天昏倒住进了医院，怎么家里又着火了？真是祸不单行啊！"

"哎呀！他家子云出了那样的事情，相信就是铁打的身体也承受不了这样的打击，如今又发生火灾，真不知道他家犯了天上哪位星君？"

乡亲们围在一起，有救火的，有看热闹的，还有说风凉话的。

奶奶从外面回来，见家里着火了，手中提的菜篮子猛地一下跌落在地，望着无情的大火哭喊道："天啊！这是怎么回事？怎么会起这么大的火？老头子，老头子。"想起爷爷还在家里睡觉，奶奶边喊边朝屋里跑。

好心的乡邻拉住了奶奶的手："你不能进去，这火太大，你进去了太危险。"

"你们别拉我，老头子你等我，我来救你。"奶奶边喊边挣扎着。

"楚天，你家起火了！"一乡邻跑到病房，慌慌张张地说道。

爸妈简直不敢相信自己的耳朵，父亲忙追问道："你说什么？"

"你家起火了！"

父亲只觉眼前一片黑暗，差点晕倒过去。

"楚天，楚天……"

父亲缓过神来，从病床上爬起，不顾母亲的阻拦，朝家里奔去。母亲几乎要崩溃了，她跟在父亲身后，欲哭无泪。当父母跑到家门前，望着往日的家园被大火无情地吞噬，父亲心中空白一片。

知道爷爷还在屋里，父亲闪电般冲了进去，母亲见父亲冲进了火堆，跟着也想往里冲，幸好被乡邻给拽住了。

"楚天，楚天……"母亲朝大火撕心裂肺地哭喊着。

爷爷已被浓烟熏晕过去，父亲背起爷爷朝外跑，他前脚刚跨出门槛，被烧塌的屋梁砰然一声巨响，压在父亲的左腿上，父亲痛苦地被压倒在地，无法动弹。乡亲们慌忙跑来，用力搬开沉重的屋梁将父亲救出。

无情的大火将这个温暖的家洗劫一空，大火夺走了爷爷的生命，父亲的左腿受了重伤，面对这个破碎的家，母亲痛苦不堪。

弟弟从学校回来，见家烧成一堆废墟，爷爷安静地躺在凉席上。他悲伤地哭喊："爷爷，爷爷……"

远在千里之外的我，莫名其妙地突感胸口疼痛，隐隐中感觉到家里出了事情。

父亲想通知我回家为爷爷送行，但因距离遥远，再加上气候炎热，爷爷的尸体不便久留在家，所以未通知我，就将爷爷安葬了。爷爷一辈子生活在伊渺村，如今他走了，他的魂他的身，依旧守着这片生他养他的故土。

在乡邻们和几个姑父的帮助下，废墟里又搭建起了几间简陋的小屋。新疾加旧患一窝蜂地向父亲涌来，父亲瘫倒在床。家里的重担一下子全压在母亲一个人的身上。母亲起早摸黑地终日在田地里劳作，晚上回家还要照顾父亲，身心疲惫，头上的白发脸上的皱纹仿似一夜间爬满。

这一切弟弟都看在眼里，一日，弟弟来到母亲面前，低头道："妈，我想退学。"

听到弟弟说要退学，母亲放下手中未洗完的衣服，起身来到弟弟面前："朗，你怎么能说这样的话？你可知道你爸对你投入了多少心血和期望？你怎么能在这个时候说退学呢？"

"妈，我是伊家唯一的男儿，如今爸病倒在床，我必须要肩负起照顾这个家的重任。妈，你看你最近给累的！我不忍心见你过得如此辛苦，你就把这个家交给我来照顾吧！"

"朗，你真的长大了！妈知道你孝顺，但是妈不能让你这么做。父母一辈子辛劳就是盼子女成龙成凤，只要你不负爸妈对你的期望，妈再累再苦也值得，值得！"

"妈，你含辛茹苦一辈子，就歇歇吧！请你相信我，我一定能将这个家照顾好！"

兰婶来林西城有些时日了，可来得不是时候，前一天，她的哥哥和嫂子都出远门了。为了打听我的消息，她只好待在林西城等。

小宝整天憋在舅舅家里，他习惯了乡下那无拘无束的生活，如今每天和母亲待在舅舅家足不出户的，实在是太不习惯，他拉着母亲的手，恳求母亲带他回家。

兰婶摸着小宝的头说："小宝乖，舅舅很快就回来了，我们再等等。"

"妈，这里一点都不好玩，我想念家里的小花、小灰，我不在家，不知道它们是否饿着了。"小宝靠在母亲的怀里撒娇道。

"小花和小灰要是知道此刻还有人在惦念着它们，就算不吃东西也不会感觉饿。"

柳忆飞家的用人刘妈拿来玩具小狗、小熊来哄小宝。小宝瞟了一眼，显然对玩具不感兴趣。兰婶接过玩具哄小宝："小宝，你不是怀念小花和小灰吗？你看这小狗和小熊比咱家的小花和小灰还要漂亮。"

小宝接过玩具仔细端详，然后摔在沙发上："小熊和小狗是死的，不能和我说话，咱家的小花和小灰是活的，能听懂我说什么。"

刘妈说："晓兰，我看你们整天待在家里也的确是闷，要不下午我带你们到外面逛逛。"

"好啊！好啊！可以出去玩咯！"小宝高兴得手舞足蹈。

小宝出了家门一路蹦蹦跳跳，有说有笑，真是个活宝贝。"哇！这是谁的家这么大这么漂亮。"

刘妈笑着道:"小宝,喜欢这里吗?这是你舅舅的家。"

"你胡说,我们刚从舅舅家出来,怎么会是舅舅的家呢?"

晓兰一辈子都在乡下,也没念过书,望着"云天酒店"那气势磅礴的几个大字却不认识。"刘妈,这真的是我哥哥的家吗?"

刘妈说:"这是你哥哥开的酒店。"

小宝对酒店很感兴趣,扯着母亲的衣角说:"妈,我们进去玩一会儿!"

刘妈说:"晓兰啊!既然我们都逛到门口了,不妨就进去坐坐,休息一会儿,让这孩子进去玩玩吧。"

晓兰刚一点头,小宝就兴奋地冲进酒店,刘妈腿脚慢落在了他们后面。奇怪,舅舅怎么把河流都搬到家里来了?咱们村的河水是平着流淌的,这条河流怎么从天上往地下流淌?小宝好奇地跑到那假河流旁,用手捧了口水就往嘴里送。

一保安跑来吆喝着:"哪里来的野孩子?这水不能喝的。"

晓兰忙将小宝拉过来,赔笑道:"不好意思,这孩子没见过世面,让你见笑了。"

那保安也是狗眼看人低,见这么一对寒酸母子,把头昂到天上说:"这里不是你们该来的地方,还是赶快离开这,别影响我们酒店的形象。"

这时冷艳从楼梯往下走,正好看见了兰婶他们,她即刻掉头,转身又往楼上迈去。他们不是在乡下吗?怎么突然跑到酒店里来了?想起在乡下遭小宝的戏弄,冷艳就来气。冷艳回到办公室,将水哥喊了进来,贴着他的耳朵不知道在嘀咕什么。

水哥听完后面色有些难堪。他离开了办公室来到酒店大厅,教训了保安一顿,然后礼貌地向晓兰她们打招呼:"兰婶,你还认识我吗?"

晓兰见水哥西装革履地站在自己面前,还真的有点认不出来是谁,她摇了摇头:"不认识。"

"兰婶,几年不见,怎就不认识我了,我是水涛。"

兰婶笑呵呵道:"变了,变了,比以前精神多了。"

水哥说:"兰婶,这大热天的你们跑到城里来,想必是有重要事情吧?"

"没有，没有……我多年没来哥哥家走动，这次特来看望哥哥和嫂子。"

水哥笑着说："你们来得可真不是时候，他们前些天去广州了，可能还需要一些时日才回来，兰婶你如果有什么需要，可直接吩咐我。"

哥哥去广州这一时半会儿也不会回来的，荷花姐还在家等我的消息，我一天不回家，荷花姐就会多担心一天，这可如何是好？兰婶心里有些着急，她望了一眼同村的水涛，心想趁哥哥还在广州，要打听子云的消息就更方便了，可是我该如何让哥哥知道呢。找水涛帮忙联系，不，此事关系到子云的名节，少些人知道为妙，再说水涛又是同村，如果他乱说，将会给子云带来更多的麻烦。

"兰婶，你在想什么呢？想得如此入神。"水涛好奇地问道。

"水涛，你可知道如何能和我哥哥联系上？这么多年没见他，如今好不容易来一趟，总不能连句问候的话都说不上。小宝不习惯城里的生活，我想早日带他回乡下。"

"哦，这样啊！我帮你拨通广州云天酒店的电话，希望能联系上。"

电话拨通了，兰婶和哥哥相互问候一番后，将她此次来的目的告诉了哥哥，柳长青听了后，大吃一惊。他让兰婶先在他家住着，他在广州帮忙打听消息。

兰婶刚才和哥哥的通话，被贴在门外的水涛听得一清二楚，消息很快就递送到冷艳那了。

水哥领着兰婶她们去包间用餐，冷艳找来杏儿，故意演戏给兰婶看。当收到水哥发出的信号——咳嗽声，包间里的冷艳立马装作一副同情的样子，对杏儿说："子云发生了这样的事情，我却无能为力。她现在还是一个学生，在她身上发生这样残忍的事情，不知道她是否能勇敢地走过去。杏儿，我真希望这不是真的。"

杏儿沉重地答道："冷经理，你的心肠真好！子云有你这样的朋友，是她的福气。我也希望这不是真的，可是这一切都已经发生了，现在我们只能为子云祈福，希望她能坚强地度过此劫。"

"这件事情只有我们几个人知道，希望你守口如瓶，不要再将消息扩散。"

杏儿惭愧地低头说："冷经理，是我多嘴，我上次回老家为母亲安葬，无意中将此事说了出去，我不是故意的，恳请你原谅我！"

"你，你嘴巴怎么这么长，这样的事能拿来到处说吗？你让子云以后有何颜面回家啊！"

这个冷艳看上去刁蛮，原来心肠竟是如此的善良，是我误解了她。只可怜子云这丫头，这么小就遇到这样残忍的事。我该怎么办，是将此事的真相告诉荷花姐，还是隐瞒？兰婶站在门外心情七上八下。

"姑妈，你们来城里怎也不通知我一声？我好安排人去接你们。"冷艳假装热情。

"艳艳，你的一番心意姑妈领了，上次你去我家没招待好你，姑妈这心里一直有愧疚。小宝，快过来，给姐姐行礼。"

小宝心不甘情不愿地来到冷艳身前，未曾喊姐姐，倒送了一个很不友善的眼神给她。冷艳在心里诅咒小宝，脸上却洋溢着虚伪的笑。

他们围坐在丰盛的餐桌前，正准备用餐，小宝突然捂着肚子喊痛。

晓兰说："好好的怎么突然肚子痛，是不是要拉大便？"

小宝说："好像是。"水哥领小宝去洗手间。一顿饭的工夫，小宝接二连三地往洗手间跑，拉得腿脚发软、浑身无力。这一反常不由引起兰婶的注意，小宝今天是怎么搞的？前两天他还闹便秘，今天怎么就拉稀呢？难道他吃错东西了？不对啊，这几个小时他和我都吃同样的东西，为何我没有不良反应？难道问题是出自杏儿手中递来的那杯饮料上？想起杏儿递饮料给小宝时异常的表情，晓兰不得不起疑心。

该死的小宝，敢和我作对这就是下场，冷艳在心里偷偷地乐着。为了不引起兰婶的怀疑，她装着很关心的样子问道："小宝，看来你没有口福，这满满的一桌菜可都是为了你这个活宝贝准备的。水涛，一会儿你开车带小宝去医院瞧瞧，看是不是吃海鲜肠胃过敏？"

兰婶见小宝不舒服，也没心情用餐了，只想尽早离开。她向冷艳道别后，抱着小宝坐水哥的车回伊渺村了。

眼看就要临近毕业考试，回想几年的校园生活，再抬头望着校外的天空，心中感慨万千。好久没收到家里的来信，不知家里一切可好？最近我总有一种不祥的预感，梦里多次梦见家园被毁、亲人遇难！每次想起心中总是不安，但愿一切只是梦。去邮局的路上我一路胡思乱想。

柳忆飞开车见我一个人神情恍惚地走着，有些担心，难道父亲说的是真的？莫非她真的被人强暴了？他把车开到我身边，伸出头问："子云，你这是去哪？很久不见，你最近可好？"

　　我牵强地微笑着说："我……还好吧！"

　　子云她一脸的落寞，说话吞吞吐吐，难道真的遭人强暴了？呸呸，乌鸦嘴，一定不会。"子云，你真的过得好吗？见你心事重重的样子，我很为你担心。如果你过得不好，一定要告诉我。如果你不开心，也不要把所有痛苦都放在心里默默承受。只要你愿意，无论何时何地，我都愿意为你分忧解难。"

　　"忆飞，我知道你对我的好！但是我们之间是不可能的。"

　　"子云，你误会我了！我对你的关心纯粹出自对你的一片真诚，绝无半点他意。虽然我曾经疯狂地爱着你，整天幻想着会有那么一天能感动你！经历了这么多事情后，我才发现，这样的爱对于你来说是一种负累，我不希望你不快乐！执着有时是一种痛苦，放弃有时候也很美丽。"

　　"忆飞，你能这样想，我很欣慰。其实男女之间除了爱情，还有更珍贵的友情。曾经我对你有很大的偏见，对你的态度很不友好，你会怪我吗？"

　　"我当然会怪你，怪你为何如此美丽可人，怪我自己自作多情，整日痴人说梦。哈哈！这一切都成了过去，抛开爱情，心情平静多了！"柳忆飞朝我淡然一笑又接着问，"子云，你最近真的过得好？"

　　"还好吧！你呢？"

　　"我？不好也不坏！丢了爱情，又收获了另一份感情。子云，你会不会觉得我用情不专？"

　　忆飞所说的另一份感情，想必是冷艳，看到他们能走在一起，我替他们高兴。"不，这不叫用情不专，不属于自己的东西始终是要离去的，属于自己的就要好好珍惜！忆飞，你终于找到了属于自己的缘分，我真诚地祝福你们！希望你们快乐幸福！"

　　这样的祝福从子云的嘴里说出，对于柳忆飞来说是莫大的痛苦。他感觉不到一点快乐，心中莫名的难过。难道自己始终放不下对她的爱？柳忆飞你能不能为自己活一回？不要永远走不出别人的世界。

"忆飞，你有心事？"

"没，我只是突然想起了一些事情。"

"没事就好，我还有点事情，要先离开了。"

"子云，你去哪？我送你！"

"不了，我去的地方很近，一会儿就到了，就不麻烦你了！"

"你这么说我可要生气了，如果当我是朋友，就别说麻烦二字，上车吧！愿意为你效劳。"

我不好意思再拒绝他的一番真诚，上了车。

"子云，我们现在去哪？"

"去邮局。"

"给家里寄信吗？"

"嗯。"

"想家了吧！记得当年父亲送我来广州读军校，我也特别想家，不过我没有你那么细心往家里写信，我想家就给家里打电话。"

"你以为每个人都能有你那样的条件，想家就给家里打电话呀。城里人不知乡下人的日子，别说我家没有电话，就连整个伊渺村都没有电话。"

"子云，我不是有意的。不过用不了多久，你一定可以与家里人通上电话的。子云，你想不想回家？"

"想，做梦都想，但却不能回家。"

"只要你想，就一定能够做到。明天是星期天，我开车来你们学校接你，送你回家。"

"忆飞，你不是说梦话吧！时间太紧张了，我周一还要上课。"

"请你相信我，就算我一个晚上不睡觉，也一定能如期将你送回来。"

"不，那样你太辛苦了！疲劳很容易发生事故。一帆上次出车祸就是因为司机驾驶疲劳造成的。"

"子云，我会对你的安全负责任的！我父亲前些日子来广州了，明天回去的路上让我爸驾驶，我在车里休息，这样晚上送你回来就不怕疲劳了！"

"这样不好吧！"

"你就别不好意思了，除非你不想家。"

柳忆飞一进家门，责怪他父亲："爸，人家好好的，你干吗说她被人强暴了呢？害得我白担心了一场。"

"没事就好！这也是你姑姑打来电话托我打听此事的。既然一切都是谣言，那我赶紧给你姑姑回话，免得她们担心。"柳长青拨通了家里的电话，遗憾的是晓兰已离开了林西城。

"姑姑一辈子守在乡下，这是从哪里听来的谣言？这散布谣言的人居心何在呢？"

不管这个散布谣言的人是谁，只要是伤害子云的，我一定不会放过他。"爸，这件事情你就当从来没有发生过，不，本来就是没有的事情。明天你见了子云，可不要在她面前提起此事。"

"我明天和你妈都要回林西城了，就算我想说也没有机会啊！你这孩子，真是杞人忧天！"

"子云明天和我们一起回去，她想回家看望她的家人。"

"哦！这样啊！知道了！你就不要瞎操心了！"

"这怎么叫瞎操心呢？这是我的真心话！"

第十四章　情海茫茫心海茫茫

　　很久没见云妹了，真的好想她。自那次在医院不辞而别，她就躲着再也不见我。我能理解她当时的心情，但如今梅若已康复，难道我与云妹之间的感情就这样结束了吗？杨一帆放下手中的笔，手捧着蓝色笔记本，紧紧地贴在胸口，口中轻声念道："云妹，与你别后的三个月，我无时无刻不在想你，为了你的学业，我控制自己不去打扰你！这漫长的三个月，我只能将自己对你的思念点点滴滴收藏在笔墨里，这薄薄的笔记本倾注的却是我满满的情意。如果有一天你能看见我为你写下的所有思念与爱意，相信你一定会感动得泪眼盈盈。"他将笔记本合拢，小心翼翼地放在枕头下面，然后离开了房间。

　　杨一帆快到我们学校时，远远望见柳忆飞为我开车门，他眼睁睁地看着我上了柳忆飞的车，心中有说不出的滋味。看到他们有说有笑，相处得如此默契，难道云妹移情别恋了吗？不，不会的，我的云妹不是这样的。

　　"子云，他来了，要不要下车打声招呼。"

　　我抬头望去，见一帆神情恍惚地站在我们对面，他好像又瘦了，想必离别后的这几个月，他同样备受感情的煎熬。一帆哥，对不起！其实我好想你！可是梅若更需要你。

　　"不了，我们还赶时间。"

　　杨一帆眼睁睁看着我们的车子从他身边经过。

　　这一路我的心情格外的沉重，心中始终惦记着一帆。想到再过一会儿我就可以见到亲人了，心情有些激动。我将头伸出车窗外，望着眼前一道道熟悉的风景，几乎闻到了稻子的香浓，感受到了故乡的淳朴。

"子云，我们终于快到家了！看你高兴的样子像个孩子似的。"

我朝他做了个鬼脸："你说我像个孩子，我看你才是个地地道道长不大的孩子，说话疯疯癫癫的。"

"你说我像孩子我倒挺乐意的，我感觉孩子是最快乐幸福的，但是你说我说话疯疯癫癫的，无凭无据，我不赞同。"

"你是要我拿凭据，好，那我现在就把凭据搬上来，你刚才说我们要回家了，这儿可是我的家，你的家又不在这里，怎么能说是我们要回家呢？"

"一定要分得那么清楚吗？"

"当然，要不然你改姓伊，我就当你是自家兄弟。"

"哈哈！改姓，我做不了主，这得和我爸妈商量去。"

眼前的路凹凸不平，车子开始颠簸起来。"这样的路真叫人伤脑筋，子云，你可别光顾着欣赏田野美景，要坐稳。"

"难为你了！让你当我的司机。"

"我乐意着呢！"

眼看车子就快到伊渺村了，我的心快要蹦出来了。当车子路过村里的水泥厂时，我无意间看见一个身影很像弟弟，背上扛着满满一包水泥。他的背一直是弓着的，身上脸上沾满了水泥。突然一不小心他的脚被一块石头给绊倒了，沉重的水泥如一座山压在身上，他用双手吃力地支撑在地面，跌倒多次才算站稳。

我的心微微一颤，总感觉眼前的这个少年就是弟弟，但是弟弟一直在学校读书，爸妈不会让他做这样的苦力活的。我朝他喊了声："你没事吧！需要帮忙吗？"

他顺着声音朝我望来，奇怪的是没有回答就背过身去。是姐姐，她怎么这个时候回来了！姐姐若是知道我在此做工，一定会心疼我而放弃自己的学业。我是伊家唯一的男儿，不能将重担压在姐姐身上。他傻立在那里不动。突然有个拿着笔和本子的中年人走了过来，他削瘦的脸上有一条长疤痕，看上去像条蜈蚣贴在脸上，他凶悍地朝这边吼："你再偷懒，我就扣你的工钱。"

背水泥的少年听到那中年男子的话后，吃力地低头朝前迈去。我再也没心情欣赏窗外美丽的乡景，开始为刚才的那个少年担忧。

"子云，你看，我们快到家了！"

我探头朝前方望去，看见了村庄，看见了村口的池塘有几个村妇蹲在那里洗衣服，当我再定眼朝前望，被惊呆了！我家怎么变成了这样？难道我的梦是真的，那我的亲人他们现在怎么样？

"子云，你怎么了？怎么脸色这么差？是不是途中太累了？"柳忆飞望着我，关心地问。

"我没事，忆飞你能不能开快点？"

"家就在眼前还这么急，归心似箭这个词我今天总算是深有体会。"

车子经过池塘时，几个洗衣服的村妇不约而同朝我投来异样的眼神，她们嘀嘀咕咕也不知道在说些什么。

一会儿车子在我家门前停下了，柳忆飞望着眼前的屋子，惊讶地问我："子云，你家什么时候盖新房子了？只是这房子太过矮小简陋，不及以前的房屋。"

我慌忙地跑到家门前，见门没有上锁，便轻轻一推，门开了半扇。屋子里很暗，屋子正前方的桌子上有一张镶了玻璃的照片，照片上还镶了黑色的花边。我上前一看，照片中的人是爷爷，我的心往下一沉。难道爷爷他真的走了！不，这不是真的。"爸，妈，爷爷，奶奶，弟弟，我回来了，你们在哪？"

"云儿，真的是我的云儿回家了吗？难道她真的被学校开除了？"母亲站在门外，手中的菜篮子滑落在地。

几个月不见，母亲变得更单薄了，几乎一阵风就能把她吹倒。母亲真的老了，头上的白发又多了。我跑到母亲面前，一头扎进母亲的怀里，心中百感交集。"云儿，你怎么这个时候回家？不是说快要毕业考试了吗？"

"妈，我是太想念你们，所以才挤出时间让忆飞开车送我回来看你们。妈，家里发生了什么事情？爷爷怎么了？"

母亲沉重地低下头，半天也没有说话。

在我不停地追问下，母亲将家里发生的一切都告诉了我。我悲痛欲绝地捧起爷爷的遗照，哭喊道："爷爷，云儿回来看你了！请你原谅云儿不孝，没有回来为你送行。妈，家里发生这么多的事情，你们为何不告诉我？为什么？"

母亲见我哭得昏天暗地，也跟着哭。她将我拥入怀里，安慰我说："云儿，不是有意瞒你，只是广州太远，天气这么炎热，爷爷的遗体不便在家久留，所以就没有通知你。我们怕你承受不了这样的打击，怕影响你的学习！"

柳忆飞走到我们面前，低声说："一切已经发生了，子云，伯母，你们要节哀顺变！"

"怕影响我的学习，难道学习比亲人还重要吗？爷爷走了，我没有送他上路，这会让我一辈子心里都愧疚不安！"

"云儿，你有这份心意，爷爷在天有灵，一定不会怪你的，你就别太伤心，这大热天的若是中暑就不好了，你爸他现在还在医院里待着，你不能再……"母亲一句话未说完就用手捂住了嘴巴。

"妈，你说什么，爸他怎么了？是不是爸的心脏病又犯了？"我着急地问母亲。母亲将头偏到一边，用手捂着嘴巴，低声啜泣。

"妈，爸他怎么啦？"

"你爸他在火中为了救你爷爷出来，不幸被烧毁的屋梁砸到左腿，现在还在医院里接受治疗。"

"天啊！这到底是为什么？老天为何要这样对待我的亲人？"我疯了似的跑到门外，抬头朝天空呐喊。

"子云，你家发生了这么多不幸的事情，我不知道该如何安慰你才好，但是为了你的家人为了你自己，我求你不要这样折磨自己，看到你这样子，我很难过。"柳忆飞跑到我身前劝慰我。

"是啊！云儿，你要想开点，你要是倒下了，妈只怕是再也支撑不下去了。"母亲边说边哭。

是啊！我不能倒下，这个家还需要我去支撑。如今父亲重病在身，我不能眼看着母亲独自支撑。我用手擦拭了眼角的泪，走到母亲面前微笑着说："妈，你受苦了！请你相信我，我不会就这么轻易倒下去，往后就请你将这个家交给我来照顾。"

"不，云儿，只要妈在世一天，就不会让你们为这个家吃苦受累，你如今学业未成，妈不会让你为此断送自己的前程，云儿，你能好好读书，比什么都好！"母亲边说边摇头。

"如果不能在最困难的时候为家里分忧解难，就是读再多的书也失去了意义。想想一家人生活在一起，日子虽然清寒，但每个人都很开心。可如今，家毁了，爷爷走了，爸又病重不起，如果这个时候我还光顾着个人的前程，那还是人吗？妈，你吃了一辈子的苦，如今我已长大成人，你就把这个家交给我来照顾吧！"

"云儿，妈知道你是个孝顺的孩子，但是妈绝不允许你再说退学这样的话，你知道你爸对你寄予了多高的期望吗？你爸教了大半辈子的书，你是他唯一教出来的一个大学生。你想想他会让你退学吗？云儿，你爸爸心脏不好，上次在医院医生说你爸再也不能受刺激，你千万不能在你爸面前提退学的事。"

柳忆飞见母亲满脸焦虑，望了望我，走到我和母亲的面前说："子云，你就别再执拗下去了，也不要再说退学这样的傻话，至于生活上的困难就交给我吧。伯母，这些钱你先拿着，以后如果有什么难处尽管开口，别和我客气。"柳忆飞将厚厚的一沓钞票塞到母亲的手中。

"不，这钱我不能收，上次子云上学，你已经帮过我们，我们不能一再麻烦你。我怕欠你的恩情，一辈子都还不清。"母亲将钱又推塞到柳忆飞的手中。

"伯母，谁说要你还了，你这样就太见外了。钱这东西乃身外之物，生不带来死不带去，如果能将它用对，那才有价值。"

原来我上学的学费都是靠柳忆飞的接济，我实在是太没用，只会给家里人添麻烦，我不能再靠别人的施舍来度日。我接过母亲手中的钞票，塞到柳忆飞的手里，朝他大喊："我知道你家财万贯，我们现在是穷，但穷也要穷得有骨气。我有手有脚不需要你的施舍。"

"子云，原来在你眼里我竟是这样一个人。对，曾经我帮助你，的确是因为喜欢你，希望借此拉近和你之间的距离。但是我错了，感情是无法用金钱来换取的。经历这么多事情后，我已经想得很透，强扭的瓜不会甜，强求的感情不会圆。如今我是真心将你当成最好的朋友对待，子云，我是真心希望你和你的家人过得幸福，如果你还当我是朋友，就请你不要再拒绝，更不要想歪了。"柳忆飞说完又将钱轻轻地塞在我的手里。

当天我去医院看望父亲，医生说父亲的左腿可能再也恢复不了了。看到父亲躺在床上痛苦不堪的样子，我的心说不出的痛。乡下医疗技术还很落后，也许将父亲带到大城市去治疗，还有一丝希望。我突然有个念头，就是想带父亲随我去广州治疗。

傍晚，弟弟筋疲力尽地回到家里，他见了我立刻提起精神，微笑着对我说："姐，你回来了！"这是弟弟吗？以前白白净净的他，现在又黑又瘦，望着现在的他，我眼前又飘过那个背水泥的少年身影。"朗，你是不是跑到水泥厂做零工了？"

弟弟的脸瞬间失色，他支支吾吾道："姐，我在学校读书好好的，怎么会去做零工呢？"

我相信自己的感觉，我拉着弟弟的手，他的手虽然洗得很干净，但是指甲里还沾有水泥残渣，身上的衣服看来也是经过了一番整理。我正准备掀开弟弟的衣服，看他的肩膀是否受伤，但被弟弟挡住了。弟弟微笑着说："姐，你想多了，我真的挺好的。"

"朗，你瞒得了任何人也瞒不了姐姐，看到你这样子，你知道姐有多伤心难受吗？"我轻轻地掀开了弟弟衣服，弟弟的背上青一块紫一块，肩膀又红又肿。想起从前与弟弟在一起的种种场景，再想想他在水泥厂的一幕，我的眼泪夺眶而出。我将弟弟抱在怀里，哭道："朗，你受苦了，你现在还那么小，怎能将所有重担压在自己一个人身上。都是姐姐不好，没有照顾好这个家，更没有照顾好你。"

"姐姐，我已经是个大人了，我应该承担起照顾家的责任，吃这点苦算得了什么？眼看着家人落难，我却无能为力，那才是最大的痛苦。"

"朗，姐姐知道你懂事。在姐姐眼里，你永远都是个孩子，需要人来疼。姐比你大三岁，我们从小一起读书，一起玩耍，我们之间有太多值得回味的记忆。你知不知道在姐姐的心里，把你看得比自己还重要？看到你这一身的伤，姐姐比自己挨刀子还要痛。"

弟弟听完哭着说："姐，是我不好，从小到大都让姐姐为我担心，我以后再也不让姐姐为我担忧了！"

母亲看到我和弟弟痛哭，上前将我们抱住，三人哭成一片。母亲说："你俩都是我的好孩子！妈今生最大的幸福就是生下你们两个懂事孝顺的好孩子。都不哭了，苦难只是暂时的，以后我们一起为这个家努力。但是，你们俩得答应妈，从今以后谁也不能再说退学的事情。"

我和弟弟相互对视，谁也没有再出声。这时柳忆飞从兰婶家里回来了，他气愤地说："我姑妈将一切都告诉我了，诬陷散布子云谣言的那个人太可恶了，等我查清楚是谁在背后使坏，一定不会放过他。"

我激动地跑到柳忆飞面前问："谁诬陷我？什么谣言啊？"

柳忆飞知道自己失言了，低头没敢出声。这时母亲走到我身边说："云儿，既然这一切都是谣言，妈就放心了。"

"妈，这到底是怎么回事啊？他们说我什么了？"

"事已至此我也就不瞒你了。"母亲将这些日子以来发生的所有事情原原本本地全告诉了我。

太狠毒，太可怕了！我到底得罪了谁？竟然让他这般蛇蝎心肠对我下毒手。我要报仇，要让他也尝尝家破人亡的滋味。我一遍遍地告诉自己，一定要将此事追查到底，将幕后黑手查出来以眼还眼以牙还牙。

弟弟愤怒地说："姐，一定要将那个幕后凶手给揪出来，绝不让他逍遥法外。"

柳忆飞突然喊道："糟了！这时间咋过得这么快，子云，我们得回广州了，再不走只怕是会耽误你上课。"

"姐，你回来才几个小时，怎么就又急着回去？我还有很多话想和你说呢。"

"云儿，你来去如此匆匆，妈真舍不得你走，这大黑夜的，妈不放心，要不等天亮再启程？妈也有很多话想和你说。"

"伯母，你别为子云的安全担心。不过子云难得回家一次，的确是太过匆忙，子云，我尊重你的意见，是去是留全由你来决定。"柳忆飞望着我。

我微笑着说："忆飞，这一路真是辛苦你了！我想在家再多陪陪家人，待天亮我想带我爸去广州那边的医院帮他治病。乡下的医疗设备太落后，我不能眼看着他从此再也站立不起来。"

母亲看着我说："医生说你爸的腿已经没治了，将你爸转到广州去治疗，那里的医生能治好你爸的腿吗？"

"妈，我们不去试试又怎么知道结果是好是坏？爸爸如果失去了左腿，你叫他以后如何面对生活？"弟弟也连连赞同我的建议，支持爸爸去广州接受治疗。

柳忆飞也跟着说："是啊！伯母，乡下的医疗设备和医术是远远赶不上大城市的，就这么定了，明天一大早我开车来接你们。"

"这恐怕还要和你爸商量后再做决定，只怕他不同意去那么远的地方。"看母亲的样子，她还是犹豫不决，难以做主。

"妈，爸如今是个病人，病人的意志通常都会很脆弱，这事还得我们来做主。"

"遭遇了这场大火后，我怕去大城市……"

母亲的一句话未说完，精明的柳忆飞就抢着说："伯母，你只管放心，一切医疗开支费用我会为你们安排好的。时候不早了，我先走了，明天再来接你们。"

母亲感激地说："忆飞，我家屡次受你的恩惠，真不知道该如何报答你。"

"伯母，别想太多！子云你也早点休息，我明天来接你。"

我被他的真诚所感动，朝他微笑道："谢谢你！我送送你！"

柳忆飞朝我笑着点头。

柳忆飞的车子刚在云天酒店门前停下，冷艳正好从酒店大厅走了出来，她见到自己朝思暮想的忆飞从车里走出来，迅速朝柳忆飞奔去，紧抱着柳忆飞的脖子，在柳忆飞的脸上狂吻。

柳忆飞说："别这样，让旁人看见多不好！"

"我都不怕，你一个大男人怕什么？你可知道人家有多想你！难道你不想我？"

"我从那么远的地方连夜回来看你，你说我有没有想你？"

冷艳又给了柳忆飞一个香吻，两人手挽手一起进了酒店的房间。两人刚一进房间，冷艳就如同一只母老虎扑在柳忆飞的身上，嘴巴在柳忆飞的脸上狂吻。柳忆飞受不了冷艳的诱惑，将冷艳抱起，紧紧地压在床上，两人很快就进入了温柔乡。

几个小时后柳忆飞从梦中醒来，见冷艳目不转睛地盯着自己看，他微笑着说："怎么还不睡觉？"

"我睡不着，看着你睡也是一种享受。"

"傻瓜，不睡觉，明天哪有精神工作？睡吧，我一早还要去接人回广州。"

"什么？你一大早就要走！你能不能多陪我几日？我舍不得你离开。"

"我还有重要事情要办，我们以后在一起有的是时间。"

"你所说的重要事情就是去接人吗？我可以安排别人去办，你就多陪陪我好吗？"冷艳嗲声嗲气地缠着柳忆飞。

"这件事情交给别人去办我不放心。"

"不就是接个人吗？什么人啊这么重要？"

"说来话长，一时半会儿也说不清楚，改天我再和你说。对了，咱酒店是不是有个叫杏儿的女员工？"

他好端端的提杏儿干吗？莫非他口中所说的重要事和我诬陷子云有关？肯定是，要不然他不会无端提起杏儿的，看来在他心中还是念念不忘子云。此时的冷艳既气愤又惶恐。

"你还没有回答我呢，你在想什么？想得那么入神？"柳忆飞见冷艳心不在焉的样子，用手在冷艳的眼前晃来晃去。

"你是怎么了？我见你神情恍惚，有心事吗？"

"我是有心事，而且有很重的心事。"

"哦，什么心事？说给我听听？"

"我的心事难道你还不知道吗？我一门心思都投入在你身上，难道你感觉不到吗？"

"我知道你对我好！我现在不是在你身边吗？你怎么还心事重重的？"

"今夜浓情蜜意，只可惜明朝又要各奔东西。忆飞你明天不去广州可以吗？"

"艳艳，我也舍不得离开你，但是我答应了子云明天去接她，不能失信于她。要不，过段时间我再回来看你？"

一听到我的名字，冷艳就万分激动，她气冲冲地朝柳忆飞嚷嚷："又是为了子云，在你心里子云就真的那么重要吗？我这般低三下四地哀求你留下多陪陪我，也比不上你对子云的一个承诺。我真不知道你心里到底有没有我的存在？"

"看你吃醋的样子，真是叫人又怜又爱！别生气了！我现在不是在陪你吗？做人要诚信，我和子云之间不是你想象的那样。"

"当初你为了得到子云，冒充杨一帆约子云晚上去公园见面，你敢说你不喜欢她吗？"

"过去的就让它过去，你再提这些扫兴的事，我可要生气了！"柳忆飞说完翻身背对着冷艳。

冷艳心里虽然醋气翻天，但因自己太爱眼前的这个男人了。为了爱，她放下所有自尊，开始哄柳忆飞。

柳忆飞故意装作很生气的样子，依旧背对着冷艳，不搭理她。冷艳起身爬到了柳忆飞的面前，她趴在他的身边，用嘴在他的脸上往下亲。柳忆飞控制不了体内的欲火，猛地翻身将冷艳压在床上，两人又开始缠绵。

当柳忆飞睁开眼睛时，天已经大亮。他将冷艳挽在自己脖子上的手臂轻轻放下，匆忙起身。起床后他感觉咽喉干燥，见桌子上正好有杯水，一口气将桌子上的水给喝完了。冷艳躺在床上眯着眼睛，心中暗喜："喝了这杯加了春药的水，看你还有没有力气去看望那个狐狸精。"

柳忆飞正准备出门，忽然感到全身发烫，荷尔蒙膨胀，体内像是有千万条虫子在蠕动。"这鬼天气怎这么热？"说完他跑到洗手间用水龙头对着自己淋。

冷艳见柳忆飞进了洗手间，她用浴巾裹着身体，也跟着进去。见柳忆飞用冷水浇自己的头，她担心药劲会很快过去，假惺惺地说："这天气怎么这么热，我受不了！我也要用冷水来降温。"她抢过柳忆飞手中的水龙头，就朝自己的头上身上淋。柳忆飞正准备离开洗手间时，冷艳有意将浴巾拉松，她"啊"地尖叫了一声，柳忆飞回头一望，浴巾滑落，冷艳一丝不挂地站在自己的面前。当再次凝视冷艳那性感的身材，柳忆飞感觉欲火焚身，就这样他们在洗手间里又再一次亲密。本就精疲力竭的柳忆飞，怎经得起冷艳的多次折腾，终于累得爬不起来，躺在床上一觉睡到傍晚。

不好了！我答应子云去接她，怎么睡得这么死？色乱人心，看来只有等明天一早再去接子云。子云，是我耽误了你时间，都怪我管不住自己。

这时冷艳走了进来，她微笑地走到柳忆飞的面前，温柔地说："忆飞，你睡醒了！"

"艳艳，早晨我怎么突然感觉全身发烫，我还以为是天气太热的缘故，但是这房间一点都不热，这是不是中邪了！"

"我看你是真的中邪了，连气温也分辨不清。早晨的气温和晚上肯定是有区别的，今天早晨，我也感觉燥热难安。"

"哦，是吗？但是我总感觉怪怪的。"

"我看你是心里在作怪。好了不谈这些了，你一天都没有吃饭了，赶快随我去弄点好吃的补补身子，你要是饿坏了身子，我可心疼。"冷艳边说边为柳忆飞整理衣襟。

柳忆飞与冷艳在自家酒店里共进晚餐，丁当突然贼笑着走了进来，他朝柳忆飞鞠躬赔笑脸。冷艳见丁当那贼眉鼠眼的德行，生怕他会当着柳忆飞的面，抖搂自己过去的不是，她用眼神暗示丁当，丁当假装没看见。

柳忆飞喊丁当一起坐下吃饭，丁当皮笑肉不笑地弯着身子道："谢谢少总的抬爱，我受之有愧。"

"你就别客套了！坐下吧！云天酒店能发展到今天，其中也有你的一份心血。以后咱们几个在一起的时候，就像是一家人，不要分得那么清楚。"听柳忆飞这么一说，丁当心里感到臭大的安慰，他毕恭毕敬地坐在柳忆飞的身边，为柳忆飞斟茶倒水。

"来，少总，总经理，我敬你们！"丁当举杯敬柳忆飞和冷艳。

柳忆飞："这天气这么热，不敢再多饮酒，饮多了只怕又会误事。"

丁当感觉奇怪，酒店里凉丝丝的，少总怎么说热呢？这里面一定有原因。他诡秘地瞟了冷艳一眼，感觉冷艳好像有点心虚。

柳忆飞问："丁当，咱们酒店是不是有个叫杏儿的女员工？"

提起杏儿，冷艳脸色惊变，她在心里暗自道："幸亏自己机灵，今日一大早就给杏儿放了假，让她最近几天都不要来酒店上班。"

丁当见冷艳的表情，知道里面一定有文章，他故意沉思片刻答道："酒店员工几百人，有些新来的员工姓名我不是很清楚，冷经理对酒店的内部情况了如指掌，不知咱们酒店有没有叫杏儿的员工？"

冷艳装作很不在意的样子说："好像是有这么一个名字，但具体在咱们酒店哪个部门上班，我还真不清楚，一会儿我让前台去查查看。忆飞，不知你找这个杏儿有何事情？"

柳忆飞："你现在就去前台把她带到这里来。"

丁当起身道："这点小事情就交给我去办吧！"丁当边走边想，这个杏儿明明就是冷艳的心腹，冷艳怎么在少总面前说自己不认识杏儿呢？难道其中有阴谋？

这时有一个女服务员推着服务车从房间走出来，丁当喊住了她问："你们的主管杏儿去哪了？去帮我把她喊来，少总有事情要找她。"

那女服务员回答道："丁经理，主管不在酒店，她今天请假了。"

"好好地请什么假？"

"这个我不清楚。"

"你怎么这个时候才来打扫客房？你知不知道这会儿是顾客入住的高峰期？"

"这间客房，是昨晚少总与冷经理住的，因为少总睡到傍晚才起，所以打扫就拖延到现在。"

少总不是不喜欢冷艳吗？怎么他们又黏在了一起？一定是冷艳那骚货死缠着少总不放，如果少总真被她给迷惑住了，说不准她哪天就坐上了少奶奶的位置。这冷艳如真当了少奶奶，那第一个遭殃的一定是我，不行，我一定不能让她那么轻易梦想成真。这间客房可是酒店里的贵宾客房，宽敞舒适，少总怎么说很热呢？

"经理，如果没什么事情我先下去了。"

丁当挥挥手进了客房，客房里冷气开着，进去后感觉微凉。他在客房里从洗手间到卧室，四处搜索着，希望能找到冷艳的把柄，但是结果却很令他失望。他垂头丧气地准备离开，不料衣服上的纽扣突然掉在地上。丁当蹲下正准备拾纽扣，却无意间发现沙发底下有东西，伸手拿起，竟是催情药。想必这东西就是导致少总发热的原因，真想不到冷艳这个骚货为勾引少总竟淫荡到这种地步。我要是将这个东西递交到少总手里，看那冷艳还能得意到什么时候？

丁当满脸阴笑来到了柳忆飞的面前说："少总，我刚才打听过了，那个杏儿是咱们酒店的客房部主管，听员工说她今天请假了。"

不会这么巧合，我刚一回来她就请假，其中一定有鬼，看来此事并非我想象的那么简单，一个小小的员工怎会和子云有过节呢？想必是幕后有黑手操纵，柳忆飞将目光移转到冷艳身上。

"丁当，晚上你帮我重新安排个空气好点凉爽点的房间，我现在还有点事情要办，晚点回来。"

"是，少总，你尽管放心。"丁当边说边用阴森的眼神望着冷艳。

我就在他面前，他干吗要让丁当去安排房间？难道开始怀疑起我了？冷艳心里有些忐忑不安。她微笑着说："忆飞，都这么晚了，有什么事情不能等到明天再去处理吗？"

"不，这件事情必须今晚就得处理，我不能再耽误她的时间了。"柳忆飞说完就起身离开包间。

冷艳紧跟着起身，走到柳忆飞面前说："她的事真的有那么重要吗？竟可以让你不顾及自己的身体？"

"昨晚你也累了，你早点休息吧！我去去就回来。"

柳忆飞开车刚一离开酒店，丁当就走到冷艳的面前神神秘秘地说："总经理，你真厉害！"

冷艳瞥了一眼丁当，毫不客气道："你什么意思？"

"这里说话不方便，我们找个地方谈谈。"

"有话就说有屁就放，没有什么方不方便的。"

"你真要我说，你看看这个。"丁当将药盒掏出了一半，冷艳看后，心里一颤。

丁当和冷艳找了间客房坐下，冷艳气愤地说："你想干什么？"

"冷经理昨晚可是春宵苦短，我想和你把昨晚的美梦再温一遍。"丁当边说边对冷艳动手动脚。

冷艳用力将丁当双手推开，给了他一个耳光。

丁当用凶悍的眼神盯着冷艳："你这个骚货贱货，为迷惑少总竟然下春药。你要是从了我，事情就一了百了，如果不识抬举再在老子面前装清纯，就别怪我不懂怜香惜玉。我要是将这个东西交到少总那里，后果怎样就不用我告诉你了。"

"我现在是少总的女人，你敢这样对我，难道就不怕我在少总面前揭发你？"

"我谅你也没有这个胆，少总要是知道这件事情，我顶多被炒鱿鱼，而你将会变得一无所有。"

"你这个狼心狗肺恶贯满盈的东西，你这样做难道就不怕五雷轰顶下地狱吗?"

"你自己想想后果吧!我给你半个小时的时间考虑,半个小时后若不见你表态,就别怪我无情。"丁当说完,起身大摇大摆向门外走。

"你等等。"冷艳喊住了丁当。

丁当回头淫笑道:"怎么,这么快就想通了?"

"我给你一笔钱,你从此离开酒店。你有了这笔钱一生荣华富贵,还愁找不到女人吗?"

"钱的确是个好东西,但我只怕你给不起。"丁当说着伸出五个手指。

"五十万⋯⋯"冷艳惊讶地问道。

丁当摇了摇头。

"你真是贪得无厌,想要五百万,门都没有!"冷艳气急败坏地喊道。

"柳氏企业资金丰厚,光这座酒店就远远不止五百万,你若能动动脑子,五百万对于你来说也不是什么难事。"

"你别痴人说梦,想把我当成你发财的工具,你妄想。"

"好了,既然交易无法达成,那你就等着看好戏了!不过真替你惋惜,费尽心思编织的美梦很快就要破碎了!想想你被少总抛弃在茫茫人海,再想想到那时你蹲在路边,一大群人对你指手画脚骂你淫娃荡妇,我真是替你可惜啊!"

丁当咄咄相逼,冷艳想想就害怕。冷艳抱着头捂住耳朵激动地喊:"不要再说了,你给我住嘴,你不是想要我的身体吗?我给你!"说完当着丁当的面,含泪将自己的衣服脱光。冷艳在心里一遍遍地诅咒道:"丁当你这个狗娘养的,他日,我一定要你死得难看!"

丁当见冷艳一丝不挂地站在自己面前,他上下打量着冷艳性感迷人的身体,如同一匹饿狼扑向冷艳。

第十五章　无言的告别

父亲起初不答应随我去广州治疗，我知道他是怕连累家人，更怕影响我的学习。我费尽口舌好不容易说服了父亲，却迟迟不见柳忆飞的到来。说好了早晨来接我，可现在都到晚上了，怎还不见他出现？

难道他忘记了我们的约定？不，也许他有事情耽搁了。我怀着忐忑不安的心，又朝村口迈去，期待他的出现。都这么晚了，看来他是不会来了。我失望地转身正准备回家，耳边突然响起鸣笛声，是柳忆飞开车来了。我喜出望外地朝车子奔去。

柳忆飞满怀歉意地说："子云，我来晚了，请你原谅我！"

"你帮我是人情，你对我的好我心中有数。"

柳忆飞拉开了车门，让我坐在车上，满怀歉意地说："子云，能帮上你是我今生最大的快乐。昨晚实在太累，睡过头了，实在是不好意思。"

"真的谢谢你！"

想起昨晚与冷艳男欢女爱疯狂了一个晚上，再看看眼前这个知书达理的姑娘，柳忆飞心中有说不出的滋味。

"在想什么呢？你看车子都差点开到池塘里了。"

"哎呀！开车还真不能分神。"柳忆飞忙打方向盘。

"你刚才说你开车分神，看来是有心事。"

"是，我向你保证下次再也不敢开小差，我要对你的生命安全负责任。"柳忆飞边说边拍胸，竟忘了扶方向盘，车子又开始摇摆起来。

"你看你，还说对我的安全负责，怎一句话没说完就又犯错了呢？和你在一起没有一点安全感。"

"虚心接受你的批评，但我不赞同你说和我在一起没有安全感。其实我是个很有责任心的男人，不信你找我试试。"

"你真会开玩笑，这样的事情该如何去试试？"

"嫁给我，你不就可以知道和我在一起有没有安全感了吗？"

"你真是个老滑头，开玩笑也忘不了占人家的便宜。"

"你若将它看成是玩笑，那它就是玩笑，你若将它当真，它就是真真切切的，反正我是没有想占你便宜的想法，我的心思你应该明白。"

我将头偏向窗外，没回答他，只当他是胡说八道。

"你爸他现在怎样？他答应随我们一起去广州治疗吗？"

"嗯。"

"那就好！我们什么时候起程？"

"现在太晚了，我爸身体状况不好还需要休息，我看你也很疲惫，不如你回去好好休息，明早我们起程。"

"这样也好！"

"我回家了，明天见。"

"子云你等等，散布谣言污蔑你的那个人你可知道是谁吗？"

"谁？"

"你的同村，杏儿。"

"杏儿？我和她无仇无怨，她为何要害我？我不相信这是她说的。"

"嗯，我也觉得事有蹊跷，所以今晚来伊渺村，想去杏儿家里将此事查清。"

"谢谢你，我也很想早日将此事查清，只是现在太晚了，人家可能已经睡了，再说我们明天还要赶路，为了安全，你还是早点回去休息。现在在我心中治好我父亲的腿才是最重要的，其他的以后再说。"

"嗯，我先送你回家，然后我再回去。"

"就几步路，不用送了！"

"不把你亲自送到家，我也不会安心。"

丁当和冷艳在酒店里完事后，鬼鬼祟祟地各自离开了客房。客房的服务员刚好路过，她有些震惊，冷经理和丁副经理怎么会从同一间客房里走出来？瞧丁副经理那满面红光得意扬扬的样子，而冷经理却满眼怒意，面色憔悴，走路还差点摔倒。

冷艳怀着一肚子的怨气，无精打采地在楼梯上走着，脚步踏空差点摔倒，幸好一双有力的手将她拉住。冷艳抬头见是柳忆飞，吓得支支吾吾地道："你怎么这么早就回来了！"

"怎么，难道你不想我早点回来陪你？"

"想，当然想，只是我有点累，想休息会儿。"

"瞧你这憔悴不堪的样子，真是累了，其实我也很累！不如我们一起去那间客房休息。"

柳忆飞所说的那间客房正是冷艳和丁当刚才鬼混的地方，房间里狼藉一片还未来得及收拾，如果忆飞现在进去，一切都会曝光。冷艳急忙用手拦在柳忆飞的身前，皮笑肉不笑地道："我饿了，我们还是先下楼吃夜宵。"

柳忆飞望了一眼手表，不解地问道："晚餐到现在不到三个小时，你怎么这么快就饿了？我看你神情恍惚，是不是哪里不舒服？"

"是，是……我胃不舒服，哎哟！好痛！"冷艳用手捂住胃部，装作很痛苦的样子。

"看你痛得这般厉害！我还是先扶你到房间休息，再去请医生。"

"不，不，现在好像不痛了，我饿了。"

"胃病就是这样的，痛得人钻心，饿来就发虚，我扶你回房间躺着，一会儿安排服务员给你送好吃的。唉！你这年纪轻轻的，什么时候患上了胃病，我以前怎么没听你说过？"

柳忆飞坚持要送冷艳回房间，冷艳心里真没谱。这时丁当从远处走来，他是来取回刚才落在房间的手表的，见柳忆飞正要进房间，心中暗急。

柳忆飞说："丁当，你来得正好，去厨房为冷艳安排送些吃的到房间来。"

丁当说："是，少总。晚饭前你不是让我给你安排一个环境好点的客房吗？已经安排好了，在那边。"

"我看这边的环境也不错，我们就在这边休息吧！"

丁当说："少总，那房间刚刚有客人退房，还没来得及打扫，你们还是去那边休息吧！"

"哦，既然如此，我们就去那边吧！"

见柳忆飞朝那边走去，丁当和冷艳的心总算是平静下来了。

丁当回到客房，到处找自己遗失的手表，最后终于在枕头底下找到了。他拿起手表，摇头道："真险！"

第二天，柳忆飞一大早就来到了我家，开车送我们去广州。柳忆飞说梅若的母亲丁香是著名的骨科专家，在他的引荐下，我们决定送父亲去梅若母亲所在的医院接受治疗。车子在医院门前停下，柳忆飞下车说："你们先在车里等等，我先去和丁医生打声招呼。"

"咚咚……"

丁香："是你啊！忆飞，今天是什么风把你吹来了？"

"无事不登三宝殿，丁阿姨的医术赫赫有名，我今天是带着一位病人来向你求救的。"

"你这小子，就别跟我油嘴滑舌的，病人呢？"

"病人还在我车上。"

"是你家亲戚吗？"

"是。"柳忆飞接着又改口，"是我未来的岳父大人。"

这小子，当初我们两家人还准备撮合他和梅若的婚事，只可惜他们这对小冤家就是没缘分。丁香道："哦！怎从来没听你和你家人说呢？什么时候办喜酒别忘了告诉我一声。"

"嗯，丁阿姨，梅若最近可还好？我因工作繁忙，也没时间去看她。"

"梅若这丫头一根筋，自己认定的事情，就不考虑后果，盲目执着。自她上次做出那样的傻事，我这心里就没有一天安稳。那个杨一帆真是有眼无珠。"

"要说感情吧，真是没有道理。凭梅若的条件嫁给杨一帆，是便宜了那小子，可人家不识抬举，也是没办法的事。丁阿姨，你还希望他俩在一起吗？"

"那小子如此不懂珍惜，我当然不希望自己的女儿嫁给一个不懂得爱她的男人，但是梅若喜欢，我们也没办法。"

"阿姨，我能理解做父母的心情，但是感情还是交由子女自己做主，毕竟过日子是一辈子的事情，她若是不喜欢，即便那个男人把她当作宝贝，她也是不会幸福的。"

"忆飞，你说梅若这样执迷不悟地恋着杨一帆，会有结果吗？"

"事在人为，万事都有改变的可能。"

"我看着就是件揪心的事。"

"阿姨，我看你对杨一帆心存偏见。"

"他若对我女儿好，我干吗要对他有偏见？"

"你想不想让他们在一起过日子？"

"只要是女儿决定的，我还能有什么意见？"

"现在就有一个很好的机会。"柳忆飞贴着丁香的耳朵，嘀咕了许久。

在柳忆飞的安排下，父亲很快就在医院住下了。丁香邀请我去她办公室，说是谈关于父亲的病情。

"阿姨，我父亲的腿能治好吗？"

丁香道："你父亲的腿我不敢说百分之百治好，至少行走是没问题的，不过，在治疗之前我有个条件。"

"阿姨，只要能治好我父亲的腿，我什么都答应你。"

"真的？不许反悔。"

"绝不反悔。"

"好，你父亲的腿交给我治疗就请你放心。不过你得离开杨一帆，从此和他一刀两断。"

"阿姨，你是为了梅若，要我离开一帆，可是你知不知道如果一帆心里没她，她无论多么爱一帆，都不会幸福的。"

"你这么快就反悔了？"

"我不是反悔，我只是想告诉你一厢情愿的爱情是不会幸福的。"

"明明就是你舍不得离开他，真不知道他有什么好，竟会让你们如此痴狂，梅若为了他连命都不要了。我已经尝试过一次差点失去女儿的痛苦，梅若是我唯一的女儿，我不期盼她今生大富大贵，但希望她平平安安，快快乐乐！她曾和我说过，如果今生得不到一帆的爱，她就出家。我含辛茹苦将她拉扯大，如果她真的看破红尘，弃我而去，那我这一辈子还有什么盼头？闺女，阿姨求你，求你可怜可怜梅若，把一帆让给她。"

听完她的话，我咬牙点了点头。为了父亲，也为了梅若。

"你答应啦！只是你留在广州，我怕一帆不会放弃你。"

"你是要我离开广州？"

"嗯，我知道这样对你太残忍，但是这也是无奈之举，只有找不到你，一帆才会死心。"

"离开广州等于是让我弃学……"

"不，只要你答应我离开广州，我可以安排你去北京继续读书，那边的环境比这边更好。"

"离开广州去北京，然后又重新读书，这可能吗？"

"只要你答应，一切皆有可能。北京那边，我有个同学在大学当副校长，我会让他为你安排好一切，还会为你准备好一切学习费用，你只管过去就可以。"

"如今我家境惨淡，父亲又患重疾，念不念书对于我来说已经不重要了。我答应你离开广州，但请求你务必治好我父亲。"

"你真是个孝顺的孩子！医者父母心，帮助病人恢复健康，是职责，阿姨一定会尽力为你的父亲医治。"

"谢谢阿姨！"

"不谢！要说谢谢的人应该是我，能治好你父亲的腿，就算是对你小小的一点弥补。"

杨一帆不知从哪儿听到的消息，第二天提着几大包营养品来医院探望我父亲，父母亲见了他，脸色突变。为了不影响父母的心情，我喊他来医院外面。

"云妹，你为何总躲着我？这几个月来，在你的心里我如同一个可有可无的影子。"杨一帆边说边来牵我的手，我没给他机会。

"一帆，我想过了，我们在一起不适合，我们分手吧！"

"什么？分手？难道你忘记了我们小时候的约定吗？你答应要做我的小新娘的。"

"小时候的约定怎么算数？那个时候我们根本不懂事。"

"为了那个约定，我苦苦痴守了十几年，你怎么可以一句不算数就否认了我们的感情呢？"

"我为小时候的约定向你致歉，但是我长大了，真的觉得一切没有想象中的那么美好。所以，我想……"

"你不是这样的。你怎么会变成这样？才几个月的工夫，你告诉我这到底是为什么？"

"你真的想知道原因吗？好，那我告诉你，你是个无情无义的伪君子，你先是伤害了梅若，差点害她丢了性命。梅若是我的朋友，如今她发生了这样的事，你叫我还有何脸面见她？"

"云妹，我知道我没有处理好与梅若之间的感情，梅若今天所受的伤痛，我难辞其咎，但我真的没有欺骗她，更不是有意去伤害她。你也知道我的心早已属于你，没办法再去接受其他人。我带你去见她，和她说清楚一切，相信她会明白的。"

"你带着另外一位姑娘去见她，是不是嫌伤她还伤得不够？还要让她再回鬼门关走一趟？梅若对你是真心的，希望你以后对她好些，别再辜负她。"

"你说梅若对我是真心的，难道我对你不够真心吗？你叫我不去伤害她，难道你就忍心这样残忍地伤害我吗？难道你忘记了那些字字传情的书信？难道你忘了我们之间的约定？我还以为再过几个月，我们就可以快快乐乐地在一起，可老天却偏偏跟我开了这么一个大玩笑。"

想起与一帆在一起的每个片断，我的心痛得简直要窒息，我强忍着眼泪，绝情地说："我不知道该如何解释，只能说所有的美好都是错。我现在只想尽早分开，我不想再欺骗自己，也不想耽误你，所以请你以后不要再对我有任何非分之想。我走了，你好自为之！"

一帆从背后搂住了我的腰，将我贴在怀里含泪道："不，云妹，我不让你走！你告诉我你说的都是骗人的！我相信我对你的感觉，我相信你的心里也一直有我的存在。我们一起经历了那么多，彼此爱得如此刻骨铭心，难道你就真的这么狠心说放弃就放弃？"

"你放手啊！我不想爱得那么累那么痛苦，如今我只想跟家人一起过简单淳朴的日子。过去的一切就当是做了一场梦，请你不要当真。你若在这场梦里受到了伤害，在此我向你道声对不起！我该说的都说了，珍重！"我推开了一帆的双臂，痛不欲生地含泪离开，一帆望着我远去的背影泪如雨下，站在那里呆若木鸡。

杨一帆回到部队，失魂落魄地坐在书桌前，翻看我们以往的书信。看到书信中那一段令他断肠的文字，"如果我是你抬头望见的那朵白云／我情愿在黑夜里为你现身／因为在浩渺的云海里／我怕你无法将我辨认／只有在黑夜里潜入你的梦中／那一刻我才完整地属于你……"读到这，他的眼泪又情不自禁地滑落在书信上，眼泪模糊了文字。这么真切的文字，只有内心拥有真实爱情的人才能写得出，我不相信这一切都是虚幻。我不甘心，云妹一定有苦衷，或许是她的父母迫使她这样做，又或许是因为梅若的事情，她为了成全别人的幸福而放弃她自己的幸福，云妹，你真傻，我不会让你的幸福由别人左右的，更不会让你轻易放弃自己的幸福。

杨一帆不忍放弃这段感情，更相信这样的结局非我所想，他隐忍着内心的痛苦，来医院找我们。母亲没给他好脸色："姓杨的，请你以后不要再来纠缠我的女儿，你再这样纠缠下去也不会有结果。我们不会让云儿和你在一起的，请你尽早死心！不要浪费自己的时间，更不要耽误云儿的大好青春。"

"是啊！小伙子，你还是尽早放手吧！这样对你对云儿都好！"父亲长叹道。

一帆依旧微笑道："伯父伯母，我和云妹自小青梅竹马，两情相悦！不知你们为何如此反对我们在一起，能告诉我其中的原因吗？我就算死也不能做个糊涂鬼啊。"

"小伙子你不要怨我们狠心，谁叫你是杨秋华之子呢？"父亲说完又长叹了一声。

杨一帆蒙了，这件事情怎么和父亲扯上关系了？"伯父伯母，是不是我父亲找过你们？如果他在你们面前说了什么不该说的话，还望你们不要放在心上。感情的事谁也不能为我做主，我是真心对待云妹的，请求你们成全。"

"小伙子，事情没有你想象的那么简单，总之我们是不会将女儿交给你的，你还是尽早死心吧！"父亲边说边摇头。

梅若的母亲喊我到她的办公室，微笑着对我说："闺女，我答应你的事情已经做到了，不知你答应我的事情何时兑现？"

"我不会失信于你，不过要待我父亲的腿痊愈了，我才能安心离开广州。"

"你父亲的腿现已经无大碍了，只需精心调养几个月便可以痊愈。医院不是什么好地方，长住心情会变得压抑，我开些药你带回家，让你父亲在家调养，也许他的腿会好得更快。"

"你是怕我不守信用吗？我是想早点离开这个伤心之地，只是我父亲的腿现在还不便行走，我怕这么远的路程他不适应。"

"我不是担心你背信弃义，我担心的是一帆。昨天在医院里见一帆对你依旧是一往情深，凭我对他的了解，他是不会轻易放弃对你的感情的，除非你在他身边消失。我知道这样对你也许太残忍，但是为了梅若我别无选择，我害怕再一次失去她。闺女，我这么做，也许你现在还不能理解，等你以后做了母亲，你就会明白的。"

"阿姨，一切我都懂！我答应你明天就离开广州。"

"闺女，你真是个知书达理又善良的孩子，是阿姨对不起你。你以后若是有什么困难，尽管开口，只要我能办到的一定尽力。明天上午我安排车子送你们回去，这个请你收下，就算是阿姨的一份心意。"梅若的母亲将一个厚重的信封塞到我手里。

我将信封放在桌上："阿姨，你治好了我父亲的腿，我很感激！你已经为我们做了很多，这个还请你收回。"

"闺女，请你务必收下，不然我内心会不安的。这里面有一些钱和一封书信，你若是想到北京去继续完成学业或者是想在北京找份工作，只要将这封信交到李校长的手中，他一定会为你安排好一切。阿姨希望你以后能过得幸福，要不然我会内疚一辈子的。"丁香再次将信封塞在我手中。

我忐忑不安地离开了办公室，出门远远看见一帆从父亲的病房里垂头丧气地走了出来。我知道这样的结局，并不是我们想要的，我们曾爱得那么执着，今天无奈地退出，是我有负于他。一帆，我的心从来都没有像现在这样难受过，我好想扑在你怀里大哭，可是却不能这样做，请你原谅我！原谅我！我含泪目送一帆远去的背影，心中一片空白。

丁香来病房探望父亲，并将一切都告诉了我的父母。父亲当初就期盼我能到北京读书，如今有这么好的机会，他很高兴。

回到学校望着眼前熟悉的景与人，心中突然有种莫名的伤感，过了今晚，我就要和你们分别了，也许今生再也不会回来。上完下午最后一节课，我开始整理自己的课本和衣物。室友一窝蜂地涌了上来："子云，你这是干什么？晚上我们还有课呢。"

"子云，这些日子我总感觉你心事重重的，你能告诉我们发生了什么事情吗？"

"今天课堂上，发觉你心不在焉，子云，你以前不是这样的。"

"子云，你家里发生的一些事情，我都知道了！我不会安慰人，但看到你这样子我很担心。你急着收拾这些东西，难道想离开学校？"柳忆如注视着我的一举一动。

我没有出声，依旧埋头整理衣物。突然有几封书信掉下来，当看见信封上那熟悉的文字，眼泪情不自禁落下，眼前瞬间闪过许多与一帆共处的情景。记得那个浓情的夜晚，我们肩并肩坐在草坪间，一起数星星。一帆指着天边那两颗耀眼的星星对我说："云妹，你知道那两颗星是什么星吗？"

我摇摇头说："那两颗星星好特别。"

"你知道吗？那就是传说中的牛郎星和织女星，牛郎织女的爱情，相传至今，感动了一代又一代人。"

"我以前也听闻过他们的爱情，只是为他们感到可惜，每年只能在七月七日相见一次。"

"遥遥地守望只为换取每年的一聚，如果换成你，你能做到吗？"

"也许我没有织女那样坚强……如果是你，你能做到吗？"

"人生难得遇见真爱，若真爱上了就要好好珍惜。哪怕只为了一个承诺，或者像他们那样每年只能一聚，我也要坚持到底！"

"子云，你在想什么？我刚才问你的话你还没有回答呢。"柳忆如拍了下我的肩膀，将我从回忆中惊醒。

"你刚才问我什么了？"

"你最近老走神，真让人担心！我问你是不是要离开学校？"

我沉重地答道："是的，我明天上午就要离开广州。"

"什么，你要离开广州，那我们以后不是再也不能见面了？"柳忆如这么一尖叫，室友又都围了上来。

"不会吧！子云怎么会在这个时候选择离开？"

"子云，我们还有几个月就毕业了，这个时候放弃学业太可惜了！"

"是啊！子云，你学习那么好，怎么说离开就离开呢？你能不能告诉我们为什么？"

同学们你一言我一句，问得我失声痛哭。

第二天上午，梅若的母亲安排了一辆面包车送我们回去，临走前她还让医护人员搬来一大箱子药放在车上，并嘱咐我们，以后有需要，务必告诉她。丁香的精心照顾，令我的父母感激涕零。

我们的车子刚要启动，柳忆飞开着车子迎面而来："伯父，你的腿伤康复了吗？怎么这么急着出院？"

父亲从车里探出头微笑道："忆飞，谢谢你的关心！我的腿康复得差不多了，回家调养些时日就可以下地行走了。"

"听你这么说我就放心了，只是子云她现在放弃学业太可惜了！"柳忆飞边说边注视着我。

"我们不会让云儿就此辍学的，丁医生托人将云儿转到北京去读书……"

"爸，别说这些了，我们还是赶紧上路吧！"我打断父亲的话。

一切都在柳忆飞的计划之中，他微笑着对我说："子云，今天一早听忆如说你要离开广州，我感到太突然了。既然你已决定了，我也不好再加挽留，让我送你们回家吧！"

"谢谢！不用了。"

"那好吧，待过些时候我再去看你！祝一路顺风！"柳忆飞依依不舍地望着我们离开，口中轻轻地念叨着，"离开这里也好！"

我们的车子离开不久，杨一帆骑着自行车来到医院，他看见柳忆飞眼睛盯着前方目不转睛，用手在柳忆飞的眼前来回晃动。柳忆飞回过神来，微笑着说："你来这是为子云送行吧！只可惜你来晚了，她已经走了！"

"你说什么？云妹走了？"

"子云已经离开了广州，也许以后再也不会回来！"

"好好的为何说离开就离开，连道别的机会都不给我？这究竟是为什么？"

"你也别太难过！该来的始终要来，该走的最终还是要走！走，我们去酒店喝一杯。"

"云妹，我不相信我们今生就这样错过，我不甘心！"杨一帆望着苍茫的远方喃喃道。

杨一帆随同柳忆飞去了云天酒店，柳忆飞安排了满满的一桌饭菜和酒水，微笑着说："一帆，我们自小就认识，想想那时我们为了争夺小新娘还大打出手，真是有趣！"

杨一帆苦笑道："是啊！回忆总是那么美好，现实却是如此残忍。不说这些了，今天只以酒为乐，来，我敬你一杯。"

"这是我们别后多年他乡重聚，唯一一次单独对饮，来，为他乡重聚干杯。"杨一帆又举杯饮下了第二杯。

"这第三杯，我敬你救命之恩，那次车祸要不是你及时将我送往医院，就不会有今天的我。"说完，他又饮下了第三杯酒。

"这杯，我代云妹敬你！谢谢那次你将她从越秀公园及时送到医院。"杨一帆又饮下了第四杯。

提起越秀公园那晚，柳忆飞有些心虚，那晚的事在他心中如同一根刺，只怨当时太冲动，被爱冲昏了头脑，做出如此见不得人的事。想到这，他自饮三杯。

"忆飞，你为何自饮三杯？"杨一帆不解地问道。

"这三杯，一杯敬过去，一杯敬现在，一杯敬未来。"

"有意思，我陪你，我也为过去、现在和未来再饮三杯。"

"来，这杯为我们的友谊地久天长而干杯。"柳忆飞举杯道。

"那这杯，为爱情……"说到这，杨一帆哽咽了。

"对，为伟大的爱情，为梦想中的爱情，干杯！"

一会儿的时间，桌面上歪倒着两三个空酒瓶。柳忆飞已是烂醉如泥，杨一帆也喝得一塌糊涂。

杨一帆趴在桌子上，嘴里不停地念叨着："云妹，你为什么要走？为什么要离开我？"

仰靠在椅子上的柳忆飞也跟着唠叨："子云，请你原谅我！因为太爱你，才会对你做出如此荒唐之事……"

听到柳忆飞喊我的名字，杨一帆特别的敏感，刚才还神志不清的他，一下子变得清醒许多。他推着柳忆飞的身体问："你对子云做了什么荒唐事？"

柳忆飞哭道："子云，是我对不起你！让你受惊吓了！"

杨一帆有些激动，他摇晃着烂醉的柳忆飞问："你到底对云妹做了什么？"

"子云，那晚我约你去越秀公园，我不是有意要伤害你，我穿着军装故意对你动手动脚，是想破坏杨一帆在你心中的形象。这一切只因为我太爱你……"

听完柳忆飞的一席酒话后，杨一帆气得暴跳如雷，他揪起柳忆飞，大吼道："亏我还当你是朋友，想不到你竟是个衣冠禽兽。"他挥手给了柳忆飞几个耳光。

柳忆飞一下子被打醒了，他用力推开了杨一帆，吼道："你别撒酒疯了！心情不好朝我发泄，竟然趁我喝多了，对我下毒手。你还是不是人啊？"

"柳忆飞，我打你，是替云妹、替自己、也替你的父母教训你这个无情无义、不知廉耻的伪君子。"

"你别满口胡言，自以为是。你凭什么教训我？你有什么资格教训我？"

"你假冒我约云妹去越秀公园相见，害得云妹几度精神失常。你口口声声说自己爱云妹，难道这就是你爱她的方式？你根本不配去爱她，你也没有资格去爱她！云妹如同白云般纯净，而你却是一只不通人性的牲口，你说白云会和牲口相恋吗？"

"杨一帆你别大言不惭咄咄逼人，我对子云的爱是纯洁的，当时看到你和子云关系密切，我嫉妒成恨，才会做出如此不明智之举。事情发生后，我非常后悔，也一直在找机会弥补自己所犯下的错。"

"你对我怎样无所谓，你曾有恩于我，但只要是伤害了云妹，我绝不轻饶。你若真是个男人，就拿出你的诚意，去当面给云妹认错。云妹若能原谅你，此事到此为止，云妹若不能原谅你，我一定要将你绳之以法，要你为自己的行为付出代价。"一帆说完，气势汹汹朝门外走去。

柳忆飞迅速地跑到杨一帆的面前，哀求道："一帆，请你原谅我一时糊涂，看在我曾经救过你的分上，不要将此事告诉子云。子云现在的处境很不好，请你不要再雪上加霜。"

"你曾经救过我一命，这次我将欠你的人情还给你，从此就当彼此从未相识。我答应你暂时不将此事告诉云妹，你好自为之！"杨一帆匆匆地离开了酒店。此时外面正下着瓢泼大雨，他顾不了这么多，骑着自行车冒雨前行。

柳忆飞瘫坐在沙发上，想起杨一帆刚才所说的每一句，心乱如麻。该怎么办？他要是将此事告诉了子云，子云肯定不会原谅我，我不能让她知道此事。如果杨一帆在这个世界上消失，那这件事不但成了永久的秘密，我还有可能得到子云。想到这些，柳忆飞匆匆走出酒店驾车飞速追向杨一帆。杨一帆骑着自行车，被雨水浸泡的背影，很快就出现在柳忆飞眼前。

杨一帆见身后一直有灯光跟着，他回头一望，见柳忆飞的车子紧跟在自己的身后，眼见就要逼近自己，可丝毫未曾减速，他隐隐感觉到了自己此刻正处于危险关头，他拼命地用力踩自行车，柳忆飞也猛踩油门，将杨一帆撞入江中。

柳忆飞下车朝浩浩荡荡的江流中望去，杨一帆和他的自行车早已被汹涌的江水给吞没。他对着江水摇头道："杨一帆，别怪我太狠，人不为己天诛地灭，为求自保，我不得不牺牲你。你不是最爱子云吗？你放心，我以后会代你照顾好子云的，子云跟着我一定比跟着你要幸福。"

第十六章　北京偶遇

回家后的这几天一直在下雨，我心神不安，总感觉有什么事情发生。想起昨晚做的噩梦，我的心冷得发抖。梦里我看见一帆浑身湿淋淋从浪涌中朝我走来，他问我为什么要离开他，我哭着朝他跑去，可他却瞬间在浪涌中消失。从梦中惊醒，我抱着枕头痛不欲生。翻看一帆写给我的书信，当读到那句"如果你是天上的云／我就是海上的帆／你在天空为我导航／我在人间为你乘风破浪／我们沿着同一个方向／为那美好的明天扬帆……"我的心都碎了，我不由得问自己，难道那些美好的憧憬，就这样在风雨中失去方向？明明相爱，却选择分开，难道真的是我们今生有缘无分，如果真是那样，可为何老天却给予我们那么多美好的时光？难道这就是世人口中所说的命？我不甘心，可却没有办法……我将书信紧紧地贴在怀里，此刻眼泪成了我唯一的知音。

雨终于停了，父亲催我赶紧上京念书，我带着丁香的介绍信去了北京。来到这个繁华而陌生的城市，心里难免有些紧张。下车后，我按照书信上的地址找到了那所大学。学校里处处洋溢着青春的气息淡淡的墨香。我找到了李校长，他身材高瘦，细小的眼睛戴着一副眼镜，文人气十足。我微笑着向他鞠躬道："您好！请问您是李校长吗？"

李校长打量了我一番，心想这女孩清秀可人，大概就是丁香同学电话中提到的那个女孩吧！"我是李校长，请问你是？"

"李校长您好！我叫伊子云，在广州读大学，是丁香阿姨让我来找您的，这是她让我代交给您的书信。"

李校长看完书信说："我不认识你口中的丁香阿姨，也不认识写信的人，你是不是找错人了？"

李校长的回答很是令人震惊，既然他不是丁香阿姨提到的李校长，难道这所大学有两个姓李的副校长？不会这么巧吧！万事都有可能，还是问问吧！我又微笑问道："您好！请问，你们学校有几位姓李的副校长？"

"我们学校姓李的副校长只有我一人。我想你是找错人了，我有事情你请回吧！"

我失落地离开了学校，在附近找了一家旅馆住下。李校长为何不承认自己认识丁香阿姨呢？难道是他不买丁香阿姨的账，还是丁香阿姨突然间又改变了主意？种种疑问在心间纠缠。

旅馆的电话突然响起，这让我想起了我们离开医院时，丁香阿姨留给我的她办公室的电话号码，我兴奋地跑到旅馆的大厅，拨通了电话，可电话那头没人接听。这些天我好几次拨打丁香阿姨的电话，可始终没人接听。我彻底地失望了！

接下来的日子，我到处找工作，可处处碰壁。一天我见一酒楼的门前贴着招聘服务员的广告，就去应聘，我前面已有几个女生在排队等待应聘。那老板贼眉鼠眼的，从我一进门他的目光就没离开过我，大家都顺着他的目光望着我，我却没有察觉。轮到我应聘了，老板问也没问就聘用了我。我虽然感到奇怪，但终于找到了人生中的第一份工作，心里暗自庆幸。

第二天我很早就来上班，酒楼还没开门，只有老板一个人在对着镜子整理发鬓。我们相互微笑着打了声招呼，老板笑着说："你叫什么来着？"

"我叫伊子云。"

"子云，不错的名字，你以前有没有做过酒楼工作？"

"没有，我刚出校门，也是第一次来北京，这是我的第一份工作。"

"哦！这样啊！子云，你第一天上班，酒楼里的很多服务项目还不熟悉，你随我到办公室领一套工作服，顺便和你讲讲酒楼的服务流程。"

我不假思索就随同老板上楼去了他的办公室。

万万没有想到的是，我刚一进办公室，老板就将门给锁上，他如饿狼一般朝我扑来。我吓得魂不附体，慌忙地跑到门前，可还没来得及开门，就被他给逮住了。他抱着我，往一旁的沙发上拖，嘴里念叨着："我最喜欢的就是像你这样白白净净的学生妹，你要是顺了我，我以后包你吃香喝辣，你也就不用那么辛苦四处找工作了。来吧！小美人，让我好好亲亲！"

见他那副嘴脸，我吓得一个劲地大喊："救命！"

"你喊吧！酒楼里现在就只有你我两人，就算你喊破嗓子，也不会有人来搭救你。"

"求求你放过我……"我苦苦哀求道。

可这个衣冠禽兽无半点怜悯之心，他将我压倒在沙发上，那笨重的身体像一座山，无论我如何用力也推不动他。他用手撕我的上衣，我吓得哭喊救命！正在这时，有人在敲门喊："开门，快给老娘开门！"

老板听后惊慌失措地从我身上起来，整理自己的衣服和头发。我慌忙地从沙发上爬起，将门打开，一位中年妇女横在门前。她一脸的凶悍，不等我开口，就给了我狠狠一耳光："你这个不要脸的小妖精，刚来酒店第一天就勾引男人，连老娘的男人你都敢勾引，我看你是不想活了。"

我委屈地哭诉着："我没有勾引男人，是他强迫我，不信你可以问你的男人。"

"你给我住嘴，我见你可怜，好心收留你，谁知你却故意引诱我。"老板忙为自己辩护着。

那女人瞟了一眼老板，走到我面前，扯着我的头发，大声吼："臭婊子，还敢嘴硬，看我如何收拾你。"她边说边把我的头按在墙上撞。

我突然感觉眼前一片黑暗，晕了过去。

"这是谁家闺女？"一位大婶见我昏倒在巷口，慌里慌张地喊道。

一会儿路人纷纷围了过来，大家七嘴八舌议论纷纷。

这时刚出家门的李校长见不远处有一群人围在那里很是热闹，于是也上前去想看个究竟。当他拨开人群，见昏倒的是我，心中一颤，这姑娘不是前些天来学校找过我的伊子云吗？她怎么会躺在这里？这样子怪让人怜惜的！丁香在电话中说她是个不守信用的野丫头，叫我不要帮助她。可如果这姑娘真发生了什么意外，我会一辈子不安。

如果我帮了她，又违背了丁香的意愿。唉！不考虑这么多，还是先带她回家休养，其他的以后再说。

昏迷中我又看见了一帆，他站在江中朝我招手，当我走近江边，他却又在巨浪中消失了，我哭着大喊："一帆哥，你等等我，等等我……"

"姑娘，姑娘，你醒醒，你醒醒……"

我从昏迷中醒来见自己躺在一张舒适的大床上，床前有一位气质优雅的中年妇女盯着我望，从她的眼神中我读到了一种母爱的温暖。

"姑娘，你醒了！"她微笑着说。

我用疑惑的眼神望着她："阿姨，我这是在哪里？"

"姑娘，这是我家，你早晨昏倒在我家不远处的胡同旁，是博儿他爸将你带回来的，姑娘你怎么会昏倒在胡同口？"

想起自己在酒店所受的耻辱，我又伤心地哭了。

"姑娘你身体很虚脱，不要太伤心难过，有什么委屈告诉阿姨，看阿姨能否帮上你。"

我能看得出阿姨是个热心人，她能收留我，我已经很感激了，不能再给他们带来麻烦。我擦掉眼泪，微笑着说："谢谢阿姨的关心，我没什么，只是想家。"

"听博儿他爸说，你是第一次来京？"

京城里我既无亲又无故，他们怎么知道我是第一次来京？我有些不解。阿姨像是看出了我的心思，她笑着说："你是不是来京找一位李校长？"

听她这么一说，我也能猜出眼前的这位阿姨是谁了。想起那次在大学里与李校长见面的情景，我起身向阿姨鞠躬："谢谢阿姨的收留之恩，我想我该离开了！"

"姑娘，你身体虚，在此多休息些时日，待身体好了再走也不迟。"

"我身体没事，打扰你们了！告辞了！"不等阿姨开口，我就快步离开了这个溢满书香气息的家。

李校长在办公室里来回徘徊着，满脑子都是我昏倒在巷子口的情景。他一遍遍地问自己："那姑娘斯斯文文的，面相亲善，我横看竖看都不像个刁蛮的野丫头，是不是丁香和她之间有误会？还是打个电话给丁香，问问清楚。"李校长正准备拨电话，不料这时电话响了，电话里传出丁香的声音。

"老同学，那个伊子云最近有没有再去找你？"

"我已经按照你的意思，将她拒之门外，她再也没有来找过我。"

"这丫头知书达理，是我失信于她，惭愧！"

"什么，你把我都弄糊涂了！你们俩到底是谁失信于谁？"

"是我太多疑，我以为杨一帆是她拐跑了，谁知杨一帆竟如此想不开投江自尽！"说到这，丁香一度哽咽。

"杨一帆是谁啊？我没弄明白你的意思。"

"你要是再看见伊子云，请务必帮帮她。因为我的固执与偏见而害了杨一帆，我不能再害其他人了！"

"喂！喂！我还没听明白，你怎么就将电话给挂断了？"李校长拿着电话，愣了片刻，忙朝家奔去。当他到家时，我却早已离开。

一个人独自走在异乡的街头，想想这些日子发生的一幕幕，再想想与一帆从相见到别离的片段，一种莫名的失落感扎在心头。抬头望，天空还是那样宽广，可为何我脚下的路却如此坎坷？来北京也有些时日了，身上的钱也花得所剩无几。若再没有找到工作，只怕坚持不了多久就会露宿街头。天啊！难道这个世界竟没有我的栖身之处？

天空突然下起了瓢泼大雨，此时天色已近黄昏，漫步在雨中的我，如同一只落汤鸡。冰冷的城市，冰冷的雨，携着一颗冰冷的心，在冰冷的街头穿行。

"姑娘，这么大的雨，你这么淋雨是很容易受风寒的！"

我抬头一望，见一位白白净净的单眼皮男生站在我面前，他一袭黑色中山装，体态均匀，精神抖擞，眼睛虽小但却很有神。他撑着一把黑色的雨伞，为我遮雨。

我面无表情地向他道了声"谢谢"，又继续前行。

他没有说话，只是打着伞，跟着我一起在雨中漫步，还不时地偷望我。

"先生，你为何要跟着我？"

"这么大的雨，我不忍心看你这样伤害自己，你的眼神告诉我，你不开心！"

"你是从事心理学研究的吗？"

"我虽没有研究过心理学，但以前也读过这方面的书籍。姑娘你能告诉我你为何不开心吗？"

"我没有不开心，我只是难过！"

"在某种程度来说，难过的分量远超过不开心。不开心是心情的一种际遇，而难过往往是因某种巨大的精神打击造就的。"

"我不这么认为，我认为不开心和难过都与心情有关。"

"我不反对你的看法，但我希望你能早点打开心结，不要像现在这样伤感。"

"我们萍水相逢，你为何要问这么多？"

"我刚才在车里注视你很久。其实我曾经也是个多愁善感之人。虽说你我萍水相逢，但在你的身上我能看见自己曾经的影子。"

"你真会说笑，你我男女有别，我怎么会是你曾经的影子呢？"

"其实无论是男人还是女人，都有伤感和乐观的一面，不过我已经从伤感转型到乐观了。"

"古语云，江山易改禀性难移，性格真的可以更改吗？"

"古人的话你也不要全然相信，只要有决心，万事都有改变的可能。"

我没有出声，依旧朝前走。

"姑娘，天色不早了，你家在哪里？我开车送你回家。"

"我家在很远很远的穷乡僻壤，回不去了！"

"姑娘，听你的口音像是南方人，来北京应该不久吧？你现在住在哪里？我送你！"

"我就住在前面不远处，不麻烦你了！"

"你是初来北京吧？是来北京旅游还是打算以后长居北京？北京是个古老文明的城市，北京人都很热情好客。"

"热情，好客！"我冷笑道。

"难道不是吗？你看我多热情，多友善！"他边说边笑。

"时候不早了，就此别过！"

"喂！你等等，你还没告诉我你叫什么名字呢？我叫李文博，现在自己创办了一家诗刊杂志社，你要有时间可以来杂志社找我。"

"我叫一朵流浪的云。"

"那我以后怎样才能找到你？"

"流浪的云。"

"有缘自会再相聚！"

"你等等，这把伞送给你！

"你把伞给我，那你呢？"

"我是个男人，淋点雨没关系。"

他将伞塞在我手中，对我会心一笑。我接过雨伞，也朝他嫣然一笑。我刚离开没有几步，李文博朝我大喊："云同学，星月杂志社的大门随时为你敞开，我在那里随时恭候你的大驾光临！"

李文博魂不守舍地回到家，想起刚才雨中的一幕，痴痴地傻笑。

李文博的母亲见儿子浑身都被雨水淋透，上前边为儿子拍打雨水边问："博儿，外面下那么大的雨，你怎么不打伞？你看你，一点都不爱惜自己的身体。"

"妈，淋这点雨算什么？我还得感谢这场及时大雨呢！"李文博话音未落就咳嗽起来。

"你这孩子今天说话怪怪的，被大雨淋得都咳嗽了，还说要感谢雨，我看你是被大雨给淋糊涂了。你赶快去泡个热水澡，我去为你煮碗姜汤。"

"妈，你就别忙活了，你不要再把我当作孩子了，我会照顾自己的。这么热的天气，淋淋雨泻泻火，也未必不是件好事。"

"你自己都承认自己不是孩子了，那前些日子，邻居张阿姨为你介绍的姑娘，你考虑得怎样？妈老了，期盼早日抱孙子共享天伦之乐。"

"妈，你又来了，我都说了，婚姻是需要缘分的，缘分是急不来的！你就耐心再等等吧！"说到这里李文博的脑子里又闪过与我在雨中偶遇的情景。

"等，等，何时才是个头？你能等，妈可不能等了！"

李校长从书房里走了出来，笑着问："你们母子俩在说什么呢，这么热闹？我刚才听你们说什么等啊！不知你们等谁呢？"

"爸，你在家啊！我们要等的人就是你。"李文博笑道。

"哦！等我！刚才我还以为家里有贵客要来，却不知我竟是你们要等的人。说说看，等我有何事？"

李文博的母亲也跟着笑道："等你下厨做饭呢！"

"是吗？你们是不是很怀念我做的红烧猪蹄？"

李文博望着幽默的父母，扑哧一笑，进了书房。坐在书桌前，眼前又闪过雨中的一幕。他拿起笔，题了一首诗《雨忆》："那一场雨虽不够繁华／但绽放出许多美丽的水花／你独自雨中漫步／是在寻求一个答案吗／在你忧郁的眼睛里／我读到了雨的孤寂／青涩的旋律……"

被大雨淋后的我，回到旅馆蜷成一团。苍凉的回忆，伤感的际遇，伴随雨声向我袭来。夜里突感全身发热，头晕晕的，我想我应该是感冒发烧了。第二天醒来，感觉浑身无力，高烧依旧不退，但想到自己身上的钱快用完了，我强迫自己出门找工作。我带病走遍了附近一带，依旧没有找到适合的工作。傍晚，我拖着沉重的脚步，心力憔悴地往旅馆艰难地行走，快到旅馆门口时，李文博正好开车路过，他惊喜地伸出头来喊："云同学，云同学……"

隐隐中我好像听见有人在喊我，当回头时，看见的只有穿梭的车流。

李文博急了，将车子停在马路一旁，想横穿马路。当一辆高高的大巴经过，他再朝马路对面望来，我已离开。他有些失望，回到家躺在床上翻来覆去，满脑子都是我的影子。他在心里一遍遍地问自己，为什么我脑子里全是她？难道我恋上那朵来自远方的云？想起我憔悴的面容，他有些不放心，忙从床上爬起，一路打听找到了我住的旅馆，并在旅馆前台问到了我所在的客房。

李文博轻轻地敲着客房的门："云同学，你在吗？"

躺在床上烧得稀里糊涂的我，听见有人在喊我，想起身开门，可刚一起身，感觉头脑发晕，跌倒在地。

李文博站在门前喊了许久，见没有人答应。他看了看手表，此时已经是晚上十点多了，心里有些不安，于是又来到旅馆前台询问。前台服务员告诉他，我很早就回到了房间，听了服务员的回答，他更感到不安。当客房的门被服务员打开时，李文博见我歪倒在地上，慌忙将我送到了医院。我醒来时，发现李文博趴在我身边的桌子上睡着了。

这时一位护士走了进来，微笑着说："你醒了！你已经昏睡了一天一夜，你先生一直守着你寸步不离，对你真好！你真幸福！"

护士的一席话令我不知所措，真的很感谢李文博的一片诚意。谢谢你！我们只是路人，我不想再麻烦你，我走了！请原谅我的不辞而别。我正准备离开，李文博突然起身拉住了我的手，问我："难道在你心中我只是路人吗？"

"其实人生中，每一个人都是路人，包括我自己。"

"佛说前世五百次的回眸才能换得今生的擦肩而过，我珍惜人生中的每一次相逢。云，我希望你不要把我看成是路人，以后的路一起走好吗？"他用真诚的眼神望着我。他见我不说话，忙将话题转移："云，你高烧那么厉害也不知道去医院瞧瞧，你这么不会照顾自己，将你一人放在旅馆里，我真不放心，要不先去我家暂住。"

"不了，我打算这几天回老家。"

"好不容易来一趟北京，怎这么快就想回家，是不是还没有找到合适的工作？"

"北京这个城市也许不适合我，所以想离开。"

"你才来北京不久，的确需要一个适应的过程。我诗社里的王编辑前些日子辞职回老家了，现在编辑的位置一直还空着，要不你先来诗社帮帮我。"

想起来北京前，父亲对我寄予很高的期望，如果我就这样回去，他一定会很失望的，我无奈而感激地点了点头，并告诉他我叫伊子云。"

李文博在诗社附近为我租了一间三四十平米的房子。他见我不肯接受，找了一个挺圆滑的理由："就当是我提前给你预支一个月的工资。"

既然决定留下，就必须解决住的问题，我没再推辞。接下来的日子，我每天都在星月诗社里埋头工作，李文博不时会为我递送一杯茶水。每次沉醉在文字中，我就会忘记自己，忘记时间，经常会一整天趴在办公桌前不离身。

"工作狂，下班了！"

"很晚了吗？我怎么感觉一天才刚刚开始？"

"你是太投入了！作为老板很高兴能有一位这么尽心尽责的员工，但作为朋友，我却为你的身体担心。以后我得给你拟定一个作息时间表，这样长期下去身体会受不了的！"

一停下工作，从文字里走出来，还真是感到腰酸背痛。看了一眼时钟，已是晚上九点，同事们都早已下班了。我起身扭了一下脖子，笑着道："感谢老板的关心，那我下班了。"

　　"这样称呼我听起来挺别扭的，你以后还是喊我的名字。走，一起去吃饭。"

　　"老板，你总是三天两头地请我吃饭，太浪费了！"

　　"你怎么还喊我老板呢？以后若是再犯同样的错误，就得罚你一个月的工资。你怕浪费，那你请我到你家吃饭啊！"

　　我开始有点犹豫不决，后来又笑着点了点头。我们买了很多的菜，一起在厨房里做饭。一会儿的工夫，小小的饭桌挤满了香喷喷的饭菜。饭桌上李文博不停为我夹菜，笑着说："子云，真想不到你的厨艺如此精湛，可谓是上得了厅堂，下得了厨房，我从来没吃过这么可口的饭菜！真希望以后每天都能吃到。"

　　李文博话中有话，我知道他对我很好，可是他却不能替代一帆在我心中的位置。"我没有你说的那么好，我是个乡下丫头，从小跟着母亲学了一些简单的厨艺，如果你喜欢吃，那以后就多为你做几次。"

　　"这么美味的饭菜吃一次就上瘾，若是多吃几次我只怕是难以自拔，真希望一辈子都能有这么好的口福。"李文博说着轻轻握住我的手。

　　我慌忙地将手从他滚烫的手心中抽出，低头道："文博，请原谅我不能为你做一辈子的饭菜。"

　　"为什么？是我不够资格吗？"

　　"不，你是个很诚恳很有责任心的男人，只是我们今生无缘共度。"

　　"难道你心中已有了别人？"

　　"嗯。"

　　"明白了，他对你好吗？"

　　"他对我很好！很好……"说到这，眼泪竟情不自禁流出。

　　"子云，你的眼泪告诉我，你和他在一起并不开心，是吗？"

　　"不，我很开心，我是高兴得流泪。"

　　"开心就好！开心就好！"李文博虽口中这么说，但心却是那么的痛。

来北京不觉已两个月有余，如果是在学校，很快就要毕业了，而我却有违父亲的期望，放弃了学业，心中有些忐忑不安。我双手合十为家人祈祷，希望我的亲人平平安安，快快乐乐！也祝愿弟弟能代我完成学业，高中名校，不负父亲的一片期望……

"婷婷，你最近怎么了？怎么终日无精打采的？"弟弟见同桌的白婷婷又在发呆，不由得好奇地问道。

白婷婷像是没有听见弟弟的话，依旧盯着书桌上的课本发呆。

"婷婷，婷婷……"

白婷婷如梦初醒问弟弟："子朗，有什么事情吗？"

"我最近发现你总心不在焉，是不是有心事？"

白婷婷撇了一下嘴巴，趴在书桌上哭了。

"婷婷，你别哭啊！你看同学们都在看着你，大家还以为是我欺负你呢。"

放学后，弟弟见白婷婷一个人坐在校园的大树下发呆，上前问道："婷婷，下个星期就高考了，你不回家复习吗？"

白婷婷抬头望着弟弟，半天才答道："我不敢回家。"

"为何不敢回家？能告诉我原因吗？"

"我后妈说，我要是没考取名牌大学，她就将我嫁人。我很清楚自己的成绩，是不可能考取名校的。"

"你后妈怎么这样呢？你才多大啊，就赶你出嫁。要不这样，你去我家，我为你辅导功课。"

"不了，只怪我笨，平日里没有学好功课，临时抱佛脚，相信佛也不会保佑我的。"

"也是，这么多的功课，几天的时间哪够。走，我带你去找你后妈评理去。"

"我不去，我后妈脾气坏，不会轻易改变主意的。"

弟弟正想拉她去见她后妈评理，却听白婷婷尖叫起来。

弟弟惊讶地问："你受伤了？快给我看看你的手。"

白婷婷将手缩回，低声道："没有，是前些天不小心提东西扭了筋骨，过些天就会好。"

"你在骗我，如果只是扭了筋骨，刚才我才轻轻拽了下，你反应怎么那么大？"弟弟趁白婷婷一不留神，将她的衣袖推了上去，见她的手臂上有一道道深深浅浅的紫红印子，看上去像是被鞭子抽的。

白婷婷将衣袖放下来，哭着往校外跑，弟弟紧跟在她身后："婷婷，你别太伤心，我会帮你的，你等等我。"

为了挽救白婷婷的命运，弟弟做了一个冒险的决定。他与白婷婷在各自的试卷上写对方的名字。高考后不久，白婷婷接到了高校录取通知书，而弟弟却名落孙山。白婷婷的后妈又找借口说家里贫寒，根本没钱送白婷婷去读大学，还是想逼她嫁人。白婷婷日夜忧伤哭泣。

"婷婷你别担心，学费我会为你想办法的。"弟弟安慰她。

"子朗，是我对不起你，是我害了你。"

"婷婷，你不要太自责，我是心甘情愿的。现在离开学还有一个多月，我会在你开学前把学费送来给你，你就安心吧。"

"子朗，你为什么要对我这么好？我怕自己欠你太多，一辈子都无法还清。"

"谁要你还了，只要你幸福快乐，就是对我最好的报答。"

弟弟和白婷婷分开后，就直接去了水泥厂做搬运工。为了不耽误白婷婷的前程，弟弟这一个月吃了不少苦头，他风雨无阻，每天最早上班，最晚收工，一个月下来，变得又黑又瘦。

开学前，弟弟拿着他靠苦力挣来的钱，兴冲冲地来到白婷婷家。白婷婷的后妈与一个小男孩坐在院子里嗑瓜子，见弟弟来了，忙牵着小男孩回屋子。弟弟朝屋里喊："婷婷，婷婷……"

喊了半天也不见有人回答，白婷婷的后妈朝弟弟喊道："婷婷不在家，你找她有什么事？"

"婷婷什么时候回来？我是为她送学费来的。"

听说是送学费来的，白婷婷的后妈忙笑着上前道："婷婷去了外婆家，可能会在那里住上几天，要不你把学费给我，待婷婷回来我转交给她。"

这时屋子里走出来一个十岁出头的小姑娘，穿着一件补满补丁的小花衣，身体消瘦，面色发黄。这大概就是白婷婷的妹妹吧？弟弟正准备上前问这小女孩，白婷婷的后妈朝小女孩白眼道："家里卫生打扫好了没有?"

小女孩惶恐地答道:"都做好了。"

"你把那堆衣服拿去洗了。"白婷婷的后妈指着盆子里的脏衣服大声道。

弟弟看不惯白婷婷后妈的行为,走到小女孩面前,亲切地问:"小妹妹别怕,你怎么不和姐姐一起去外婆家?"

小女孩瞟了一眼后妈,又望望我说:"你是子朗哥哥吗?是姐姐让我留在家里等你的。"

"你姐姐什么时候回来?"

小女孩摇摇头说:"外婆生病了没人照顾,具体什么时候回来也说不清楚。"

"小妹妹,这些钱你先代你姐姐收下,我这两天可能有事情不便来这里看你们。"弟弟将钱塞在小女孩的手里,瞟了眼她的后妈,又接着说,"这钱是给婷婷上学的,谁也不能打它主意,否则我绝不会轻饶!"

白婷婷的后妈白了弟弟一眼:"你这是说给谁听呢?老娘虽然爱钱,但不是我的我也不稀罕要。"

"希望你能做到心口如一,更希望你能将婷婷姐妹俩当亲生女儿看待,不然等她们长大了会不认你这个后妈的。"

白婷婷后妈憋了一肚子气,低头直往屋子里走去。弟弟刚离开一会儿,白婷婷从屋子里走了出来,她望着弟弟远去的背影,脸上露出阴冷的笑。

"姐姐,你明明在家里,为什么让我们骗那位哥哥?我觉得那位哥哥和蔼可亲,对你很好!"小女孩有些不解地问白婷婷。

"我也觉得那位哥哥不错,只可惜他太寒酸了!姐姐如今是名校大学生了,以后前途无量。他怎配得起我呢?"

"我还是觉得那位哥哥很善良很好,等我长大了也要找一个这么好的哥哥对我好。"

白婷婷用鄙视的眼神瞟了妹妹一眼:"没出息!"

第十七章　杨一帆失忆

　　杨一帆跌入江中被浪冲到岸边，昏迷不醒，第二天一大早，被一个年轻的小寡妇给救了回去。那寡妇名叫碧翠，生得也算俊俏，丈夫前年不幸溺水身亡，只留下一个不到五岁的儿子和她相依为命。

　　这天是碧翠丈夫的祭日，天还没有亮，她提着米饭和银纸，往丈夫出事的江边走去。她走到江边，跪在地上面朝江水，边哭边往江里撒纸钱，哭喊着："子鱼，我来看你了！你怎么那么狠心丢下我和风儿？你可知道你走的这两年，我是如何走过来的吗？我辛辛苦苦支撑着这个家，可大家都说我克夫，说我是扫把星。若不是因为风儿，我早就随你而去。子鱼，你若是在天有灵，就告诉我该怎么做？"

　　碧翠撕心裂肺的哭喊声，惊醒了昏倒在岸边的杨一帆，杨一帆吃力地睁开眼睛，发出呻吟声。

　　碧翠听到声音，有些害怕，她胆怯地顺着声音望去，见岸边躺着一个人，那人还在动。碧翠吓得提起篮子，撒腿就跑。突然她停住了脚步，心想也许那个人是溺水了，如果现在没人帮他，也许就会死。想到自己的丈夫就是被水淹死的，她不想再看到悲剧重演，于是丢下手中的篮子，匆忙往江岸跑去。碧翠跑到杨一帆身边，见是一位穿军装的男人浑身湿淋淋趴在岸边，扶他翻过身，看到杨一帆的脸，她眼前瞬间掠过曾经的一幕。

　　记得那次风儿发高烧，碧翠抱着他去城里看病。在公交车上，有个小偷见碧翠怀里的布袋子鼓鼓的就起了贼心，趁碧翠不留神，正想下手时，被一旁的杨一帆逮住了。

　　小偷气愤地对杨一帆喊："多管闲事！"一拳头打过来。

杨一帆将小偷的拳头挡在半空，三五下就制服了他。

碧翠感激涕零地说："真的谢谢你，如果没有你的帮助，只怕我风儿的病就没希望了。"她望着怀里发高烧的风儿，眼泪情不自禁流下。

"大姐，小孩怎么了？"杨一帆关心地问。

"风儿高烧不退，在乡下看过医生，说有肺炎，需要到城里治疗。"

杨一帆用手试探了下风儿的额头，说道："烧得挺厉害的，大姐，你准备带孩子去哪家医院治疗？"

"我是乡下人，对城里不是很熟悉，也不知道哪家医院好，恩人，你可知道哪家医院能治好风儿的病？"

"孩子的病耽搁不得，我们部队有个附属医院，我先带你们去那里看看。"

在杨一帆的安排下，风儿来到了梅若所在的医院接受治疗。杨一帆得知碧翠的处境，深表同情，承担下了风儿所有的医疗费用。风儿治疗期间，他时常来医院看望风儿，风儿出院那天，他还买了一大包小孩子的玩具与零食，并安排部队的吉普车送碧翠回家。

想到这些，碧翠再次被感动得热泪盈盈。她吃力地将杨一帆扶起，口中声声念道："恩人，你一定不能出事，求菩萨保佑……"

当他们来到村子口，天已经大亮，村民们见碧翠吃力地背着一个昏迷的男人进村便对她指手画脚，议论纷纷。

碧翠吃力地将杨一帆扶到床上躺下，刚睡醒的风儿揉揉眼睛，看见杨一帆，兴奋地朝杨一帆喊："爸爸，爸爸回来了！"

碧翠见儿子喊一帆爸爸，心里特别难过，儿子刚满三岁时就失去了父亲，他从不知道自己父亲的样子。每次儿子问她爸爸在哪里，为何爸爸不回家，她总是告诉儿子，爸爸去了很远的地方，等你长大了爸爸就会回来看你。想起这些伤心的过去，碧翠抱着五岁的儿子，眼泪一阵接一阵。

风儿用手为碧翠擦眼泪："妈，不哭！爸爸回来了，我以后再也不要爸爸离开我们。"风儿跑到一帆的面前，用手抚摩一帆的脸，又把自己的脸贴在一帆的脸上，嘴里嘀咕道："爸爸，你是不是很累？风儿不打扰你睡觉，等你睡醒了风儿再来陪你玩。"

碧翠望着儿子，心中百感交集。

这时杨一帆从昏迷中微微睁开眼，望了望碧翠和风儿，碧翠身材瘦削，脸蛋虽清秀，但却发黄。她身边的小孩生得甚是可爱，他留着锅盖头，眼睛圆圆的，正目不转睛地望自己。

杨一帆将目光转移到四周，这是一间极其简陋的屋子，除了一张睡觉的床和一张旧桌子，几乎没有家具，靠近窗户旁的椅子上放着一个旧木盆，抬头望，木盆上面的屋顶好像有点漏雨，想必这个木盆是用来接雨的。

"爸爸，你醒了！"风儿高兴地喊道。

我是谁啊？我怎么什么都想不起来了？这小孩子喊我爸爸，莫非我就是他的父亲，那身边的那个妇女不会就是我的妻子吧？我怎么感觉一切都那么陌生？杨一帆用手紧抱着脑袋，想把记忆找回来。

"你醒了，我也就放心了！"碧翠微笑着说。

"你是谁？叫什么名字？我又是谁？我怎么脑子里一片空白？什么都想不起来？"

看来他是失去记忆了！以前我一直称呼他恩人，也忘了问他叫什么名字。他是个好人，风儿如果有这么好的一个父亲，一定会很幸福的。不，我不能这样自私，他曾经有恩于我们，我不应该对他有所隐瞒。碧翠此刻心乱如麻，不知如何回答。

"爸爸，我是风儿，这是妈妈，难道爸爸忘记了风儿和妈妈吗？"

难道眼前的这对母子真的是我的妻儿？小孩子是不会说谎的。杨一帆用手抚摩着风儿的脸蛋，微笑着说："都怪爸爸不好，睡太久了，把记忆都丢失了。风儿这么可爱，爸爸当然不会忘记你。"

"我有爸爸了，爸爸回来了……"风儿高兴得手舞足蹈，边喊边往屋外跑。

碧翠跑到门前喊住了风儿，她贴着风儿的耳朵说："风儿，爸爸刚回家，你不要到处嚷嚷，要是有坏人听见了，坏人又会把爸爸给带走。"

风儿用手捂住自己的嘴巴，眼睛四处瞟了瞟，然后贴着碧翠的耳朵低声道："嘘！别出声，别让坏人听见。"

听了风儿的回答，碧翠也就放心了。既然他一切都想不起了，风儿又那么渴望有个爸爸，干脆就阴差阳错让他做风儿的爸爸。对不起，请原谅我的自私。

"对不起，我丢失了所有记忆！你能告诉我，我叫什么名字吗？"杨一帆再次问碧翠。

碧翠微笑着说："是我不好，让你一个人去江里捕鱼，才害你坠入江心，昏睡了一天一夜，丢失了记忆。"

"原来我是个渔夫。"杨一帆望了一眼自己身上的衣服，正是渔民常穿的坎肩，他不再怀疑自己的身份了。

这时碧翠又笑着说："你叫方子鱼，我是你的妻子碧翠，是从大山里搬到柳巷村的，我们在这里生活了整整三年。柳巷村整个村子里的人都姓柳，只有我们一家是外来的外姓，因此大家有偏见，你以后见了村民，尽量不要和他们说太多话，免得节外生枝。"

"除了你和风儿，我们还有其他亲人吗？既然大家对我们有偏见，不如我们再搬回大山里去。"

"没有其他亲人了，我们搬出来后，山里的土屋子也被雨水给冲倒了。等以后有机会我们再搬走好吗？"

杨一帆望着面色发黄的碧翠，心痛地将她揽在怀里，愧疚地说："让你跟着我受苦了，我以后一定会让你和风儿过上好日子。"

碧翠幸福地依偎在杨一帆的怀里，这是她失去丈夫两年后，第一次重新感受幸福。

为取得杨一帆的信任，碧翠趁杨一帆睡着了，爬到阁楼上，将丈夫以前常用的渔网和蓑衣取下来，细心地清理上面每一道蛛丝与灰尘。

杨一帆醒来，走到堂屋，见墙壁上挂着渔网与蓑衣。他上前用手摸着渔网，心里暗自道："为什么这些东西那么陌生？"

碧翠好像看透了杨一帆的心思，上前微笑着说："这些都是你以前常用的工具，咱们一家子都靠它们支撑着。今天外面天气好，我把它们搬到门外去晒晒。你身体刚恢复，在家再多休息几天，过些天再去江里撒网。"

"我帮你搬运到屋外。"

碧翠从屋子里搬出几条板凳，杨一帆和她一起将渔网牵开放在板凳上晾晒。

杨一帆抬头望着天空，又望了望屋顶。想起前天屋子里漏雨，杨一帆从屋子里搬来了一架木梯，爬到屋顶去补漏雨的地方，碧翠跑到

242

梯子前扶着木梯，脸上露出幸福的笑："子鱼，小心点。"

杨一帆也朝碧翠会意地笑了。

"你们看那个男人，不是那女人前天背回来的吗？他没有被那个扫把星给克死？"

"好像是，前天那个女人背回来时，他奄奄一息，想不到今天竟然这般抖擞，还为那女人修补房顶。"

"那小伙子浓眉大眼，高大魁梧，看上去还挺英俊的。但不知他和那扫把星是什么关系？"

"你看那女人的眼神就知道他们是什么关系了。"

"不会是她新勾搭上的男人吧？"

"这也说不准，毕竟还年轻，守了两年的寡，也怪可怜的！"

"听说咱村里的老黑，一直都想与那女人勾搭上，可那女人看不上老黑。"

"人家娇艳欲滴，年轻貌美，哪会看上老黑这样的粗人？再说老黑那岁数，都可以做她爹了。"

"她若真能看上老黑，那可真是一朵鲜花插在牛粪上。不过眼前的这个俊小伙，可真是人见人爱啊！"

"怎么，莫不是你也看上了那小伙子？要不要我去帮你提亲？"

"嘘，嘘……说曹操曹操就到了！"村里这些喜欢嚼舌根的娘们，见老黑来了，便慌忙散场。

老黑肩上扛着锄头，裤脚卷到膝盖，满脚都是泥水，看他满头大汗的样子，想必是干完农活刚回来。老黑今年四十来岁，自小就父母双亡，孤苦伶仃，至今单身未娶。自碧翠的丈夫去世后，他就一直在心里暗恋她，多次向她示爱，但都被她拒绝了。大家都说碧翠克夫，唯有他不信这个邪。他每次经过这里，都会情不自禁地朝碧翠的家里望去。得不到碧翠的人，就算能看上她一眼，也很满足。当看见心爱的女人，望着屋顶上的小伙子甜蜜地笑，他的心疼痛无比。他眼神在碧翠与杨一帆两人之间跳跃着，当再次看见碧翠含情脉脉地望着杨一帆，气得两眼直冒花。

"修好了，相信不会再漏雨了。"杨一帆边说边从屋顶走过来，下木梯时脚踩空了，差点摔下来，吓得碧翠魂不附体，幸好是虚惊一场。

从杨一帆上屋顶到下来，碧翠的眼睛就没有离开过他，他刚一下来，碧翠就用手绢为他擦汗。站在对面的老黑，心里打翻了醋瓶子。

杨一帆发现了站在对面的老黑，他感觉老黑的神态很奇怪，看他那眼神像是要吃人。这个人是谁？他为何用如此吓人的眼神看着我们？莫非真是如碧翠所说，他们眼里容不下外乡人？若真是那样，这个地方我们也待不长久了。

碧翠见杨一帆望着对面心事重重的样子，转身朝对面望去，见老黑正看着自己这边，她的心微微一颤。老黑平日里总是主动为自己分担一些粗活，并且多次向自己示爱，还有几次对自己动手动脚的……想到这些，她有些胆怯，忙拉着一帆往屋子里走。

"碧翠，刚才那个人是谁啊？看他眼神怪怪的。"杨一帆忍不住地问。

"那个人是柳巷村的，四十多了还娶不到老婆，每次看见年轻的女子与男人在一起，就会像刚才那样仇视别人，大家都说他脑子有问题，你以后少和他接近为妙。"

"哦，原来是这样，四十多岁还单身，也怪可怜的！"

"忙了一上午，饿了吧！你先坐下喝杯茶，我去做饭。"

碧翠家的厨房和堂屋是连着的，没有隔墙，厨房里只有一个土灶和一个水缸。碧翠弯身在水缸里舀水淘米，见水缸里的水用完了，起身挑起一对木桶，对一帆说："我打水去了。"

杨一帆放下手中的水杯，起身道："我怎么能让你去做粗活呢？你歇着，我去打水。"

"不，不，这两年我都已经习惯了……"碧翠知道自己说错话了，表情有些不自然。

"什么，这两年都是你在挑水？我太不像男人了，让你跟着我吃这么多的苦。从今天起，这活就交给我来干。"杨一帆接过碧翠肩上的担子，前脚刚出门，又收了回来。他不好意思地问："碧翠，我们打水的地方在哪里？"

"还是让我去吧！你也累了。"

"瞧我这记性，什么都记不起来了，不如你带我去，下次我自己就能找得到地方。"

村里就一口井，打水经常要排队，为避免人多嘴杂，还是不带他去为妙。碧翠接过担子："这挑水都是女人的事，你就别和我争了。"

这时风儿蹦蹦跳跳地从外面回来，他好奇地问母亲："妈，你说挑水都是女人的事，我刚才在井那边看见挑水的怎么都是男人？"

"你这孩子别瞎说，做家务本来都是女人的事。"

"我没有瞎说，不信我带你们去看看？"

听风儿这么说，杨一帆又接过碧翠的担子："碧翠，你就让我去吧！风儿，你带爸爸去打水可好？"

"好，好，挑水是咱们男人的活。"顽皮的风儿，朝碧翠做了个鬼脸，就乐呵呵地在前面带路。

沿路，乡亲们都好奇地盯着杨一帆，有几个村民在排队等待打水，其中就有老黑。老黑瞅了瞅杨一帆，问风儿："风儿，这个人是谁啊？"

风儿高兴地回答道："黑伯伯，这是我爸爸，你不认识他吗？我爸爸回来了，你以后再也不用为我家挑水了。"

大家都不约而同将目光锁定在杨一帆的身上。碧翠的丈夫不是两年前就去世了吗？风儿怎么说眼前的这个小伙子是他爸爸呢？莫非他是碧翠最近新相好的？有了他，我以后就更没戏了！老黑在心里声声叫苦，他问杨一帆："小伙子，怎么称呼你，你是新来的吧！"

杨一帆心想这个老黑可能真的是脑子有病，我在这里生活几年，他居然不知道我叫什么，还称我是新来的。他的处境也真是令人同情。为安慰他，将他当常人对待，杨一帆礼貌地微笑着答道："大叔，我叫方子鱼，以捕鱼为生，我在这里已经生活了好几年了。"

杨一帆的回答令在场的村民大吃一惊。他怎么和碧翠死去的丈夫同一个名字，莫非他被方子鱼的鬼魂附身了？村民们吓得丢下肩上的担子，慌忙逃走。

杨一帆望着大家惊慌失措地离去，蒙了！

几天后，碧翠带杨一帆去江边撒网，他们刚从江堤上走下去，梅若就出现在江堤上，她迷茫地朝远处的尼姑庵望去，就差那么几秒的时间，两人就这样擦肩而过。

望着波涛汹涌的江水，杨一帆有些恐惧。

碧翠望着白浪滔天的江水，眼前又掠过几年前与丈夫一起乘舟在江心撒网的情景。子鱼，请你原谅我！风儿这么小不能没有父爱。

碧翠不慌不忙地抱着渔网上了小舟，她见杨一帆神情有些紧张，微笑着说："子鱼，你别害怕，不会有危险的。来，我拉你上船。"

"碧翠，我不是害怕，只是感觉这一切对于我来说很陌生，好像从来都没有接触过。"

是啊！他是从来没有接触过渔民的生活，但是为了以后，我必须让他熟悉渔民的生活。碧翠微笑着朝杨一帆伸手："子鱼，因为你丢失了记忆，一切得重新开始，所以才会有陌生感。不过没关系，还有我呢！你上船，我慢慢教你。以前你每天都会在此撒网，捕很多很多的鱼。"

我是个男人，有责任照顾好妻儿，碧翠一介女流，为了这个家都如此辛苦，我作为一个男人不应该胆怯！杨一帆义无反顾地上了小船。

碧翠自小在江边长大，大江对于她来说就是陆地。她将小船划到江心，开始教杨一帆撒网。杨一帆面对汹涌的江水有些害怕，但想到自身的责任，勇敢地接受了渔民的生活。刚开始的时候，每次都由碧翠陪杨一帆一起来江里撒网，后来他熟悉了在水面作业，主动提出一个人独自前往江中撒网。碧翠见杨一帆已适应了水上的日子，成了一个真正的渔民，打心眼里高兴。只是每次想起杨一帆的真实身份，她心中又有万分愧疚。

梅若得知杨一帆投江自尽，是因为她母亲逼迫我与杨一帆分手而造成的，她感觉自己才是杀害杨一帆的幕后凶手。失去了最爱的人，生命对于她来说已经失去了意义，她每天在痛苦与悔恨中挣扎，最终选择了遁入空门。

梅若来净水庵已有数日了，她一心想从此断绝红尘，与佛相伴，可净水庵的住持说她尘缘未尽，让她暂时先带发修行一些时日，再做决定。

一日天色朦胧，梅若一身素衣，挑着水桶到江里打水。她隐隐看见江心的小船上出现一个熟悉的身影，远远望去，那身影很像是杨一帆，她心中不由一颤。船上的那个人正忙着收网，看来是个渔夫，一帆是个军人，那个人又怎么会是他呢？也许是自己太想念一帆了，师太说出家了就要四大皆空，什么七情六欲全抛开。一帆已经不在了，我不能再有太多的幻想，要静下心来一心礼佛。梅若对着远处的背影念了声："阿弥陀佛！"就离开了。

自杨一帆那次在井边打水自称是方子鱼后，村民们议论纷纷，说他是方子鱼的鬼魂上身。起初大家还半信半疑，后来见他每天穿方子鱼的衣服去江面捕鱼，大家确信杨一帆就是被方子鱼的鬼魂上身，闹得人心惶惶。从那以后，再也没有人敢从碧翠家门前路过，大家都知道杨一帆通常在早晨来井里提水，都纷纷避开。

村民的举动令杨一帆费解，难道真是如碧翠所说，大家都嫌弃我们是从外乡搬来的，所以不愿意与我们交往？就算自己是外乡人，村民们也不用这么害怕我啊！为何他们每次见到我就像见到鬼一样？

老黑暗恋碧翠多年，如今有个半人半鬼的小伙子和碧翠生活在一起，他是既恼火又担忧。碧翠一定是因为太思念自己逝去的丈夫了，所以被迷惑，碧翠糊涂，我可不能跟着糊涂，我一定要将那个人给收拾掉。

这天，净水庵的住持正在佛堂前，为跪在佛前的梅若准备剃度仪式。住持问梅若："施主，你是否考虑清楚，从此皈依佛门？皈依佛门后就要六根清净，四大皆空，你能做到吗？"

"师父，我早已断绝尘缘，一心向佛，请师父为我剃度吧！"

住持拿起剪子，正准备给梅若剃度，这时院外传来嘈杂声。住持放下剪子，问站在门口的尼姑："外面怎么那么吵？"

尼姑回答道："师父，院外有很多村民跪在地上，说村里闹鬼，请求师父作法，帮助收拾妖魔鬼怪。"

住持放下手中的剪子，走到院外，对跪在地上的村民说："大家请起，不知大家前来净水庵跪拜，所为何事？"

"师太，你可要救救柳巷村的村民啊！村里最近来了一位鬼人，闹得大家人心惶惶，无法正常生活。"

"是啊！师太，只有你能救我们了。那鬼人不但在夜晚会号叫，白天还像正常人一样出入，弄得村民们不到正午不敢出门，太阳还没下山，大家就躲在屋子里不敢出去。我们这些庄稼人，不出门可怎么生活啊？"

住持合手念了声阿弥陀佛，然后又对村民们说："大家不要太惊慌，万事都有解决的对策。请你们派一个人来殿内，向我细细道明一切，我方可帮你们化解灾难。"

住持的话音刚落，老黑就自告奋勇随师太进了佛殿。住持对跪在佛前的梅若说："施主，你先起身，剃度改日进行。"

"是，师父。"梅若朝佛三跪拜，便起身低头站在殿堂左侧的众尼姑中。

主持对老黑说："这位施主，你请说吧！"

老黑一本正经地说："师太，我们村碧翠的丈夫方子鱼两年前在江里撒网，不小心被淹死了。可最近她家又来了一个自称是方子鱼的小伙子，他穿着碧翠死去丈夫的衣服，每天到江里去撒网。碧翠也说那个小伙子是她丈夫，就连她家五岁的孩子，也叫那人爸爸。碧翠的丈夫两年前去世，大家有目共睹，如今又冒出这么一个名同貌不同的丈夫，你说这不是活见鬼了！"

"阿弥陀佛！这位自称是方子鱼的小伙子，除了说自己叫方子鱼，还有没有什么反常之举？"

"他代替死去的方子鱼出现在村里，这已经很反常了。"

"同名同姓又同时出现在同一个地点，或是巧合或是缘分。只要他无害人之举，没有对大家造成威胁和伤害，大家又何必紧张呢？"

"师太，他的出现已经威胁伤害到大家了，自从他出现，柳巷村就人心惶惶，不得安宁！若不将那鬼人铲除掉，柳巷村将永世不得安宁。请求师太，为民除害！"

"阿弥陀佛！真有施主说的那么严重吗？"

"师太若不相信我所言，请随我们去柳巷村走一趟便知。"

"请问施主那位鬼人是什么时候出现在柳巷村的？"

老黑摸了摸脑门答道："那个鬼人是碧翠从外面背回来的，当时背他回柳巷村时，天还刚刚亮，那鬼人一身军装，全身湿淋淋，奄奄一息地趴在碧翠的肩膀上。"

听到老黑说那鬼人一身军装，梅若内心一阵惊喜，想起那次在江边打水看见的那个熟悉背影，她激动地问老黑："那个鬼人，是不是半个月前来到你们村的？是不是浓眉大眼英姿飒爽？"

梅若的话震惊了在场的所有人。老黑望了望梅若，惊奇地问："你是如何知道那鬼人半个月前来咱村的？你又怎知他浓眉大眼英姿飒爽？莫非，你也不是人？"

梅若瞪了老黑一眼，迫不及待地说："你在这里尽说鬼话，你才不是人，快告诉我他在哪里，我要去见他。"

梅若接着对住持说："师父，我怀疑他们口中的鬼人就是我的朋友杨一帆。一帆是军人，半个月前失踪了，有人在江边捡到了一帆的军帽，我们怀疑他坠入江中，在江里连日打捞，只打捞起来他的自行车，但就是没有见到他的遗体。所以我断定那个鬼人就是杨一帆。"

在老黑和村民们的带领下，梅若来到了碧翠的家里。碧翠正坐在门外清理渔网，见梅若突然到来，想起曾经带着风儿在医院里治病，正是眼前的这位姑娘为儿子治疗。她不知道自己现在的丈夫和这位姑娘是什么关系，但从当初他们的交谈间可以感觉到，关系非同一般。碧翠慌忙地起身，躲在屋子里，将门紧紧地关上了。

杨一帆见碧翠大白天的关门，不由得好奇地走到门前，关心地问："碧翠，你怎么了？脸色怎么这么难看？"

碧翠支支吾吾地答道："乡亲们都站在咱家门前，看他们的样子怪吓人的，不知道他们来咱家想干什么。"

杨一帆握着妻子发抖的双手："别怕，有我在呢。我会保护好你和风儿的，我出去问问究竟。"

"不，不，你不能出去。"碧翠拉着杨一帆的手不让他出门。

这个女人怎么那么面熟，好像在哪里见过？但又一时想不起来。她为何见到我们，就慌慌张张地躲进屋子里？梅若跑到门前大声喊："一帆，你在里面吗？我是梅若，你快出来，我是来接你回去的。"

碧翠望了望丈夫，心里暗道原来他叫一帆。

"碧翠，门外有人在喊一帆，一帆是谁啊？你认识吗？"杨一帆不解地问。

"不认识，不认识，这些人肯定是来找碴子的，我们到房间去，不要理会他们。"

"碧翠，我们又没有做亏心事，干吗怕他们？还是开门出去问个明白。"

"不，你不能出去……"碧翠紧紧地抓住丈夫的手，好像这一松手，他就会被人抢去一样。

杨一帆疑惑地望着妻子，见她神情焦虑，就问道："你为何那么紧张，不让我出去？我们总不能一辈子躲躲闪闪地过日子呀。"

　　"一帆，你出来啊！我知道是我不好，是我太自私，不该有意破坏你与子云之间的感情。请你原谅我的自私自利，我发誓以后再也不会介入你和子云的感情之中，请你不要这样委屈自己，难道你忘记了你是军人，是少校？你是战友们心中的好领导好兄弟，大家都期盼你能回去。"梅若跪在门外，哭诉道。

　　原来自己的丈夫是少校，我将他留在身边是不是太自私了？可为了风儿为了我自己，我不能失去他。碧翠将一帆拉到一旁："我先出去看看，相信他们不会对一个女人怎样。"

　　碧翠将门开了半扇走了出来，轻轻将门又带上了。她装着若无其事的样子问梅若："这位姑娘，你这是做什么？你刚才说的话，我们一句也听不懂，一帆是谁啊？"

　　梅若抬头望了眼碧翠，突然想起来了，眼前的这个女人曾经带着个小孩去医院治病，当时还是一帆领她去的。梅若起身问碧翠："我知道你是谁了！你还记得我吗？我曾经为你家的小孩治过病。"

　　碧翠摇摇头："姑娘你是不是认错人了，我不认识你。"

　　梅若冷笑着问碧翠："这位大姐，可能是我认错了人了，你能不能带我见见你的丈夫？"

　　"你一个大姑娘找我丈夫干吗？"

　　"我要见你丈夫，因为我怀疑他并非是你的丈夫。"

　　"你在这里胡说什么？不是我的丈夫，难道他是你的丈夫不成？"碧翠朝梅若嚷道。

　　梅若淡定地说："我们俩谁都配不上他，我只是想带他回去，将属于他的一切还给他。"

　　"我不会让你带走我的丈夫的，这里不欢迎你。"碧翠毫不客气地进屋将大门给关上了。

　　"一帆，你在里面吗？难道你忘记了你出生入死的战友吗？难道你忘记为你牵肠挂肚的父母了吗？难道你忘记你曾经深爱的子云了吗？"梅若趴在门前，撕心裂肺地喊。

　　杨一帆木讷地坐在椅子上，心里一遍遍地问自己："子云，子云，这个名字怎么那么熟悉?"他冲到门前,将大门给打开了。

梅若望着眼前的杨一帆,高兴得眼泪都流出来了。她一头扑进杨一帆的怀里,哭喊着:"一帆,真的是你,我们还以为你……能找到你太好了,走,我带你回去,我们现在就走。"

杨一帆轻轻地推开了梅若:"这位姑娘,我叫方子鱼,不是你要找的一帆,你认错人了吧?"

"他不是方子鱼,方子鱼两年前就溺水身亡了,我看这位小伙子是中邪了。"

"是啊!我们见过方子鱼,你不是他。"

"这人肯定是方子鱼的鬼魂缠身,我们将他捆绑起来,找个道士来收拾他。"

村民们你一言我一语。梅若见村民们动手要捆绑杨一帆,急忙上前伸手拦住村民:"请大家相信我,他就是我要找的杨一帆,并非你们所说的鬼魂缠身,我不会让你们带走他的。我不知道一帆身上发生了怎样的事会导致他失忆,我要带他回广州,帮他恢复记忆。"梅若说完拉着杨一帆的手,要他随她回广州。

这时风儿从屋子里跑出来,边用力掰梅若的手边对梅若大喊:"你这个坏女人,我不会让你带我爸爸走的。"

"你不记得我了?姐姐还为你治过病呢。你相信姐姐他不是你的爸爸,你们这样会害了他的。"

"我只要和爸爸在一起,你放手啊!"风儿见梅若不放手,在梅若的手上狠狠地咬下去。

梅若强忍着疼,始终不肯松开杨一帆的手。

杨一帆始终相信风儿,在他看来,小孩子是不会说谎的。他推开了梅若的手,坚定地说:"我不会跟你走!这儿才是我的家。风儿和碧翠他们不能没有我,我也离不开他们。"

"一帆,就算你记不起我,难道连你最爱的子云也忘记了吗?"梅若悲痛地朝杨一帆大喊。

"子云,子云,这名字怎么那么亲切?为何听到这个名字,我的心会那么的痛?难道我真的曾经爱过她?可我现在的妻子明明是碧翠,我该相信谁?"杨一帆抱着头,痛苦地蹲在地上。

"一帆，你是不是想起来了？"梅若满怀希望地问道。

"我什么都想不起来，我的头好痛，好痛！"杨一帆起身，冲进屋子痛苦地趴在床上。

"你走吧！请你不要再来打扰我们！"碧翠将大门紧紧地关上了。

梅若失望地朝屋子大喊："一帆，你等着我，我一定来接你回去。"

时间过得真快，来北京也有些时日了。如果自己没有离开广州没有离开学校，早已毕业了！不知道忆如她们毕业后在干什么？不知梅若可好？一帆现在是不是每天都陪着她？他们在一起是否过得快乐？给家里写信有些时候了，怎还不见回信，也不知道弟弟考得怎样？

这天诗社里的接待员小芳走了进来，微笑着说："子云，有个小伙子在门外找你，说是你的弟弟。"

听说是弟弟来了，我高兴得简直要飞起来，一定是弟弟考到北京的大学了，我一定要为他好好庆祝。我飞奔到门外，见弟弟一身蓝色工作装，手上提着一个布袋，身边还放着一个大行李包，看来他还没有去学校。

我高兴地拍了下弟弟的肩膀："朗，姐姐终于见到你了！你是不是来给姐姐报喜讯的？"

弟弟见了我先是开心地笑，接着又羞愧地低下了头。

"朗，你怎么了？是不是家里又出什么事情了？"

"姐，我没有考上大学，让你失望了！"

凭弟弟平时的学习成绩怎么可能会没考取呢？我有些诧异，沉默了许久，低声道："姐姐也让你失望了！我大学根本没有毕业。"

"姐姐，你不是来北京继续念大学的吗？难道是丁香阿姨失信于你？"

我低头半天没有吭声。

"姐，你也别太难过，你现在不是已经找到了一份好工作吗？能从乡下来到大城市工作，已经很了不起了！我这次来，是来投靠你的！"

"朗，我先带你去我住的地方休息，一路上辛苦了吧？"

这时李文博走了过来，他望了望弟弟，微笑着问我："子云，这位小伙子眉清目秀的，不会是你常念叨的弟弟子朗吧！"

"你怎么知道？"

"看你们俩眉宇之间有几分相似，果真被我猜中了。"

"你的眼睛够厉害，我先带我弟弟回家去，向你请假半天可以吗？"

"当然可以，半天假太少了，你弟弟刚来北京，你应该多请几天假，陪他到处逛逛。走，我开车送你们。"李文博接过弟弟手中的行李。当车子路过菜场时，我让李文博停车，他笑着说："你就别忙活了，我做东，请你们下馆子。"

"我不能老让你破费。"

"是啊！我姐姐做的菜可好吃了！"弟弟边说边竖起大拇指。

李文博也补上一句："子朗，那我今天沾你的光，又有口福了！"

"你们在车里等等我，我下去买点菜。"

"子朗，听你姐姐说，你学习很优秀，这次是来北京读书的吧？"李文博微笑着问弟弟。

弟弟低头回答："我是来投靠姐姐的！"

"怎么不想读书了？"

"想，只是现在已经没有机会了！"

"也许我可以帮帮你！"

弟弟惊讶地望着李文博："你是在哄我开心吧！是我不争气没考好，谁也帮不了。"

"你不相信我？"

"我是不相信自己的耳朵。"

"我向你保证，你的耳朵绝对没出问题。不过在你进校前，必须要去见一个人，如果通过他的面试，他就会帮你。"

"你们在聊什么呢？你带我弟弟去见谁啊？"我提着刚买的菜，笑着问他们。

"想知道吗？哟！不过我肚子在和我抗议，还是先填饱肚子，再带你们去见他。"李文博边说边用手摸着肚子。

弟弟进屋后，环视着四周："姐，这是你在北京的家吗？"

"姐在北京哪有家？这是租的房子，你以后就和姐将就挤在一起住。"

"不是没有家，是你不想在北京要个家。"李文博诚恳地说，接着又对弟弟说，"你要是上学了，只怕是不方便常来你姐这里住。"

"你误会了，我弟弟不是来读书的。"

"我看是你这个做姐姐的太不了解弟弟心中所想，这么小不读书太可惜了！"

我望了望弟弟，他虽然有着小伙子般的身段，但实际上还是个孩子。这些年和弟弟相见的机会很少，我们姐弟俩有多年没有促膝谈心了，是我这个做姐姐的失职，不知道弟弟内心的想法。

在饭桌上，我不断地往弟弟碗里夹菜，坐在一旁的李文博开玩笑道："做弟弟真幸福！我要有个这么疼爱我的姐姐就好了！"

"是不是很羡慕？要不从今天起我就收你做干弟弟！"我笑着将菜夹到李文博的碗里。

"这样岂不是让你占了便宜，怎么说我也比你长几岁！要做也得做你的哥哥。"

"好啊！从今天起，我不但有姐姐还有个哥哥，真好！这位哥哥，我还不知道你叫什么名字呢。"弟弟也跟着起哄。

"我叫李文博，文明的文，博学多才的博，你以后喊我哥哥就好。"

"好名字，看来哥哥是个博学多才的文化青年，以后我还要多向你讨教。"

"你和你姐同父同母所生，怎么差别就这么大呢？你嘴巴甜得像蜜似的，可我认识你姐这么久，从来没听见她夸赞我一句，悲哀啊！"李文博笑着边说边摇头。

我瞥了李文博一眼，朝他做了个鬼脸："没个正经，别人夸你一句，你就飞上天了。"

"你看你姐，长得慈眉善目的，咋对我就那么凶呢？"

"人不可貌相，更凶的还在后头呢。你要不要尝试一下！"说着我又朝李文博瞪了一眼。

"你是不了解我姐姐，我姐姐她很善良，从来只会为他人着想。"弟弟忙帮我辩护。

"子朗，我相信你所说的，只是不知道什么时候你姐姐才会为我着想？"李文博边说边诡秘地望着我。

我笑着回答："下辈子吧！"

饭后，李文博笑着对我说："子云，刚才在菜市场，你不是问我带你弟弟去见谁吗？我现在就带你们去见他。"

"你打算带我们姐弟俩去见谁啊？"

"你去了就知道了"

"你不是带我弟弟去见工吧？我弟弟刚到北京，我可舍不得让他这么早就去工作。"

"你想哪去了！就算你舍得，我还不舍得呢。"

"那你想带我弟弟去哪？"

"我想带子朗去读书。难道你不想让他继续读书吗？"

"想，当然想，可是……"

"没有那么多的可是，相信我！"

我轻轻地点了点头。

李文博带我和弟弟一起去见那个可以帮助弟弟继续读书的神秘人，当他的车子停下时，我发现这不是丁香阿姨曾介绍我来读书的学校吗。

弟弟在心里暗自庆幸，原来这正是他为白婷婷考取的学校，如果自己能有幸在此读书，不但可以完成父母的期望，而且还可以天天见到婷婷。她要是知道我来此读书，不知会有怎样的反应？

李文博见我和弟弟神情异常，好奇地问："怎么，你们姐弟发什么呆呢？是不是从来没有见过这么气派的学校？"

弟弟高兴地答："嗯，比我想象中还要气派神圣。"

"别愣在这里，走，我带你们去见一个人，希望他能帮到你。"

有人能帮助弟弟圆他的读书梦想，我应该为弟弟感到高兴，但不知道为何我此刻的心却忐忑不安。

李文博带着我们来到一排办公室前。望着那个曾去过的办公室，想起曾经满怀期望地来找人，却被人拒于千里之外，我的心跳得厉害，脚也不听使唤了。

李文博见我神情恍惚，问："子云，你怎么了？脸色怎么那么难看？"

弟弟走到我面前，拉着我的手问我："姐，你的手那么冰凉，有哪里不舒服吗？"

我牵强地笑着说："没有，我只是突然感觉胸口有点闷，可能是太高兴了！文博，我想在外面透口气，你带我弟弟进去吧！"

"那好吧！这里环境不错，你到处逛逛。子朗，我们进去吧！"

一进办公室，李文博就笑着说："李校长，我为你带来了一位优秀的好学生，朗，过来见过李校长。"

弟弟毕恭毕敬地朝李校长鞠了个躬："学生伊子朗拜见李校长！"

李校长看了看李文博，又将目光转移到弟弟的身上，问弟弟："你今年多大了？在哪里读过书？"

"回校长的话，我出生在农村，今年十九岁，之前在林西城凤尾镇上念书。"

"哦，农村里空气好啊！你为何在凤尾镇念完书就不读了呢？"

"不瞒校长，我因平日里没认真念书，导致高考落榜，现在悔之晚矣。若校长能给我机会，我定当努力上进，绝不辜负校长再造之恩！"

"我问你，你为何想要读书？你读书又是为了什么？"

弟弟不慌不忙地答道："说体面点，读书是为了传承中华五千年的文化，将中华文化发扬光大，说直白点，读书是为了丰富自己，让自己因知识而变得强大。有人读书是为国为家争光，有人读书是为了博得一个锦绣前程，我读书是为了完成我父亲当年没能完成的心愿。"

李校长虽然对弟弟的回答很满意，但继续问："你说你读书是为了完成你父亲当年未完成的心愿，这是你心里话吗？"

"是的，校长！我父亲从小就是个喜欢读书的人，因生在农村，家境困难，只有幸读了几年书，父亲常感叹自己读的书太少，他把读书的希望与梦想寄托在我和姐姐的身上。尽管我家的生活条件不好，但他一直竭尽所能支撑着我和姐姐读书。"

李校长脸上露出了温和的笑："你是个明白事理且孝顺的孩子，希望你以后能有一番作为，不辜负你父亲对你的一片期望。"

"谢谢校长，我伊子朗以后一定努力学习，不辜负校长对我的栽培与知遇之恩。"弟弟又礼貌地朝李校长鞠躬。

"等等，你刚才说你叫什么来着？"

"校长，我姓伊，名子朗。"

"伊子朗，你是不是有个姐姐叫伊子云？"

"校长，你怎么知道我姐叫伊子云，莫非你们认识？"

李校长叹了口气："你姐曾经来这找过我，只是当时我误解了她，将她拒之门外，现在想想，是我行事太草率。"

"什么？子云曾经来找过你？你居然还将她拒之门外？难怪那次我见子云一个人在大雨中伤心地行走，爸，你太糊涂了！"李文博指责他的父亲李校长。

李校长："子朗，你姐姐她现在可好？如果她还在北京，也许我可以再帮她重返学校。"

原来李校长是李文博的父亲！弟弟惊讶地望了望李文博，不知道该如何回答校长的话。李文博像是看透了弟弟的心思，说："你将子云赶出校门，她能过得好吗？当初是你不接受她，现在又想收留她，你当她是什么人啊？说要就要，说不要就不要。"

我在门外等了许久，见弟弟还没出来，心里有些担心，不知道李文博带弟弟见的人是不是李校长，如果真是李校长，只怕弟弟会像我当初一样遭人冷眼。我来到办公室前，贴着门，听他们在讲些什么。

"当初是丁香同学和我说伊子云是个不守信用的野丫头，她叫我千万不能收留伊子云。当时我听取了丁香的意见，所以就冷漠地将她拒之门外。可是在伊子云走后不久，丁香又打电话给我，说她误会了伊子云，她曾以为是伊子云拐走了杨一帆，结果是杨一帆想不开，自己投江自尽了。"

什么，一帆投江自尽了？不，不会的……我突然感觉天像是要塌下来了，疯了似的推开了办公室的门，泪流满面地问李校长："你刚才说一帆怎么了？他那么坚强，那么勇敢，怎么会投江自尽呢？你告诉我这到底是为什么？"

李文博说："子云，子云，你怎么了？为何哭得这般伤心？你知道吗，看到你这样伤心，我的心也特别的难过。"

李校长瞟了一眼李文博。儿子长这么大，从未见他为谁这样着急，难怪最近经常发呆傻笑，看来是喜欢上了伊子云，真是冤孽啊！

"姐，你别哭！你要坚强啊！"

"你是不是早就知道一帆投江自尽的事情，为何不早点告诉我？"我激动地问弟弟。

"姐，我是怕你难过，在来北京前，爸妈也交代过我，千万不能将此事告诉你，他们也担心你会承受不了这样的打击。"

"好啊！你们都瞒着我，不告诉我！都是因为你们不让我和一帆在一起，他才会做这样的傻事的，一帆，是我害了你。不，我要去找丁医生，我答应了她离开一帆，为何她没有保护好一帆？我要找她，要她将一帆还给我。"此刻的我简直要发疯，失去了一帆，我仿佛丢失了整个世界。我疯了似的朝门外跑去，却被李文博紧紧地抱住。

"你放开我，放开我，我要去找她，要她把一帆还给我……"

李文博伤心地说："不，你现在心情这么糟糕，我不会让你一个人去的，我要陪着你、保护你。"

站在一旁的李校长，见儿子对我这般痴情，摇摇头道："你不要怪丁香，在一帆投江自尽的第三天，她的女儿梅若也失踪了。丁香就那么一个女儿，她现在的心情并不比你好！"

什么，梅若也失踪了？天啊！才分别多久，怎么一切都变得物是人非了？我感觉眼前发黑，晕了过去。

第十八章　爱到山穷水尽时

梅若虽然为自己不能唤醒杨一帆的记忆而难过，但杨一帆依然平安地活着，对于她来说是不幸中的万幸。她不由得想起当初，在一帆出事的江边，战友们纷纷摘下军帽，向浩浩江水行军礼，泪水模糊了所有人的眼睛。

"少校，你怎舍得离开我们？你为何就这么想不开？"

"少校，你平日一向沉稳内敛，这次怎就这么糊涂冲动呢？"

"一帆，都怪我，若不是因为我，子云就不会走，你也不会做出如此傻的事情。我之前以为这个世界只有我那么傻，没了爱情就不能活，谁知你比我还要傻。一帆，一帆，你等等我，我来陪你……"梅若跪在江前，撕心裂肺地哭喊。她突然起身想投江，却被身边的战友给抓住。

"女儿，你要冷静，没有你的日子，妈一天都难熬下去。"丁香抱着女儿哭诉道。

"你为何要逼走子云？你明明知道一帆心里只有她，为何还要这么做？你逼走了子云等于要了一帆的命啊！"梅若说着推开了母亲。

"妈这么做也是为了你啊！得不到一帆的心同样是要了你的命！我以为子云走了，一帆就可以死心塌地地对你！"

"是我错了！自那次鬼门关走了一圈回来，我其实已经想开了，也看透彻了。一个人若心中没有你，你就是把命给他，他也不会把心交给你。如此执迷不悟，不如退一步海阔天空。"

"女儿，你想通了就好！早知道你如此想，我就不会听从忆飞的……"

站在一旁的柳忆飞怕自己的诡计被揭穿，忙过来劝慰："阿姨，你也别太自责了！梅若能够想通就好。梅若，我也没想到一帆会走得如此匆忙，我知道你对他的感情，发生了这样的不幸，我真不知道该如何安慰你。人死不能复生，你自己要好好保重！"

想起往日的一幕幕，梅若一刻也不想耽搁，连夜赶回广州。当她回到家时已经是深夜十二点多。"爸妈，你们快开门啊！我是梅若，开门啊！"

听到女儿的声音，梅若的父母惊喜地从床上蹦起，直奔门前，迎接她的归来。梅若一进门就直奔书房，慌慌忙忙地在书桌的抽屉里翻找杨一帆家的电话号码。梅若的父母紧跟着女儿进了书房："闺女，你这是在找什么？几天不见你都瘦了，妈心疼，你还是先冲个热水澡，好好睡一觉，有事儿明天再说。"

"是啊！女儿，你出走的这些天，我和你妈几乎要崩溃了，现在你平安回来了，爸的心就安了！这么晚了，你一回家就急着到书房，在找什么？"

梅若拿起一个小笔记本，高兴地大喊："找到了，一帆很快就可以回来了！"

一帆不是投江身亡了吗？梅若不会是因为一帆的离去而变得精神失常吧！丁香上前抱着女儿，哭诉道："闺女，你别这样，你这样子，叫爸妈该怎么办啊？"

梅若推开母亲："妈，你这是干什么，我不是好好的吗？我看到了一帆，我要给他爸妈打电话，让他们劝他回家。"

"闺女，妈知道你心里难受，可是一帆已经死了，你不要再这样折磨自己好吗？"

"妈，一帆没死，他还好好地活着。我在柳巷村见到了一帆，他失去了记忆，不认识我了，我要通知他的父母，把他领回来。"梅若的一番话令她的父母惊呆了。

梅若拨通了一帆家的电话。

自得知儿子身亡的噩耗，小青就一病不起。杨秋华经历了丧子之痛，想到自己从此断子绝孙，怎么也不甘心。这些日子他一边安慰妻子，一边跑到情人于曼那里哄她，希望她能为自己生个儿子，好延续杨家的香火。被于曼那小妖精折腾得筋疲力尽的杨秋华，这会儿躺在妻子的身边睡得像头死猪。思念儿子成疾的小青，躺在床上眼泪一阵接一阵。

客厅的电话突然响起，小青的心绷得特别紧，这么晚了，谁会打电话来呢？小青吃力地起身艰难地一步一步朝客厅迈去。当她来到了客厅，正准备接听时，电话铃声却停了。小青紧握着电话，伤心地哭道："儿子，是你吗？为何不和妈说说话？你可知妈有多想你，多么想你！"

"怎么没人接电话呢？急死我了！"梅若握着电话愁眉不展。

"闺女，还是明天再打电话给他们吧！"丁香在一旁劝说。

梅若突然又想起了柳忆飞，她拨通了柳忆飞的电话。睡得正香的柳忆飞迷迷糊糊地伸手拿起床头的电话，闭着眼睛朝电话那头喊："见鬼了！这么晚还吵得人家不能睡觉。"

"忆飞，我是梅若，我有重要事情要告诉你。"

梅若不是失踪了吗？听到梅若的声音，柳忆飞猛地睁开双眼，睡意全无："梅若你回来了，太好了！"

"忆飞，我告诉你一个好消息，我看见一帆了。"

听到这句话，柳忆飞打了个冷战。这对于他来说是个坏透了的消息，他心神不宁地问梅若："你在哪里见到一帆？他有没有和你一起回来？"

"一帆现在在柳巷村，他失去了记忆，不愿意跟我一起回来。我给他家打电话，可是没人接听。所以我想让你开车送我去他家，接他父母过来前往柳巷村接他回家。"

听说杨一帆失忆了，柳忆飞这才松了口气。杨一帆现在失忆不代表一辈子都失忆，如果哪天他恢复了记忆，那我的末日就到了。为防万一，我绝不能让他活着。

"忆飞，你听见我说话了吗？"

柳忆飞缓过神来，假惺惺地说："一帆能活着太好了！只是我晚上喝了很多酒，为了你的安全，要不待天亮了，我再送你过去。"

"那好吧！"梅若失望地挂断了电话。

这一夜对于柳忆飞来说是漫长难熬的，他躺在床上翻来覆去，为他的杀人计划而踌躇。

这一晚对于梅若来说，也是漫长难熬的一夜，只盼天早点亮，早日能将一帆接回来。

天刚发亮，梅若迫不及待地拨通了一帆家的电话，接电话的正是一帆的母亲小青。"伯母，是你吗？"

小青有气无力地答道："你是？"

"伯母，我是梅若，我找到了一帆，他还平安地活着。"

小青高兴得热泪盈眶，激动地说："闺女，一帆他真的，还好好地活着？"

"嗯，一帆他没有离开我们。我在柳巷村见到了他，只是他失去了记忆，不认识我了，我想你们是他的父母，一定能唤回他的记忆。"

"只要活着就好，就算他不认我，我也高兴。"

杨秋华从房间里走了出来："这么早，谁的电话啊？"

"是一帆，不，是梅若打的，她说见到我们的儿子了！我们的儿子还活着。"

杨秋华忙抢过妻子手中的电话，激动地问："一帆真的还活着？"

"伯父，一帆还平平安安地活着。"

"一帆现在在哪？我现在就开车去接他回来。"

"他现在在柳巷村，等你们到了广州，我带你们去见他。"

"好！好！我立刻就动身。"挂断了电话，杨秋华高兴得像个孩子一样，抱起小青在屋子里旋转。

梅若刚挂掉电话，柳忆飞又打来了电话："梅若，我今天有重要事情不能去送你了，我让司机送你去林西城好吗？"

"不用了，我已经和一帆的父母联系好了，他们自己开车过来，即刻就动身。"

"哦，那就好！"

柳忆飞在心中盘算，一帆的父母如果现在动身开车过来，明天就能到，留给我的时间不多，我必须今天摸清楚一帆的位置。柳巷村，以前还真没听说过，还是让梅若给带路比较好。他又给梅若拨通了电话："梅若，我把今天的事情给推掉了，你能不能陪我一起去柳巷村看看一帆，这么久没见到他，又听说他失忆了，我心里挺难过的，你带我去见见他好吗？"

梅若不假思索地回答道："嗯，我在我家楼下等你。"

"一帆，一帆，你等等我，你不能丢下我……"

李文博听我在昏迷中多次喊一帆的名字，心里说不出来的滋味，苦的，酸的一应俱全。他握着我的手，心疼地说："子云，你别怕，还有我呢！"

趴在桌子上睡觉的弟弟揉了揉眼睛："姐姐还没醒啊！文博哥，你一夜都没有睡觉，你休息会儿，我来照顾姐姐。"

"不，我要一直陪着你姐姐，直到她醒来。朗，一帆是怎样的一个人，你能否将你姐姐和一帆之间的故事告诉我？"

弟弟点了点头，将他所知道的全告诉了李文博。

我不知道睡了多久，当我从昏迷中醒来，想起一帆投江的事，猛地从床上爬起，嘴里念叨着："我要去陪一帆，他一个人在水里一定很冷很冷……"

李文博紧紧地拉住我的手："子云，你要冷静，一帆已经走了，你们今生再也不会见面了……"

我狠狠朝他吼道："你们是不是都希望一帆死？我告诉你，一帆他不会丢下我的，我要去见他，我们以后再也不会分开。"

弟弟眼泪巴巴地望着我："姐，一帆哥真的已经死了！你不要这样折磨自己好不好？文博哥哥守了你一个晚上，你不应该这样对他。"

我抱头痛哭："一帆他没死，你们为什么要说他死了呢？我们曾经有过约定，他说过要陪我一生的。"

李文博扶着我："子云，我能理解你现在的心情，但你要面对现实。你要是心里有怨，就朝我这儿打。"说完将我的手放在他胸口。我无力地将手松开，走到书桌前，拿起一帆送给我的小木船，泪如雨下。

李文博望着我手中的小木船，喃喃道："这只小木船大概就是杨一帆送给子云的吧？难怪子云把它看得比命还要重要。记得有一次，我不小心将小木船碰倒在地，她当时是那么的紧张。"

一阵伤心过后，我决定去广州。我起身来到李文博面前："文博，请你原谅我，我不该无端对你发脾气。"

李文博憨笑道："傻瓜，我不怪你！"

"谢谢你！我想拜托你一件事情。"

"我们俩你还客气什么？只要我能做到的，我定当竭力。"

"朗，你过来。"我将弟弟的手放在文博的手中，诚恳地说，"我把弟弟交给你，希望你以后能将他当亲弟弟一样看待，拜托了！"说完我跪在李文博的面前。

李文博和弟弟同时伸手去扶我："姐，难道你不要我这个弟弟了吗？我要留在姐的身边。"

"是啊！子云，你这是干什么？我早已将子朗看成是自己的弟弟，只是，他更需要你这个姐姐。"

"朗，请你原谅姐姐不能照顾你，姐要去广州陪一帆。"

"姐，你就是去了广州也见不到一帆哥，听说一帆哥的尸首到现在都没有找到。"

"就算见不到他的人，我也要去陪他，陪他说说话，说说我们的过去，也许这样他在江里就不会那么孤独。"

"子云，你这样子，我们怎么会放心让你一个人前去呢？要不，我陪你一起去。"李文博心疼地说。

"是啊！姐，我会照顾好自己的，你就别为我担心了。让文博哥陪你一起去吧！"

"不，我和一帆单独相处的时间太少，我不想再让别人打扰我们。"

"你放心，我不会打扰你们，我只要远远地看着你，就放心了！"

"你们是不放心我吗？我答应你们会好好地活着回来。"

看来子云是铁了心不让我陪她一起去，她这样子单独前去，我怎么会放心呢？李文博无奈地点了点头。

李文博为我定了当天下午去广州的火车票，送我上车，依依不舍地说："子云，路上多保重！你要记得自己说过的话，好好地活着回来！"

"姐，我舍不得你，你一定要平安回来！"弟弟抱着我哭着说。

我轻抚着弟弟的头，微笑道："你如今也长大了，要学会独立。姐姐倘若有一天不能回来，你以后要替姐姐好好孝顺爸妈还有奶奶。"

"姐，我知道了！我们在这里等待你早日回来。"

当踏上火车的那一刻，我心中茫然一片，望着弟弟和李文博不断挥动的双手，泪如雨下。弟弟瞪大眼睛望着李文博问他："你为什么不留住我姐姐？她此去我总有不祥的预感。"

李文博望着远去的火车，低声答道："你姐是铁了心要去，我们谁也无法将她留住。"

"难道你就放心让她一个人去？"

"我当然不放心让她一人去，你看这是什么？"李文博从口袋里拿出早已预订好的从北京飞往广州的飞机票。"本想为你姐订机票，但我不放心她在我之前到达广州，所以就给她买了张火车票。你姐虽不愿意我陪她去，但我会在暗中保护她的。"

"谢谢你，文博哥！"

"傻孩子，都是一家人，干吗还那么客气！走，我现在就带你去见我的父亲，我会让他安排好你的一切，你只管安心读书，其他的一切交给我去办。"

柳忆飞开车带梅若去柳巷村探望杨一帆，开始后悔不该带梅若一起去。杨一帆若是真的失忆，则一切都按照原计划执行，如若他能认出我来，为求自保，只怕是梅若也得为他陪葬。

梅若见柳忆飞心事重重的样子，不由得问道："忆飞，我看你开车心不在焉的，在想什么呢？到了前面的路口向左拐，再向前行两百米就到了。"

"梅若，你说一帆能认出我吗？"

"估计认不出，昨天我见了他，根本记不起我是谁。"

"认不出就好！"

"什么？认不出我们还好？忆飞，我感觉你今天怪怪的。"

柳忆飞知道自己说错话了，忙改口道："难道你不希望一帆忘记过去？"

"我只希望他能早日恢复记忆，做以前的自己。"

"如果一帆恢复了记忆，他的心里还能容得下你吗？我希望他忘记从前，一切重新开始。"

"你是为你自己吧？因为你心里一直还有子云。我说得对吗？"

"我是有一己私欲，难道你就不想抹去以前的一切，和一帆重新开始？"

"想，我多想他的心里只有我一人，可是他心里早已没有我的位置，即使我能自私地占有失忆中的他，但我知道他会不开心的。他终有一天会醒来，我宁可失去他的爱，也不愿意让他恨我一辈子。"

"人生短短数载，该尽兴时就尽兴，如果总是瞻前顾后，那你一辈子都不会快乐的！"

"你比我参悟得透，一帆过去心里没我，现在也是。我今生注定走不进他的世界。"梅若指着前面的小屋说，"到了，一帆就住在那里。"

柳忆飞顺着梅若手指的方向望去，那是一个农家小院，院子里有一个少妇与一个小孩，少妇正在晾晒衣服，小孩拿着纸飞机满院子跑。"风儿，别跑了，小心把渔网给弄乱了。"那少妇的话音未落，只听见"哎呀"一声，风儿被渔网给网倒了。

这时从屋子里跑出来一个身材魁梧的小伙子，柳忆飞定眼望去，惊讶道："那不是一帆吗？那妇女和小孩又是谁？"

风儿发现了梅若的到来，手指着梅若，翘起嘴巴说："妈，那个坏女人又来了！"

碧翠见梅若这次还带着一个小伙子同来，感觉到不妙。她急忙拉着杨一帆往屋子里走，刚走到门口又朝风儿喊道："风儿，坏人来了，赶快回家。"

杨一帆刚才背对着梅若他们，现在听妻子说坏人来了，不由得回头一望，那个姑娘不是昨天来过了吗？她今天还带人来，莫非真的要将我带走？她身后的那个小伙子怎么那么面熟？我好像在哪里见过他？杨一帆还来不及上前去问个明白，就被碧翠给拽回家了，并将屋子的大门给紧紧地关上了。

杨一帆不解地问妻子："我们又没做坏事，干吗要躲着别人？我见那小伙子怪面熟的，我和他一定在哪里见过，我去问问他。"

碧翠扯着一帆的衣服："你不能去见他们，我见他们来者不善，一定是来带你走的。"

"你放心，我不会丢下你和风儿的。我看他们是误将我当成其他人了，如果不说清楚，他们会纠缠不休。"杨一帆打开屋子的大门，碧翠牵着风儿也跟着走了出来。

杨一帆盯着柳忆飞目不转睛，总感觉眼前的这个人见过，但就是想不起来在哪里见过。柳忆飞见杨一帆死盯着自己望，心里开始有些紧张。杨一帆突然用手拍了一下他的肩膀，吓得他魂不附体。

"我们是不是在哪里见过？"

听杨一帆这么一说，柳忆飞七上八下的心方才平静下来。他皮笑肉不笑地回答道："一帆，你不认识我了？"

"似曾相识。"

柳忆飞假惺惺地说："一帆，你受苦了，我们是来接你回去的。"

碧翠忙拦在一帆面前说："请你们别再来打扰我们了！他不是你们要找的一帆，他是我的丈夫——方子鱼。"

"你有什么证据证明他就是你的丈夫方子鱼？"梅若问。

碧翠将风儿推到自己的面前说："风儿就是证据，如果他不是我丈夫，那风儿又是如何生的？"

梅若见碧翠死不承认掩盖真相，她很气愤："如果风儿真是你与一帆生的，那请你们带上风儿随同我一起去医院做亲子鉴定。"

碧翠见形势不妙，开始耍赖，哭喊着："我们哪里得罪你了？你们成心想要拆散我们一家子，如果这个家就这样被你们给毁了，我和风儿也不想活了。"

杨一帆见妻子哭得那么伤心，对梅若诚恳地说："姑娘，我真不是你们要找的人，请你们高抬贵手放过我们吧！我的妻儿再也经不起你们这三番五次的惊扰。"

"我说什么你都听不进去，从前是，现在也是，你为什么就不肯相信我一次？我是真心地为你好！看到你现在过的日子，你知道我有多心疼吗？我是舍不得你，心疼你，爱你，才会抛下自尊，一次次厚着脸皮求你回去。为什么我付出再多，都不会感动你，哪怕是一点点，都没有……"梅若委屈地哭诉着。

"姑娘你的这番话如果说给你心爱的人听，相信他一定会被感动。只是，我真的不认识你，更不是你要找的那个人。你为何还要如此固执？"杨一帆的一番话，对于梅若来说又是一次彻骨的伤害。她含泪痛苦地骂自己："是我自作多情，是我作践自己，是我不该如此固执，为一个从来就没有爱过我的男人如此死心塌地。我错了，错得一塌糊涂，错得无可救药，错得不可自拔，错得自己无法原谅自己……"

柳忆飞见梅若如此伤心，上前拍了拍梅若的肩膀："别伤心了，他现在什么都不知道，我们说服不了他，还是先回去，等他爸妈来接他。"

梅若趴在柳忆飞的肩膀上痛哭："我所有的付出都是多余的，你能教教我如何才能忘记一个人吗？我真的活得好累好累！"

"走吧！也许过完今夜，明天你就不会感到那么累了。"

梅若的一番肺腑之言在杨一帆的脑海里如风铃不停地在摇摆，梅若离别时的那一眼，他忘不了，那眼神哀怨得令人心碎。他此刻的心如海浪中无人驾驶的小舟，迷失了方向。

碧翠见丈夫望着远去的车辆目不转睛，问"子鱼，你是不是被那姑娘的活动摇了？你不相信我和风儿了？"

望着妻子那张被岁月漂黄的脸，杨一帆微笑着对妻子说："碧翠，你这说的是什么话？你和风儿是我生命中最重要的人，我不相信你们，那相信谁？"

"子鱼，我害怕他们还会再来，这样的不断惊扰，我几乎要崩溃了！我们离开这里，去重新过安宁日子好吗？"碧翠用哀求的眼神望着丈夫，杨一帆轻轻地点了点头。

当天晚上天刚泛黑，杨一帆就带着妻儿，携着早已准备好的行李出门。梅若突然从草丛中走了出来，拦在他们面前："你们这是去哪里？"

"你别总是阴魂不散地缠着我们，我们去哪还要和你商量吗？"碧翠毫不客气地说。

"你和你儿子想去哪就去哪，没人管你们，但是一帆不能跟你走。"

"你让开，我丈夫不跟我走，难道要跟你走？"碧翠边说边用手推梅若。

"他不是你的丈夫，你为什么就不肯承认呢？难道你就真的要让他一辈子当渔民？如果你真爱他，就应该放他回去做他原来的自己。"

"我听不懂你的话，你再不让开，就别怪我不客气！"

梅若绝望地望着杨一帆，撕心裂肺地喊道："一帆你真的要和这样的女人共度一生吗？"

杨一帆处在两个女人之间，也是左右为难。碧翠见丈夫有些摇摆不定，一着急用力将梅若往后推。梅若一不留神仰面摔倒，后脑砸在路边的石块上晕了过去。

杨一帆慌忙将梅若扶起，靠在自己的手臂上："姑娘，姑娘，你醒醒……"

碧翠用手在梅若的鼻前试了试："她只是晕过去了，睡一会儿就没事，我们还是赶紧走吧！"

"你，你怎么出手那么狠？幸好她只是晕过去了，要不然你就成了杀人凶手。"

见丈夫为了袒护一个不相干的女人而责怪自己，碧翠哭嚷着："在你眼里我还不及一个陌生人，我为了这个家饱经风雨，辛辛苦苦将风儿拉扯大，我容易吗？你若真不愿意跟我走，我活着也没有多大意思，风儿，你爸不要你，咱娘俩走。"碧翠拉着儿子，哭着朝远处跑。

风儿一步一回头朝一帆喊："爸，你不要风儿了，爸，风儿要和你在一起……"

杨一帆见妻儿伤心离去，又怕妻子会做傻事。他将梅若抱起，平放在路边的草丛中，愧疚地说："姑娘，对不起！"

杨一帆刚带自己的妻儿离开，柳忆飞就开车来到了他们居住的地方。杨一帆听到车子响，远远望去正是白天那小伙子的车，他轻轻地舒了口气，心中默道："姑娘，你的朋友来了，我也就放心了！"

碧翠望着柳忆飞的车子，喃喃道："幸亏我们离开得早。"

柳忆飞见屋子里没有点灯，以为是杨一帆睡了。他从车里提出一桶汽油，将汽油在屋子周围洒开，然后点燃火柴丢在汽油里，瞬间燃起熊熊大火。

"一帆，别怪我太狠，你安心上路吧！"

柳忆飞正准备上车离开，梅若突然从车后面走了出来。她盯着柳忆飞，逼问道："你为什么要这样对一帆？一帆哪里对不起你了？你竟然要杀他。"

柳忆飞胆战心惊地往后退，他支支吾吾道："梅若，你怎么会在这里？"

"不是你要我在这里恭候你吗？"

"我什么时候叫你在这里等我了？"

"你还记不记得你上午在这里临走前说的一句话？"

"我，我说什么了？"

"你忘了，我来告诉你吧！你说走吧！也许过完今夜，明天你就不会感到那么累了。我心里总觉得不对劲，所以就一直在这里守着，之前我还以为是自己太多疑，现在终于明白我的感觉没有错，你终于还是来了！"

都怪我自己说话那么不小心，事情既然已经发展到这种地步，后悔也无济于事。凭梅若对一帆的感情，她是不会为我保守这个秘密的，现在唯一的选择只有牺牲梅若了。柳忆飞不再像刚才那样惊慌失措了，他心一横，笑着说："梅若啊梅若！你聪明一世糊涂一时，你明知杨一帆心中没你，为何还要对他死心塌地，执迷不悟？既然你选择一辈子要跟着他，那我成全你们，不求同日生只愿同日死，希望你们在地狱能够做一对恩爱的夫妻。"

"柳忆飞，你想干什么？你已经犯下了滔天大罪，难道还想一错再错？"

"我想干什么，你一会儿就知道了。"柳忆飞说完上车，猛踩油门朝梅若撞去。

"柳忆飞，你赶快停手，你这样只会害了你自己。"任凭梅若如何喊叫，还是没有唤回柳忆飞的良知。梅若被车撞倒在地，动弹不了。柳忆飞开始有些懊悔，慌忙下车，跑到梅若身前，望着昔日的好友倒在血泊中，眼前飘过许多曾经与梅若相处的画面，他疯了似的哭喊道："梅若，是我对不起你！是我错了！"

梅若吃力地微微睁开眼睛，喃喃道："再也不会那么累了！一帆，我终于解脱了！"

"梅若，你为何要这么傻？你真的没必要为了一个不爱你的男人而牺牲自己。"

"忆飞，我不怪你，是我自己活得太累。忆飞，我求你一件事情。"

"梅若，你别说了，我不要你死，我现在就带你去医院。"

"不，我再不说就没机会了。今天发生的事请不要告诉一帆，我不想让他因此事而对我有所愧疚。你要是见到了子云，请转告她，我将一帆还给她了，希望她以后能代替我照顾好一帆。忆飞，我知道你也很喜欢子云，但子云心里只有一帆，我不想你和我一样活得那么累，你放手吧。"梅若用哀求的眼睛望着柳忆飞，痛苦地呻吟。

"梅若，你爱了一帆一辈子，到现在还在为他着想，他那样对你，真的不值得你这样做。"

"爱一个人是件很幸福的事情，不管他有没有爱过我，我都愿意为他付出一切，甚至生命。"梅若的呼吸越来越弱了，柳忆飞哭着点头："梅若……我答应你，我什么都答应你。"

梅若的脸上露出了一丝微笑："忆飞，我这一生最对不起的就是我爸妈，我走后，你要有时间，请代我多去陪陪他们……"

"梅若，你不会死的，你要是这样走了，你爸妈不会原谅你的！"柳忆飞边说边哭。

"忆飞……我走后，请你把我抛入江中，那样就不会有人怀疑你了。我不想让你为我陪葬，我爸妈以后还要靠你去照顾。一帆……我走了……这辈子没福气做你的妻子，希望来生……"梅若用手指着杨一帆远去的方向，微笑着与这个世界做了诀别。

柳忆飞撕心裂肺地哭喊道："梅若……梅若……"

柳忆飞泪眼模糊地抱起梅若的尸体，一步一步朝江边迈去，此刻，他的眼前浮现出许多关于梅若的记忆。他用手轻轻地拨弄梅若额前凌乱的发丝，用衣袖拂去了她嘴角边的血迹，然后将她轻轻地放在江水里，目送她在波浪中渐渐消失。柳忆飞对着躺在浪涌中的梅若叹息道："就让这清澈的江水，洗去你一世的疲惫，载你去一个没有爱恨、没有污染的地方……"

送走了梅若，柳忆飞回到车里，想起梅若临走前的话，难道杨一帆根本就不在屋子里？

柳巷村的村民见碧翠家的房屋被大火烧成灰烬，开始议论纷纷。有人说这场火是天灾，也有人说这是人为……

杨一帆的父母到了广州，第一时间给梅若家里打电话，电话是梅若的母亲接的。丁香告诉他们，梅若从昨天早晨出门到现在还没有回来。

"你知道梅若现在在哪吗？她约我到了广州后和她一起去柳巷村接一帆回来。"杨秋华焦急地问。

丁香答道："自从在江里发现一帆的军帽后，梅若就终日将自己关在房间，以泪洗面。第三天，她就无端地失踪了。前晚她深更半夜回来，一回来就是忙着给你们电话。昨天我还没有起床，她就离家出走，直到现在也没有回来，真是让人担心。"

"可怜天下父母心啊！梅若她妈，你也别太担心，也许梅若是去柳巷村找一帆了，要不我们一起去柳巷村，把他们接回来。"

"嗯，我们一会儿在哪会合？"

"你们到一帆部队门前的路口等我，我去接你们。"

当杨一帆的父母和梅若的父母到达柳巷村，只见村民们围着一幢废墟议论纷纷。杨秋华的车子刚出现在柳巷村的路口，村民们的目光又不约而同地落在车子这边。

"昨天上午有一个姑娘和一个小伙子开车来这里，听说好像是要接一个叫一帆的人回去。"

"可不是吗？那个自称是方子鱼的小伙子，死不承认是那位姑娘要找的人。"

"你们说碧翠现在的丈夫到底是方子鱼的鬼魂，还是那位姑娘要找的人呢？"

"这不好说，公说公有理婆说婆有理，真真假假假假真真。"

"不管那小伙子是方子鱼的鬼魂，还是那位姑娘要找的一帆，现在已经不重要了！一场大火已将一切化作灰烬。"

杨秋华他们下车后，隐隐约约听见村民们的议论，心都悬在半空。杨秋华问身边的一村民："你好！请问你认不认识一个叫杨一帆的小伙子？"

村民听到杨一帆这个名字，大吃一惊，思考片刻后，问杨秋华："你也来找杨一帆？昨天也有一个姑娘和一个小伙子来这儿找一个叫杨一帆的人。"

"那个姑娘是不是叫梅若，她现在在哪？"丁香激动地问。

"那个姑娘好像是叫这么个名字，她昨天上午就离开这里了。"

"她有没有带一帆一起走？"小青也急着问。

那村民摇头道："没有，那个自称是方子鱼的小伙子，死都不承认自己是杨一帆，那姑娘很失望地离开了。"

"你看看，这张照片，是不是那个小伙子？"杨秋华从口袋里拿出一张儿子的照片，问那村民。

那村民瞧了瞧照片，答道："像，很像，你们是他什么人？"

杨秋华："我们都是他的亲人，你能告诉我，这照片上的小伙子，现在在哪吗？"

那村民指着灰烬，摇头道："在那里。"

听了村民的话，小青几乎要崩溃了，她上前激动地问那村民："你说什么？你告诉我，我的儿子去哪了？"

"你们来迟了，你儿子已经被大火烧成一堆灰烬了。"

杨秋华情绪失控地用力摇晃着村民的肩膀，愤怒地吼道："不可能，你胡说，你告诉我，我的儿子还好好地活着。"

小青听说自己的儿子被烧成灰烬，当场就昏倒了。梅若的父母将小青扶到车上，又跑过来问那村民："我的女儿梅若呢？"

那村民推开杨秋华，有些无奈："我不知道，我好心告诉你们，你们又说我胡说。"

丁香向那村民赔笑道："请你体谅我们现在的心情，你说一帆葬身大火中，这是真的吗？"

"我该说的都说了，信不信由你。"那村民说完就离开了，其他人见状也各自散去。

"你们别走，我女儿梅若去哪了？"丁香焦虑地朝村民喊。

杨秋华悲痛欲绝地走到灰烬前，跪在地上，双手颤抖着抚摩灰烬，抬头朝天号哭："一帆，我的儿子，父亲来看你了！老天啊！你为何要对我这样残忍，让我再受一次丧子之痛？难道你真的要我杨家断子绝孙吗？"

梅若的父母将杨秋华从地上扶起："杨兄，你要节哀顺变，杨夫人还昏迷着呢。"

他们正准备离开柳巷村，突然有人在喊："江里打捞起一具女尸，好像是昨天来这里找人的那位姑娘。"

梅若的父母毛骨悚然，慌忙下了车。看到村民抬回的尸体正是自己的女儿梅若，梅若的父母抱着女儿的尸首，哭得昏天暗地。

从北京坐车到达广州后的第一时间，我就来到一帆出事的江边，对着无情的江水，泣不成声："一帆，我回来了！我来看你了！一帆，你在哪里，你能听见我说话吗？你为什么不出来见我？难道你还在怨恨我？难道你再也不理我了？一帆，你出来啊！你出来啊！"

凄凉的呼唤，将黄昏点缀得更加阴霾。汹涌的浪涛，怎知我内心的痛楚？一个人坐在冰凉的江堤上，对着江水黯然神伤："一帆，你一个人在水里冷不冷？没人陪你，你是不是感到很孤独？一帆，你别怕，我来陪你了，我不会让你一个人在这冰凉的水底。这茫无边际的大江，哪儿才是我们的家？浪儿啊！如果你同情我，就请带我去找我的一帆哥。"

见江边停泊着几叶小舟，我茫然地独自上了小舟，随波逐流，就让这浩浩的江水为我带路，带我去寻找我的一帆哥。守在不远处的李文博见我上了小舟，匆忙跑到江边，不懂水性的他为了我，义无反顾地上了另一叶小舟。他刚解开绳索，准备离开，从岸边跑来一中年船夫，大喊："那是我的船，你们干吗要偷我的船？把船还给我。"

李文博道："船家，你来得正好，赶快上来，这船我今天包下了。"接着他又指着我乘坐的小船说，"船家，麻烦你尽快帮我追上前面的那叶小舟。"

"你们偷了我的船，我没有去告你们，凭什么还要帮你？"船夫生气地说。

"这么说，前面的小船也是你的，难道你就不怕那小船一去不复返吗？"

"我知道前面的小船上坐的是你朋友，只要逮住了你，就不怕我的船会丢。"

"你知道那船上坐的是什么人吗？"

"我管他什么人，反正找你是没错的！"

"你脑子太简单了！船上坐的的确是我的朋友，她不懂水性，又遇到了烦恼事想不开，万一从你的船上跳下去，你可能会惹上人命官司。"

船夫听了李文博的话，慌忙上了船，朝我追来。

我一个人坐在船上，也不知道漂流了多久。望着白浪滔天的江涛，心早已离开了这个世界。

"子云，你等等我，你这样子很危险！"突闻身后有人在呼喊，我回头一望，见是李文博站在船头，着急地朝我挥手。他不是在北京吗？怎么会突然出现在这里？我装着什么都没听见，依旧对着江水自语："一帆哥，你在哪里？我来陪你了。江水啊！你若有情，就请载我去一帆哥身边，我不想再和他有任何的距离，只想和他永远紧紧相依。"

"船家，你能不能再快点，这浪这么急，我担心她！"李文博又在催船夫加速行驶。

"小伙子，今天江面风大，我已尽力了！我们已行驶了一两个小时，跨出了广东的边界。你看，对面来了一叶小舟，见样子像是生活在附近一带的渔民。"

李文博朝对面的小舟望去，隐隐约约能看见有个人影正站在船头朝江里撒网。当他再朝我望去，见我站在船头，面对滔滔江水，急得大喊："子云，你不能做傻事……"

对面小船上撒网的渔夫正是杨一帆，他听见有人在高喊我的名字，顺着声音望来，见我面无表情，痴呆地站在船头，他放下手中的渔网，使出全身的力气朝我划来。

此时江面波涛汹涌，小船摇晃得厉害，我几乎站不稳了。我微笑着问江水："一帆哥，是你来了吗？我们很快就可以在一起了。"话音刚落，一个巨浪拍来，浪潮将我淹没了。

"姑娘……"

"子云……"

杨一帆和李文博同时发出嘶哑的呐喊，接着同时跳进江中，船夫见状也纵身跳进了江里。

经过一番与江水的搏斗，最后我被一帆救了，李文博也被船夫给救上了岸。杨一帆蹲在我身边凝视着我。这姑娘好面熟，还有她手中的小木船，怎么那么眼熟？"姑娘，你醒醒！"

船夫守在李文博身边："小伙子，小伙子，你怎么样了？"

杨一帆跑到李文博的身边，摸了下他的肚子，然后又用手试探了下李文博的呼吸，对船夫说："他还好，只是喝了些水，我们将他翻过身来，你帮他把肚子里的水弄出来，相信不会有事的。只是那位姑娘，就有些危险，这边就交给你了。"

杨一帆跑到我身边，先是用手挤压我的肚子，虽然水从我嘴里流出来了，但人仍然昏迷。为了救我，杨一帆朝我道了声："姑娘，对不起，为了救你，我只能这样做了。"说完，他用嘴对着我的嘴，为我做人工呼吸。

这唇怎么那么温馨那么有磁力？方子鱼，你怎么可以这样？你明知道自己有家室，怎么还会有这样的贪念？你这样不但对不起妻儿，还冒犯了眼前的这位姑娘。杨一帆在心里暗自责备自己。

李文博从昏迷中醒来，见一男子给我做人工呼吸，他匆忙跑过来，将杨一帆推倒在地："不许你占子云的便宜！子云，子云，你醒醒。"

子云，每次听到这名字，我的心为何会特别的痛？她到底是谁？杨一帆瘫坐在地面上，望着我，心里一遍遍喊着我的名字。

"子云，你醒了！子云，醒了！"李文博见我睁开了双眼，欣喜若狂地大喊着。

"她醒了！太好了！"杨一帆喃喃道。

船夫走到我面前微笑着说："姑娘，你终于醒了，多亏了那位小伙子不顾自身安危，将你从江里救卜来。"

我朝船夫手指的方向望去，见一帆浑身湿淋淋地坐在地面上，我几乎不相信这一切是真的。我用力将李文博一推，猛地起身朝一帆奔去，一头扎进一帆的怀里，喊道："一帆哥，我终于找到你了！"

被推倒在地的李文博，见我投入一帆的怀中，惊呆了！

杨一帆蒙了！他轻轻地将我推开，诚恳地对我说："姑娘，你认错人了，我不是你要找的人，我叫方子鱼。"

"不，你就是我的一帆，你怎么可以忘记你的小新娘子云呢？难道你忘记了我们的约定？你还认识这只小木船吗？这是你送给我的，你看，上面还刻有'一帆风顺'，难道这些你都忘记了吗？"

我将小木船递到杨一帆的手中，杨一帆盯着小木船目不转睛，好像想起了什么。他猛地起身，拿着小木船，望着我。我期待着与他相认，谁知他将小木船塞到我手中说："这小木船不是我的，还给你！"

"不，这是你的，你怎么可能不认识呢？你还记得这首诗吗？如果我是你抬头望见的那朵白云／我情愿在黑夜里为你现身／因为在浩渺的云海里／我怕你无法将我辨认／只有在黑夜里潜入你的梦中／那一刻我才完整地属于你……难道这些你也忘记了吗?"

"如果你是天上的云／我就是海上的帆／你在天空为我导航／我在人间为你乘风破浪／我们沿着同一个方向／为那美好的明天扬帆……"见一帆念着我们曾经写的诗,我感动得眼泪都流出来了:"一帆,你终于想起来了,我就知道你不会把我忘记的!"

"这两首诗,我好像曾经在哪里读过,但不知道是谁写的。"

一帆的回答令我意外,我以为他什么都想起来了,可是他什么都忘记了,我几乎要疯掉。

"子鱼,天色不早了,咱们回家吧!"我回头一望,见一位少妇牵着一个五六岁的孩子,边走边朝这边喊。

一帆见了那少妇,笑着回答:"碧翠,江边风大,你怎么把风儿带来了?"

"爸,是我要妈带我一起来的,风儿要来帮爸一起收网。"

看着他们一家其乐融融,我瘫坐在地。望着一帆牵着妻儿离去,我控制不了自己的情绪,朝他们大声哭喊:"一帆,你真的彻底将我忘记了吗? 小时候在清凉山你为我编过花环,我答应过你要做你的小新娘,你怎么这么快就都忘记了呢?"

杨一帆回头,朝我淡然一笑:"姑娘,我也感觉我们曾经在哪里见过,但是我真的不是你要找的人,你看我有妻子又有孩子,不是你要找的人。"他说完继续陪妻儿往前走。

李文博见我痛彻心扉瘫坐在地,疯了似的朝杨一帆奔去。杨一帆还来不及回头,他用力狠狠地给了杨一帆一拳。杨一帆猛地转身,抓住李文博的手,不解地问:"我救了你们,你为何还要攻击我?"

李文博瞪大眼睛气愤地朝杨一帆吼道:"因为你该死,子云为了你不远千里而来,为了你,她连自己的性命都不要了,谁知你却是个如此薄情之人,我要替子云好好教训你这个无情无义的负心汉。"

杨一帆用力将李文博的手扭在背后,严厉地说:"你说得太离谱了,我根本就不认识你们。我好心冒险将你们救上岸,你们却要恩将仇报。"

李文博朝我大喊:"子云,你看到了吗? 这就是你朝思暮想的心上人，你为了他连自己的性命都不要，可他却对你这样薄情寡义。子云，这样的负心汉，不值得你为他如此付出。"

"你别说了，你让他走，一帆已经死了，永远地死了……"我伤心地哭喊道。

杨一帆疑惑地望了我一眼，松开了李文博的手，又继续朝前走。李文博气不过随手在地面拿起一块石头，疯了似的砸向杨一帆的后脑，一帆当场昏倒在地。

"子鱼……子鱼……"

"爸……爸……"

"一帆……一帆……"我撕心裂肺地喊着朝一帆奔去。

李文博见杨一帆昏倒在地上，也惊呆了，手中的石头掉落在地。他支支吾吾地对我说："子云，我……"

我推开李文博，愤怒地对他吼："我的事情不用你管，你走啊，你走……"

"子云，我这么做，都是他逼的，你对他情深义重，可是他却那样对你，我实在看不下去他对你的态度，所以……"

"你给我闭嘴，这是我自己的事情，用不着别人来瞎操心。"

李文博没再出声，双手紧紧地握成拳头。

我蹲在昏倒的一帆面前哭喊："一帆，都是我不好，是我连累了你！"

"你给我走开，你不要在这里猫哭耗子假慈悲。都是因为你这个灾星，子鱼才会弄成现在这个样子。"碧翠凶狠地将我推倒在地。

此时杨一帆迷迷糊糊地睁开了眼睛，他用力推开抱着他的碧翠，惊喜地跑到我面前，微笑着说："云妹，你终于回来了！我像是做了一场梦一样，在梦里我一直在寻你，可是总找不到你，现在好了，梦终于醒了！云妹，你答应我，以后再也不要离开我好吗？"他拉着我的手，含情脉脉地望着我，然后将我搂在怀里。

不到一杯茶的时间，杨一帆态度判若两人。他突然的转变，倒让我措手不及，半天说不出一句话来。

碧翠跑到一帆的面前，拉开他的手说："子鱼，我们回家吧！你不要相信她，她是个灾星，会给你制造灾难的。"

杨一帆愕然地望了一眼碧翠，推开碧翠的手，厉声问："你是谁？请你自重！云妹是我最心爱的女人，我不许任何人伤害她。"

"什么？她是你最心爱的女人？那我呢？"

"你是谁啊？我不认识你。"

"我是你的妻子，难道你忘记了吗？"

"这位大姐，你不要开玩笑了，我什么时候有过妻子？我未来的妻子在这里。"杨一帆边说边深情地望着我。

难道，他恢复记忆了！不行，我不能让他走，我和风儿都不能没有他。碧翠拉着风儿来到一帆的面前："你不认我，我无话可说。但是风儿是你的亲生骨肉，你不会连他也不认吧？"

"你不要再胡说，这些年我一直在部队，心里自始至终也就爱过云妹一人。"

"爸，你不要风儿了？你不是说过你最爱风儿吗？你怎么可以骗风儿，不理风儿了？"风儿翘起嘴巴，一副很委屈的样子。

杨一帆见风儿可怜的样子，不觉有点心疼。他抚摩着风儿的头，亲切地说："小朋友，叔叔没有骗你，我真的不是你的爸爸。"

眼前的一切也把我给弄糊涂了，我相信一帆的清白，只是这对自称是一帆妻儿的人，到底是谁？

"云妹，你要相信我，我根本没有什么妻儿，我这一辈子就爱过你一人。"

我朝一帆会意地点了点头，他方才松了一口气。我温和地对碧翠说："大姐，一帆失踪的这些日子，我不知道他身上发生了什么，但我相信一帆的为人，我想你们之间一定有什么误会。"

"在你未出现之前，我丈夫是个重情重义的好男人，他对我对风儿都很照顾，都是因为你这祸水，才会让他抛妻弃子。"

"你不要血口喷人，在我的记忆中，根本就从未有过你和你的孩子。"一帆急道。

"一帆，你能告诉我，在你脑子里，留下最后的记忆是在什么时候，发生了什么事情？"

"我想起来了，最后见你，是你突然说要和我分手，我急了。那天我去找你，在路上遇见了柳忆飞，他说你离开广州了，当时我很伤心。柳忆飞约我去他的酒店喝酒，我和他都喝醉了。他喝多了，将那晚他冒充我约你去越秀公园的事情全盘托出，我听了此事后就动手打了他。他恳求我不要将此事告诉你，我没有答应他，他就开车将我撞入江中。后来，我就什么都不记得了！"

"原来是这样，我这一石头砸在杨一帆的头上，让他恢复了记忆。"李文博站在一旁自言自语道。

一帆的话令我大吃一惊，真想不到柳忆飞竟是如此心狠手辣。我在心里一遍遍告诉自己，柳忆飞，你这个阴险狠毒的小人，我一定要你为你的行为付出代价。

碧翠心虚了，她猛地跪在一帆的面前，哭诉着："请你原谅我的自私。我把你从江边救回来，见你失去了记忆，就起了私心把你留在身边。"

一帆扶起碧翠："我不怪你，若不是你救了我，我就没有今天。我得感谢你这些日子对我的照顾。"

"是啊！大姐，谢谢你这些日子代我照顾一帆。"

李文博说："事情总算真相大白了，现在我们也该走了吧！"

杨一帆说："这位兄弟如何称呼？"

不等我回答，李文博笑道："我叫李文博，和子云是同学，也是同事。"

杨一帆说："哦，你好！现在天色已晚，不如我们先住下，明天再回广州可好？"

我笑着点了点头。

晚上，我们挤在碧翠家里过夜。我和碧翠还有风儿睡在一起，一帆和李文博在另一个床铺上睡。

屋子里很闷，躺在床上翻来覆去地怎么也睡不着。我起身来到了屋外，外面凉丝丝的，空气很不错。抬头望，天空一轮圆月，如同明镜。

"怎么睡不着？是不习惯这里的环境吗？"

我回身一望，见是一帆。我微笑着说："你也没睡？"

"睡不着，心里装的全是你。"

一帆突然牵着我的手，放在嘴边亲了一下。我的心跳得厉害，脸瞬间变得绯红绯红的，幸好这是晚上，不容易让他发现我的异常。他站在我面前，深情地凝视着我："别动！让我好好看看你，我已经很久没有这样近距离地看你了。"

"我的脸又不是故事片，有什么好看的？"

"你的脸如同一部经典的故事片，越品越有味道，愈赏愈有风景。"

"我的脸如同一张白纸，没有你说的那么丰富。"

"白纸也有白纸的可贵之处，因为纯洁所以珍贵。"

"你变了！"

"我哪里变了？"杨一帆惊讶地问。

"你变得油腔滑调，说话喜欢拐弯抹角。"

"你不喜欢拐弯抹角？那我就跟你来直接的。"杨一帆突然抱紧我，用嘴巴对着我的嘴巴。这感觉好久都没有过了，这一刻我好温暖，好幸福！

一阵亲昵过后，一帆突然问我："云妹，我们回广州后，你嫁给我好吗？"来得太突然了，我没有一点心理准备，一时也不知道该如何回答。

一帆见我没出声，着急地问我："云妹，难道你不愿意嫁给我？你忘记了我们的约定吗？"

"什么约定？"我故意刁难地问他。

他急得都快要跳起来了："我们不是曾经说好了，等你大学毕业后，我就要娶你？你不可能不记得。"

"我当然记得，但是我大学并没有毕业，所以约定也就不生效了。"

"什么？你大学没毕业？为什么？"

"你是在拷问我吗？"

"不，当然不是，我是紧张，是关心你。"

"说来话长，以后再慢慢告诉你。"

"那你，答不答应嫁给我？"杨一帆像个调皮的孩子，穷追不舍。

"我还要好好考虑考虑。"

"你还要考虑什么？你是怕我对你不够好吗？我向天发誓，我今生只爱子云一人，一生只对子云一个人好。要是我哪天辜负了她，我就……"

我捂住了杨一帆的嘴巴："我帮你说，你要是哪天违背了我，你就做小狗。"

"你真逗！我愿意做你最心爱的小狗狗。汪……汪……"

一帆把我逗乐了，自己也开心地笑了。

这一夜，是我一生中最值得怀念的一夜。我们在月光下浪漫疯狂了一夜，直到天边泛起鱼肚白，才回到了屋子里。这一夜对于李文博和碧翠来说是最伤心的一夜，他们心中苦辣酸甜五味俱全。

第二天一大早，一帆准备和我们一起回广州。刚踏出碧翠家的门口，碧翠突然跪在我们面前。一帆忙扶碧翠，碧翠没有起身，含泪说："一帆，我替咱们的孩子求你别走，我不想孩子还没出生就没有父亲。"

碧翠的一番话如同晴天霹雳，一帆惊问碧翠："什么孩子啊？昨天一切不都已经真相大白了吗？你怎么又突然为此事闹个不停？"

碧翠哭诉着："不是我故意要闹，我怀上了你的骨肉了！"

"什么？你说你怀了我的孩子？"一帆吓得连退数步。

我的心也像是突然被人捅了一刀，痛得无法呼吸。

"前几天我不舒服，老是恶心呕吐，后来我去卫生院看病，医生说我怀孕了。"

一帆情绪很激动："你骗我，不可能，绝对不可能！一定是你弄错了！"

"我没有骗你，这是真的！"

怎么会这样？我该怎么办？难道这就是命？我伤心地哭着朝外奔跑。

"云妹，云妹，你听我解释。"一帆边喊边追。

李文博摇了摇头："真是造化弄人！"说完也跟着来追我。

一帆从身后抱住了我，情绪万分激动："云妹，我不是故意的，这一切我真的都不知道。我那么爱你，怎么会做这样的事情去伤害你呢？"

我哭着说："这也许就是你我今生的命运，老天安排我们再次相见，我以为这是老天的恩赐，谁知竟是老天早已布下的陷阱。"

杨一帆一把眼泪一把鼻涕，紧抱着我："不，我不相信老天要这样残忍对待我们。缘分让我们相知相爱，为何就不能让我们相守相惜？

我不甘心，不甘心！云妹，我不能再次失去你，如果没有了你，生命里所有的一切都失去了意义。"

"你放手！难道你要我做一个不仁不义、自私自利、不知廉耻的女人吗？夺走一个未出生孩子的父亲，我算什么？难道你要我遭千人骂、万人唾，你才开心？我知道父爱对于一个孩子来说多么重要，我怎忍心夺走一个孩子的父亲？"

杨一帆呆然地松开了手。我不能陷云妹于不仁不义，更不能伤害一个无辜的孩子。我该怎么办？难道我和云妹今生真的有缘无分？

"子云，你别太伤心难过，这件事情也不能全怪一帆，因为这是在他失去记忆后发生的，其实他也是无辜的！"李文博劝道。

李文博的仗义执言，让杨一帆对他又多了一份认识。他暗自道："看得出李文博也很喜欢云妹，他是个温文儒雅可以托付终身的男人。如今的我，根本就不配和云妹在一起，要是把云妹交给他照顾，我也就放心了。"杨一帆满是歉意地说："云妹，是我辜负了你！我不奢求你能原谅我！就请你把我这个无情无义、不守信用的坏男人给忘掉。我已经很对不起你了，不能再让你因为我受更多的伤害。对不起！我真的不是故意要伤害你的！"

我擦去眼泪，努力地挤出一丝笑："真难为你处处为我着想，请你放心，我不会再来打扰你的。我一定不会辜负你的美意，一定会把你忘得干干净净、彻彻底底。"

杨一帆失魂落魄地边走边说："忘记就好，忘记就好！"他路过李文博的身边停了下来，苦笑着对李文博说："云妹交给你了！请你好好照顾她！"

李文博朝杨一帆的背影大喊："你这个懦夫，是我看走眼了。你以为选择逃避，就能抹去你所有的错吗？你欠子云的太多太多，这一辈子都还不清。是男人就该敢爱敢恨，如果你坚持要做逃兵，我也不会阻拦你。但是，我要告诉你，你这次放弃了子云，以后就永远不要再来找她，否则我不会轻饶你的！"

杨一帆回头望了一眼，就含泪离去。他在心里声声呼唤着，子云，对不起！因为爱你，我才不能继续和你在一起。

"杨一帆，你给我站住！"我接受不了这样的结局，也控制不了自己的情绪。

杨一帆停下脚步，眼泪一阵接一阵，他没有转身："你还有什么要交代的吗？"

"你不但对不起我，还对不起梅若，梅若在你失踪后也跟着失踪了，你要是还有一点点良知，就把她找回来。我该说的都说了，文博，我们走。"

杨一帆愣在那里，几乎要崩溃了！在我们离开后，他回过身，泪眼望着我们离去的背影，痛不欲生。

第十九章　泪洒灵堂

带着一身的疲惫与心碎，我回到了北京。在我回京的第二天，杨一帆就踏上了寻找梅若之旅，他寻找的第一站就是梅若家，打算先给梅若的父母致歉。

杨一帆来到梅若的家里时，正赶上她的追悼会。当他看到梅若的遗像，几乎要崩溃了，双膝猛地跪在她的遗像前哭喊道："梅若，我来看你了！"

梅若的父母见是杨一帆，都惊呆了！

丁香惊讶地问："你是人还是鬼啊？"

杨一帆呆然地回答："非人非鬼。"

眼前的杨一帆发鬓凌乱，满脸沧桑，和以前在部队里意气风发的杨一帆判若两人。

梅若的父亲难以置信地问："一帆，是你回来了吗？"

"政委，伯母，我对不起你们！是我害了梅若！我给你们赔罪来了！"杨一帆边说边拜。

梅若的父亲扶起杨一帆，"孩子，你要早点回来就好了，梅若也就不会走这样的绝路。"

"你不是被火烧死了吗？还回来干什么？你赔我的梅若。"丁香边哭喊边用手在一帆的身上乱打。

梅若的父亲拉住妻子："你这是干什么？我知道丧女之痛，但是你也不能把所有的怨恨都往这孩子身上出啊。"

"梅若要不是因为他，就不会那么傻投江自尽。"

"一帆失踪了那么久，看他现在的样子，也一定是吃了不少苦头。

我想他也不愿意看到今天这样的场景，你就不要再为难他了。"梅若的父亲说完又沉重地长叹了一声。

"闺女，你死得好冤啊！你看你朝思暮想的心上人他回来了！"丁香对着女儿的遗像哭喊。

杨一帆望着梅若的遗像，暗自忏悔："梅若，是我辜负了你，耽误了你，也害了你。你怎么这么傻，为了我这样一个没心没肺的男人而放弃自己的生命？我不值得你这样做。你的离去，只会让我愧疚一辈子……"

"梅若，你怎么这么不爱惜自己的生命？你还这么年轻就离开了我们，我们真的舍不得让你走……"柳忆飞人还在门外，声音已传了进来。

是柳忆飞！杨一帆咬牙切齿，紧握拳头，冲到柳忆飞面前，一拳将柳忆飞击倒在地。柳忆飞见是杨一帆，吓得魂不附体，闭眼高喊道："鬼啊！鬼啊！"

"你别再和我装神弄鬼的！都是因为你，才会害得我失去了云妹，也害得梅若丢了性命。你不配站在这儿，我怕你玷污了灵堂，惊扰了梅若的安宁。"杨一帆边说边将柳忆飞往灵堂外面拉。

看来杨一帆恢复了记忆，这下可玩完了！柳忆飞朝梅若的父母求救："伯父伯母，我是来给梅若送行的，都是因为杨一帆的薄情寡义才会害得梅若自寻短见，现在梅若走了，他还要大闹灵堂，让梅若在天堂也不得安宁。"

丁香听了这番话，怒火中烧，狠狠一巴掌打在杨一帆的脸上。杨一帆苦笑道："打得好！我求你出手狠点，这样我心里就会好受点。"

丁香气愤地朝杨一帆喊："梅若到底是哪里对不起你？她生前对你一往情深，你不但不领情，现在还要闹得她死后都不得安宁，你居心何在？"

"伯母，等我收拾完这个败类后，你怎样处置我，我都不会有半句怨言。"杨一帆说完，狠狠地又给了柳忆飞一拳，打得他嘴角出血。

柳忆飞自知不是杨一帆的对手，继续挑拨："梅若，你看见了吗？这就是你用心深爱的男人。他让你死都不得安宁……"

梅若的父亲了解杨一帆的为人，他相信其中一定是有原因。"一帆，这到底是怎么回事？你能不能先把事情说清楚？你这样很容易让人误解的。"

杨一帆刚一松手，柳忆飞就趁机逃跑。他还没有跑出门口，就被杨一帆给揪住了。杨一帆将柳忆飞如何加害自己的经过都告诉了梅若的父母。

丁香听完杨一帆的话，扯着柳忆飞的衣服问："你怎么能做出这样伤天害理之事？你告诉我梅若是不是也是你害死的？"

"不，不，梅若的死和我没有关系，是杨一帆害死梅若的。"

杨一帆痛声道："死到临头你还不知悔改！梅若出事的那天，我已经离开了柳巷村，怎么会害死梅若呢？我昨天去柳巷村，听村民们说起梅若被害的事，有人看到在我离开柳巷村的那晚，梅若去找过我，当晚还有一个小伙子也开车去了柳巷村，第二天就在江里发现了梅若的尸体。我怀疑梅若不是投江自尽，而是被车撞死的。"

"你胡说，梅若明明就是投江自尽的，我没有开车撞他。"柳忆飞心虚，声音也开始发抖。

杨一帆逼问："这么说，当晚开车去柳巷村的小伙子就是你了。当晚你既然在那里见到了梅若，为何不带她一起回广州？是不是你放火想烧死我，结果被梅若发现了，所以杀人灭口？"

柳忆飞声音发颤："伯父，伯母，你们要相信我，我怎么会害死梅若呢？是因为杨一帆抛弃了梅若，梅若一时想不开就投江自尽了。"

"你不要再强词夺理推卸责任了！你看这是什么？"杨一帆突然拿出一只手表。

丁香接过手表哭喊道："这是梅若的手表，怎么会在你那里？"

柳忆飞忙抢答道："一定是梅若去找他，将自己的手表留给他做纪念。"

"柳忆飞啊！你还真会编故事。我告诉你，这只手表是我在柳巷村我住过的房子旁边的草丛里捡到的。梅若就是被你这个狠毒的小人用车给撞死的！"

"你为什么要害死我的闺女？你还我闺女，还我闺女……"丁香边哭喊边用拳头朝柳忆飞的身上乱打。

柳忆飞慌张失措地说："杨一帆，梅若是为你而死的。如果不是因为你，她就不会去柳巷村，如果她不去柳巷村，也就不会被车撞死。"

"柳忆飞，你不要再狡辩了。你接二连三地害我们，目的何在？"

"哈哈！问得好！一切都是被情所害。"柳忆飞突然仰天大笑。

"你不配谈感情，你为了得到子云不择手段，假冒我与子云约会，害得子云险些丢了性命。这样是爱子云吗？还有，你为了隐瞒自己的罪行，将我撞到江里，又用车撞死梅若，难道这也是你表达爱的方式？"

"因为我们都爱上了一个不该爱的人，所以才会弄成今天这般惨景。我爱子云并不比你爱得浅，只是从始至终我都是一厢情愿。梅若也和我一样的傻，为了一个不爱自己的人，苦苦支撑。你知道梅若临走前说什么了吗？她求我不要再和你争子云，她说她没有那个福分去照顾你，只有子云和你在一起，你才会快乐幸福！"

听完柳忆飞的一番话，杨一帆冲进灵堂，跪在梅若的遗像前泣不成声："梅若，我欠你太多太多，今生无法偿还，如果有来生，我一定不会让你受这么多的委屈……"

几个月后，杨一帆的妻子碧翠因难产生下了一个女婴就离开了人世。杨一帆带着两个孩子，靠打鱼为生，日子过得很艰辛。

柳忆飞因杀害梅若，被判无期徒刑。柳家的家业重担从此就落在柳忆如的肩上。自柳忆如担任云天集团的董事长起，冷艳的日子就不好过了。柳忆飞被判决无期徒刑后，冷艳整个人就像掉了魂似的。一向对她虎视眈眈的丁当，又开始不安分了。

一日冷艳坐在办公室里发呆，丁当色眯眯地走了进来。他抚摩着冷艳的手笑道："美人，你就别再伤心了！少总不在，还有我呢。以后我会代少总好好疼爱你！"

冷艳顺手抓起办公桌上的文件夹朝丁当砸去，骂道："你给我滚出去，就算天下男人死光了，我也不会看上你。"

"臭婊子，你的身子老子又不是没有见过，如今你这残花败柳之身，还会有哪个男人稀罕？如果你从了老子，或许老子还会给你几天好日子过，不然，这就是你的下场。"丁当将冷艳刚才砸过去的文件撕得粉碎，得意扬扬地离开了办公室。

冷艳盯着满地的纸屑，气得浑身发抖。

"冷经理，你自己要多保重！别和那小人一般见识。"

冷艳见水涛站在门口，忙整理自己的情绪，牵强地笑道："你什么都听见了？"

"冷经理，我不是故意听到这一切的，之前我一直认为你是个干练的女强人，却不知你内心有这么多的痛苦。"

"很多事情是不能只看表面的。"

"冷经理，你有什么打算？"

"如果你是我，你会如何做？"

"把丁当丑恶的一面告诉董事长，让董事长把他撵出酒店，那样他就不会再来欺负你、威胁你了！"

"你以为现在的董事长会那么照顾我？如今物是人非啊！"

"少总在位时一直很关照你，相信看在他的分上，他的妹妹也会向着你的。"

"很多事情你不明白，柳忆如一直对我有偏见，现在他哥哥不在了，她不会偏向我的，相反丁当会为她所用。"

"像丁当那样的势利小人，我相信董事长不会重用他的。"

"你没听过一句话叫小人得志吗？当前的局面就是这样的。"

"不，我们绝不能让丁当这样的人渣骑在我们头上拉屎拉尿的，我要去董事长那里检举他。"

"凭我对柳忆如的了解，你去了只会适得其反。柳忆如自小就刁蛮任性，我行我素，她是不会听进任何人的话的。"

"难道我们只能忍气吞声，任由丁当狐假虎威，仗势欺人？"

"不，我冷艳绝非是只任人宰割的羔羊。"此时，冷艳的脸上布满了狠毒与杀气。

"难道你想，这样？"水涛诡秘地做了一个杀人的手势。

冷艳点了点头，接着问："你敢不敢！"

"我愿意为冷经理肝脑涂地，只是我担心杏儿。"

"你放心，我早已准备了一笔钱，够你们花一辈子。只要事情办完了，你们就拿着这笔钱离开林西城，找个安静的地方，去过神仙生活。"

"谢谢冷经理，我们什么时候动手？"

"你过来。"冷艳贴着水涛的耳朵嘀咕着。水涛频频点头然后就离开了办公室。

冷艳对着镜子，整理了一下妆容，从包里拿出一瓶香水朝自己的脖子上和衣服上喷。她走出办公室朝楼下大厅里的丁当妖媚一笑，招招手就回了办公室。

冷艳这么一挑逗，丁当的魂都给勾走了。他来到冷艳的办公室，见冷艳坐在沙发上，跷起二郎腿抽烟。丁当色眯眯地望着冷艳那白皙而娇嫩的美腿，口水都快流出来了。他将办公室的门反锁后，扑到冷艳的身上淫笑："美人，你终于想通了，来，让我好好亲亲你。"

冷艳推开了丁当，假笑道："别那么猴急，现在还是上班时间呢，让员工看见了多不好。"

"这里是总经理办公室，员工是不会随便闯进来的，再说我们又不是第一次在这里亲热，你怕什么，我有点等不及了。"丁当说完又毛手毛脚地在冷艳的身上乱摸。

"冷经理，冷经理在吗?"突然有人在敲门。

"你快松手，有人在喊我。"冷艳慌忙起身。

"嘘，你别出声，别人以为你不在，自然喊喊就会离开。"丁当扯住了冷艳。

"不行，要是耽误了大事就不好了，我们以后在一起的机会多的是，又何必急于这一时呢?"冷艳说完，整理了一下衣衫去开门。

门开了，敲门的正是水涛，冷艳用眼神朝他示意，水涛会意地点了点头。冷艳坐在办公椅上问水涛："你有什么重要事情吗?敲门敲得那么急。"

水涛说："冷经理，董事长说她想回林西城来看看，让我们今晚就安排人去接她回来。本来这点小事，我自己解决就行了，但是，我晚上还有点事情走不开身，因此特来禀告总经理。"

"不就是去接个人吗?用不着这么大惊小怪的!你没时间去接董事长，我另安排人去接就是了。丁经理，我们酒店还有哪些员工会开车?"冷艳故意问。

丁当在心里美滋滋地想："真是天赐良机，如果自己可以和忆如坐在同一个车里，然后在车里共同度过一个美好的夜晚，哇!感觉太好了！"

"丁经理，咱们酒店还有没有员工会开车，如果没有那只好我自己亲自开车去接董事长了。"见丁当在发愣，冷艳再次问道。

"这点小事，就不麻烦总经理你亲自出马了，你交给我去办就行了。"丁当说完笑呵呵地离开了办公室。

冷艳朝丁当的背影白了一眼，问水涛："事情安排得怎样？"

"冷经理，你果真是神机妙算，你放心，现在是万事俱备只欠东风。"

丁当将自己打扮得油头粉面的，正打算出门去接柳忆如。这时冷艳走了过来，妩媚地笑着说："咱们的丁经理经过一番打扮，可谓是一表人才啊！"

丁当沾沾自喜道："怎么你今天才发现啊？不过你发现得正是时候，我这一表人才还不是乖乖为你服务吗？"

"我看未必，只怕是为别人服务吧！"

"为多人服务，是现代好男人的标志，你就别太贪心了，我不会亏待你的。我该走了，董事长还等着我去接呢。"丁当说完美滋滋地上了车。

冷艳盯着车子，阴冷一笑："去阴曹地府做你的好男人去吧！"

丁当开着车哼唱着小曲，朝他的梦中情人奔去。他怎么也不会想到，前方等待他的不是情人而是地狱。当车子从高坡向下开时他发现刹车失灵，他慌了，嘴里喊道："这是怎么回事？车子怎么不听使唤了……"

丁当出事的第二天，林西城公安局办案人员来云天酒店调查此事。一名警察对接待员说："我们是林西城公安局办案小组，请问你们酒店总经理在哪？有一宗人命案需要她配合调查。"

"你们先到沙发上坐会儿，我去禀告总经理。"一位女接待员说完，就直奔冷艳的办公室。

"总经理，不好了！"女接待员人还没到声音就提前先到了。

冷艳瞥了一眼女接待员，生气地问："一点规矩都没有，发生什么事啦，你要这样大声嚷嚷？"

女接待员慌慌张张地说："总经理，酒店里来了一群警察，说有一宗命案需要找你协助调查。"

一切都在意料之中，冷艳淡定地问女接待员："杨市长来了没有？"

"没有。"

"你去告诉那些警察，我现在不在酒店，等杨市长到了，你就带警察来杨市长用餐的包间里来找我。"

"是，总经理，我先下去了。"

冷艳拨通了杨秋华办公室的电话，杨秋华拿起电话问："谁啊？"

冷艳听见是杨秋华的声音，开始嗲声嗲气："市长大人，忙完了没有？想请你吃顿饭，菜都等凉了！"

"是冷经理啊！真不凑巧，我临时有点事情，要不将午餐改成晚餐，你看如何？"

"你怎么还喊我冷经理，看来市长大人还是把我当外人看。我诚心想请你吃顿饭，叙叙旧，你都不赏脸，我冷艳活得真是失败！"

"艳艳，我早就把你当成是自家人了，我现在真的走不开，要不晚上我去给你赔不是？"

"看来我精心为你准备的一桌佳肴，都白忙活了！既然市长大人这么看不起我冷艳，那我就不自讨没趣了。"冷艳说完就将电话给挂断了，她生气地朝已挂断的电话嚷嚷道："什么东西？要不是看你身居高职，我才没有那么好的兴致陪你这老不死的唠叨。"

杨秋华自得知儿子身亡后，每天总是长吁短叹。如今老婆小青病入膏肓，情人于曼又是个不下蛋的母鸡，难道杨家真的就要从此断子绝孙？他不甘心。冷艳如今对我这样热情，不如顺水推舟。杨秋华拨通了家里的电话，电话是大女儿接的："闺女，你妈中午进食了吗？"

"爸，妈她什么也不想吃，医生说妈的日子不多了！你要是不忙就回家多陪陪妈。"

"闺女，你替我好好陪陪你妈，我忙完了就回去。"杨秋华摇摇头将电话给挂了。接着他又拨通了冷艳的电话，冷艳正闹心着，她拿起电话就发火："吵死了！谁啊？"

杨秋华赔笑道："艳艳啊！还在生我的气吗？"

"我哪敢生你市长大人的气？"

"艳艳，算算我们也差不多有半年的时间没好好聚聚了，难得你心里还惦记着我，我这就过去给你赔不是。"

冷艳尽管心里很高兴，但还是装作生气的样子说："我心里有你，可你心里不一定还记得我。"

"不，不，我发誓，我心里从来就没有忘记艳艳，记得两年前，我们曾经还在同一个屋檐下相依过。"

"是啊！那时市长大人多体贴啊！可惜那都成了回忆，再也追不回了。"

"只要你想追回，就一定可以追回，相信我，我会变得比以前更加体贴入微！"

一会儿杨秋华来到了云天酒店，那群警察见了他，都恭敬地笑着和他打招呼："杨市长您好！"

杨秋华也笑着问："你们在这里是吃饭还是有其他事情？"

"有一宗人命案，我们来此调查。"

"哦，吃饭了没有？要不要一起用餐？"

"谢谢杨市长的美意，我们都已经吃过了。"

"那你们忙，我就不打扰了！"杨秋华边走边想，这个冷艳无事献殷勤，不会是她与这宗人命案有关吧？

冷艳得知杨秋华来酒店，早已将自己打扮得漂漂亮亮的，坐在包间等待杨秋华。杨秋华刚一进包厢，她就朝杨秋华暗送秋波："市长大人，终于把你给盼到了！"

"这么丰盛一桌佳肴，如果不来，岂不是浪费了你的一片心意？"

"有你这句话，就算你不来，我也心满意足了。"

"有如此美酒佳肴，还有如此美人，我岂有不来之理？"

"来，我们先喝上几杯，为久别重聚干杯。"

几杯酒下肚，拉近了两人的距离。冷艳借着酒兴，与杨秋华挨肩擦脸，手搭放在杨秋华的大腿上来回打圈，那感觉就像一条毛毛虫在体内蠕动，痒痒的。杨秋华用手搭在冷艳的手背上，两人眉来眼去。

"市长大人，你今天来看望我，我太高兴了，来，这杯我敬你！"冷艳豪放地举杯，一饮而尽。

"我也很久没有这么尽兴了，艳艳，我得感谢你，和你在一起，我感觉什么烦恼都没有了。"

"我以为只有我不快乐，想不到市长大人也有烦恼。你说和我在一起可以将烦恼抛到九霄云外，那你要是以后经常和我在一起，岂不是没有烦恼了！哈哈！"冷艳边说边笑，非醉非醒。

"你以后就别再左一个市长大人、右一个市长大人地喊我，这称呼俗气别扭，你以后喊名字秋华，这样听起来亲切。艳艳你说你不快乐是为何？说说，看我能否为你分忧解难？"

"谢谢市长大人的关心，我的烦恼是没有人能够分担的。"冷艳边说边叹气。

"你又来了！以后不许你这么称呼我。你不告诉我，你又怎知我不能帮你排忧解难呢？"

"我错了！秋华。你能有这份心意，我已经很满足了。"

"你就别再和我客套了，说吧！只要我能帮得上，一定义不容辞。"

冷艳苦笑道："其实也没有什么，只是一个人白天在酒店忙忙碌碌的，晚上回家感觉房子空空，拉开窗帘望着漆黑的夜空，我感觉自己就像天边那颗孤星，孤寂冷清。"

杨秋华笑着说："你那位知己呢？"

"你是说忆飞吧！明知故问。忆飞他不是被你儿子一帆给送进了监狱吗？现在判了个无期徒刑，看来一辈子只能在监狱郁郁而终。"

"什么，你说一帆把他送进了监狱？这怎么可能呢？"杨秋华惊讶地问。

"怎么，你不知道吗？前些日子我还亲自去了广州，求你的儿子别告忆飞，可他没有答应我，不愿意放过忆飞。我和忆飞今生是再也没有机会在一起了。"

"太好了！太好了！"杨秋华高兴得大叫。

冷艳斜视了杨秋华一眼，闷闷不乐："忆飞被抓进监狱，他妹妹坐上董事长的位置，我的日子就不好过了。你还说能为我分忧解难，原来就会幸灾乐祸。"

"艳艳你误会我了！我们都一直以为一帆被火烧死了，你说他好好地活着，我能不高兴吗？这兔崽子，活着还不回家，我快要被他气疯了。艳艳，我真的要谢谢你，告诉我这么一个天大的好消息。"

"我帮你找回了儿子，那你能不能帮我救回忆飞？"

"这个吗？我恐怕是有心无力。"

"算了，就当我从来没说过，我就知道求你也等于白求。"

"怎么生气了？只要你对我好，万事都有改变的可能。"

"那你答应我，帮我救忆飞出来。"

"一个判了无期徒刑的犯人，没那么容易说救就能救出来的，不过，我可以托人找找关系，看能否减刑。"

"真的吗？"冷艳兴奋地问。

"我什么时候说过假话？我要是能帮你，你该如何谢我？"

"只要你能救出忆飞，我什么都听你的。"

"那好说，好说。来，咱们再来喝一杯。"

当他们正喝得尽兴时，服务员带着调查的警察突然闯了进来。那几个警察见杨秋华与冷艳勾肩搭背的，尴尬笑道："杨市长，打扰了！打扰了！"

杨秋华说："我说你们啊！刚才喊你们进来一起用餐你们非要拒绝，现在不请，你们倒自己闯进来了，你们说说，这到底怎么回事？"

带队的警察毕恭毕敬地说："打扰杨市长了！实在是抱歉！我们在林西城的山坡下发现了一辆被烧毁的小车，据在场的群众反映，那辆车是从高坡上冲下来后起火的，司机已烧焦。我们怀疑这辆车和司机都来自云天酒店，所以就前来调查此事。"

"什么？你说我们酒店的人员开车出了事故？"冷艳装着惊讶的样子。

"是的！你就是云天酒店的负责人吧？请你配合我们的调查。"

"只要是关于我们酒店的事，我定当效劳。只是，今天恐怕不便。"冷艳说着朝杨秋华看了一眼。

杨秋华忙道："你们先回去吧！让你们局长明天来见我。"

杨秋华从温柔乡里醒来，见躺在身边的冷艳睡得正香。他在冷艳的额头亲了一口，起身准备离开。

冷艳眯眼见杨秋华要离开，翻过身迷迷糊糊地喊："这么早就走，也不多陪陪我。"

杨秋华走到冷艳床前，色眯眯地笑着说："我当然想抱着你多睡会儿，只是我还有更重要的事情要办。"

"什么事啊？比我还重要？"

"我要去把我的儿子一帆接回家，见他妈最后一面。艳艳，你可知道一帆他现在在哪？"

"不清楚，我最后见他时，是在梅若的坟墓前。现在算算也有好些时候了，你去找梅若的父母，也许他们会知道。"

一帆他会去哪里？他为何不回家？杨秋华实在是想不通。他微笑着说："艳艳，你再睡会儿，我有时间再来陪你。"

"你答应我的事情什么时候办？"

"这个嘛，我还得先了解柳忆飞的情况，才好托人办理。"

"你这次去广州找儿子，一定要把忆飞的事放在心上。"

"知道了，你尽管放心，答应你的事，我一定会做到。"

杨秋华来到广州，找到了梅若的父亲，梅若的父亲将发生的一系列事情都告诉了杨秋华。杨秋华得知柳忆飞曾经放火要烧死自己的儿子，仇恨在心中涌出。在梅若父亲的指点下，杨秋华一路询问，终于找到了一帆所住的地方。他望着那破旧小屋，一个貌似儿子的男人，手里抱着一个婴儿，身边还站着一个五六岁的小男孩。我是不是找错地方了？一帆他怎么可能住在这里呢？

"风儿，快去屋子里把稀饭端来，妹妹一定是饿了。"一帆见未满周岁的女儿哭得厉害，也是无计可施。

"爸，妹妹又尿尿了。"

"哎呀！刚换的尿片怎么又尿湿了？"

"要是妈妈在就好了。爸，妈妈临走前，不是让你带着我们去找子云阿姨吗？妈妈说子云阿姨会替我们照顾妹妹的。"

想起我临走前伤痛欲绝的样子，杨一帆失落地摇摇头："我对不起你子云阿姨，我配不上她。我想现在她身边一定会有更好的男人在照顾她，我不想再去打扰她、伤害她。"

这声音太像一帆了，难道他真是我的儿子一帆？杨秋华有点不敢相信。他快步上前，走到杨一帆的面前，定眼一看，果真是自己的儿子。他心痛地喊道："一帆，我的儿啊！我总算是找到你了！"

杨一帆见父亲突然出现在自己的面前，有些愕然，半天才开口："爸，你怎么找到这来了？"

"儿啊！你怎么会弄成这样子？你为何宁愿留在这里受苦，也不回家见父母？你知道吗？你妈因为太思念你，病重不起，现在恐怕想见你一面都没机会。"杨秋华一把眼泪一把鼻涕。

"什么，妈她怎么了？妈，儿子对不起你……"杨一帆这么一喊，手中的婴儿哭得更加厉害。

杨秋华指着风儿和一帆手中的婴儿问："他们是？"

"他们都是你的孙儿。"

"我杨家的子孙，你别逗我开心了！你怎么能有这么大的孩子？"

"说来话长，我以后再慢慢对你说。我想先回家看望妈妈。"

杨一帆回到家中，见两个姐姐哭得泣不成声。

"弟弟，你没死？"两个姐姐同时问。

"妈怎么了？"

"你回来晚了，妈她刚刚离开。"

杨一帆冲进房间，抱着母亲痛彻心扉地哭喊："妈，是儿子不孝，儿子该死啊……"

"小青，小青，你不是一直都在想着儿子吗？如今儿子回来了，你怎么不看他一眼，就狠心离去？小青……小青……"面对亡妻，杨秋华心中有千万个歉疚与对不起。小青一辈子含辛茹苦无怨无悔地跟着他，可他却总是在外寻花问柳，做出许多对不起妻子的事。

"爸，你别哭，风儿见到你哭，风儿也想哭了！"风儿边说边用手揉眼睛。

"风儿，你过来，给你奶奶磕头。"

懂事的风儿跪在地上，朝小青的遗体不断地磕头。

"妈，你看见了吗？你的孙儿在为你磕头。妈，都是孩儿对不起你，你为我吃了一辈子的苦、担了一辈子的心，可儿子却没有好好地孝顺你一天，没有让你享一天的清福。是我这个做儿子的不孝！妈，你怎忍心就这样走呢？儿子这次回来好好陪你、伺候你，再也不离开你了……"杨一帆抱着不再动弹的母亲哭天喊地。

"弟弟，你要是早点回来，妈也不会走得那么快，走得那么遗憾。"

"是啊！弟弟，我们姐弟三人中，妈最疼的就是你，得知你葬身火海，妈就病倒了，在她临走前，还把你的照片搂在怀里，说要去天堂照顾你……"

"姐，你别说了！你们先出去，让我好好陪陪妈。我有好多话，好多话要和妈说。"

一帆的姐姐牵起跪在地上的风儿离开了房间，杨秋华叹了口气也跟着离开了房间。

杨一帆将母亲的头靠在自己的怀里，眼泪一阵接一阵。

小青出丧前的那几天，林西城的大大小小官员，以及亲戚朋友纷纷前来祭拜。柳忆飞的父亲柳长青闻讯，也前来为小青烧香祭拜。他此次是带着目的来的，明为祭拜，实为救儿子。

柳长青将杨一帆喊到一旁，满怀歉意地说："一帆，你要节哀。"

杨一帆瞟了一眼柳长青："你此次来不会只是为向我道声节哀吧？"

"一帆，你是个聪明人，什么事都瞒不过你。我此次来是想求你对忆飞网开一面，他毕竟还年轻，如果终身囚禁在监狱里，这是多么残忍的一件事。请你看在他曾经也有恩于你的分上，帮帮他。"

"你不要求我，经历了这么多事情，我对一切都已看淡，他对我怎样我可以不追究，但是他害死了梅若，就算我不追究，梅政委也不会答应的。"

"一帆，只要你答应原谅忆飞，梅政委那里我去做工作。希望他能看在我和他多年战友的分上，宽宥忆飞。"

"只要梅政委能宽恕忆飞，我还追究什么呢！"

"谢谢你，一帆。本来在这个特殊时刻，我不该和你谈这些事情，但是我实在不忍见忆飞在监狱那痛不欲生的样子。"

"好了，你别说了，我能体会到做父母的心情。我妈就是因为我，才会这么快离去。"一帆哽咽地说着。柳长青轻拍一帆的肩膀，无言地安慰着。

第二十章　诗样年华

岁月如白驹过隙，来北京不觉已一年多了。自与一帆别后，我的生活像是被漂洗过，变得淡然无味，每天除了工作，业余时间就会写些文字，打发空虚的光阴。这一年来李文博还是一如既往地对我好，我知道他的心思，也多次向他表明自己的想法，叫他不要在我身上投入太多感情，他表面是答应了，但心里却从未放弃过，为此我总感到不安。

一日，我正在办公室整理文稿，李文博突然兴冲冲地走到我身边："子云，我父亲昨晚和我说，他们学校为纪念大诗人徐志摩逝世五十五周年，特举办徐志摩诗歌大赛。他们还邀请咱们诗社联合举办此次活动，号召全社会爱好诗歌的朋友一起参加。这回你可要大显身手，为咱们星月诗社大放光彩。"

"徐志摩是个很了不起的诗人，也是我最喜欢最崇拜的一位诗人，只可惜天妒英才，那么年轻就结束了他的诗意人生。据说当年他创办的《新月》诗社，掀起一时诗歌热潮，吸引了一大批诗歌爱好者的崇尚追捧。"

"徐志摩也是我比较喜欢的诗人之一。他的诗歌柔美、清丽，音韵和谐，颂扬理想；表达对爱情、自由、美的追求；擅长细腻的心理捕捉、缠绵的情感刻画，深得青年人的喜爱，影响至今不衰。子云，你最喜欢他的哪一首诗？"

"我最喜欢那首《再别康桥》还有《我不知道风是在往哪个方向吹》，

　　轻轻的我走了

正如我轻轻的来

我轻轻的招手

作别西天的云彩……"

"太美了！听着是一种享受！"李文博眯着眼睛，边摇头边鼓掌。

"我也觉得徐志摩的每首诗都写得特别的唯美，读着让人心动又心痛。"

"诗很美，配上你的声音，简直令人如痴如醉。子云，谢谢你，给我带来视觉与听觉的完美享受。"

"你要谢，就谢谢徐志摩，为我们留下了这么多唯美的诗篇。"

"那我还得替徐志摩感谢你，经过你的朗诵，他的诗更加赏心悦目，令人回味无穷。如果徐志摩还在世，一定会聘请你担任他专属的朗诵家。"

"你真会说笑，是他的诗感动了我，我才脱口而出朗诵了几句。谁知却被你抓着不放，大做文章。"

"子云，本来我是想让你代表咱们星月诗社参加这次徐志摩诗歌大赛，现在我突然又有了个新的想法，我想等活动结束后，举办一次诗歌朗诵会，大赛获奖作品都由你来朗诵，你看如何？"

"你有这个想法是好的，但是举办诗歌朗诵会，是为了促进诗歌的发展，而不是为我个人做宣传。如若真要举办诗歌朗诵会，我们应该面向全社会，发掘培养朗诵艺术人才。"

"子云，还是你眼光独到，深思远虑。你起草一份征文通知，我拿到报纸上刊登，希望通过这次征文活动，能发掘出更多的诗人。子云，你把举办诗歌朗诵会的事情也写进去，这样就会吸引更多人的关注。"

"嗯。"我微笑着点了点头。

徐志摩诗歌大赛的征文通知在《北京日报》刊登后，引起了全社会诗歌爱好者的关注，尤其是在校的大学生。

"星月诗社联合咱们学校举办徐志摩诗歌大赛，这样的活动真是太有意义了，我非常喜欢徐志摩的诗，这次比赛，我一定要参赛。"

"征文里还说，待诗歌大赛结束后，还会举办诗歌朗诵会，获奖的作品会被朗诵。"

"唉,我是无缘本次大赛了,我写的诗歌,水平太差,婷婷你是高考状元,这回可要好好出出风头。"一位戴眼镜的女同学对自己的同桌白婷婷说。

白婷婷心虚了:"有什么好感叹的!徐志摩早就死了,就算我们写出再好的诗,他也活不过来。所以我觉得这样的活动没多大意义,纯粹是做做样子,毕竟徐志摩曾经在咱们学校教过书。"

"婷婷,我可不这么认为。我虽不会写诗,但我懂得欣赏。我觉得徐志摩是位很出色很有才华的大诗人,值得我们这些后辈学习传诵。咱们学校这次举办这个活动,不管是冲着徐志摩曾经在这里任教还是表达对他的崇敬与歌颂,我觉得这样的活动都是很有意义的。你不打算参加吗?"

白婷婷摇摇头:"没那个雅兴,有那工夫我还不如躲着睡会儿。"

同桌的女同学心想,真不知她当初是如何以当地第一名的成绩考进大学的,真是不可思议。最让人纳闷的是,这一年来,她的成绩非但不优秀,而且每次考试都是垫底。

"婷婷,你的同乡伊子朗又来找你了。"几个女同学见弟弟正走过来,笑着纷纷离开。

"唉!你们别走啊!"白婷婷用不满的眼神望着弟弟。

弟弟拿着报纸微笑着走了过来。见白婷婷不高兴,他关心地问:"婷婷,你怎么了?"

"都怪你当初代我考进这所大学,我进学校的这一年来,成绩一直跟不上,大家都在我背后指指点点。"

婷婷,要不这样吧,以后每个星期天,我带你去我姐姐那里为你辅导功课。只要你愿意学,凭你的聪慧一定能跟上。"

"你就别嘲笑我了,我天生就不是块读书的料。"

"婷婷,你不要自暴自弃,没有人能让你输,除非你不想赢。"

"你的学习成绩好,当然感觉不到这种压力。就拿这次学校要举办什么徐志摩诗歌大赛来说,我说不参加,就有同学在背后指指戳戳、说三道四的。真不知道学校好端端的突然搞什么诗歌大赛,我看他们是吃饱了没事干。"白婷婷抱怨着。

"婷婷，这就是你不对了，学校举办这样有意义的活动，一是为了纪念诗人徐志摩，二来也是为了陶冶大家的情操，婷婷，你在同学们面前可不要这样说，那样不但大家会对你有看法，而且要是传到学校领导那里去，只怕会受到处分的。"弟弟的一番忠言善告，在白婷婷看来是废话连天。

白婷婷很不服气地说："处分就处分，大不了被开除，要是真被开除了，还可换得一身轻松。反正对什么狗屁诗歌，我是一点兴趣都没有。"

"婷婷，我不允许你这样践踏诗歌，诗是神圣的，诗人也是神圣的，我们应该要珍重诗人与诗。"

"你可以崇尚诗歌，但你也无权干涉我不喜欢诗歌。我看写诗的人，都是看不开的人，总喜欢长吁短叹的，无聊透顶。"

"你……既然你这么不喜欢诗歌，我也不勉强你去爱它，正所谓道不同不相为谋。"白婷婷令弟弟太失望了，他怎么也想不到她会是那样不可理喻之人。

白婷婷朝弟弟远去的背影白了一眼，嘴里唠叨着："道不同不相为谋，谁稀罕与你同道了？我白婷婷将来要嫁给有权有势之人，谁稀罕你！"

一个月后，我代表星月诗社出席了徐志摩诗歌大赛颁奖典礼，担任嘉宾，李文博也受邀到现场，为获奖者颁奖。颁奖典礼现场的气氛很是热闹。

最令我意外的是，本次大赛冠军获得者，竟然是我的弟弟伊子朗，而我就是弟弟的颁奖嘉宾。当我将奖状颁到弟弟手中时，我们姐弟俩百感交集在台上拥抱着哭成一团。

主持人忙拿着话筒跑过来问我："伊编辑，你今天为何有如此感触？能否分享一下你此刻的心情？"

我为弟弟擦拭眼泪，微笑着对大家说："今天是个特别的日子，对于我来说也是个值得纪念的日子。我很荣幸受邀担任此次活动嘉宾，亲自为自己的弟弟颁奖，此时此刻我的心情特别激动。请大家原谅我的失态。"说完，我向大家深深地鞠了一个躬。

我的话音刚落，台下掌声如雷。在场的记者纷纷跑到我面前，拿着话筒问我："伊编辑，我们曾在《星月诗刊》拜读了你的大作，大家对你的作品赞不绝口，都称你是现代版的李清照，你是如何看待这个称号的？"

"感谢大家给予我这么高的评价与鼓励，我实在汗颜。李清照是我国宋代著名的女词人，婉约派的代表人物之一。我的那些拙作，实在是难登大雅之堂，请大家就不要折煞我了。"

"伊编辑你太谦虚了！你的作品我读过，你现在都是我的偶像了。我觉得你的诗清丽婉约，字里行间透露着刻骨的忧伤。"

"伊编辑你的诗写得那么好，如今你弟弟又获得徐志摩诗歌大赛的冠军，请问你弟弟是受你熏陶吗？还是你们天生就有如此灵性？"记者们纷纷提问。

"我弟弟文采远在我之上，弟弟今天所获得的成绩，是通过他的努力换来的，并非是受我的熏陶。我要感谢我的弟弟，代我圆了多年前的梦想。弟弟，姐姐为你高兴，因你自豪！希望你再接再厉。"说完我又抱着弟弟，泪流满面。

"伊子朗同学，你能否和大家分享一下你的获奖感言？"

"我今天所获得的荣誉，并非我一个人的努力。我要感谢我的父母，是他们给我拟定了一个奋斗的目标，我还要感谢我们的李校长，是他让我重返校园，我还要感谢我的姐姐，时时刻刻都在我身边鼓励鞭策着我……"弟弟说到这一度哽咽。

在场的老师和同学们对弟弟的表现赞不绝口，李校长坐在嘉宾席上望着弟弟，欣慰地笑了。

"白婷婷，站在台上的那个不是你的老乡吗？真想不到他不但生得俊朗，还如此有才华，真是令人羡慕。婷婷，你哪天介绍他给我认识好吗？"白婷婷身边的一位女同学问。

白婷婷白了她一眼："我怎么就没发现他有那么多的优点？你要是喜欢，就对我好点，也许哪天我心情一好，就介绍你们认识。"

"真的吗？为了表达我对你的感谢，我决定颁奖会散场后，请你们一起大吃一顿，你看怎样？"

"你分明就是心急想认识他。"

"你就不要取笑我了，你还不是一样？别以为我不知道，从李文博一出场，你的眼睛就没有离开过他，是不是暗恋上了他？"

"你别胡说，我只是被他风度翩翩的气质给吸引了，所以就多看了几眼。"白婷婷不肯承认。

"李文博是我的表哥，我本打算等颁奖大会散场后，邀请他一起吃饭，既然你不喜欢他，那我就不邀请他了。"

"美倾，你说什么？李文博是你的表哥，这是真的吗？"

"怎么，你不相信？李校长是我的舅舅，李文博是我舅舅家的独生子，你说他是不是我的表哥？"

原来他还是李校长家的独生子，李校长在学校很有声望，李文博自己又有个诗社，完全符合我择偶的标准。白婷婷在心里暗自庆幸，她拉着美倾的手微笑道："美倾，你这件衣服好漂亮，非常适合你的气质。平日里没怎么去关注你，今天认真一瞧，你原来是那么的美丽动人！"

美倾用手抚摩着自己的辫子，得意地笑："我本来就漂亮，你今天才发现啊？颁奖大会结束了，我要过去和我表哥打声招呼。"

"喂！美倾，一会儿一起吃饭，我等你。"

美倾回头朝白婷婷做了个鬼脸，来到李文博面前笑着说："表哥，你今天好帅，台下有人可是被你迷得神魂颠倒。"

"鬼丫头，总是疯疯癫癫的语无伦次。"李文博说完又朝我望去，笑着对我说："子云，一会儿带上子朗，一起吃饭。"

我微笑着朝他点了点头。

凭我的观察，表哥的眼神告诉了我，他喜欢伊子云，看来白婷婷是没戏唱了。庆幸的是，表哥约伊子朗一起用餐，这会儿不用白婷婷介绍，我也可以接近伊子朗了。美倾问李文博："表哥，你一会儿吃饭也带上我吧！我很久没有和你在一起吃过饭了。"

"吃饭可以，但我有一个小要求。"

"吃饭还有条件啊！你太不够意思了，要不是看在你是我舅舅的儿子分上，我才不稀罕和你一起吃饭呢！"

"既然你不稀罕，那就算了！"

"唉！我又没说不答应你，你说吧，什么条件？"

"听你舅舅说，你的成绩最近落后了，一会儿我给你介绍一个高才生，你以后得多向他学习学习。"

美倾惊喜地喊："你说的高才生是不是伊子朗？"

"怎么了？干吗那么大反应？是不是不敢和高才生站在一起？"

"不，不，我非常愿意接受表哥的安排。我向你保证以后一定好好学习，不辜负你的一片心意。"

"算你聪明，希望你记住你今天的承诺。学习好了受益的是你自己，你不是为别人读书。"

"是，是，表哥教训得是，我一定谨遵表哥的教诲，努力学习，发愤图强。"

"表哥相信你了！走吧！一起去吃饭。"

白婷婷见美倾和李文博还有我和弟弟一起朝校外走，急了。她一个劲地朝美倾眨眼，可美倾装着没看见。你这个死美倾，说话不算话，恨死你了！哼！你不是喜欢子朗吗？你这样待我，我是不会那么轻易让子朗接受你的。白婷婷憋了一肚子的火，站在一旁眼睁睁地看着李文博从身边经过。白婷婷脸皮也够厚的，她跑到弟弟面前："子朗，我错了！我想让你当我的辅导老师，你还能答应我吗？"

美倾知道白婷婷的用意："婷婷你可是高考状元，怎么状元现在不行了，还得向秀才求救，真是好笑！"

"子朗，你愿不愿意，我只等你一句话。"白婷婷认真地问弟弟。

弟弟见白婷婷那样诚恳，点了点头："只要你想学，我很乐意做你的辅导老师。"

白婷婷朝美倾白了一眼，美倾朝她哼了一声。

"表哥，你不是说给我找个辅导老师吗？现在老师都被别人抢跑了。"美倾朝李文博撒娇道。

"子朗，这位是我的表妹美倾，我想让你当她的课外辅导老师，不知你可愿意？"李文博笑着问弟弟。

李文博有恩于我们，弟弟不假思索就答应了李文博的请求。就这样弟弟当起了白婷婷和美倾两人的课外辅导老师，每逢节假日，她俩就会来我住的地方，等待弟弟的辅导。

星期天上午，白婷婷很早就来到我家，她进门后东张西望，像是在寻找什么。弟弟好奇地问她："婷婷，你在找什么？"

"没找什么，美倾和他表哥怎么还没来？"

"哦，你在找他们啊！美倾应该一会儿就到。"

"美倾他表哥今天来吗？"

"她的表哥？这我就不知道了，他有时来，有时不来，你找美倾表哥有事情吗？"弟弟疑惑地问。

"没什么事情，随便问问，随便问问。"白婷婷吞吞吐吐。

"婷婷，你先坐会儿，待美倾来了，我们再开始今天的课程。"

"嗯。"白婷婷心不在焉地东瞧瞧西望望。

"咚咚……"有人敲门。

一定是他来了！白婷婷心里一喜，忙上前抢着开门。门开了，是美倾，白婷婷探头朝外望，不见李文博的影子，失望地说："怎么就你一个人？"

美倾冷笑道："我一个人来，是不是让你失望了！是我不让表哥送我的！"

好个美倾，故意要与我为敌。白婷婷心里很是不爽。

弟弟见白婷婷愣在门口，问："婷婷，你在想什么？我们开始了。"

白婷婷心不在焉地坐在桌前，美倾倒是一副好学的样子，她一会儿问这个怎么做，一会儿问那个怎么做。

今天是我的生日，此时正是数九寒冬，北风萧萧。我在菜市场出来，刚好碰见了李文博。李文博从车窗里探出头来，笑着说："外面这么冷，别做饭了。快上车，今天我请你下馆子。"

"我不冷，你就别破费了！还是去我家，自己下厨。"

"看，你的小脸都冻红了，快点上车吧！"

我刚一上车，李文博就唱起生日歌。在车里的后座上，摆放着鲜花与生日蛋糕。原来他早已知道今天是我的生日。

"你怎么知道今天是我的生日？"

"只要我想知道就一定能知道，去年错过了为你庆祝生日，今年我可不想再错过。生日快乐！"

我们回到家，刚一进门，就见屋子里缠绕着很多彩花，彩花中间吊着一排红色的大字"姐姐生日快乐！"我被眼前的一幕，感动得眼泪都流出来了。

白婷婷见到李文博，含羞地低头，不时偷望李文博。美倾察觉到白婷婷的神情，偷偷地笑了。

"子云，快把菜给我，看你的小手都冻红了。"李文博接过我手中的菜，帮我揉冻红了的手。

白婷婷见到李文博揉我的手，又羡慕又嫉恨。

我将手收回，微笑着说："没事，一会儿就会好的。你们先坐坐，我去厨房做饭。"

李文博拉住我的手，深情地说："子云，你别忙活了！今天是你的生日，怎能还让你做饭。走，我请你们去酒店吃顿好的。"

"好啊！好啊！表哥，我好久没有吃烤鸭了，不如今天你带我们去吃。"美倾笑嘻嘻地说。

"你这个馋嘴婆子，今天的贵宾又不是你。子云，你想吃什么，今天就全听你安排了。"李文博微笑道。

我微笑着摇头道："你看，我菜都买回来了，还是自己下厨吧！外面风大，就别出门了。"

"风大没关系的，车里很暖和。"李文博再次邀请。

"是啊！子云姐，你就别辜负我表哥的一片心意了。就当是为了满足我这张嘴的需求，我求你了！"美倾撒起娇来。

白婷婷这时突然说："我觉得还是在家里比较温馨，若是去酒店了，那我们刚才辛辛苦苦布置房间岂不浪费了？"

"是啊！婷婷说得对，姐，要不今天你好好地休息，我去厨房做饭。"弟弟边说边拉我在椅子上坐下，接着说："经过投票决定，三胜二，愿意和我去厨房的请举手。"

白婷婷瞟了一眼，见李文博没有举手，她也没有举手。

美倾举起手，高兴地说："我愿意下厨，和你一起做饭。"

李文博好奇地问："美倾，你不是提议说要去酒店吗？这会儿怎么又乐意下厨呢？还有婷婷，你刚才不是说要在家里做饭吗？现在怎么又不举手下厨？你们这对丫头，真是让人摸不着头脑。"

美倾俏皮地笑道："少数服从多数，既然决定留下了，就得出一份力，总不能白吃是吧！婷婷，难道你想偷懒？"

"谁说我想偷懒啊！我是怕厨房太小，挤不下这么多人。"白婷婷不情愿地朝厨房走去。弟弟和美倾也跟着进了厨房。

李文博摇头笑着说："这些小鬼，真是可爱！"

看到弟弟他们那么快乐，不由得让我想起我的学生时代，看到他们，我仿佛看见了多年前的自己。

"时间如同白驹过隙，一眨眼的工夫，不觉自己都老了。子云，你来北京两年多了，我们现在也算是故人了，这是我送给你的生日礼物，希望你能收下。"李文博拿出一个很精美的礼盒，递到我面前。

打开礼盒，出现在眼前的是一个晶光闪闪的钻戒。我有些不知所措，忙将礼盒推还给他。

躲在一旁偷看的白婷婷，见到钻戒忽觉眼前一亮。哇！好漂亮的钻戒，如果戴在我手上一定很漂亮。

"子云，你为何至今都不愿意接受我对你的感情？我知道你心里还有他，但是他已经有妻儿了，难道你不记得当初他是如何辜负你的？子云，请把你那颗受伤的心收回，交给我来呵护好吗？我一定不会让她感到委屈和寒冷。相信我！"李文博含情脉脉地望着我。

"我知道你对我好！可是我真的不能将自己交给你，这样对你很不公平。文博，谢谢你这些年对我的照顾，这个还是请收回吧！"

"你真的从来没有对我动过那么一丁点的心？我不期望你能给我全部，只要你能腾出那么一点点的空间给我，就很知足了。爱一个人，不一定要将她全部占有，她快乐的时候，可以选择离开，但她不开心的时候，一定要陪着她共度。子云，我不想看到你困在过去的感情里，走不出来。请你给我机会，也给自己一次机会好吗？"李文博说完，拿起钻戒正准备为我戴上，突然白婷婷大喊："菜做好了没有？"

我忙将手收回，低头朝厨房走去。李文博失望地望着我离去，心里像是翻倒了五味瓶。

"婷婷，你自己不过来帮忙就算了，还朝我们吆喝什么？"美倾不满地说。

白婷婷见我进了厨房，走到李文博的身前，含羞地说："这个戒指好漂亮，如果有人送这么漂亮的戒指给我，我一定会非常开心的。"

李文博瞟了白婷婷一眼："如果她能像你这么想就好了！"

"文博哥哥，我长这么大从来没见过这么漂亮的戒指，你能不能借给我好好欣赏一下。"

"你真的觉得它漂亮吗？你喜欢看就拿去看吧！"李文博失魂落魄地说。

白婷婷接过戒指，见戒指华贵精美，忍不住戴在自己的手指上，望着戒指偷偷自乐。当她要将戒指取下来时，怎么用力都取不下来。她急了："怎么取不下来呢？文博哥哥你帮帮我。"

李文博走到白婷婷身前，帮助她取手指上的钻戒，白婷婷趁机紧挨在李文博的怀里。

我刚从厨房走出来，就看见李文博和白婷婷紧挨在一起，两人还手拉着手，我有些蒙了。白婷婷发现我站在那里，有意将身子紧靠在李文博的怀里。我忙转身回到厨房，心里很诧异，这个李文博怎么会这样？

白婷婷享受着这一刻，幻想着有一天，李文博牵着自己的手，走进教堂，然后在神父面前，为她戴上结婚钻戒，当着亲戚朋友的面，在神的面前吻她。

"取下来了，终于取下来了。"李文博抬头看到白婷婷正半闭着眼睛，一脸陶醉的样子。温柔的灯光下，李文博恍惚了，瞬间的错觉让他误以为面前的人是我，他吻向白婷婷送过来的双唇。

这时，我和弟弟还有美倩端着做好的饭菜，从厨房走出来，见李文博和白婷婷在拥吻，我们全惊呆了。我手中的盘子砰的一声摔落在地。李文博这才惊觉他眼前的是白婷婷，而不是我。他惊慌失措地说："这，这到底是怎么回事？我刚才明明看见站在我面前的是你，怎么一睁开眼就全变了？子云，你要相信我，我的心里真的只有你一人。"

我是怎么了，明明不喜欢他，为何见他和别的女人关系亲密，心里却如此难过？难道我心里真的有他了？不，我的心里只有一帆一个人，一帆，你在哪里？我真的好想你。

李文博："子云，你流泪了，说明你心里还是有我的，是吗？"

"不，这泪不是为你流的，我只是突然想起了一位故人，心里特别难过。"我说完朝房间跑去，将房门狠狠地关上了。

李文博知道自己此时是跳进黄河也洗不清了，他痛苦地守在房门前喊道："子云，你不要骗你自己了，我能看得出来，你心里是有我的，要不然你也不会伤心难过。子云，请你原谅我，我刚才就像是做了一场梦似的，眼前全是你，所以才做出这样荒唐的事情。请你原谅我，我向你保证，以后再也不会犯这样的错误。”

我坐在书桌前，抚摩着杨一帆送给我的小木船。一帆，你真的将我忘记了吗？一帆，难道你真的要我空等你一辈子？我趴在小木船上，欲哭无泪。

“子云，你开门啊！你这样子我很担心你。”

白婷婷走到李文博的身前，心疼地说：“她心里没你，你为何还要如此折磨自己？眼前站着一个喜欢你的女人，你却偏偏不懂得珍惜。”

李文博回头满眼怒意地瞪着白婷婷：“都是因为你，才弄成现在这个样子。你给我滚，滚远点，我不想再看到你。”

白婷婷紧紧抱着李文博，哭诉着：“我偏不走，别人不爱你，为何你就不让我去爱你呢？你既然吻过我，就要对我负责任。”

“你这个女人怎么这么不知廉耻？你走开啊！”

“我不走，我就要这样缠着你一辈子。”

李文博用力将白婷婷推倒在地，弟弟满脸的失落，他弯腰正准备扶起白婷婷，不料白婷婷非但不领情，还朝弟弟嚷嚷：“我的事不要你管，你走开。”

美倾见白婷婷这样对待弟弟，走到白婷婷的面前怒斥道：“白婷婷，别人不喜欢你了，你也别把怨气往子朗身上泼，我告诉你，只要有人对子朗不好，就是和我过不去。”

“子云，我求求你开门啊！我的心几乎都要碎了！”李文博苦苦哀求道。

“姐，今天是你的生日，你就别伤心了！”弟弟也跟着在门外喊。

是啊！今天是我的生日，我这是怎么了？我拭去脸上的泪水，微笑着走了出来。李文博见我脸上挂着一丝微笑，总算是松了一口气。

白婷婷见李文博含情脉脉地望着我，伤心地哭着跑出门外，弟弟跟着追了出去，美倾也跟着追了出去。

屋子里一下子变得冷清了，李文博满怀歉意说：“子云，是我不好，没能让你过上一个快乐的生日。”

“这也不能全怪你，我也有责任。我能看得出白婷婷很喜欢你，你为何不尝试着去接受她……"

"子云，你知道我的心思，我那么喜欢你，你为何就不能尝试接受我对你的爱呢？"

"感情这东西有时候是不能自主的，不是说想要就能要的。"

"既然你都知道，为何还要气我，要我去接受一段我不想要的感情？子云，你是我今生唯一心动的女人，不管你爱不爱我，只要你一天不嫁给别人，我就这样一直守护着你。"

"文博，这又是何必呢？难道你想让我欠你一辈子？"

"我就要你欠我一辈子，就算今生不能在一起，来生也要在一起。"

弟弟紧跟在白婷婷身后，喊道："婷婷，这么冷的天气，你要去哪啊？"

"你怎么就这么讨厌，像个阴魂似的缠着我不放。你知道吗？我讨厌你，请你不要再缠着我。"

弟弟震惊地问："婷婷，这是你的真心话吗？难道你忘了？你以前和我说过我是你的肩膀，你要一辈子靠在这个肩膀上，那样你就会感到很安全很温暖。"

白婷婷冷笑着说："此一时彼一时，我现在根本就看不上你。只有美倾那么傻，才会暗恋你。"

弟弟惊讶地望着美倾，他竟不知眼前的这个女生一直在暗恋自己。美倾含羞地低下了头。

"美倾，白婷婷说的是真的吗？"弟弟问美倾。

美倾低头道："对不起，我没办法控制自己不去想你。"

"傻瓜，你又没错，都怪我有眼无珠。"

美倾甜蜜地看着弟弟，冬夜变得如此温馨。

第二十一章　丑陋的人性

杨一帆办完母亲的丧事，打算带两个孩子回去。他来到杨秋华的面前，向父亲辞别："爸，如今母亲已入土为安，我想带风儿和雨儿回北头村，你以后一个人，要好好照顾自己。"

杨秋华不解地问："你说什么？你要离开这个家？难道你忍心看你父亲一个人孤独终老吗？"

"爸，你不只有我一个儿子，你还有两个女儿，我不在你身边，还有两个姐姐照顾你。我已看淡世间的事，如今只想带着两个孩了，清静地过完下半生。"

"不，你是我和你妈两人含辛茹苦拉扯大的，如今你妈因为你这么早就离开了，难道你想看到我步你妈的后尘吗？你这样一走了之，属于不忠不孝、不仁不义。"杨秋华悲叹道。

风儿扯着杨一帆的衣角问他："爸，什么叫不忠不孝、不仁不义？是不是我们惹爷爷生气了？爸，我见爷爷那么伤心，要不我们把爷爷也带去好吗？"

杨一帆说："风儿，爷爷是不会跟我们一起去的。"

杨秋华来到风儿面前，俯身问："风儿，爷爷问你，你是愿意住在爷爷家，还是愿意回去住那阴暗的小屋子？"

"爷爷家又大又漂亮，风儿当然喜欢爷爷家。但是风儿要和爸爸在一起，无论去哪，风儿都要陪着爸爸。"

杨秋华又问："你为什么要和爸爸在一起？"

"因为我是爸爸的孩子，所以爸爸去哪我去哪儿，不然爸爸一个人会很孤单的。"

"风儿真懂事。你爸爸也是爷爷的孩子，要是你爸爸走了，爷爷也会很孤独，你说你爸爸该不该离开爷爷？"

风儿望了眼杨秋华，扯着杨一帆的手说："爸，我们要是走了，爷爷一个人会很孤独，我们能不能不走，留下来陪爷爷？那样爷爷就不会伤心了。"

风儿那么小都知道为别人着想，我这个做父亲的还不如儿子懂事。如今父亲也老了，母亲又不在了，一个人的确很孤寂，我是应该留在他身边，尽点做儿子的责任。想到这，杨一帆愧疚地对杨秋华说："爸，我不走了，请你原谅儿子一时的糊涂。"

杨秋华欣慰地笑了："孩子，你能留下来陪爸爸，我这一辈子就再也没有遗憾了。"

几天后杨一帆的部队派林致轩来家中看望他。两人见面激动不已。林致轩握着杨一帆的手说："少校，我们在江里发现了你的军帽和自行车，都以为你……前些天得知你还活着的消息，战友们都乐坏了，大家都希望你早日重返部队。"

想起往日在部队里与战友们情同手足，杨一帆感慨不已："战友们都还惦记着我，我真的很感动！我也很想念他们，只是如今发生了这么多事情，我恐怕回不去了。"

"少校，你不要辜负战友们的期望。"

"致轩，这次辛苦你了！如今我上有老下有小，又失踪这么久。你回部队后，代我向政委以及战士们问好，谢谢他们对我的关心。"

"这怎么行呢？难道你真的愿意放弃少校的职位，甘愿赋闲在家里？"

杨秋华在门外听见了儿子与战友的谈话，他不想儿子再远走他乡，想把他留在身边，给他谋个一官半职。他将风儿带到客厅门口，对着他的耳朵嘀咕着。

风儿推门走了进来，趴在杨一帆的腿上撒娇道："爸，风儿不要你走，妹妹也不能离开你，你答应风儿不走好吗？"

杨一帆摸着风儿的头，亲切地说："风儿乖，爸爸和你叔叔还有事情要谈，你先出去玩会儿好吗？"

"爸，你答应风儿，风儿才能玩得安心。"

"好，爸爸答应你，你这下该放心了吧!"

风儿听完父亲的话，高兴地朝门外跑出，嘴里高喊："爸爸不离开风儿了。"

林致轩不解地问杨一帆："刚才那个孩子是你的?"

"你都看见了，还用问吗?"

"那小孩看上去最少有六七岁，你怎么会有这么大的孩子?"

林致轩的话让杨一帆脸上瞬间乌云密布，半天也不吭声。

林致轩说："怎么了? 我说错话了吗?"

"孩子的母亲叫碧翠，两年前难产去世了。"

"不好意思，勾起了你的伤心回忆。但是我还是不明白，你怎么会有这么大的孩子? 难道你去部队之前就结婚了? 可是在部队时你不是很喜欢子云吗? 这到底是怎么回事?"

杨一帆将这些年发生的事情，一五一十地都告诉了林致轩。林致轩很是为杨一帆感到惋惜："真想不到在你离开部队的这两年，发生了这么多事。回想那时候，我还经常为你与子云传递书信，本以为将来能喝上你们的喜酒，却不知如今你们却天各一方，物是人非了。一帆，你难道真的甘心就这样放弃子云吗? 我看得出子云对你也是一片痴心，你真的决定要辜负她一辈子? 我感觉这样对你对子云都不公平。"

杨一帆长叹道："只当我今生对不起云妹，我配不上她，不能让我的两个孩子拖累她，那样对她太不公平了。"

"难道你选择逃避对于她来说就公平吗? 你有没有听过她的想法? 我恳请你给子云一个明确地表示，也给自己一个机会，如果今生这样错过，真是可惜!"

"我将云妹伤得那么深，还能再去找她吗? 就算她不在乎这些，我也无法原谅自己。"

"少校，你又不是故意伤害子云的，相信子云会体谅你的。你就别想那么多了，不要再瞻前顾后犹豫不决的，你要相信自己，相信你和子云之间的感情，这对于你们也是一种考验，我希望你不要放弃。"

子云，我们真的还可以重新开始吗? 我犯下了这么多的错，你能原谅我吗? 杨一帆在心里一遍遍地问自己。

柳忆飞自从进了监狱后，每天失魂落魄，无精打采，整个人憔悴单薄了不少。

"柳忆飞，你家里有人来看你。"

蹲在监室角落里的柳忆飞，拖着沉重的脚步走出监室，刚跨进会见厅的门口，柳长青就哀伤地喊："忆飞……忆飞……"

柳长青见儿子憔悴不堪的样子，鼻尖不觉一阵酸楚，眼泪在眼眶里打转。他心疼地对儿子说："孩子，你在里面受苦了！爸就你这么一个儿子，你放心，我就是倾家荡产也要把你救出来。孩子，你千万不要放弃，要坚强面对眼前的逆境。"

"爸，你不要安慰我了！我知道自己的罪行。孩儿不能孝顺你，还望你自己多保重，你看你头上的白发又多了。"

柳长青一把鼻涕一把眼泪地说："孩子，爸不能眼睁睁地看着你在里面吃一辈子的苦。你是咱柳家唯一的男儿，爸就是拼了老命也要将你救出来。"

柳忆飞脸上露出了一丝久违的笑容，但很快又消失了："爸，我从小到大都让你操心，对不起，如果哪一天我不在了，想委托你做一件事情，请你务必帮我完成。"

"孩子，别说晦气的话，你就安心在里面等待好消息。孩子，你刚才说有事情要委托我去办，什么事情啊，会让你如此牵挂？"

"爸，我真心地爱子云，可是却不知道如何去爱她，最终伤害了她。我进监狱后给她写了几封信，希望能得到她的原谅，可所有的信都石沉大海。也不知道那些信是她没有收到，还是她真的不肯原谅我。如果今生得不到她的原谅，我就算死了也闭不上眼睛。爸，请你代我转告她，我真的不是有意伤害她的，这一切都是因为我太爱她，爱得不可自拔，爱得一发不可收拾……"柳忆飞说着眼泪就流出来了。

"孩子，别难过！你一心对她，我相信她总有一天会明白的。上次她和她父亲随同我们一起来广州，我就留意到了你对她的那份感情。当时我以为你还年轻，见到漂亮的姑娘难免会一见倾心，只是情窦初开的懵懂，过了爱做梦的年龄就会清醒，却不知你这个小子竟如此痴情，喜欢上了就不会变心。只可惜你们今生有缘无分，你爱她，可她心里却装着别人。"

"爸，我是不是很傻？明知自己走不进她的心里，却不甘心。我尝试着接受了冷艳的感情，我以为那样，就可以忘记她，可我骗不了自己，我怀里抱着别的女人，心里却想着她。"

"感情就是这样的不可理喻，你爸当年也曾喜欢上一个女人，可她心里却早已有了别人，当年的我也像你现在一样的痴情倔强，可到最后她还是嫁给了别人。后来我认识了你母亲，如今我和你母亲不也很幸福吗？孩子，人生中很多事情都不能如意，有时候执着是一种痛苦，放弃也是一种解脱。冷艳虽不及伊子云知书达理，但我能看得出，她对你是真心的。"

"这些道理我也明白，可就是管不住自己的心。心里明明想的是她，又怎能背叛自己去爱别人呢？我知道冷艳对我很好，也希望她能走进我的心里，取代子云的位置。可是我不能欺骗自己的感觉，她永远取代不了子云在我心中的位置。是我对不起冷艳，辜负了她的情意。"

"傻孩子，既然你不爱冷艳，就不要勉强自己。冷艳今天本来想与我一起来广州看你，但是杨市长突然有事找她。听说冷艳为了你的事找过杨市长，杨市长答应会帮你疏通一下关系，争取为你减刑。"

"真是难为她了！只是我和杨市长曾有过一些误会，再加上我伤害了他的儿子杨一帆，他能不记前仇来帮我吗？"

"你放心，前些天在杨夫人的葬礼上，我找过杨一帆，他答应我，只要你梅伯伯肯原谅你，他绝不再为难。我这次就是专门来找你梅伯伯的，希望他能看在我和他当年的战友情上，原谅你，帮帮你。"

"爸，我的事让你费心了。只是我害死了梅伯伯的爱女梅若，不敢奢求他能帮我。你要是见到梅伯伯，请转告他，我真不是有心要害梅若的，梅若的死我也感到很伤心很痛苦。"

"会见时间到了。"狱警在催柳忆飞回监室。

"孩子，你就安心地等着，别再胡思乱想了。"柳长青含泪朝儿子挥手。

柳忆飞眼角挂着悔恨的泪水，回头望了一眼父亲离去。

柳长青为了儿子的事情，厚着脸皮来到了梅若的家。梅若的母亲开门，见是柳长青，一言不发随手想将门给关上。柳长青用手将门给挡住了，微笑着说："嫂子，你还在怨我？我今天是来给你请罪的。"

"你以为你来请罪，我们就能原谅你儿子犯下的错吗？我的闺女梅若，是你儿子撞死的，这种丧女之痛，你是不会懂的。"

"我懂，我全懂。其实我现在的心情并不比你好，忆飞为他犯下的错受到了惩罚，现在生不如死，一天比一天单薄。我看到他现在的样子，心都要碎了，我宁愿关在狱中的那个人是我。忆飞三十还不到，是人生中最美好的年华，我真的不忍让他在监狱里郁郁而终。嫂子，千错万错都是我的错，我没有管教好自己的儿子，导致他犯下这么大的错误，长青给你赔礼认错了。"柳长青说完就跪在丁香面前。

"谁来了？"梅若的父亲边说边朝门口走来。他见昔日的战友、出生入死的兄弟跪在妻子的面前，也能猜出柳长青此次来的目的。虽然自己的女儿遭故人儿子所害，但这不是长青的错，试问天下的父母有谁愿意看到自己的子女沦落如此惨境呢？

梅若的父亲忙上前扶柳长青。柳长青并没有起身，依旧跪在地上，忏悔道："子不教父之过，忆飞做出如此伤天害理之事，都是我这个做父亲的失职。就让我这个做父亲的代儿子向你们赔罪。"

"柳兄，你这又是何必呢？快起来。"

"梅弟，我不起来，我要替我的儿子赔罪，替他向天堂里的梅若认错。梅若，我可怜的闺女，是我没有教育好你忆飞哥，伯伯今天负荆请罪来了，你看见了吗？"

梅若父亲好不容易将跪在门口的柳长青扶起，让进屋中。一进屋看到梅若的遗像，柳长青扑过去长跪不起，痛哭失声。

"柳兄，我相信你的诚意，你都跪了快一上午了，快起来。"梅若的父亲边说边将柳长青从地面扶起。

柳长青起身后感觉腿部发麻，头发晕，差点摔倒在地。梅若的父亲扶住了他，关心问道："你还好吧？"

柳长青摇摇头叹道："人老了不中用了，想当年咱们扛枪将日本鬼子扫出国门，那是何等的威风。这一眨眼人就老了。"

想起当年的峥嵘岁月，梅若的父亲心中百感交集，感慨万千。

柳长青为子赎罪的行为，打动了梅若的父母。梅若的父亲答应帮助疏通关系，尽量减轻柳忆飞的刑期，让他早日重获自由。

第二天上午，梅若的父亲喊上柳长青，一起去拜访他的一位在法律界颇有声望的老朋友。

梅若的父亲见了老朋友笑着说："老张，别来无恙吧！这位是我的老战友柳兄。柳兄，这位是我的老朋友张主任。"

"张主任，幸会！幸会！"柳长青微笑着道。

"柳兄，别客气！你们快请坐。"张主任接着又问梅若的父亲："一年多不见，今日怎么想起我来了？"

"不瞒你说，我是无事不登三宝殿，今日前来，一是来看望你，二是求你办点事情。"

"老梅，你神通广大，在广州还有什么事情你自己处理不了的？"

"我还真是遇上了棘手的事情，得请你出面帮忙。"

"哦，什么事情？只要我能帮得上的，一定尽力而为！"

梅若的父亲将柳忆飞的事情告诉了张主任，张主任摇头叹道："原来柳忆飞是柳兄的爱子啊！哎！恐怕此事有些棘手。昨天我在法院黄院长的办公室里谈点事情，有人打电话给黄院长谈起这件案子。"

柳长青说："哦，我以为犬子的事情只有我关心，想不到还有别人也在关注他的案情，看来是天赐贵人来相助。"

"你别把事情想象得太乐观，关注此事的未必就是贵人。我听黄院长说，是他的一位朋友希望此案重新审判，说柳忆飞杀了人，应当判死刑。"

柳长青吓呆了："张主任，你可知道那打电话的是何人？他为何这么狠毒要将忆飞往死里推？"

张主任皱眉说："听黄院长说要重判柳忆飞死刑的是林西城的杨市长，据说柳忆飞曾开车将杨市长的儿子撞入江中，后来又起恶意放火想烧死他的儿子，虽然他的儿子福大命大逃过一劫，但柳忆飞的所作所为已经大大触怒了杨市长。"

"张主任，你可知黄院长打算如何处置此事？"柳长青急切地问。

"在刑法上规定故意杀人是要判决死刑的，如果原告坚持主张死刑，那结果不用我说，你们都应该清楚。"

"这么说，忆飞现在的处境是相当的危险。张主任，我就这么一个儿子，你一定要想办法救救他，无论花多大的代价我都愿意。"柳长青哀求道。

"柳兄，你先别急，事情总会有转机的。你去找杨市长好好谈谈。"梅若的父亲安慰柳长青。

柳长青长叹道："为了此事，云天酒店的冷经理找过杨市长，杨市长口头答应了帮忙，谁知他当面一套背后一套，暗地里却要置忆飞死地。"

梅若的父亲接言道："杨市长是一帆的父亲吧！古语云有其父必有其子，一帆这孩子为人耿直，心胸坦荡，又乐于助人。相信他父亲应该也坏不到哪里去，是不是你们之间有误会？"

"你也别太着急，案情真正的受害者是梅家，只要梅家不主张，就算杨市长想告忆飞，也不会是死刑。你们说一帆宅心仁厚，乐于助人，何不去找他谈谈呢？只要他不告，杨市长想告恐怕也是无能为力。"

柳长青满是感激地说："张主任不愧是政法界赫赫有名的人物。我这个法盲，今天算是长见识了。我想请教张主任，如果原告撤回申诉，法官是否可以酌情考虑，重新量刑？"

张主任说："柳兄过奖了，关于刑法我也是略懂一二，具体你可以聘请一位有声望的律师，相信律师会为你排忧解难的。"

林致轩的一番话深深地打动了杨一帆，他将两个孩子托付给父亲与姐姐照顾，次日就北上来京寻我。

狠心的杨秋华得知风儿并非一帆亲生后，就对他心存芥蒂。一帆走后的第二天，他见风儿一个人托着下巴，好像是在想心事，就走到风儿面前微笑着说："风儿，你是不是想妈妈了？"

"爷爷，你怎么知道我想妈妈？我很久没见她了，很想她。"风儿闷闷不乐地回答。

"你知道你妈妈住在哪吗？我带你去找你妈妈。"

"爸爸说，妈妈去了很远的地方，要等我长大了，她才会回来。爷爷，你说妈妈为什么要等我长大才回来？"

"这个嘛，爷爷也不知道，要不爷爷带你去找你妈妈，让你妈妈亲自告诉你，你看好不好？"

"好啊！好啊！我要去见妈妈了！"风儿高兴得手舞足蹈。

杨秋华开车将风儿带到了人山人海的车站。他下车牵着风儿的手，将他带到车站广场上："风儿，你在这里等爷爷，爷爷去买车票，一会儿就回来。"

　　天真的风儿笑着点头："爷爷，你要快点回来接风儿去找妈妈。"

　　"风儿乖，爷爷买好了车票，就带你坐车去找妈妈。"狠心的杨秋华将风儿一个人遗弃在车站，自己开车回家了。

　　风儿坐在原地等了一上午也不见爷爷的影子，有些着急了。他询问身边的一位阿姨："阿姨，你知道买票的地方在哪里吗？"

　　"小朋友，买票的地方就在旁边，你问买票的地方干吗？"

　　"爷爷说买票带我去找妈妈，可是去了很久也没回来，你说爷爷会不会迷路啊？"

　　"小朋友，买票的地方离这里这么近，怎么会迷路呢？是不是你爷爷有事情，把你搁在这里忘记了？"

　　眼看太阳就要落山了，风儿还是不见爷爷来。他又饿又急，来到售票厅，在人群中一遍遍地寻找爷爷。没有找到爷爷，他又回到广场上继续等待。

　　天黑了，风儿边哭边沿街找爷爷。"爷爷，你去哪里了？风儿怕黑！风儿要回家。"可怜的风儿漫无目的地满街找爷爷，他看见云天酒店门前灯火辉煌，就站在那里哭。

　　冷艳刚接完电话，听柳长青在电话里说杨秋华暗地里找人要置柳忆飞于死地的消息，憋了一肚子的气。她心浮气躁地走出酒店，见一个小孩子站在酒店门前哭，就朝风儿吼道："哪来的破小孩，在这哭哭啼啼的，真是晦气，去，去，去，别在这里哭。"冷艳边说边将风儿往外推。

　　风儿哀求道："阿姨，你别赶我走，风儿怕黑，就让风儿站在这里等爷爷。外面太黑了，我怕爷爷看不见我。"

　　"这么晚了你爷爷还不来接你，看来是存心不想要你了。你还是别等了，赶紧走吧！别挡着我做生意。"

　　"不，爷爷不会不要风儿的，他说要带风儿去找妈妈。"

　　"你真是个可怜的孩子，爷爷不要你，你妈妈也不要你。"

　　"你胡说，我爷爷和妈妈不会不要我的，还有我爸爸，他是最爱风儿的。"

"你爸爸要是疼爱你，就不会这么晚都不来找你的。"

"爸爸有事情出远门了，如果爸爸在家，他一定会来接风儿的。"

"懒得跟你说，看你蛮可怜的分上，就让你继续留在这里等吧！"冷艳说完上了车，去找杨秋华。杨秋华早已在约定的咖啡厅等候冷艳的到来，冷艳见了杨秋华又气又恨。

"怎么了？宝贝！"杨秋华嬉皮笑脸地问冷艳。

冷艳生气地质问："我求你办的事，你办得怎样？"

"哦，你是说丁当出车祸的那事吧！我早已和公安局打过招呼，叫他们别来找你的麻烦。"

"我说的不是这事。"

"那还有什么事情吗？"

"你是真想不起来，还是想不了了之？"

"我是真想不起来，宝贝，到底发生什么事情了？"杨秋华将手搭在冷艳的手上抚摩着。

冷艳气愤地将手收回："前些日子，你不是答应我帮助忆飞减刑吗？怎么才几天的时间你就忘了？"

"哎呀！你不提醒，我可真忘了！你看我这记性，真是老糊涂啊！宝贝，你别急，我明天就托人去找关系，你看如何？"

"只怕你早已托人去办理此事了吧？"

"是，是，我都忘记了，我前日是拜托了一位朋友帮忙。宝贝，既然你都知道了，为何还要发脾气？"

"我问你，你找的朋友可是法院的黄院长？"

糟了！这事怎么会传到她的耳朵里？杨秋华皮笑肉不笑道："宝贝，你都知道了！我是诚心想帮柳忆飞，可我也是力不从心。"

"我看你不是力不从心，而是有力无心，火上添油，你是不是巴不得忆飞早点死？"

"你这是说哪里的话！柳忆飞在你心中那么重要，我就算吃醋，也不至于赶尽杀绝啊！宝贝，你要是再这样说我，我可真的要生气了！"

"我偏要说，你敢做不敢承认，当面一套背后一套，我算是看透了你，你这个骗子！"冷艳这一闹，其他客人的目光都往这边看来。

杨秋华见大家的目光不约而同落在自己的身上，起身戴着礼帽，匆匆地离开了咖啡厅。

冷艳气愤地将桌上的杯子狠狠摔在地上，怒火冲天追到杨秋华的身后大喊："杨秋华，你这个衣冠禽兽，你若不帮忆飞出来，我一定要将你的丑恶行为公之于众，我要告诉全林西城的市民，他们的市长是怎样的一副嘴脸！忆飞若好，你便安，忆飞若是出了事，我一定要你陪葬。"

杨秋华回头怒视了冷艳一眼上了车，他隔着玻璃，盯着冷艳。这个女人真是个祸害，她若真是将我的事给抖搂出来，我这个市长怕是凶多吉少。冷艳，你可别怪我不念昔日之欢，是你自寻死路。

冷艳心力交瘁回到酒店。她见风儿还站在酒店门前发抖，都那么晚了，看来是等不到他的亲人了。这孩子也怪可怜的。冷艳上前对风儿说："别等了，你的亲人不要你了。外面风大，你看你都冻成这样子了，再这样等下去一定会冻死的。"

风儿用绝望的眼神望着冷艳，颤抖着说："不会的，爸爸不会不要我的，我要等爸爸回来。"一句话刚说完，他就晕倒了。

"你怎么了！快来人啊！"冷艳这一尖叫，酒店里的值班人员忙从酒店内跑出来。冷艳指着晕倒在地的风儿对酒店员工说："快，快把他抱进酒店里。"

"是，总经理。"

风儿躺在酒店大厅的沙发上，睁开眼，四周金碧辉煌。风儿问守在自己身前的阿姨："阿姨，这是什么地方？好漂亮！好温暖！"

阿姨说："小朋友，这里是云天酒店，是我们总经理把你救到这里来的。小朋友，你叫什么名字？这么晚你怎么不回家？你站在门外等谁？"

风儿摸着肚子说："阿姨，我肚子好饿，我一天都没有吃饭了，你能不能给我点吃的。"

"小朋友你在这里等等，我去厨房为你下碗面条。"

一会儿，那位阿姨端来一碗香喷喷的面条，风儿狼吞虎咽地将一碗面条全部吃完。吃完面条他摸着肚子，笑着说："阿姨，你做的面条真好吃！"

"这么冷的天气，一天不吃饭，别说是小孩子，就算是大人也吃不消。小朋友，你怎么一天都没吃饭呢？你的亲人呢？"

"阿姨，你刚才不是问我叫什么名字吗？我叫风儿，爷爷说带我去找我妈妈，让我在车站等他。可我在那里等了一天也不见爷爷，所以我就沿街找，找到这里来了。"

"风儿，你妈妈不在你身边吗？"

"我已经很久没看见妈妈了，爸爸说妈妈去了很远的地方，要等我长大，妈妈就会回来。"

可怜的孩子，想必是母亲已离开人世。这个做爷爷的也太狠心了！阿姨为风儿的遭遇心生怜悯。

"风儿，你爸爸呢？"

"我爸爸有事情去远方了。阿姨，你认识我爸爸吗？"

"风儿，你爸爸叫什么名字？也许阿姨还真的认识。"

"我爸爸以前叫方子鱼，后来改名叫杨一帆。"

"什么？好端端的改什么名字？而且连姓都改了，真是莫名其妙！风儿，你爷爷叫什么名字？"

风儿摇摇头："我来爷爷家不久，不知道爷爷叫什么名字？别人都喊他杨市长，也不知道杨市长是不是爷爷的名字。"

"杨市长，不会是杨秋华吧？"

第二天，冷艳来到酒店，见风儿又站在酒店门前，她摇摇头进了酒店。这时昨晚照顾风儿的那位阿姨神神秘秘地告诉冷艳："冷经理，门前的那小孩，他说他爸爸叫杨一帆，爷爷叫杨市长，你说他会不会是杨秋华的孙子？"

"什么？真是天助我也，你去把那小孩带到我办公室来。"冷艳冷笑道。

确定了风儿的身份后，冷艳拨通了杨秋华的电话："杨市长，恭喜你有孙子了！你这个做爷爷的也太不称职了，居然把孙儿给弄丢了。"

"你又在胡说八道什么？我什么时候有孙子了？"杨秋华不客气地问。

"哟！是我说错了，像你这样狼心狗肺的人应该断子绝孙。"

杨秋华气得直抖："冷艳，你到底想干什么？"

"哎呀！这句话应该我问你才是。昨天有个叫风儿的小孩，在我们酒店门前昏倒了，我们将他救醒，那小孩自称是你的孙子，想通知你把他领回去，谁知你却不认他，既然他不是你孙子，那我该把他交给公安局，让公安局帮助他找到家人。"

糟了！如果风儿真被送到公安局，把我遗弃他的事情说出来，我岂不是犯了遗弃罪？一帆要是知道我这样做，一定不会原谅我的！我不能让冷艳将风儿送往公安局。杨秋华假惺惺地说："我想起来了，我有个远房的亲戚家，好像是有这么一个叫风儿的小男孩。他们真是太粗心，怎么将风儿给弄丢了？现在既然让你找到了，我就代替风儿的父母谢谢你。风儿现在在哪？我去接他送他回家。"

"你告诉我风儿的家在哪里，我送他回去就可以了，就不劳你市长大人了。"

"不，不，不，风儿是我家的亲戚，理应由我送他回去。"

"既然市长这么不相信我，那我把风儿交到公安局，让公安局送他回家你总该放心了吧！"

"冷艳，你就别跟我兜圈子了，你说，你到底想怎样？"

"哟！干吗这么激动？是不是害怕了！我要是带风儿去公安局告你遗弃小孩，影响会不会不好？"

"你在威胁我？"

"我哪敢威胁市长大人，我只是在提醒你。"

这个冷艳，可真是一个烫手的山芋，我杨秋华好不容易才坐正市长这个位置，大好前途岂能毁在她手里？对，她好像涉及一宗命案，被警察盯上了。想到这，杨秋华拨通了公安李局长的电话。

李局长正准备离开办公室，见电话突然响起，拿起电话问："谁啊？"

"老李，是我。"杨秋华答道。

"哟！是杨市长啊！好久不见，最近可好？"

"谢谢老弟挂念。上次云天酒店的翻车命案，你现在调查得怎样？"

"杨市长，你不是下令要我停止调查吗？局里拟将此案定为司机驾驶失误造成的车毁人亡。"

"你怎么这样糊涂，一条人命啊，怎么能就这样轻易定案了？我希望你继续彻查此案。"

"市长，既然你希望我们继续调查，那我也就不瞒你了。我们秘密追查此案，的确是宗谋杀案，凶手已被我们逮到。"

"什么？凶手逮到了？凶手是谁啊？"

"凶手是云天酒店总经理冷艳的司机水涛。"

"水涛现在被关在哪，他有没有交代出幕后黑手是谁？"

"我们盘问过他，可他一个人揽下了所有的罪。"

"一个司机怎么会去谋杀一个副经理呢？一定是有人指使他这么做！你们一定要查出真正的幕后凶手。"

"是，我们一定会遵照你的指示，认真彻查此案。只是如果此案牵涉到云天酒店的总经理……"

"不管涉及到谁，都要依法执行。"

第二十二章　凉宵（大结局）

杨一帆到北京下车后，望着陌生的城市与人群，想起自己当初曾将子云托付给李文博照顾，心里有些忐忑不安。他在问自己要不要去找子云？去了，无颜面对当初所托，不去，心中又有如此多的舍不得。哎！既来之则安之，林致轩说得很对，面对真爱不要瞻前顾后犹豫不决，要相信自己，相信我和子云之间的感情。

杨一帆站在路旁许久，好不容易拦到了一辆出租车。他正将行李往车上搬，一位打扮入时的小姐，拉开前车门上了车。杨一帆道："小姐，这是我先拦到的出租车，行李都已经搬上车了，麻烦你下车。"

"我先上车，这车就是我的，你快把你的行李搬下去，我还有重要会议要参加……"

"明明是我先拦的车，你怎么如此不讲道理。"

这声音怎么那么熟悉？李蝶衣不由回头一望，见和自己抢车子的人正是杨一帆，她傻眼了。

杨一帆见是李蝶衣，也吃惊地问："蝶衣，怎么是你？"

"怎么这么巧啊！一帆，你怎么会来北京？"

"我来北京是找人的。你呢？"

"我这两年一直都在北京，前两年听说你投江了，害得我伤心一场，现在你又奇迹般地出现在我面前，这是怎么回事？"

"说来话长，咱们先上车，送你去参加会议，回头有时间再慢慢告诉你。"

"嗯，师傅请送我去北大广场。一帆，你现在打算去哪里？"

"我也不知道去哪。等会儿先找家旅馆住下再做决定。"杨一帆有些迷茫。茫茫人海，云妹你在何方？

蝶衣微笑着说："既然你不知道去哪，那不如和我一起去参加徐志摩诗歌大赛朗诵会。在北京你人生地不熟的，回头我给你找家好点的旅馆住下，你看怎样？"

"我这样提着行李，风尘仆仆地去，恐怕不好吧？"

"你担心这个啊！等会儿让司机把车开到前面的小店里，我们把行李暂时寄存在店里，回头再来取。"

"我看我还是先找个地方住下吧，就不麻烦你了！"

"怎么，你是担心你的行李不安全？你放心吧！就算里面装的都是金银珠宝，也绝不会有半点损失。那小店是我一个亲戚开的。"

"你想歪了，我不是担心这些。"

"那你还在顾虑什么？走吧！陪我一起去。"

"一帆，你说你来北京找人，找谁啊？那人我认识吗？他知道你来北京找他吗？"

"她不知道，也许我这次不该来找她。"

"听你的口气，这位故人在你心中一定非同寻常。你知道他现在在哪吗？"

"不知道。"

"你不知道他在哪？北京这么大想要找到他，好比大海捞针。"

"只要下决心要捞那根针，海再大，浪再汹，都不成难题。"

"但愿吧！我可以陪你一起找，毕竟我在北京生活多年，比你熟悉这里的环境。"

"谢谢你的一番好意！我相信有缘一定能再重聚。对了，蝶衣，你去诗歌朗诵会做什么？你不会也参加了诗歌大赛吧？在我的印象中，你好像并不是很喜欢诗歌。"

"人会随着环境改变的，就像以前你一直是我的梦中情人，但是现在我们却可以像兄妹一样相处。"

"是啊！一切都在改变。以前娇弱爱哭鼻子的蝶衣早已长大了。"

"我讨厌以前的自己，你看我现在多开心，大家都说现在的我如一只骄傲快乐的蝴蝶，在百花丛中翩翩起舞。"

"看到你现在这么快乐，我真替你高兴。如果她能像你这样每天开开心心，快快乐乐该多好！"

"你说的她就是你要找的故人吧！她真幸福！有你这么一位故人时时刻刻挂念着。真想为你们写首诗，可惜我天生就与诗无缘。"李蝶衣自叹道。

"你不是参加了诗歌大赛吗？怎么突然又自叹与诗无缘？"

"我哪有那天赋参加诗歌比赛？我是受一位老同学之邀担任诗歌朗诵会的嘉宾。"

"哦，原来如此啊！我以前在收音机里听过你主持的节目，你的声音很有磁性，我想如果让你登台朗诵，一定是扣人心弦，回味无穷。"

"谢谢你的鼓励！糟了！我们迟到了，朗诵会都已经开始了。"李蝶衣急急忙忙地下了车，拉着杨一帆的手，穿过人群来到嘉宾席前坐下了。

坐在李蝶衣身边的李校长问李蝶衣："你怎么现在才来，大会开始了都半个多小时了！你身边的那位先生是谁啊？"

"他是我高中的同学，也是我的同乡。他来北京找一位故人，我们是在等车时碰巧遇上的，所以就邀请他一起来这。"

"下面有请星月诗社的老板李文博先生和主编伊子云小姐，为我们朗诵本次大赛冠军作品《我在云里等你》，请大家用热烈的掌声欢迎这对才子佳人出场。"主持人站在舞台中央，拿着麦克风兴奋地高呼。

主持人的话震惊了坐在嘉宾席上的杨一帆，他目瞪口呆地朝台上望去，看见我和李文博微笑着牵手走上了舞台，他感觉自己的出现是多余的。真的是云妹和李文博，看到他们那样开心，我应该为他们感到高兴，可为何我此时的心情却如此的难过失落？

李蝶衣见李文博牵着我的手，心也突然往下一沉。原来文博心中早已有人，怪不得他总有意回避我的感情。她伤心地将头偏向一边，无意间发现坐在自己身旁的杨一帆眼中全是泪花，失魂落魄地瘫坐着。莫非他要找的故人就是和文博牵着手一起走到舞台上的伊子云？是的，一定是她。曾经一帆在昏迷中还不停喊她的名字，可是她为何会和文博走在一起？看到刚才他们深情地互望，我心里好失落！难道她和文博才是天生的一对？而我和一帆都是一厢情愿、自作多情？

我朗诵："不管你走多远，也不管岁月如何变迁，请你别忘记我们初见的那个秋天。那里有淡淡的风，淡淡的云，还有一个淡淡的你。"

李文博朗诵："也许秋雁忘记了南归，也许落叶忘记了缠绵，可我无法忘却那个如云的女孩。她从清新的乡野走来，她从古老的画卷中优雅而来……"

我朗诵："路过你的身边，为你采摘一朵云彩……"念到这，我的目光无意中落在杨一帆的身上。是一帆！我的眼泪刷地掉下来。

一帆见我望着他，蓦然起身眼泪巴巴含情脉脉地望着我。

一帆怎么会突然出现在这里？

李文博见我呆在那里，顺着我的眼光望去，见杨一帆站在对面的嘉宾席前，他的心猛地往下一沉。

"我正听得津津有味，怎么突然停下来了？"

"伊主编好像在流泪！李老板看上去也黯然神伤，到底发生了什么事？"

"你还没发现吗？你看站在嘉宾席前的那个小伙子，与伊主编相互深情地对望，会不会是伊主编的心上人？"

"伊主编不是和李文博相恋吗？刚才主持人还称赞他们是才子佳人呢！"

朗诵的中断，引发台下的观众议论纷纷。

"一帆，你要找的人是不是就在台上呀？她正泪眼望着你呢。你快上去找她啊！"李蝶衣催一帆上台。

一帆，我日夜期盼你来牵我的手，现在我就站在你面前，你为何还站在那里一言不发？莫非是因为你身边那位美丽的女子？此刻的我心乱如麻，百感交集。

李蝶衣说："一帆，你还愣着干吗？上去啊！"

见一帆与李蝶衣如此亲近，我的心酸溜溜的。我拉着李文博的手，故意装作很亲密的样子。李文博看出了我的心思，低声说："子云，他来了，你怎么不下去见他？"

"不，我不认识他，我们继续朗诵，你看台下的观众都在盯着我们望。"

"子云，你别骗自己了，你的眼神已经告诉我了，你心里有他。"

"怎么，你不喜欢我了吗？"

"我喜欢你，但我却无法走进你的心里。看到你这样子，我很难受。"

"你喜欢我就够了！"我挽住李文博的手，微笑着向观众们打招呼。

杨一帆刚才还想上台与我相认，这会儿看见我和李文博如此亲密，万念俱灰。云妹，也许我真的不该来，看到你们情投意合，我很想祝福你们，但是你知道吗？我的心好痛，好苦，我好想放声大哭，可我却不想让你看见我流泪。云妹，我走了，是我辜负了你，希望你以后能永远快乐幸福！杨一帆失魂落魄地离开了嘉宾席，李蝶衣也像掉了魂似的跟在一帆的身后。

朗诵结束后，李文博见我魂不守舍，失意地说："子云，别这样，如果你心里想着他，现在就应该去追他，他才刚离开。"

"不，我已经忘记了他，该走的始终要走。文博，我先回家了。"

"我送你回家。"

李文博开车送我回家，在车上我一言不发，满脑子都是一帆离去的背影，眼泪情不自禁顺着双颊滑落。李文博不时地瞟我几眼，见我伤心落泪，他心里也很不是滋味。他突然将车猛地掉转了方向。

我惊讶地问李文博："你干吗要掉头？"

"我知道你心里放不下他，现在去追还来得及。"

"你真的希望我去追他吗？"

"如果不去见他一面，你一定又是寝食难安。我不希望你不快乐，看到你这样子，我心里也不好受。"

"你为何要处处为我着想？"

"很多事情是不需要问为什么的。"

"文博，我们是不是都太傻？放着身边的人不爱，偏偏要将自己困在过去的情感中苦苦挣扎。"

"感情就是这样不能自主，杨一帆应该不会走太远，我们去追他。"

"不，不用了，他身边已经有人取代了我。"

"你指的是蝶衣吧？是我邀请她来参加朗诵会的。至于她为什么和杨一帆同时出现在嘉宾席上，我也不明白。不如我们去问问她，或许是碰巧。"

"不用问了，他们的关系肯定不一般。只是我弄不明白，一帆不是和碧翠在一起生活吗？他怎么突然跑到北京来了？"

"子云，是你多疑了，蝶衣是我的同学，她来北京已经两年多了，一直是单身，从未听她说谈朋友的事情。凭我对她的了解，她如果有意中人，一定会告诉我的。"

"就算是我误解了他们，可是一帆如果心中有我，不会一言不发就离开的。我们还是回去吧，我不想再一次去碰壁，我的心再也经不起这样的折磨。"

"好吧！那我们先回去。"

李蝶衣见杨一帆拖着行李失魂落魄的样子，关心地问："一帆你真的要回林西城？你刚到北京，现在又急着回去，难道你真的不想去见见她？"

"见了又怎样，如今她身边已经有人照顾她，我的出现只是多余，我不想惊扰他们！"

"难道你就忍心放弃，眼睁睁地看着自己心爱的女人和别人在一起？一帆，你以前不是这样子的，如今的你怎么变得这样不自信？"

"我带着两个孩子，可子云是个待字闺中的黄花闺女，你叫我如何自信？就算我百般爱她想念她，也不能自私地破坏她现在的幸福。"

"那你的幸福呢？从她的眼里我能看出她没有忘记你。一帆，既然你都来了，何不去见见她，听听她真实的想法，再做决定也不迟。"

"不，我没脸再去见她，是我对不起她！只要他们幸福，我也就不会有那么多的愧疚了。蝶衣，我走了！你自己要多保重！"杨一帆说完，拖着行李来到路边等车。

"一帆，既然你已经决定要走，我也不便再挽留，只是觉得这样来去匆匆，留下太多遗憾！"

"车来了，我走了！"

"我送你！"

"不用了！你也累了，早点回家休息吧！"

"让我送送你吧！"李蝶衣说着也上了出租车。

我回到家里趴在书桌上，傻傻地盯着一帆送的小木船，眼前又掠过小时候他送我小木船的那一幕。

　　一帆，你说过要我做你的小新娘的，如今我已经长大，你为何又不要我了？我要亲自问你为何要背弃我？我疯了似的跑出门外，找到了李文博。

　　李文博见我上气不接下气的样子，关心地问我："子云，你怎么了？"

　　"带……带我去找一帆……"

　　她还是选择要去见他。李文博心里虽酸溜溜的，但还是开车带我去找杨一帆。

　　我们打听到杨一帆去了火车站。当我们赶赴车站的时候，杨一帆正准备上车。他茫然地朝站台上望，内心多么期望我能突然出现。

　　"快开车了，走吧！她是不会来的。"李蝶衣将手中的行李递交到了杨一帆的手中。

　　杨一帆依依不舍地上了火车。当我们赶到时，正碰到李蝶衣迎面而来。她微笑着对我们说："你们是来为一帆送行的吧？他已经走了！"

　　我问蝶衣："你怎么不和他一起走？"

　　蝶衣微笑着说："你怎么会这样问？其实一帆来北京是找你的。他多想带着你一起回去，可是他说不想打扰你们的幸福。"

　　听蝶衣这么一说，我的眼泪唰的一下掉了下来。我在心里一遍遍地念叨着："一帆，是我错怪了你！你怎么这么傻，难道你看不出我的心思？"

　　杏儿得知水涛被公安局抓了，心急如焚来到公安局，办案人员故意告诉她水涛杀人了需要偿命。为保住水涛的命，杏儿将冷艳指使水涛谋杀丁当的事全部交代了。

　　李局长拨通了杨秋华的电话："杨市长，那场车祸案已彻查清楚了，幕后凶手也已查出，你猜是谁？"

　　杨秋华激动地问："是谁？"

　　"云天酒店的总经理冷艳小姐，杨市长，我们下一步的工作你还有什么指示吗？"

　　"此事性质恶劣，刻不容缓，你现在就应该去将凶手缉拿归案。"

"是，我们一定要将她绳之以法，让她接受法律的制裁。"

李局长率领一大帮警察，将云天酒店包围了。正在走廊里玩耍的风儿见状，对坐在办公室里的冷艳说："姐姐，楼下来了好多警察。"冷艳胆战心惊地走到门口，看见那么多警察，感觉到大事不好。冷艳一把揪着风儿冲进办公室，将办公室的门锁上。

警察朝办公室里大喊："冷艳，我们怀疑你与一宗人命案有关，请你和我们一起回警局，配合我们的调查工作。"

"我没有杀人，我不会随你们去警局的！"

"我们命令你快把门给打开。"

冷艳紧紧抓着风儿做人质，朝外面喊道："这屋子里不是我一个人，杨市长的孙儿也在里面，你们要是冲进来，我就掐死他！"

楼上的警察将冷艳的话报告给李局长，李局长赶紧向杨秋华汇报了情况，冷酷无情的杨秋华命令李局长不要因为风儿的安危，影响抓捕行动。李局长命令警察将办公室的门给撞开了，冷艳用手掐着风儿的脖子，退到窗户边朝警察喊道："你们再过来，我就和这小孩同归于尽。"

风儿哭喊道："爷爷，风儿害怕……"

"你别哭了！就算你哭破嗓门，你那狠心的爷爷也不会救你的。难道你忘记了，是他将你遗弃在车站？他巴不得你去死，怎么会来救你呢？杨秋华他没有人性。"

"你把孩子给放下，也许我们可以酌情宽大处理你。"

"我才不会中你们的计，就算死我也要拉个人陪葬。杨秋华你这个人面兽心的老东西，心肠比蛇蝎还要毒辣。"

杨一帆从北京刚回来，当出租车路过云天酒店时，警察正在执行警戒，车辆禁止通行。杨一帆下了车询问警察到底发生了什么事情。

这时李局长从酒店里走出，他见杨一帆出现在现场，忙说："一帆，你来得正是时候，那个冷艳杀了人，现在又挟持着风儿，说要和风儿同归于尽，我们正在想办法营救。"

杨一帆听说风儿被挟持，疯了似的喊道："风儿，风儿。"

风儿听到父亲的声音，喜出望外且胆怯地喊道："爸爸，救救风儿。"

"风儿别怕，有爸爸在，风儿一定不会有事的。冷艳，请你放开风儿，有事好商量。"杨一帆恳求道。

冷艳冷笑道："哟！这不是杨少校吗？你什么时候有了这么大的一个儿子？你不是很爱伊子云吗？这个孩子想必是你和别人生的野种，难怪你的父亲要置他于死地。"

杨一帆气愤地喊道："你不要胡言乱语，我父亲很疼爱风儿，他怎么会有害风儿之意呢？"

"你是在怀疑我挑拨离间？你让他们告诉你，我说的是不是真的？"冷艳指着警察。

杨一帆惊讶地望着那些警察，警察们表情尴尬。从这些警察的表情里，杨一帆开始对冷艳的话半信半疑。"冷艳，你我虽素未相交，但听子云说你也是个通情达理的姑娘，我相信你不会伤害一个无辜的孩子。听说你是个孤儿，从小孤苦伶仃，吃了不少苦头。其实风儿并非我所生，他和你一样也是个孤儿，他的父亲是个渔民，几年前不幸葬身在江底，他的母亲去年也不幸逝世了。风儿和你一样都是个可怜的孩子，面对这样可怜的孩子，难道你还下得了手？"

"你不要编故事了！风儿口口声声喊你爸爸，他怎么会是孤儿呢？"

"你仔细想想，我在部队多年，除了和子云有过一段刻骨铭心的爱情，什么时候与其他女人谈过恋爱，又怎么会有这么大的一个孩子呢？"

"爸爸，我真的不是你的孩子吗？"可怜的风儿伤心地哭道。

"风儿，你不要哭！你虽然不是我亲生的，但我一直把你看成自己的亲生骨肉。"

冷艳见风儿哭得那么可怜，想起了自己小的时候，心开始软了。警察见冷艳有些愣神，趁机上前想抓住冷艳。冷艳猛地一惊，慌乱中脚下一滑和风儿一起从窗口摔了下去。

风儿当场身亡。冷艳浑身是血，吃力地望了一眼躺在自己身旁动也不动的风儿，嘴里喃喃道："风儿，姐姐不是故意的，姐姐不想你死，请你原谅姐姐……忆飞，我先走了……"

"风儿，风儿……爸爸对不起你！也对不起你死去的母亲！"杨一帆抱着风儿的遗体，撕心裂肺地哭喊。

杨秋华在家里心神不宁地来回走动，这时杨一帆抱着风儿的尸体，一脸怒容走了进来。

杨秋华的心猛地往下一沉，一帆不是去北京了吗？怎么偏偏这会儿回来了？杨秋华跑到儿子面前，放声大哭："风儿，风儿，你这是怎么了？爷爷到处找你……"

杨秋华正准备用手抚摸风儿的头，杨一帆用力将他一推，怒吼道："别猫哭耗子假慈悲了，这不是你想要看到的吗？风儿死了你现在心里一定很高兴吧！"

"一帆，你胡说什么？风儿虽不是你亲生骨肉，可我早就将他看成是自己的亲孙儿，他死了我怎么会高兴呢！"杨秋华在一旁边流泪边为自己辩解。

"你不要再和我演戏了，从今天开始，不，就从现在开始，我和你断绝父子关系，我再也不是你的儿子，也请你以后别再来找我。"

"你说什么？我含辛茹苦将你拉扯大，换回的竟是你这样对待我，难道你真的要将我气死才甘心？你若真的要离开这个家和我断绝父子关系，除非我死了！"

"我已经决定了的事情是不会更改的，你自己好自为之。真后悔当初为何要留下，不然风儿也不会惨遭毒手。"杨一帆跪在杨秋华的面前磕了三个响头，带着风儿的遗体离开了家。

杨秋华见儿子离开，心中空白一片。"一帆，你真的就这么狠心，绝情丢下你年迈的老父吗？小青，你睁眼看看这就是我们教出来的好儿子……"

杨一帆没有回头，心中默念道："妈，请原谅儿子的不孝，来生我还想再做你的儿子，来弥补我今生所犯下的错。"

自一帆从北京匆匆离开，我的心也跟着他走了。我骗不了自己，我没办法让自己不去想他。在他离开的第二天，我就踏上了回林西城的归途。谁知杨一帆在我未到达之前，已离开了林西城。

我去一帆家找他，杨秋华含泪告诉我，一帆已经带着孩子离开了，不知去向。我去过杨一帆以前和碧翠的住所找他，门窗紧锁，空无一人。我像个游魂四处寻找一帆，可依旧没有他的消息。半个月后，我带着一身疲惫又回到了北京，为了不去想他，我每天拼命地埋头工作。我的心事总是躲不过李文博的眼睛，他常抽时间来陪我，想方设法让我高兴。日子久了，那种落寞感好像平静了许多。

冷艳死后，柳长青将杨秋华告到了法院，数月后此案移交到了省级法院受理，杨秋华因贪污受贿，滥用职权等数罪并罚被判死缓，入狱一年多后因病去世。当我从报纸上看到这个消息时，心中颇感悲凉。他是一帆的父亲，我应该回去祭拜。李文博陪我一起回了林西城。从杨秋华的坟前祭拜离开时，远远的，我看到一个神似杨一帆的男子，当我准备追上去看清楚时，那人快步消失了。难道这是幻觉？也许是因为自己太想念他了！一帆，你在哪里？

李文博上前关心地问我："子云，你怎么了？脸色这么难看！

我勉强地笑着："总是让你为我担心，真是对不起！"

"你能不能不要再将我当作外人，说这么见外的话？"李文博牵着我的手，惊讶地问，"你的手怎么这么冰？走，我们赶快离开吧。"

李文博边说边牵着我的手，拽着我离开。

杨一帆躲在远处，看着我们牵手离开。他心中默默念叨："云妹，看到你们相亲相爱，我为你们高兴！这辈子我没那个福分和你在一起，希望来生。云妹，我想你，分分秒秒都在想你……"

时光流逝，杨一帆如同在人间彻底蒸发了，我不知这样不知疲倦地干守着，能不能唤回他的爱。十年了，漫长的十年，依旧没有一帆的消息。李文博还是一如既往地对我好，他的家人也多次催他结婚，可他谁也不娶，痴痴地守在我身边，一守就是十年。

这十年来发生了不少事情，弟弟和美倩结婚了，生下一对可爱的孩子。奶奶和父母也接到北京来了，他们和弟弟住在一起，共享天伦之乐。父母一直为我的婚事担心，母亲多次做我的思想工作，希望我能和李文博有个幸福美满的家。我也曾一次次劝慰自己，不要再傻了，就算等一辈子一帆也不会再回来，没有回应的爱最好还是忘掉。可是我越是这样想，越是思念他。我知道今生走不出他的世界，尽管此时此刻我不知道他在哪，可他依旧清晰地栖住在我心里。我一直试着说服李文博，不想看到他继续为我空等下去。我知道李蝶衣喜欢他，曾多次有意撮合他们，可每次都以失败告终。李蝶衣在感情里比我们看得透彻，后来她嫁给了一个外籍商人，并随丈夫移民到国外。

柳忆飞因为梅家的谅解以及柳父的努力，从无期改为有期徒刑十二年，再过一年就可以重获自由了。柳忆如如愿以偿与昔日的梦中情人李老师结婚了，两人共同经营云天酒店，生意红火，爱情甜蜜，并生下了一个可爱的男孩。

眼看身边的朋友一个个成家，而我如今还是单身，心中难免会感慨万千。没办法，我知道自己走不出那个曾经美好的约定。

时间既漫长又匆忙，一晃又是一年过去了。这天柳长青一大早就携带家眷到监狱接柳忆飞。见柳忆飞从监狱里走出来，他们激动地一拥而上。柳忆飞眼神四处寻找着，表情很是失落，他暗问自己："冷艳怎么没来？半年没收到她的信了，莫非她另有新欢？"

"孩子，你受苦了！"柳忆飞的父母激动得眼泪都流出来了。

"哥，你终于回来了，可把我们给想念死了！"柳忆如此刻也是满眼泪光。

柳忆如的丈夫抱着六岁的儿子，对儿子说："宝宝，快喊舅舅！"

宝宝叫了声"舅舅"，好奇地用手揪着柳忆飞的胡须。

柳忆飞回到云天酒店后，梳洗完焕然一新。饭桌上，他的母亲不时地为他夹菜，嘴里声声念叨着："孩子，来，多吃点，好好补补。"

柳忆飞面对这满桌佳肴，却什么也吃不下，筷子在碗里来回拨动着，就是不知道往嘴里送。

柳忆飞的父母不约而同问道："怎么了？是不合胃口吗？这些都是你以前最喜欢吃的饭菜，怎么不吃啊？"

柳忆飞半天才吭声道："想起以前奢侈的生活，我心里难过！"

柳忆如说："哥，我不赞同你所说的，有条件当然要享受，这怎么叫奢侈呢？你是不是在监狱里待傻了？"

柳长青朝柳忆如哼了一声，接着说："你是怎么和你哥说话的，节俭点好！你从小荣华富贵，娇生惯养，以后也要节俭点。"

柳忆如不服气地哼了一声，没再出声。

这时柳忆如的宝宝，顽皮地问外婆："姥姥，你有了舅舅就不喜欢我了！平常姥姥都只会为我夹菜，现在舅舅回来了，姥姥就不疼我了！"

"宝宝乖，是姥姥不好，姥姥当然最疼宝宝了，来，到姥姥身边坐，姥姥给你夹很多你喜欢吃的菜。"

柳忆如笑着说："真是个活宝贝，还会争风吃醋！"

宝宝朝柳忆如做了个鬼脸，靠在姥姥的怀里撒娇。

第二天，柳长青和儿子单独谈心："孩子，你休息一段时间，就回云天酒店继续做你的董事长，让你妹妹协助你一起经营酒店。"

"不，妹妹和妹夫将酒店打理得很好，酒店有没有我都是一样的。"柳忆飞心不在焉地答道。

"你是不愿意将酒店股份分给你妹妹吗？"

"爸，你误会了，是我自己不想再回酒店。"

"你不回酒店，那你以后有什么打算？"

"暂时还没有什么打算，我想明天先去梅若的坟前祭拜，然后回老家和冷艳结婚，我不想她再为我继续等下去。是我耽误了她，这些年让她吃了不少的苦头。"柳忆飞惭愧地低下了头。

柳长青沉思了半天，沉重地说："冷艳已经不在了！"

"嫁人了吗？她要是真嫁人了，我的心也许会少些愧疚！想想她也有半年多没给我写信了，想必是把我给忘记了，不过这样也好！"

"孩子，冷艳她没有嫁人，也没有将你忘记！"

"那她去哪了？"

"冷艳十二年前就死了！"柳长青悲痛地说。

柳忆飞有点不敢相信自己的耳朵："爸，你是在和我开玩笑吧！就在半年前冷艳还给我写过信呢。"

"冷艳出事后，我怕你在狱中想不开，于是就找人代笔以冷艳的身份给你写了十二年的书信。"

"不，冷艳她不会死，这些年她为我写的信我都一直珍藏着，信中的字字句句都那么真真切切，就是这些真真切切的情感陪我走过了漫长的十二年啊！"

"孩子，我知道你在狱中很空虚，所以才找人代笔给你写信。但是冷艳的确在十二年前就走了！"

"死了好！死了好！死了就不会有那么多的痛苦……"此刻的柳忆飞心如刀绞，泪流不止。

"孩子，你要保重！冷艳生前对你痴心一片，她是为了你才遭到如此下场。"柳长青将冷艳的遭遇全告诉了柳忆飞，柳忆飞听后痛不欲生。我是个魔鬼，先杀了梅若，接着又害死了冷艳，我该死，我为什么不死在监狱里……

柳忆飞捧着鲜花，在父亲的陪同下，来到了梅若的墓前祭拜。柳忆飞对父亲说："爸，你先回去，我想和梅若说说话。"

柳长青点了点头就离开了。柳忆飞蹲在墓前，望着梅若的遗像，低声道："梅若，我们已十多年不见了，想起当初我送子云她们来广州读书时你骑着摩托车，长发飘逸的背影，有如昨日。如果当初没有子云，我一定会喜欢上你的。可是当时我心里有人，你心里同样装着另外一个人，这也许就是我们的宿命。彼此为了一份不属于自己的爱情而苦苦挣扎着，爱了一辈子，也痛苦了一辈子。梅若，其实我真的不想你死，我也不知道当时为何就像着了魔似的，对你下如此毒手。当看到你躺在那里，我就后悔了，心也碎了。我们今生虽无缘爱上彼此，但在我心里，那份友情比任何感情还要珍贵。如果命运再给我们一次机会，你会选择我吗？你看我，尽说些不着边际的话干吗？如今你都不在了，我也老了，心也累了。梅若，我想你一定不喜欢我这样唠唠叨叨，我该走了，不打扰你的清静，以后我还会常来看你的。"

三年后的清明，我回到林西城去杨秋华的墓地祭拜，恰巧碰见了祭拜冷艳的柳忆飞，他苦笑着对我说："子云，真想不到在这里见到你。这些年你还好吗？听说你至今单身，你还在等一帆吗？"

杨一帆此时正在他父亲的墓前祭拜，他听见熟悉的说话声，连忙躲在一边，静静地向我们望过来。

提到一帆，我的眼泪又夺眶而出，我含泪微笑着说："他也许一辈子都不会回来，可我就是无法忘记与他在一起的点点滴滴。你还记不记得当年我们一起在清凉山编花环，抢新娘的场景。我总也忘不掉一帆将花环戴在我头上那幸福的一刹那！我等了他十几年了，他也没有娶我做他的新娘。如今我们都不再年轻了，不知道我还要等多久。"

"子云，以前我一直以为我和梅若还有冷艳都是傻瓜，想不到你比我们还要痴还要傻。一帆都失踪那么多年了，也不知道还在不在这个世上，就算他还活着，也不值得你这样等，如果他真的还惦记你们当年的情感，就应该来见你，不能让你这样白白地等他一辈子啊！"柳忆飞边说边摇头。

"感情没有什么值不值得，爱上了，就无法做第二次选择，尽管等待如此无期，但我还是愿意用一辈子的光阴去等他。即使他真的再也不回来，我也要守着那些曾经的美好回忆。"

杨一帆站在一旁，听到这些肺腑之言，他哭了！我顺着哭声望去，见一位满面沧桑的中年男子站在不远处，泪流满面地望着我。那是一帆吗？这是在做梦吗？

"不，这不是梦，云妹，我对不起你，原来你心里一直有我，是我错怪了你，害你空等了我这么多年。"杨一帆流泪朝我走来。

柳忆飞看着我们，微笑着离开。

杨一帆站在我面前，我们泪眼对泪眼，谁也没说话，此时无声胜有声。

过了许久，一帆用手轻抚着我额前的碎发，深情地说道："云妹，你还是那么美丽！你还愿意做我的小新娘吗？"

"如今我都老了，你要我如何做你的小新娘？"

"那你就做我的老新娘好吗？"

"我真的有那么老吗？"

"不，你在我心中一直都是那么美丽，就算再过一百年、一千年，甚至是一万年，你还是那样清纯可人，因为你是云，晶莹剔透，纯洁透明。"我们不约而同抬头朝天空望去，天还是那样蓝，云还是那样洁白。

我轻轻地念道："如果我是你抬头望见的那朵白云，我情愿在黑夜里为你现身。"

杨一帆接着念道："因为在浩渺的云海里，我怕你无法将我辨认。"

我念："只有在黑夜里潜入你的梦中，那一刻我才完整地属于你……"

杨一帆念："如果你是天上的云，我就是海上的帆。"

我念："你在天空为我导航，我在人间为你乘风破浪。"

我们一起合念："我们沿着同一个方向，为那美好的明天扬帆……"

念完曾经共同写下的美好诗句，那些美好的时光仿佛又回到了身边。一帆牵着我的手，我轻轻地依偎在他的怀里，让那些长眠的亡灵，共同见证我们的爱情。

图书在版编目（CIP）数据

最后的慈悲 / 若离 著. -- 北京：作家出版社，2017.4
ISBN 978-7-5063-9485-7

Ⅰ.①最… Ⅱ.①若… Ⅲ.①长篇小说 – 中国 –当代
Ⅳ.①I247.5

中国版本图书馆CIP数据核字（2017）第101712号

最后的慈悲

作　　者：若　离
责任编辑：丁文梅
装帧设计：熙丽云设计
出版发行：作家出版社
社　　址：北京农展馆南里10号　　　　邮　　编：100125
电话传真：86-10-65930756（出版发行部）
　　　　　86-10-65004079（总编室）
　　　　　86-10-65015116（邮购部）
E-mail:zuojia@zuojia.net.cn
http://www.haozuojia.com（作家在线）
印　　刷：北京明月印务有限责任公司
成品尺寸：152×230
字　　数：330千
印　　张：22
版　　次：2017年6月第1版
印　　次：2017年6月第1次印刷
ISBN 978-7-5063-9485-7
定　　价：38.00元